七班阅读

魅丽文化 花火工作室

我让你在一万零一人之上

姜小手♡

一万零一次燃情

姜小牙 著

江苏凤凰文艺出版社
JIANGSU PHOENIX LITERATURE AND ART PUBLISHING

图书在版编目（CIP）数据

一万零一次燃情 / 姜小牙著 . -- 南京 : 江苏凤凰文艺出版社 , 2021.6
ISBN 978-7-5594-5909-1

Ⅰ . ①一… Ⅱ . ①姜… Ⅲ . ①长篇小说 - 中国 - 当代
Ⅳ . ① I247.5

中国版本图书馆 CIP 数据核字 (2021) 第 093610 号

一万零一次燃情

姜小牙 著

责任编辑 张 倩
特约编辑 黄 欢
封面设计 黄 芸
内页设计 曹文琦
出版发行 江苏凤凰文艺出版社
南京市中央路 165 号，邮编： 210009
网 址 http://www.jswenyi.con
印 刷 长沙金鹰印务有限公司
开 本 880mm × 1230mm 1/32
印 张 10
字 数 200 千字
版 次 2021 年 6 月第 1 版，2021 年 6 月第 1 次印刷
书 号 ISBN 978-7-5594-5909-1
定 价 45.00 元

目录
CONTENTS

目录

CONTENTS

第一章

—— 你 ——

别墅建于悬崖峭壁之上，寒风瑟瑟。

闷雷滚滚，雨点狠狠砸在窗上，暴戾而压抑，一如林宜这一刻的心情。

她坐在床边，颤抖着双手，一颗颗系上男式衬衫的扣子，床上的凌乱无不暧昧地诉说着刚才男人与女人之间的荒唐与放肆。

林宜拼死从林家逃出来已经有两个小时了，她被继母肖新露和老公舒天逸囚禁整整一年，家中的公司早已全部落在这两人手中，这两人却还不放过他们父女，中风的爸爸得不到照顾，还被羞辱至爆血管死亡。

她日日遭受痛苦，瘦骨嶙峋，几次都想一死了之。可爸爸死之前一直暗暗同她讲，如果能求到应寒年帮忙，一切还有转机。

应寒年。

光念名字就足以让人牙齿打冷战的男人。

“砰——”

浴室的门被推开，高大的阴影笼罩过来。

林宜抖了一下，一颗扣子怎么都扣不上去。她瑟缩着身体抬起头，男人慵懒地虚靠在落地窗前，指间捏着一支烟，一双漆黑的眼似笑非笑地盯着她。

他的身体没有完全擦干，水珠沿着精瘦的胸膛淌下来。

这个男人，连性感都透着绝对的侵略性。

林宜不敢再与他对视，低垂下眼，弱弱地开口：“应先生，请您……帮我夺回公司。”

应寒年，商界狙击手，是不少大集团总裁排着队跪求都求不到的人物，再奄奄一息的公司只要到他手里都能起死回生。

如今落魄的她，需要他。

“没想到不可一世、眼高于顶的林大小姐也有今天。”

应寒年轻蔑地低笑一声，捏着烟放在薄唇间吸了一口：“当初赏我三巴掌的时候不是骂我癞蛤蟆想吃天鹅肉吗？说就是身无分文也别指望我能碰到你的一根手指，结果，现在就放下了身段。”

袅袅的烟气拂上他英俊的脸，模糊地透出几分漫不经心。

忽地，他的语气一转，又道：“不过以前的你还算有几分美貌，现在的你有什么？还求我帮忙？呵。”

林宜被他奚落得再次一抖，下意识地捂上自己的脸。

曾经漂亮俏丽的脸现在只剩下一道道新旧不一的伤痕，这一切都是拜她的继母和老公所赐。

林宜缓缓站起来，往地上一跪，双膝及地，头狠狠地磕下去，将自己的尊严、高傲跪得粉碎。

“应先生，以前是我年纪小不懂事，您大人大量别和我计较，求您帮我，求求您……”

她一定要让应寒年帮自己，一定要继母和那个男人付出惨烈的代价！

见她这样的动作，应寒年的眼瞳猛地紧缩，讥笑凝在嘴角。

窗外风雨更重，压着隆隆的雷声。

她躺在床上瑟瑟发抖地抓住他的手臂，干净的一截。

“应先生，您现在愿意帮我了吗？”

闻言，应寒年俯身捏住她的下巴，凉薄一笑，字字优雅而残忍：“林大小姐，看看你现在这个样子，凭什么要我帮你？”

“你骗我？”

林宜惊呆地看向他，她这辈子都没有取悦过谁，舍了身体和尊严换来这种结局，再听他这么说话，羞耻感顿时攀满她的全身。

她瘦弱的肩膀染上绯红，人抖得越发厉害，几欲夺眶而出的眼泪被她生生收住。

应寒年的语气不屑一顾却又夹着暧昧：“骗你又如何？做女人蠢成你这样。”

“你……唠。”

林宜又羞又怒之下，只觉急火攻心，血腥气直冲喉咙，她连忙坐起来捂住唇。

雨重重地砸在窗上。

应寒年打开灯，亮光洒满一室，他略一回眸，就见她脸色苍白，唇色发紫，顿时目光一凛：“你中毒了？”

刚刚她还没有这样。

中毒？

林宜呆了一下，难怪她逃出来，继母和舒天逸都没有追出来，原来他们一早就向她下了死手。

他们要她死在外面，就能撇清关系了。

无耻！

“唦——”

止不住的血气冲上来，林宜一口鲜血吐出来，洁白的床单上绽放开一朵血色花朵。

“救我……”

痛苦驱使着她拼命抓住他修长的手，像抓着救命稻草。

她抬眸，撞进他漆黑的深瞳，那里映出了她扭曲到极致的面容。

应寒年握上她的脉搏，静静摸了一会儿，蹙眉通知她：“你活不了了。”

“不，我不要，我不要死。”

林宜撕心裂肺地呐喊着，出口的声音却小得可怜。

她不能就这么死去，她爸爸枉死，家财和公司被霸占，继母和舒天逸还活得逍遥自在，她怎么甘心？

她不能死！她绝不能死！

她似被千万只虫子撕咬，一时似在烈火中焚烧，一时寒意并着剧痛浸透全身。

她痛苦地嘶喊：“我不甘心，我不甘心……”

应寒年贴着她的耳朵，声音有着不同寻常的温柔：“记住这种痛，记住到了下辈子，这世界上你能依靠的只有你自己，不要相信任何人，也不要指望任何人来改变你的困境。”

林宜伴着剧痛拼命摇头，一双瞳孔不断放大，透着绝望与不甘，眼角有血慢慢淌下来，似盛开一朵妖冶的玫瑰。

血滴到他的指尖上，很烫很烫。

应寒年站起来离开，随手掀开窗帘，打开窗户。山间的雨又疾又大，外面的树枝被狂风暴雨压垮，发出断裂的声响，狂风将雨势卷进窗，落叶掉在床上，掉在她的身上。

慢慢地，林宜再无力气挣扎，不知道熬了多久，气息从她的身体里抽离。

林宜猛地从床上坐起。

又是一场噩梦。

她此时香汗淋漓，心脏剧烈地跳动着，不安和恐惧包围着她，让她有些喘不过气来。

这些年，她常常做一些不着边际的噩梦，梦里那个男人是那样真实，一个眼神、一声呼唤都仿佛真的发生过。

她也清楚地知道，这一切会一一在现实中实现。

不记得是从什么时候起，她发现自己睡着了会频繁地做梦，梦境多半跟现实有关，而那些梦里发生过的事情都在不久的将来通通映射到了梦外。

起初，她感到恐惧和迷茫。

渐渐地，她也就习惯了，习惯了这个仿佛开了外挂的技能。

毕竟那些梦真的为她解决了不少心烦之事，也避免了许多误会和遗憾。

认真说来，她倒还真的应该感谢这个“特异功能”。

林宜拍了拍依旧起伏不定的胸口，强迫自己稳定心神，而后赤着脚下床，白皙的小脚踩在高定柔软的地毯上，朝洗手间走去。

两个小时后。

林宜坐在散发着玫瑰香水味的豪车中，广播中的主持人一再说着这年是 2016 年。

这年她二十岁。

林宜转头看向身旁的年轻男人，舒天逸睡着了，面目清雅温和，不带一点世俗之气，嘴角微勾，仿佛在笑。

看到这个人，林宜浑身的气血都在上涌。

这个男人，她爱得死去活来，可梦境显示，直到爸爸中风，直到她撞破舒天逸和她那个年轻继母，她才看清真相。

他没有爱过她，从一开始就是冲着林家的财产而来，和她继母有着全盘计划，一个控制她爸爸，一个控制她，慢慢将林家占为己有。

想到这里，林宜恨得几欲咬碎牙齿。

过了好久，林宜从自己新款的包里拿出化妆镜打开，慢慢照上自己的脸，心疯狂一跳。

美丽的脸，妆容淡然，眼眸若水，眼角微微上扬，小巧的唇涂着最流行的咬唇妆，轻轻一抿，勾勒出没有历经过曲折的明媚与张扬。

自从做了那些梦，她每每照镜子都从心底生出一股莫名的恐惧感。

在梦里，继母和舒天逸将他们父女囚禁以后，心情一不好就虐待她。

在继母和舒天逸的身上，她见到了人性最丑陋的样子。

她死死地握住化妆镜。

“大小姐，佘山是个观景的好地方。”

前面的司机突然出声。

林宜恍惚，旅游？

片刻后，她才从梦境回到现实中来。这时她和舒天逸谈恋爱还不久，正浸在蜜罐中，他一句请她去爬佘山，她就什么都不管了，抛下还没写完的论文就跑出来。

呵，他请她？

坐着她林家的车，用她林家的司机，吃饭住行一切都用她的卡，他一分钱不花还好意思说请？

现在想来，她脑子是真的不好使，居然还以为遇上真爱。

如果没有这些预知梦，她真的会一步步走向梦境中的自己，失去父亲，失去容貌，失去骄傲。

林宜看向身旁沉睡的男人，眼里的恨意渐渐凝聚，她想给他一点教训，便从包里拿出防身用的小刀往他的脸上划了一刀。

哪怕梦境还没有发生，但他和继母的狼子野心绝对错不了，她要先下手为强。

“啊——”

脸上突然被刺，舒天逸从睡梦中痛醒，惨叫了一声。

司机被吓得一激灵，方向盘都打歪了，回头看向他们，就见林宜坐在那里握着防身小刀，一张巴掌大的小脸上满是恍惚、错愕以及无辜。

“好痛，林宜，你做什么？”

舒天逸惊恐地看着眼前的林宜，像在看一个怪物。

林宜已经迅速收敛起眼中的恨意，慌乱地看着自己手中的防身小刀，似被吓到一样掉下眼泪：“怎么会这样？我又梦游了？”

“梦游？”

舒天逸震惊地看着她，话都说不出来，捂着脸的手全是鲜血，痛苦得直咬牙。

哪有坐在车上梦游的？！当他是三岁孩子呢？

“天逸？”

林宜一把扔了小刀，扑到舒天逸怀里，伸出手用力地捂上他的脸，一脸心痛地问道：“你怎么样？疼不疼？对不起，我不是故意的，我有时候睡着了会梦游，我也不知道怎么会这样，我不是故意刺伤你的……”

舒天逸痛得想打人，却又不能对这个大小姐怎么样。他好不容易哄得她答应做他女朋友，眼看一只脚都迈进林家了，他不能在这时功亏一篑。

“没事，小宜，我知道你不是故意的。”

舒天逸强忍疼痛温柔地宽慰她，腾出一只手去抱她。

林宜立刻从他怀中离开，泪眼婆娑地拉开他的手查看他的伤势，血糊了他一脸。她反复用钻石美甲刮他的伤口，担心地问：“还疼不疼？天逸，你疼不疼啊？”

这女人是要他死吧！

舒天逸忍住把这个花瓶小姐扔到车外的冲动，挤出一丝比哭还难看的笑容，拉下她的手，温柔细语：“不疼，一点都不疼，你别哭，哭得我心都化了。”

林宜被他恶心得差点吐出来，但还是强行演戏：“我再看看，让我再看看，伤口怎么这么深啊？”

然后她顺便用美甲再刮了几遍。

“小宜，真的没事，不过佘山只能以后再陪你去了，去医院吧。”

舒天逸拼命躲着她的手，差点被折磨得昏死过去。

车子立即开往医院，林宜没心情看舒天逸缝伤口，借口头晕心闷要回家就走了。

舒天逸无麻醉缝针，痛得他一身斯文尽失，瞪着林宜施施然离去的背影几乎跳起来。

这个花瓶居然就这么走了，那这医药费不是要他自己付？他只是个小白领，月月拮据，付完医药费就更剩不下什么了。

该死的，等他娶了她，林家的钱都是他的！

车子停在半山上，山壁蜿蜒陡峭，苍翠的绿浪一波波延向远处，被雾气笼罩，波澜壮阔。

林宜从车上走下来，望向黑漆镂花大铁门后的豪宅，视线落在门牌上的那一个“林”字上，她竟突然鼻子酸涩，有种恍若隔世的错觉。

林宜慢慢走向大门，将手按在门牌上，阳光落在她的指尖上，暖得撕心。

那些梦太真实了，真实到她一回到林家就觉得心痛无比，仿佛她真的经历了那些非人的折磨。

林宜红了眼眶，一路上，家中的女佣都小声地同林宜问好。

林宜看着她们战战兢兢的样子，才想起来在这天之前的自己脾气有多坏，哪怕脚上沾点泥，她都要寻个用人出出气。

从前的自己有够让人讨厌的。

林宜不禁自嘲一笑，继续往里走去。

她刚迈进别墅大门，林冠霆中气十足、怒不可遏的声音便传出来——

“她又跟那穷小子跑了？真是鬼迷心窍，我怎么生了这么蠢的女儿，舒天逸那小子满眼算计，有她栽跟头的时候！”

接着是继母肖新露的轻声安慰：“你有高血压千万别动气，早知道我就不告诉你了，要不是担心小宜……唉。”

林宜站在门口听得冷笑一声，她和爸爸的关系就是这么一点点被肖新露分化开的。

她一度以为爸爸厌透自己，可在梦里，后来爸爸是为了她不得不把公司大权交给肖新露，为她舍弃自己半生心血，到死都想给她找条活路……

林宜走进去，敞亮的大厅里，林冠霆坐在欧式古典沙发上怒不可遏，年轻温婉的肖新露站在他身旁不断安慰着，替他按摩。

“爸爸。”

林宜站在那里，叫出这一声，嗓子已经哑了。

在梦境的大结局中，她对爸爸最后的画面是躺在地上一动不动，满头银发，一脸的皱纹犹如树皮，死不安心。

现在乍见到林冠霆，她才发现，原来爸爸如此精神奕奕，满头黑发，身体健朗，眉目间虽有皱纹，但依然可见年轻时的俊朗风采。

突然见到林宜，林冠霆气得直骂：“你还知道回来？都野到哪里去了？”

站在林冠霆身后的肖新露则愣住了，柳眉飞快地蹙了一下。林宜不是跟舒天逸跑去外面旅游了吗，怎么会在这里？

舒天逸没伺候好这个花瓶小姐？

面对林冠霆的破口大骂，林宜没有顶嘴，而是眼眶一红，朝着林冠霆扑过去，直直地投进他的怀里，死死地抱住他，感受他身上的温度：“爸爸，我好想你……”

好想好想。

她在梦里真的以为爸爸死了，她也死了，幸好一切只是预知梦。

林冠霆彻底愣了，骄纵叛逆的女儿已经很久没有这么和他亲近过。他听她声音哽咽，便觉得心脏被狠揉了一把，当下什么怒气都烟消云散，抱住林宜担心地问道：“怎么了，出什么事了？是不是舒天逸那小子欺负你？”

林冠霆的爱妻很早就去世，留下一个四岁的女儿，于是他对这唯一的女儿疼进骨子里，舍不得打舍不得骂，直到舒天逸的出现，女儿一再和他顶撞摆脸色，父女关系僵至冰点。

此刻，林宜不说话，就是扑在他的怀里哭。

他一个大男人也不知道从何安慰起，只能紧紧地抱着林宜。

“爸爸，我知道错了，以后我会好好听话，再也不忤逆你了。”林宜紧抱住林冠霆，生怕一切都只是幻梦一场。

林冠霆怔了一下：“真听话？那你就和舒天逸断了，我见人见多了，那小子满眼欲望算计，不适合……”

“我会和他分手。”

“真的？”林冠霆一喜，捧起女儿的脸替她擦眼泪。

“嗯，他就是个禽兽，我再也不要理他了。”

林宜用力地点头。

林冠霆心下一松，随即又满是心疼，看这情形女儿是在舒天逸那里受了情伤。

看到这一幕，肖新露的脸都黑了，好不容易利用舒天逸来离间他们父女的关系，结果林宜哭一哭就算过去了？

这个舒天逸还自诩什么撩妹高手，连个林宜都搞不定。

林宜又陪着林冠霆说了好一会儿话，林冠霆发觉女儿哭一哭整个人都变得不同，一双眼睛里也没了平日的骄纵，黏他比小时候更甚，一时激动至极。

林宜在洗手间里洗了把脸，摸着没有任何伤疤的一张白净小脸，目光仍有些恍惚。

她在那些梦境里痛彻心扉，差点醒不来。真实的痛苦让她有些不敢相信一切只是梦。

不管如何，她绝不会让那些梦境上演，她不想经历那种被人陷害虐打的人生，也不想失去爸爸和林家的一切。

林宜在洗手间里待了很久，收拾好心情才擦着哭肿的眼睛走出来。

一进拐角处，她就听到肖新露气急败坏的声音传来：“我管你被划了几刀，肯定是你又惹着这个花瓶，我早就说过，林宜这个大小姐得惯着宠着，她就是打你你也得笑着，想想林家丰厚的家产，你怎么就忍不了……”

肖新露只比林宜大了五岁，但面相温婉，酷似林冠霆的亡妻，加上手段玲珑，很得林冠霆欢心。

林宜直挺挺地站着，听到肖新露的声音，眼底慢慢爬上一抹讥笑。

她走过去，肖新露慌乱地将手机放下，笑得有些尴尬：“小宜，你怎么在这儿，不是在陪你爸吗？”

林宜微仰着小巧的下巴，一脸挑衅地睨着她：“爸爸在做饭，专门给我做的。”

她刻意展示着骄纵的大小姐脾气，不想让肖新露觉得自己变得太多，这样她才能玩下去。

肖新露本来奇怪大小姐回来居然会痛哭流涕道歉了，还以为转了性子，现在一看，还是那副自以为是的模样。

肖新露放下心来，冲她柔柔一笑，一副和颜悦色的模样：“那当然，你是我们家的心肝宝贝，谁敢不宠着你呀。对了，你和舒天逸真的断了？他是不是欺负你了？要不要我帮你教训他？”

肖新露嫁进来以后，林宜和她一直不对付，明着暗着地争爸爸的宠。

后来认识舒天逸以后，不同于林冠霆的一味反对，肖新露暗地里处处帮她，替她想办法，替她安排约会，害她感动好久，对这个继母掏心掏肺，甚至一度帮着继母在公司固权。

现在一想，她就跟个傻瓜似的，还是个纯得不掺一点杂质的傻瓜。

林宜收敛心神，闲闲地往旁边的红木楼梯扶手上一靠，摆出一副无可奈何的模样，叹着气道：“那倒没有，只是在男朋友和爸爸之间周旋太久，太累了，我舍不得天逸，更舍不得爸爸……”

她欲言又止。

肖新露眼珠子一转，立刻道：“原来是这样，你是想你爸爸接受你男朋友，不是真想分手？”

“爸爸怎么可能接受？他说过，要是我再和天逸在一起，他就断了我的经济来源。”

林宜哀伤地垂眸，她的眼睛继承已过世的妈妈，如盛了水一般，澄光连连，眼神轻轻一扫就将求爱不得的悲伤表现得淋漓尽致。

“小宜，我了解你爸爸，他就是有些门户之见。”

肖新露走到她身旁，装作想了片刻后凝重地开口：“我看不如这样，过些天不是有个慈善晚宴嘛，到时 S 城里的大人物都会去。”

慈善晚宴，终于来了。

林宜目光一深，只听肖新露又道：“到时我让人领你男朋友偷偷进去，你找机会在舞会上公开你们的关系，让全城知晓，你爸是那么好面子的人，不可能当场翻脸，那他就是不想接受不也得接受了吗？”

林宜比任何人都清楚那个慈善晚宴，何止是 S 城的大人物，整个国内的大人物都来了，饶是她跟着爸爸见过不少大场面，梦境里的那场宴会之盛大也是她很少见的，高朋满座、美酒佳人、觥筹交错……

而肖新露和舒天逸打的主意也不是公开关系，那一晚，她刚进对稿室，舒天逸就迫不及待地上来拥抱她。情到浓时门外面的喧哗声、起哄声越来越响。

肖新露、林冠霆和一群生意上的合作人冲进来，而她和舒天逸正搂搂抱抱，亲热无比。

她才知道，他们在对稿室的画面被投射到舞台屏幕上，所有人都观看了全程。

那以后，林冠霆整整三个月都没和她说一句话，本来想让她进公司学习的心也彻底死了。

林宜回想着梦里那些仿佛隔着雾的画面。

肖新露在她面前晃了晃手：“小宜，你在听吗？”

林宜回过神来，若有所思地看着她，眼神犹豫又有些期待：“这样……真的可以吗？爸爸会不会更生气，他不给我钱花怎么办？”

“你别担心，就算你爸爸一时有些生气，我给你钱花，反正木已成舟，等熬些时间，你爸的态度也就软了。”

“真的？”

林宜的眼睛一亮。

真是个大小姐，就怕没钱挥霍。

肖新露在心里冷笑一声，脸上还是一副长辈姿态的语重心长模样：“当然啊，小宜，我只比你大了五岁，你什么感受我最知道，我一定会帮你。”

林冠霆一直说公司算是他和亡妻共同创建的，以后肯定要留给林宜。

呵，留给林宜？他想都别想。

林宜佯装出几分感动的样子：“那……谢谢阿姨。”

阿姨，她只是大了五岁而已。

肖新露的嘴角有些扭曲，怕被林宜看出来，她上前抱住林宜，语气欣慰地道："小宜，你终于叫我阿姨了。"

林宜被她身上的香水味围住，眼底所有的情绪顿时全部化为冷意。

接下来，除了去学校上课，林宜一直待在家里，没有买包包、衣服，没有做美甲、美容，没有寻家中用人的麻烦，在床上一躺就是一整天，吃饭也让人端进房间里。

她需要好好想想。

半个月后，林宜终于想清楚了今后该如何生活。

这半个月里，她只不过是在调整状态，身边的人却躁动了。

女佣们等不到大小姐鸡蛋里挑骨头，以为她憋着大招，更加战战兢兢地做事；舒天逸等不到她的联系，一天几十个电话地打，肉麻的微信发了上千条；林冠霆则以为女儿受情伤太重，心疼不已，天天抽时间早回家，为她下厨。

慈善晚宴的前一晚，林宜终于离开房间，下楼准备吃晚饭，见几个女佣还在收拾便道："这么晚了，不急着收拾，你们先去吃晚饭吧。"

"大小姐！"

女佣紧张地站成一排，再抬眸看去都愣住了。

镶钻的白羽坡跟凉鞋将林宜白皙的双腿拉得格外细长笔直，她随意地披散着一头及肩长发，没有化妆，露出本来极小清新的五官，身上则穿着白色的及臀长T恤。

没有高端品牌的珠宝首饰，没有时刻像去走秀的夸张穿着，简简单单的打扮使她看起来极为清爽干净，且平易近人。

女佣们面面相觑，她们居然在大小姐身上看到了平易近人，集体眼瞎？

林宜不知道她们所想，径自朝餐厅走去，一进去就看到满桌佳肴。象牙白桌后，肖新露无骨般依偎着林冠霆撒娇，脸上带着红晕。

林宜看着林冠霆眼中的疼惜，无语得厉害。爸爸还说她没有看男人的眼光，可他自妈妈去世后，看女人的眼光简直有毒。

他们可真是亲父女，全被异性骗了。

"爸爸、阿姨。"

林宜堆起笑容在他们面前坐下来。

"小宜，快坐，饿了吧？快看看这些菜你喜不喜欢？"

林冠霆看向自己的女儿，又是欣慰又是心疼，欣慰的是向来骄纵跋扈的女儿居然懂礼貌了，心疼的是这一切是拿情伤换的。

林宜的目光往桌上一扫，只见都是出自林冠霆的手笔，每一道菜都精致精美，色香味完美地搭在一起，令人食指大动。

林冠霆有一手过人的厨艺。

当年，林父、林母开了一家小餐厅——宜味食府。

凭着这一手好厨艺生意自然火爆，夫妻二人每天忙得团团转，林母的身体渐渐垮了，积劳成疾，更是一病不起，也就没有看到林父后来将宜味食府越做越大，直到连锁的规模。

林宜端起碗，夹起撒着芝麻的珍珠白米放进嘴里，淡淡的清香是记忆中最浓烈的味道，她由衷地道："好吃。"

"你这孩子，吃口白饭就好吃了？吃菜。"林冠霆笑道，宠爱地往她面前的盘子里夹菜。

林宜也给他夹菜。

肖新露看着他们父慈女孝的，心里的火都冒出来了，但还是强忍着。

三人心思各异地吃着饭，表面上很是和谐。

晚饭至尾声，林冠霆有些踌躇地放下筷子，道："小宜，明天的慈善晚宴你真的要去？"

林宜不明所以地看向他。

"应寒年也会到场。"林冠霆道，"你不是不想看到他吗？"

应寒年。

听到这个名字，林宜不禁打了个冷战。

她脑海中猛地闪过那些梦。

应寒年说的那些字字充斥着侮辱与冷血的言语，让她胆颤。

忆及那些恍若真实发生过的画面，她对肖新露和舒天逸是噬血啃骨的恨，对应寒年……是魂魄颤抖的惧怕。

听到林冠霆突然提起应寒年，林宜才想起那些都是梦，很多事情都还没有发生，还来得及阻止。

可是她打应寒年的那三巴掌已经发生过了。

她顿时有些头疼。

得罪应寒年，绝对是她人生当中最后悔的事情之一。

见林宜这样，肖新露以为她在迟疑，急切地道："明天晚宴上的人那么多，小宜哪能碰上啊，再说，应寒年一个无业游民敢招惹我们家小宜，你早该治治他了。"

晚宴上的一切她都布置好了，要是林宜不去，戏还怎么唱？

林冠霆想说应寒年可不是池中之物，但怕女儿反感便压了下去，只道："小宜……"

"不碰到就行了，我只想陪着爸爸一起去赴宴。"

林宜笑着说道，她记得在梦里的慈善晚宴上她并没有见到应寒年，说不定只是名单上有，他临时有事没去呢。

用过晚饭，林宜回到房间，直挺挺地倒在床上，用手挡在眼睛上，思绪浮沉。

她想起了和应寒年的第一次见面。

应寒年，二十五岁，无正当职业，无家庭背景，无高学历，没人知道他是从哪里来，也没人知道他的过去。

他是在一场跨国集团商战中凭空冒出的，帮助在商战中最弱的一个公司赢到最后，自此在商界中声名大噪。

他能狙杀任何一家公司，也能使岌岌可危的公司起死回生。

想请他做事的人不计其数，林冠霆一心想将宜味食府发扬光大，于是也慕名而去，得到的会面时间也是像这天这么星辰满天的一个夜晚。

而她，为找林冠霆拿新卡买衣服，于是跟着去了。

林宜到现在还记得那一晚的情景，红调坊是S城最大的夜店，震耳欲聋的音乐无一不让她烦躁。

她和一些名媛小姐碰面只会去私人会所，像那种不入流的夜店她还是第一次去。

长长的走廊里墙面颜色暗沉，光线毫无规则地晃动，上上下下地射下来，将一条走廊照得犹如黄泉梦境。

应寒年就是这样出现在晕光中的，怀里搂着两个女人，步子踉跄，一张英俊不凡的脸庞明明暗暗，眼角染醉意，勾着玩世不恭的笑容。

两人正面相逢，四目相对。

他的视线便直勾勾地盯着她裸露出来的腰。

她穿着低腰裙，白莹莹的细腰很暴露。她还在腰前装饰着一条品牌钻链，衬得腰更加纤细妖娆。

平时有人这么打量她，她只会得意，觉得自己漂亮。

可应寒年那一双漆黑的眼在炫目的光线中像剧毒的蛇，仿佛要将她缠住收紧，再吞吃入腹。

她一个被众人捧着、供着长大的大小姐哪受过这样的侮辱，当下就上前扬起手甩了应寒年一巴掌："臭流氓，你再看一眼试试，我让人把你的眼珠子挖下来！”

林冠霆一向惯着她，自然也不会阻止。

应寒年搂着两个女人空不出手来，生生地被她甩了一掌。

再度正过脸时，应寒年的眼里一片凌厉，阴沉沉地盯着她。

那种眼神令林冠霆都不由得一惊，下意识地将林宜拉到身后护着。

林宜也惧怕那种目光，但还是强撑着瞪过去：“你还看？无耻！”

“呵。”应寒年阴沉地冷笑一声，视线转到林冠霆身上，一字一顿道，“林冠霆？”

他们父女这才知道面前的年轻男人就是应寒年。

进入包厢后，两个女人拿着冰袋帮他敷脸。

应寒年像是看不到他们父女似的，刻意冷落。

她看得恶心，但还算知道分寸，不想坏了爸爸的事，便没有再出声。

包厢中安静，林冠霆等了十分钟都不见应寒年有搭理自己的意思，便开口道：“应先生，相信你也知道我的来意，我想请你将宜味食府的招牌打响，成为国内第一家店。”

宜味食府是 S 城最大的美食自主品牌，但和外面很多的大集团相比，就显得不值一提。

林冠霆花了很多心思，但就是无法再做大。

闻言，应寒年抬起腿一脚踩在前面的黑色磨砂面茶几上，一手从身旁的女人手中接过冰袋敷脸，嗓音凉薄：“我应寒年做交易很简单，要我帮忙，就看你付得起什么。”

林冠霆立刻道：“酬金方面好说，应先生随意开口。”

应寒年不屑地冷笑一声：“请我帮忙的，哪个集团不是任我开价，宜味食府算个屁？”

林宜厌恶地直皱眉。她想，不知道哪个山沟沟里跑出来的乡下人说话这么粗俗，不过就是瞎猫碰上死耗子做成一件大事，父亲居然还亲自跑来拜访。

林冠霆问道：“那应先生的意思是？”

“钱自然不能少给。”应寒年扔了冰袋，一双眼直勾勾地盯着林宜，舌尖舔了一下下排的牙齿，表情邪佞至极，开始加筹码，“另外，她是不是学过舞蹈？”

这话题转得猝不及防，她咬紧唇强忍着憎恶情绪。

“不错。”

林冠霆没明白他的意思。

“那我要她……”

应寒年的话还未说完，她就再也受不了地站起来，怒得面红耳赤，瞪着他道：“你做梦！”

“小宜……”林冠霆想拉住她。

“爸，你还和这种人谈什么谈？一个下三烂，都敢欺负到我头上来了！”她长这么大，就没人敢用这种态度和她说话。

应寒年坐在那里，脸色如蒙冰雪，薄唇勾起一抹嘲讽：“欺负你？呵，小姐，我还没试过呢。”

说着，他意味深长地上下打量她，毒蛇般的眼神缠得她透不过气来。

这下，林冠霆的脸色也变了：“应先生，这是小女……”

“怎么？你的女儿不能碰？”应寒年反问。

林冠霆哑然。

生意场上各种腌臜的交易数不胜数，应寒年身为商人早已习以为常，但说得这么直白露骨又下作的，应寒年是头一个。

“变态！”

她冲过去便是左右两巴掌，甩得干脆果决，一出心中的恶气。

应寒年有机会甩开她，却动也没动。

“啊——”

应寒年身边的两个女人见状惊得尖叫起来，全站了起来。

被连甩三巴掌的应寒年脸色自然好看不到哪里去，酒意去掉大半。他坐在沙发上，一双眼阴沉沉地扫向她，目光像染了毒一般，戾气浓得令人心慌。

他一言未发。

她站在那里，鄙夷地看着他：“癞蛤蟆想吃天鹅肉，也不照照镜子看看自己是个什么不三不四的东西，恶心！”

说完，她仍嫌不够解气，弯腰抓起茶几上冰桶里的一瓶路易十三就朝应寒年砸去。应寒年腾地站起来，目光如刃，一把抢过酒瓶砸向身边的墙面。

“砰”。

酒瓶应声碎了底座，昂贵的酒液浪费一空。

应寒年抓着酒瓶冲向她的脸，狠戾地吼出来：“嫌我恶心？信不信我现在就剐了你！”

他的个子很高，将近一米九的样子，站在她面前极具压迫性，酒瓶的碎齿尖锐，距离她的脸不到一厘米。

她当即吓得连连后退，林冠霆连忙站起来拉她到身后，冷眼看向应寒年："应先生，生意谈不谈得成不重要，请你对我女儿放尊重一点。"

应寒年拎着破酒瓶，冷冷地瞪着比自己矮了一个头的林冠霆："是你女儿给脸不要脸，还有，是你求着见我。"

"我本以为应先生才华盖世，是我需要的人才，现在想来也不过是徒有虚名，告辞。"

林冠霆没有过度发火。他习惯了在商场上做人留一线，于是不再多说，拉着女儿便要走。

"徒有虚名？"应寒年冷笑了一声，"林冠霆，宜味食府的内部早就乱了，没有我，你的家业三年内必定易姓。"

闻言，林冠霆愣了一下，却没信。宜味食府虽没有做得特别大，但也是远近驰名，业绩良好，怎么可能乱？

他没停，直接拉着女儿离开了。

"下流无耻！"她一边跟着走一边回头骂。

应寒年含着冷笑的声音紧接着传来："林冠霆，我应寒年从来不给人两次机会，下一次，你就是让你女儿来找我，我也不会救你。"

这句话一遍遍回荡在他们父女的耳中。

回忆结束。

林宜躺在床上叹了一口气，拿起一旁的小鹿抱枕圈在怀中。

一语成谶，在她的预知梦里，后来林家的确败了，也易姓了，而她苦苦哀求，应寒年也没再救她。

应寒年不是个好东西，但确实不负盛名，想来，他肯见爸爸谈生意，就已经调查过宜味食府了，早就知道林家的症结所在。

而他们父女身为局中人，却一直看不透。

后来林家一再败落，她被算计背上一身的债，再到被囚禁，每天过得生不如死。

而应寒年的名声越来越大，身家富可敌国，站到金字塔的顶端，拥有自己强大到不可摧毁的商业帝国。

林宜躺在床上，摸了摸自己的脖子，应寒年最后掐自己的那一下光是想想她就觉得窒息，真实得仿佛她真的被掐死了。

在梦里，她却并不恨他，她的恨，都用在肖新露和舒天逸身上了。

她得罪应寒年，以他的手段，他可以搞垮宜味食府，但他没有，他只是见死不救。

林宜咬了咬唇，将下唇咬得泛白，从床上坐起来。她要向肖新露和舒天逸报复，她要守住宜味食府，至于应寒年……

这个像毒蛇一样的男人，但愿今后自己和他不会再有往来就行了。

她揉揉唇，抱紧小鹿抱枕又躺下，闭上眼。

不想了，她得好好睡一觉，慈善晚宴还有一场硬仗要打。

ViSa 慈善晚宴是国内首屈一指的盛会，国内外的商界名流、一二线的男女明星齐聚于此。长长的红毯上，打扮光鲜亮丽、摇曳生姿的女嘉宾们争奇斗艳。

由于晚宴这一次在 S 城举办，林冠霆作为城内第一人出力不少，提供全场菜品酒水，因此得到很多关注。

林宜和肖新露一左一右地拥着林冠霆走上红毯，肖新露穿着一袭黑色开衩晚礼服，年轻艳丽的脸庞不输在场的女明星，吸睛极了。

她挽着林冠霆的手往前，忽然听到红毯旁几个记者的声音——

“林冠霆有两个女儿？”

“你什么眼神啊，穿黑色礼服的是他新娶的老婆，穿白色洋装的才是他女儿。”

“我就说怎么两个女人年纪看起来差得有点多，差了有十多岁吧？不过这后妈还是很漂亮，嫁给林冠霆也配了。”

肖新露脸上维持着笑容，心里早就气炸了。

她和林冠霆年纪悬殊，所以出去她一向将自己往成熟打扮，反正她驾驭得住，但也不用说她比林宜大了十几岁吧？

肖新露扫一眼边上的林宜，嫉妒得眼珠子差点掉出来。

林宜穿着一袭短俏修身的小洋装，衬得她一张妆容淡淡的脸格外细皮嫩肉，满满的胶原蛋白几乎溢出，洋装白色的孔雀羽设计优雅，将她的细腰收得曲线动人，一双白皙的长腿硬是将她给比了下去。

她穿黑，林宜就穿白；她打扮成熟，林宜就把自己穿得跟小仙女似的。

肖新露严重怀疑林宜在跟自己作对。

三人走在红毯上，肖新露侧头笑容满面地看向林宜：“小宜，怎么没穿我给你准备的礼服呢？是嫌不好看吗？”

她明明准备了一套蓝色礼服给林宜，那礼服裙摆大，不显腰，上半身的设计妖娆无比，好看是好看，但林宜的脸撑不起来。

林宜要是说难看，林冠霆肯定心生不悦，他一向希望她们能和谐相处。

肖新露正想着，就见林宜朝她从容一笑，一张小脸明媚非常："那件礼服很好看，但我穿的时候不小心弄破了，只能换掉。不好意思啊，阿姨，辜负你的一番心意。"

弄破了？她别是故意的吧。

肖新露正想说话，就看林冠霆满面笑容，就差把"我女儿真是越来越乖了"几个大字刻在脸上。

"没事，你这一身更漂亮。"肖新露笑着说道，咬了咬牙作罢。花瓶大小姐喜欢出风头就让她出，晚上还能出个够呢。

走过红毯，肖新露借口上厕所，把自己的私人助理谢心叫到角落里："怎么样，准备好了吗？"

"放心，林太，舒天逸已经到了，我待会儿就偷偷放他进来。"

"嗯。"肖新露满意地点点头，从包里拿出一瓶精油给谢心，"一会儿在对稿室里点上香熏，到时林宜意乱情迷下就不信她不中招。"

谢心接过来，同肖新露对了对眼神，两人皆从对方脸上看到狞笑："到时林先生的脸都丢尽了，恐怕这辈子都不会再搭理她。"

肖新露冷哼一声："老东西想把公司留给林宜，也要看看我会不会答应。行了，你去吧。"

谢心点头，转身离去。

肖新露左右看了看，确定没人后才离开。

二楼的看台上，林宜弯着腰搭在雕花扶手上，将角落里的一幕尽收眼底，嘴角勾起一抹讽刺的弧度。

林宜想了想，转身离开。

这时，男厕所的门被推开，一个高大的身影漫不经心地走出来，从薄唇间吐出青烟，修长的手指捏着烟，斜斜地靠在墙上。

林宜……

那个连甩他三巴掌的大小姐？

看来今晚有好戏看，他来值了。

大厅里摆满酒桌，宾客们一一入座，舞台上的灯光亮得刺目。

二楼弧形的看台上摆着一桌酒菜，林宜乖巧地陪着林冠霆同在座的叔伯阿姨交谈。这些叔伯都知道林宜被养娇了性子，没一个不讨厌她，也就只淡淡地应付几句。

“小宜以前不懂事，有什么得罪各位叔伯的地方还请不要计较，我敬各位长辈一杯。”

林宜站起来替他们一一倒酒，面上笑容可爱真诚。她以前的臭脾气得罪太多太多人，以至于后来落魄时想求人帮忙，一个都找不到。

她想到那些预知梦，心里有了一番打算。

在场的人见林宜一改平时的颐指气使、无理取闹，都愣住了，好半晌才回过神来，纷纷客套敷衍。

林冠霆见女儿如此懂事，高兴得一连喝了两杯酒。

肖新露的脸色更加不好看，待接到私人助理的短信后，才站起来到林宜身旁，低头附耳小声地道：“我让人把舒天逸带过来了，就在对稿室，你要不要先去讨论一下？他好像还精心准备了稿子。”

林宜心中冷笑一声，再抬眸时看向肖新露瞬间换上感激的神色。

林宜转身看向林冠霆，小声道：“爸爸，我去下洗手间。”

“去吧，去吧。”

林冠霆的心情好得不行，声调都上扬了起来。

林宜站起来绕过半个宴会厅，走向舞台后方的一条长廊。

一过去她就看到谢心领着舒天逸在找对稿室，舒天逸穿着一身白色的西装，一副斯文败类的模样。

见到她，舒天逸激动得大步走向她，脸上的伤疤还未愈合，看起来很是狰狞，有碍观瞻。

“小宜！”舒天逸冲过来就抱住她，有些幽怨地道，“你半个月不接我的电话，我还以为你不想见我了，知不知道我有多难受？”

林宜忍着恶心让他抱了一下，低头做娇羞状：“我怕我爸爸骂我嘛，万一他禁了我的足，我今天哪出得来？”

“这倒是。”舒天逸点头，低眸看着她，眼中是满满的惊艳之色，“小宜，你今天好美。”

这天的她美得出尘，不似平时什么值钱什么绝品都往身上凑，清丽得令他移不开眼。

林宜没说话，只看向谢心。

谢心忙识时务地道：“那你们慢慢聊，这是对稿室 3 号房的钥匙，我特地拿过来的，保证不会有人打扰你们，我先走一步。”

谢心离开前碰了下舒天逸，林宜假装没看到他们私下转交的一瓶精油。

“走吧。”

林宜同舒天逸往前走去，还未推开门，舒天逸就一把将她搂进怀里，低语道：“小宜，我好想你，半个月不见，我都想死你了。”

林宜拼命躲着他的吻，忽地弯下腰去：“哎哟，好痛……”

“怎么了，小宜？”

舒天逸急忙扶她。

“我闹肚子，不行不行，你先进去吧，我上厕所。”说完，林宜把舒天逸往里一推。

“那我等你啊，我给你烧热水。”

舒天逸倚在门口，伸手拉上门。

“好，天逸，你真体贴。”

林宜一边应着一边推开对面的另一间对稿室，往里走去。

对稿室里设备、家具一应俱全，光线明亮，是工作和休息完美结合的最佳地方。

最重要的是每个对稿室里都有直通舞台屏幕的影像设备，用来前后台互动，一般都是关着的，可这一次偏偏打开了，这才让她在预知梦里做了一次禁播片的女主角。

林宜直接坐到沙发上，拿出遥控器打开电视机，调出舒天逸那一间房的拍摄画面，这是她买通后台人员才做到的。

这一出大戏，她不亲眼围观全程怎么能泄心头之恨呢？

画面亮起，光幽幽地洒落在整个休息室里。

电视屏幕上，舒天逸正在点香薰，把一整瓶的精油全倒了进去。

盯着香熏灯上冒出的袅袅烟气，舒天逸有些得意地勾起唇，松了松领子：“小花瓶，看你这次还怎么逃出我的掌心。”

“……”

林宜面若冰霜，她以前到底是怎么瞎眼看上舒天逸的？

她和舒天逸一直没有实质性进展，舒天逸为维持自己的暖男人设，从来都很尊重她。

可是预知梦显示，他们后来结婚了，舒天逸却显露出真面目。

再后来她被囚禁时，舒天逸想强迫她，肖新露又动了和他长长久久的心思，吃醋吃得厉害，硬是没让他得逞。

她和应寒年的那一次……是她的第一次。

她回想着梦境的同时，电视屏幕上，舒天逸已经脱了外套，躺在按摩椅上做按摩，不时看着手表上的时间等待。

时间一分一秒地过去，舒天逸的脸色红起来，他嫌燥热，松了衬衫上的两颗扣子，又去找水喝。

时候差不多了。

林宜拿起手机拨打肖新露的电话，捏着嗓子装出一副痛苦的语气："喂，阿姨……"

"小宜，你怎么了，声音怎么这样？"肖新露在那端诧异地问道，声音是刻意压低的，显然是不想让林冠霆听到。

"我肚子好痛，例假来了……痛得我走不动路。"林宜有气无力地道，"我看今天就算了吧，我想先走。"

肖新露一听这话就急了，连忙道："小宜，你好不容易盼到今天，就这样离开你甘心吗，你甘心和舒天逸就这样分开？"

——我不甘心的是你们能好好活着。

"可我真的好痛啊……"林宜演得逼真，自己都快信了。

"你别急，我让这边的服务员送止痛药过去。"肖新露拼命地游说着她。

林宜往沙发上一躺，娇嗔道："不要，我还弄到裙子上了，我不要被外人看到。"

肖新露内心已经在骂街，嘴上还是温声细语地道："好好好，不给外人看，我亲自给你送上来。"

"那好吧。"

林宜这才满意地挂上电话，松了一口气。

这就是她的目的。

这出给她安排的大戏，她要全部还到肖新露身上。

林宜想想有些兴奋，直起身子，拆开茶几上放着的一包薯片，放进嘴里咬着，声音清脆。

吃着吃着就口干了，林宜朝橱窗走去，拿出一瓶饮料，刚打开，忽觉芒刺在背，有种呼吸不过来的感觉。

她猛地转头，就见一个男人斜斜地靠在里侧的门上，双手插在裤袋里，姿态慵懒又随意。

那人正是应寒年。

"你裙子上没弄到吧？"应寒年戏谑地开口。

林宜见到他，只觉得脑子"轰"的一声炸了。

两人这是隔了无数个梦境的重逢。

“砰”。

饮料从林宜手中滑落，砸到地上，液体洒了一地。

“你怎么在这里？”林宜问道，身体不自觉地僵硬起来。

“……”

应寒年挑眉，即使她费力地强撑着，他也能看出她眼中的惧意，见到他她惊成这样？这可不像她，上次她打他骂他不是很爽吗？

“大小姐，对稿室里有休息室。”

“可这个对稿室是节目组安排给我的。”

因为她这天有独舞，这里供给她排练。

他怎么进来的？他一直在里边？

那她做的事……都被发现了？

闻言，应寒年不以为意地一笑，走向她，擦过她的肩膀走到橱窗前拿出一瓶威士忌。

忽地，他低下头，往她的眼睛上吹了一下，道：“像我这种不三不四的人，这点事不是很容易吗？”

他的嗓音低沉磁性，又充斥着嘲讽。

林宜下意识地后退一步，放到身后的手握紧拳头，脑子里那些画面挥之不去，刺激得她一颗心定不下来。

应寒年给自己倒上一杯烈酒，好久都没听到她开骂，不禁看她，见她一脸恍惚，眉头微敛。

大小姐吃错药了？

电视里突然传来声音，林宜连忙望过去，就见舒天逸被香熏迷得已经蓄势待发，正跌跌撞撞地跑去开门。

林宜的心一下子提起来，见到进来的是谢心，而不是肖新露时，她的心一下子坠落。

她还等着肖新露和舒天逸在一起，好让爸爸看清一切呢。

“林宜呢？”谢心一边将药拿出来一边问道。

“还没回来。”舒天逸靠在墙边，又解了一颗衬衫扣子，呼吸有些急促。

林宜当然知道那精油有多厉害，在那场梦里，她闻了一会儿就有些发热，晕晕乎乎得不辨真实。

谢心把药放到茶几上，冷声道：“林太说了，她也是看在和你老同学一场的分上拉你一把，要是你今天搞不定林宜，她就准备换人了。”

老同学？

林宜怔了一下。她一直以为舒天逸和肖新露早就勾搭在一起，原来这时他们还只是老同学的关系。

谢心喋喋不休地转达着肖新露的意思，端起一杯水仰头喝下，胸脯随动作而起伏。

林宜看到舒天逸的眼睛直勾勾地盯着谢心，眼睛越来越红，下一秒，舒天逸冲过去将谢心扑倒在沙发上："小宜……"

杯子坠落。

谢心震惊地睁大眼，尖叫起来："舒天逸，你个浑蛋，我是谢心，不是林宜！"

闻了太久香熏的舒天逸哪管得上这些。

意料之中的画面却让林宜没有意料中的高兴心情，一是肖新露没成为主角，二是，她身边还多了一个观众。

她侧目，只见应寒年弯腰站在沙发后，双手随意地搭在上面，修长的手摇晃着手中的烈酒，漆黑的眼盯着混乱的电视画面："将计就计，好计策。"

他一眼看穿了。

"……"

"就是可惜了那么多远道而来的嘉宾，不能从大屏幕上欣赏到S城鼎鼎大名的林大小姐。"应寒年仰头喝了一口酒，那么烈的酒入口，他连眉都不皱一下。

"……"

大屏幕？

应寒年一脸无趣地扔了一个小遥控器在沙发上，林宜震惊地看过去，认出是控制对稿室拍摄画面直传舞台上的遥控器。

难怪她买通后台人员找这个遥控器都找不到，竟是在他的手中。

她的脑海中掀起惊天巨浪，原来将来会把对稿室画面直播到舞台上的人不是肖新露和舒天逸，而是应寒年！

估计肖新露的计划只是在她和舒天逸浓情蜜意时带人闯入，想想也是，直接将画面传到舞台屏幕上众人皆知，对林家的名声也有亏损，肖新露哪会干这种蠢事。

她还以为在三巴掌后，应寒年不会有任何动作，原来他将来都会暗中一一报复回来。

那现在她怎么办？这次他报复没成功，会不会再对她进行二次报复？

说穿了，他们之间的争执只是小事，她的精力也只够用来对付舒天逸和肖新露，她不想再招惹应寒年。

应寒年将杯中的酒饮尽，见林宜还是一副恍恍惚惚的样子，没有一点要骂他、打他的意思，眸色不由得变深。

这个大小姐转性了？

林宜脑袋里晃过很多想法，忽然听到电视里传来声响。

不管了，无论发生什么插曲，这场戏她必须唱完。

林宜绕过去，拿起沙发上的遥控器就按下传播键，即使对稿室和外面宴会厅还有一定的距离，可那种同梦境里一样的起哄声、喧哗声依旧传来。

应寒年喝着酒，似笑非笑地盯着她。

不一会儿，一阵杂乱的脚步声从外面远远地传来。

林宜匆匆地从对稿室里出去，走到门口。她回头看向应寒年，朝他微微低了低头："应先生，我为之前对您的行为、言语向您道歉，希望您能原谅我。"

说完，她也不看应寒年的脸色便离开。

应寒年站在原地，转了转手中的杯子，若有所思。

原谅？

他应寒年可不是个肚量大的人。

林宜一冲出门，就看到以林冠霆、肖新露为首的一群人从转角的位置快步走来。林冠霆一脸怒色，脸色难看得厉害。

"爸爸？"

林宜一脸疑惑地看向他。

见到她，林冠霆明显愣了一下："小宜，你怎么在这里？"

"我？我到洗手间来的啊。"林宜茫然地看着他，"你和叔伯们怎么过来了，不是马上到竞拍环节了吗？"

"别说了！你阿姨用人不严，当众做丑事！"

提到这个，林冠霆怒不可遏地瞪了身边的肖新露一眼。

肖新露状似惭愧地低下头，又偷偷看一眼面前一脸无辜的林宜，很是莫名。她明明让舒天逸把林宜搞定以后，给她打电话，她就立刻带人过去。

现在林宜安然无恙，舞台大屏幕上却突然出现舒天逸和谢心的画面，她到现在都不懂这中间究竟出了什么差错。

林宜假装懵懂地仰头听声音，已经有人跟一阵风似的直冲过去，将每间对稿室的门都强行撞开。

都是看热闹不嫌事大的人。

林宜被挤到一旁，只听“砰”的一声，对稿室3号房的门硬是被撞了开来，然后便传来谢心的尖叫声。

林宜下意识地捂了捂耳朵，见到肖新露正疑虑地看向自己，她连忙收敛看好戏的表情，奇怪地问道：“怎么回事啊？”

说着，她便往里走去。

林冠霆见状立刻冲进去，伸手捂住女儿的眼睛。

林宜掩了掩鼻子，就听到肖新露突然出声：“那不是小宜的男朋友吗？我刚才还以为在大屏幕上看错了。”

瞬间，所有人的目光朝林宜看过来，夹带着好奇和玩味之意。

林冠霆不满地瞪向肖新露，肖新露假装出一副不小心失言的样子：“对不起啊，冠霆，我只是太震惊了。”

“……”

林宜冷笑，计划失败了，她这个继母还不想放过她。

“小宜啊，这是你男朋友？那是跟着你进来的吗？”围观的一群人有些是林家生意上的竞争对手，哪会放过这么好的机会，纷纷盯着林宜追问起来。

还有人悄悄拿出手机拍摄。

“你们不要乱说！”

林冠霆把女儿护到身后，威严出声。

林宜从他身后露出脑袋，睁大双眼，无辜地看着大家：“没有，叔叔阿姨们，我只是和他相识，他不是我男朋友，而且我是和爸爸进来的，你们都看到的啊。”

她这身清纯的打扮，整个人看起来无害极了，可信度看起来极高。

肖新露隐隐感觉到自己被林宜耍了，再看到慌慌张张的谢心，立刻丢过去一个眼色。

谢心见状只好朝着林宜就一阵鞠躬道歉，眼泪横飞：“大小姐，对不起，对不起，你让我安排和舒天逸偷偷见面，我却……我也不知道为什么，你一定要原谅我，舒天逸只爱你的……”

林宜微张着嘴，冷眼看着她的表演。

都这情形了，谢心还能现编出一个故事来。

那么多人在场，对方不弄死她不甘心呢。

所有人又全朝林宜看过来，只见她一脸愤怒地瞪向谢心：“谢心姐，你在胡说什么？我林宜就算有男朋友，那也会光明正大地约会，何必要你偷偷安排？”

众人又看向谢心。

“还不是你怕林先生断了你的经济来源，所以只能偷偷摸摸地见面。”谢心拼命往她身上泼脏水。

“爸，你看她在胡说什么啊！”

林宜急得直抓林冠霆的手臂，将被冤枉的小女儿姿态扮得十足。

林冠霆听到谢心的话时心中有了猜疑，女儿为这个舒天逸之前没少顶撞自己，难道女儿真想瞒着他偷偷约会？

林冠霆心中极气，但当着这么多人他还是护着女儿。他怒视着谢心吼道：“你再瞎说一句试试，敢诬蔑我女儿，我让律师告你诽谤！”

那边，肖新露暗暗在一个和自己交好的夫人耳边说了些话，那夫人立刻道：“这对稿室有拍摄设备，外面走廊有监控，谁是谁非去监控室看一下不就一清二楚了？”

肖新露有些得意地勾起嘴角，转眸看向林宜，见她一脸淡定，心中不由得一怵。

林冠霆刚想拒绝，林宜就一副娇蛮状地喊道：“看就看！看个清楚，谁也别想冤枉我！”

见林宜这样，林冠霆到嘴边的话又咽了回去。

第二章
— 如 —

一行人进入监控室，这里掌控着整个晚宴的情况，能将情况查得非常确切。

舒天逸这会儿才有几分清醒，慌里慌张地想拉着林宜解释，林宜一脸厌恶地推开他，躲到林冠霆身边。

林冠霆冷冷地瞪向舒天逸：“舒天逸，我有的是办法让你在S城待不下去。”

舒天逸摸了摸脸上的疤，有些瑟瑟地往后退去。

他真是倒霉，怎么会弄成这样？

众人屏息凝神地看向屏幕，工作人员先调的是对稿室里的录像，只有舒天逸进去的画面，从头到尾林宜没出现过。

林宜更加趾高气扬。

肖新露的脸色灰败不少。

工作人员又调出对稿室外的走廊监控，某一段跳帧了，等画面恢复时只看到舒天逸关上对稿室的门，而后再没有人进去，也没有人出来。

直到谢心进去，再之后，就是一群人过来。

林宜向前按停监控，转头盯向谢心：“现在大家都看清楚了，还有什么话说？”

“怎么会这样？”谢心脸色苍白地瞪着监控画面，“这前面跳帧了，你就是那个时候和舒天逸进去的！”

“这跳掉的只有二十多秒，我要真进去了对稿室里怎么没有我的身影？难道我能隐身？”林宜操作着鼠标滑到前面舒天逸关门的瞬间。

门大开的时候，里边的场景几乎是呈现一大半，她道：“你倒是看看，这门里门外有没有第二个人？事实摆在这里，你还想冤枉我？”

这监控她让人动过手脚的，怎么可能有真相？

果然，大家盯着画面细细看了半晌都信了林宜的话，林冠霆更是为自己在心里怀疑女儿而内疚。女儿上次哭成那样，肯定知道舒天逸是个人渣了，怎么还会和他有瓜葛。

舒天逸看着一室的人，明白自己说什么都晚了，再待下去对他无益，于是蹑手蹑脚地贴着墙从门口溜走。

谢心则激动地大喊：“不是这样的，明明就是林小姐让我安排的，就是她……林太，你要帮我，你知道的对吧？你知道林小姐……”

啪！

林冠霆一拳狠狠地捶在桌上，镇住所有人。

肖新露心中一慌，急忙甩掉谢心的手，厉声道：“你真是狗急跳墙乱咬人，居然敢造我们家小宜的谣，我怎么会把你这种人留在身边！”

林宜静静地站在一旁，观看这一场表演。

谢心愣愣地看着她，难以相信肖新露会弃车保帅：“林太……”

肖新露垂在身侧的手比了个“三”，这是她谈价钱时惯有的手势，是要给谢心封口费。

林宜无声冷笑，没有拆穿肖新露，这时候拆穿并不能起什么作用。

谢心见大势已去，于是重重地弯下腰，哭得悔不当初：“林先生、林太，对不起，我看到那么多人就慌了，我不是故意胡乱攀咬的，对不起……”

肖新露暗暗松了口气。

“你什么眼光，还把她安排进公司，这种人留在身边就是吃里爬外！小宜的名声差点被她毁了！”林冠霆盯着肖新露道，怒不可遏，“马上把她辞了，她在公司经手的一切事务都需要调查，看她有没有动手脚。”

“知道了，我会办的。”

肖新露点头，忽地上前搂住林宜，满脸关切地问道：“小宜，让你受委屈了。”

林宜不露痕迹地抽回自己的手臂，微微一笑：“没什么，误会澄清了就好，让各位长辈替我担心，真是不好意思。”

本来抱着看戏心态的一群长辈听到这话连忙纷纷关心起她，还夸她处事不乱，让林冠霆多带她出来走动走动。

一顿关心之后，林宜跟着大家离开监控室，转头看向一旁脸色难看的肖新露。

虽然这一次她没能让爸爸看清继母的真面目，但除了对方身边的得力助手，也不算是毫无收获。

林宜这么一想，心情轻松许多，脸上露出淡淡的笑容，一抬头，就见走廊的尽头，应寒年斜斜地靠在窗旁。距离太远她看不真切他脸上的表情，只看得到他的身形高大修长，连站都站出一身痞味。

忽然，他晃了晃手中的酒杯，远远地朝她做出一个敬酒的动作，便转身走了。

侧身的一瞬间，林宜隐约见到他嘴角嘲讽的弧度。

林宜心里"咯噔"了一下，应寒年是什么意思？

他看穿她所有的戏码，并没有多嘴，那他还会不会报复她？

她感觉好头疼……

对稿室只是一段小插曲，整个慈善晚宴迅速恢复如常，毕竟来的全是大人物，不可能为一点风波而中断。

林宜回到二楼的看台上，端起一杯果汁喝着，同身旁的林冠霆说着话。

已经到竞拍环节。

下面灯光华丽的舞台上，主持人正拿出新的竞拍品，一副垒得整整齐齐的牙雕麻将。

灯光打下去，麻将的光泽与色泽极佳，是绝对值得收藏的艺术品。

"这一副牙雕麻将可不普通，材料是古代猛犸牙，众所周知，古代猛犸牙化石现在越来越稀有，价格是一日一价，而这副麻将由近代大师蒋清明所制，雕工细致精巧，毫无瑕疵……"

主持人热情四射地介绍着，然后开出底价十万元的数字。

林宜正夹了一片香嫩的牛柳放进嘴里，就见肖新露抓起桌上的话筒道："十万元我要了。"

林宜冷冷地斜她一眼，这女人是憋一肚子气准备花钱发泄了。

忽然，一个邪气低沉的声音响彻现场："三十万元。"

二十万元一加的豪气整场也数不出几个人来，尤其是加在一副小小的麻将上。

所有人闻声望去，林宜朝斜对角的二楼看台望过去，就见应寒年坐在一张铺着红色龙纹桌布的圆桌前。

坐无坐相，椅脚只有两个沾地，人往后靠。他两脚随意地搭在看台栏杆上，卡其色的长裤卷了几卷，露出突出的脚踝。

他整个人呈现出一种吊儿郎当的状态，却又有令人害怕的强大气场。

原来他坐在那里。

她记得预知梦显示的是，她经历对稿室一事后，没脸留在现场，一早就离开，根本没有见到他。

和应寒年同桌的一群男人全部激动地嚷了起来。

“寒哥出手！”

“寒哥，听说这种麻将手感非常好，下次去你家打个三十六圈啊。”

他们的声音很吵，现场的人都窃窃私语地谈论起来。林宜在的这一桌也不例外，有人一脸轻蔑地道：“也不知道哪里跑出来的混混，赚了点钱就真当自己是上流人。”

“他可是应寒年，最近我出门听到的都是他的事，年纪轻轻替人打商战就没输过，是个人物。”

“要我说是穿龙袍都不像太子，看看，就是暴发户，吵死了。”

“我要是有这种儿子，早就一巴掌拍死了。”

林宜安静地听着，忍不住又往那边望去一眼，见那边的一桌人各种捧着应寒年。

这都是一些集团公司并不常露面的富家子弟，他们眼光好，早早地就来巴结应寒年，要是她当初也有这样的眼光，能让应寒年帮自己一把，林家的路也不至于被堵死。

现在梁子已经结下，她不指望应寒年能帮自己，只希望不会被报复。

她正想着，应寒年忽然转头朝她望过来。

两人隔空相视。

他的双眼漆黑似黑曜石一般，透着漫不经心，却又有令人捉摸不透的复杂。

林宜连忙收回视线，就见肖新露又拿起话筒：“三十五万元。”

“四十五万元。”

这是应寒年加的。

肖新露又加，恨不得把钱都花了才高兴：“六十万元。”

一副牙雕麻将拍到这个价格，现场顿时有些沸腾，来的嘉宾非富即贵，不是出不起价，而是万物有价，谁也不会花这么多冤枉钱。

林宜心情十分阴郁地看向肖新露，她还在加价，没有一点罢休的意思。

她是非要林家和应寒年结上大仇才开心是不是？

林宜面上却微笑着劝道：“阿姨，牙雕麻将市面上最贵的也就十几万。”

肖新露的心情差到了极点，她连装都不想装，没好气地道：“我就喜欢这一副，怎么，我买副麻将不行吗？”

话音落地，应寒年直接喊到两百万元，不再一点点加价。

一桌的人都沸腾起来，一个个站起来朝着他们这边起哄——

“大妈，没钱就别学人叫价了，回家拿副塑料麻将一样玩。”

“我当是谁呢，原来是林家。林家也就是在S城里排得上名号，今天在场多的是大人物，就别出来丢人现眼了。”

“真有意思，小门小户也学人竞拍！”

场面一下子变得有些难看。

肖新露的脸色差得连妆容都盖不住，她用力地呼吸着，手指死死地抓着一只杯子。

林宜本想让林冠霆劝一下，但他一向最好面子，对面一起哄，他就是不想买也会买了。

果然，冠霆已经黑着脸拿起话筒加价：“三百万元。”

三百万元买面子。

他这话一出，全场安静。

林宜的太阳穴突突地跳，爸爸根本不知道，将来的应寒年动动手指就能毁了整个林家。

所有人都望向应寒年所在的看台，等待他是否加价。

应寒年仍是那么吊儿郎当地坐着，嘴角邪气的笑意未消失，漆黑的眸闲闲地往林宜那桌望了一眼，眼神不明深意，随后将话筒往桌面上一扔。

他停止叫价了。

众人皆惊。

林宜看着话筒重重落下，心也跟着跳乱好几拍。她不知道这男人心里在盘算些什么。

和应寒年同桌的人都静了下来，有两个观察着他的脸色小心翼翼地道：“寒哥，就一副麻将而已，我五百万元买下来，给你博个脸。”

“五百万算什么脸，寒哥，只要你一句话，我立刻八百万元拍下来。”

应寒年伸手端起一杯酒，眼神凉凉地观察着杯中的酒液，薄唇微张：“不用了。”

“寒哥，那就任由林家这么下你的脸面？”

闻言，应寒年勾唇，眼底埋着幽暗城府，嗓音凉薄：“我有什么脸面，不就一个到处替人打工的吗？”

“寒哥……”

几个人被他笑得头皮发麻。

他打商战的时候，各家公司老总都得听他的，指点江山，筹谋万里，说一不二，他管这叫打工的？

应寒年笑着，忽然话锋一改道：“再说，这日子过得太顺了，找几个不长眼的人来玩一下才有点意思。”

听到这话，一桌人面面相觑。家中长辈早有交代，应寒年这个人虽然年轻，但在能力上邪得很，就是请不到帮忙，也千万不能得罪。

看来，林家的兴旺算是走到头了。

舞台上，一锤定音，林家拍得竞品牙雕麻将。

林冠霆一声响，给肖新露挣足脸面，她的心情得到些许缓解，在同桌宾客的恭维声中依偎进林冠霆的怀里温柔道谢。

林宜很想将手中的筷子戳到她那张愚蠢至极的脸上。

她凝神半晌，微笑着看向肖新露：“阿姨。”

“怎么了？”肖新露也笑，笑得虚伪。

“我看阿姨平时把所有的心思都放在家里和公司上那么辛苦，倒是没想到你还有搓麻将这样的爱好。”林宜语气淡淡地给她挖坑。

面对一桌子的人，肖新露自然树立自己辛苦为家的形象，轻叹一声道：“是啊，买回去也没时间玩，等着我的事太多了。”

“这样啊，我的导师最喜欢搓麻将，现在她退休了，我想送件临别礼物给她，不知道阿姨能不能把这副牙雕麻将割爱给我？”林宜问道。

肖新露刚好些的心情顿时又沉下去，她皮笑肉不笑地道：“小宜，我很喜欢这副麻将。”

“是吗？可你又没时间打。”林宜一脸无辜地看着她，“我还以为你刚刚拼命叫价是为了谢心姐被辞的事不开心发泄呢。”

闻言，林冠霆看向肖新露。

肖新露的眼角抽了又抽，笑容都僵硬起来：“怎么可能，谢心那样的人有什么值得我不开心的？我的意思是，一个老师而已，要用这么好的麻将？小宜，你也太不拿钱当钱了。”

到底是谁拿钱不当钱，一副麻将拍三百万元，简直有病。

“可导师对我特别好，师恩不以金钱计。”林宜笑容未变，明亮的双眸真诚无比，“阿姨，我会拿自己的钱补给你。”

这话她不是说给肖新露听的，而是给林冠霆听的。

林冠霆自然也觉得拿三百万元送老师太奢侈，但女儿最近的遭遇让他心疼，有心宠一次，便道：“什么补不补的，一家人怎么说这种话，新露是你的长辈，还能和你一个小孩子抢？”

二十岁是小孩子？巨婴吗？

肖新露气得都要胃出血了，可脸上还得维持着笑容：“是啊，小宜喜欢拿去就是了。”

三百万啊，早知道她就不抢了。

“谢谢阿姨，阿姨你真好。”

林宜笑容满面，衬得一张脸分外甜美纯真。

“你和我还客套什么呀？”肖新露站起来道，“我有点不胜酒力，你陪我去一下洗手间吧？”

“好。”

林宜欣然答应。

极静的走廊上，两人并肩缓缓走着，林宜看了一眼肖新露的脸色，主动开口道：“阿姨，你心情是不是不好啊？”

——你还知道？

肖新露停住脚步，冷漠地瞪向她：“我问你，今天是不是你做的局？”

“做局？什么局？”林宜一脸茫然。

肖新露在她脸上观察不出什么，只得继续问道：“你本来是想引我进对稿室吧？看来我以前小看你了，没想到你心思这么恶毒。”

林宜靠着墙，娇怒道：“你说谁恶毒呢？肖新露，我本来看你顺眼一点了，没想到你这么说我，我现在就去告诉爸爸！”

这大小姐脾气一来，完全是那副愚不可及又骄纵的模样，怎么看都不像个聪明的人。

肖新露愣了一下，眼见林宜越走越远，忙踩着高跟鞋跑上前拉住林宜，赔笑脸道：“小宜，我跟你说笑呢，这有什么好告诉你爸爸的。”

“走开！”林宜愤怒地甩开她的手，一双眼睛瞪得圆圆的，“肖新露，你要记住自己的身份，你哪来的资格对我指手画脚？”

大小姐生气起来口不择言，字字扎心，一如从前。

肖新露被怼得恨不得抓着林宜的头往墙上撞。

她将手死死握紧拳，一忍再忍，才终于调节好呼吸，温柔地道：“小宜，说话何必这么难听呢？我只是担心你而已，今天本来挺好的一桩事弄成这样，我替你和舒天逸不值。”

提到舒天逸，林宜的目光黯淡下来，声音都有些抖了：“他无耻，居然背着我和谢心……还想让我给他解围，我才不给他解呢。”她说着眼睛都红了。

终于看到她伤心的样子，肖新露道：“今天大概只是误会一场，对了，当时你怎么会不在对稿室？”

“我当时去洗手间了，等我回来的时候就看到你们一堆人，我还敢进对稿室吗？”林宜说得理直气壮，眼中不见半分虚假。

肖新露仔细地打量着她：“可有人提出看监控的时候，你好像一点都不紧张。”

“有什么好紧张的？我本来就准备在监控跳到我的时候弄坏电脑，没想到居然跳帧了，还省我的力气呢。”

“……”

这毫无瑕疵的解释，完全符合林宜一贯脑残的作为。

肖新露刚刚找人暗中打听了一下，画面直传大屏幕是因为某个工作人员不小心碰到的。

难道那件事真的只是阴错阳差，不是大小姐处心积虑？也是，以这大小姐的脑子想出这么个局也难。

想到这里，肖新露不禁上前挽住林宜，柔声道：“好了，好了，事情已经过去，别再想了。要不我来做东，让舒天逸给你好好赔罪？”

“哼，我才不要，你少再给我安排，都是你的问题，不是你都出不了这么多的事情！”

林宜推开她，狠狠地瞪了她一眼。

肖新露笑脸相对，还想说些什么，有服务员走过来，弯腰站在一旁：“林小姐，到你表演的时间了。”

慈善晚宴上有她的独舞，也是林冠霆费尽心思安排的。他一心想将这个唯一的女儿推到人前，长成一个能独当一面的继承人。

“我知道了，谢谢。”

林宜这才恢复笑脸，也没理肖新露一下，转身就走。

肖新露站在原地看着林宜离去的背影，拳头紧握，指甲深深地陷进掌心里，一双眼满是痛恨，表情几近扭曲。

——大小姐，往后有你哭的时候呢！

全场灯光骤暗。

点点红光在舞台中央亮起，羽毛飞舞，现场乐团的乐手缓缓弹奏起手上的乐器，乐声环绕。

清雅灵动的身影从暗光中走出，脚尖着地轻旋出曼妙的弧度。

“林家今天还真是大出风头。”

有人冷哼了一声。

正在喝酒的应寒年闻言朝舞台上望去，只见林宜立于上面，魅影婆娑。漫天红羽下，她身姿直挺，纤细的手指专业地抬起，摆弄出各种动作，柔若无骨，轻盈至极，如同一只孔雀在独舞，安静却有着专属于她的骄傲。

应寒年眯起眼，视线落在林宜不断旋转的腰上，细得不盈一握，明明被一片纯白衣物掩盖，却在舞中显得惹火。

“林家女儿出的风头可不是跳舞，是她的脑子。”

同桌的富家子弟们都知晓应寒年被林家抢了风头心情不佳，于是刻意地贬低。

“没错，林冠霆这个宝贝女儿脑子有洞，上次有个珠宝秀又是邀请国际模特又是邀请名媛的，她也在列，你们猜她做了件什么大事？”

“我知道，我知道，听说她嫉妒一个模特穿得比她好看，吵着嚷着要换衣服，不让换就在众目睽睽下把那模特从 T 台上推下去了。”

“真的假的？这脑子的黑洞怕是女娲都补不上吧，太傻了。”

“哈哈哈——”

一群人都笑起来，还有人站起来朝着舞台的方向发出嘘声，惹得在场的嘉宾频频相望。

应寒年沉默地听着，望向舞台上的人。她不受半点影响，依旧完美地舞出每一个动作，舞姿飘逸动人，仿佛舞中的世界只是她一个人，与任何观众都无关。

傻吗？

或许她以前是。

应寒年想起躲在休息室里看着电视机吃薯片吃得像只小松鼠的女人，不禁勾了勾嘴角。

她将计就计，在幕后操控全局。

这份心思……可不像是脑子不好使的。

阳光明媚的日子里，光线暖暖地照在窗棂上，偶尔有小鸟停伫。

林家的厨房里传来欢声笑语。

林冠霆穿着围裙看林宜在那里认真地炒一盘菜，心疼地擦掉她额头上的汗："你以前最讨厌的就是进厨房，怎么突然想着学做菜了？"

"林家是做餐饮的，要是我连做菜都不会，不成了笑话？"林宜笑着说道，专注地颠勺，颠得有些吃力。

袅袅烟气中，四季豆被颠得镀上一层鲜亮的光泽，嫩绿非常，清香飘荡在厨房里。

林冠霆看着女儿欣慰极了："小宜，你最近真是成长不少。"

以前，他也要林宜学下厨，结果她只是往自己的脚指甲上涂乱七八糟的颜色，理直气壮地说："开什么玩笑，我是学跳舞的，再说我是宜味食府的大小姐，又不是厨子，让别人知道我做饭炒菜，这脸都丢尽了！"

如果真爱跳舞也就罢了，她学跳舞纯粹是为维持好身材，整日想着打扮，比过那些名媛淑女，事实上是一点进取心都没有。

林宜冲他笑了笑，将四季豆装盘，外面传来女佣的声音："林先生、大小姐，安姨回来了。"

林宜闻言，眼睛一亮，解下围裙一扔就往外跑去。

安阑，四十六岁，林家的管家，林母去世后，林冠霆忙于事业，都是安阑在照顾林宜，待她视如己出。

在预知梦里，安阑为救她和爸爸受了不少苦，最后死于车祸。

林宜从来不相信那是意外，因为当时安姨偷偷告诉她，已经掌握到肖新露的罪证，可就在去警局的路上车毁人亡。

林宜一路跑出去，就看到安阑站在车边搬行李。

温暖的阳光下，安阑穿着简单利落，一头长发盘起，上了年纪的容貌虽然青春不再，但别有一番韵味，举手投足间不似下人，反而像个尊贵的豪门太太。

林宜乍然见到安阑，前尘往事再一次浮上心头。她喜出望外地走过去，一把抱住安阑："安姨，你终于回来了，我好想你。"

她绝不会看着安姨将来去受那些苦。

安阑突然被抱住，当场愣在那里。她照顾林宜十几年，林宜对她是有几分依赖，但更多的还是骄傲的大小姐脾气，从来只拿她当个下人。

怎么林宜突然抱她了？

安阑有些受宠若惊地抱住林宜："大小姐，我……"

她一时之间不知道该说什么。

林宜不再说话，就这么紧紧地抱住她，感受着她身上真实的温度。

两人去了花园，林宜坐在秋千上将慈善晚宴的事悉数告知，安阑站在一旁气到发抖："没想到我回家几天，肖新露居然用这么下三烂的手段对付你。我早就说她居心叵测、口蜜腹剑，现在她终于露出真面目了。"

林宜脚尖点地，冷笑了一声："她这把剑还想直指我们林家。"

安阑皱眉："不如告诉林先生吧？这次要不是大小姐你机灵，不就被她害惨了吗？"

"不行。"林宜摇头，叹了一口气，"爸爸和安姨你不同，安姨，你全心全意地相信我，爸爸虽然心疼我，但肖新露也很得他的心，出了谢心的事，他都没怎么斥责肖新露。"

"那就任由肖新露留在林家？"这样迟早会出事。

"肖新露已经进了宜味食府内部，现在摊牌，恐怕公司会出乱子。"林宜望向围墙外的天空，"我现在能做的就是先进宜味食府，迅速熟悉公司的运营，再将肖新露慢慢赶出。"

安阑震惊地看向她："大小姐想进公司了？"

她以前不是只想做个漂漂亮亮的千金大小姐吗？

林宜转眸看向她，弯起眼浅浅一笑："安姨，我以前不懂事，现在清醒了，知道谁是人谁是鬼，你会帮我的吧？"

安阑一脸愕然。她不过才离开几天，怎么大小姐变得和以前完全不一样了？

见林宜认真地看着自己，安阑才回过神来，忙道："那当然，我是向着大小姐的，只是肖新露怎么会轻易让你进公司呢？"

"我最近在爸爸那里下了不少功夫，相信这一天不会太晚。"

林宜自信地说道。

她绝不能让肖新露毁了林家。

绝不。

安阑静静地站在那里，目光落在林宜干净白皙的脸上无法转移，这天的大小姐看起来格外明媚。

一如林宜所料，晚餐的时间，林冠霆就提起让林宜进公司的打算。

"小宜，宜味食府迟早是要交给你的，你现在学业也轻松，就先进公司帮忙，跟着我历练历练。"林冠霆开口道。

林宜坐在那里，还没来得及开口，那边肖新露就笑着道："冠霆，我们算是想到一处去了。"

“哦？”林冠霆笑着看向她。

站在一旁布菜的安阑和林宜对视一眼，心知肚明肖新露要出新招。

肖新露屈屈食指，一个女佣捧着厚厚的文件走了过来。

肖新露在林冠霆面前将文件打开，面容温婉，语调轻柔地道：“最近不是准备在S城再开一家分店吗？不如让小宜做店长，交给她管吧。”

“做店长太累了，小宜哪里吃得了这个苦。”林冠霆下意识地反驳。

肖新露轻笑一声：“看你这话说的，好像我故意推小宜去受苦一样，你看看，资料我都做全了。”

林冠霆低头看文件，越看眉头越松。

林宜沉默不语地吃着饭。

“地址我选好了，就在香榭街最黄金的地段，人流量不用担心，装修反正是总公司派遣人做，包括人手我也选了可靠的过去。”肖新露靠在林冠霆身上说道，“小宜只要过去适应一下宜味食府的运作流程就行。”

林冠霆若有所思。

肖新露又道：“我啊，早就想过了，小宜跟在你身边最多是干干秘书的活，哪能有什么成长，进管理层又怕不能服众，现在只要在分店轻轻松松纯利赚个五百万，有了业绩，直接进管理层也没人敢废话。”

肖新露这话说得简直就是让她去坐享其成一样。

林宜在心底冷笑，再看林冠霆已经被肖新露说服。他伸手搂向肖新露，疼惜地道：“难怪你这几天都没有好好睡，原来一直在做这份文件，很辛苦吧？”

肖新露摇头：“就像你说的，宜味食府迟早要交给小宜，我们不帮她铺路，谁帮她铺路呢？”

林冠霆深受感动，抬眸看向林宜：“小宜，我看这也是个好机会，去分店做点业绩出来可以服众，有什么问题你尽管来找我。”

这就定下来了？

安阑着急地想要开口，林宜伸手拦住她，淡淡一笑道：“好，那我就去做分店店长，学校那边我会暂时休学。”

“休学？”林冠霆一愣。

林宜点头：“嗯，一心不能二用。爸，你也知道我在学业上没什么出息，不如把心思多花一点在分店上，学业和舞蹈以后都可以再补。”

什么时候学习都不晚，可她再不补救，林家就没了。

肖新露笑着道：“可是，小宜，你们跳舞的最怕荒废，你练了十多年的舞，不怕手脚变僵硬吗？听说身材也会变差的。”

换成以前，林宜哪肯放弃跳舞，可现下，她知道什么才是对她最重要的东西。

“没事，难得爸爸和阿姨都信任我，我希望我能早点进公司学习。”林宜说得滴水不漏。

林冠霆闻言欣慰极了。

“放心吧，小宜，都给你安排好了，不会累的。”肖新露也只好不再说什么，摆出一副贤良淑德的模样。

晚餐后，林宜抱着那厚厚一沓的文件回到房间，仔细翻阅。

安阑把一杯热气腾腾的牛奶搁在书桌上，站在一旁，担忧地看向她：“大小姐，你为什么答应去做什么店长？肖新露分明是把你外放，不让你插手管理层的事。”

林宜端起杯子喝了一口，温热的牛奶入胃很是舒适，淡淡地道：“肖新露没有说错，我跟在爸爸身边，爸爸会护着我，我学不到什么。”

虽然她觉悟了，但对于管理餐饮，她的确还是一张白纸，什么都不懂，一切要从零学起。

“那你也不能听肖新露的，她真会好心给你安排一切？”安阑狐疑地问道。

“她当然不会，所以我要找出这份文件里的陷阱，我绝不会受她摆布。”林宜的声音一下子冷下来，眼神异常坚定。

这一找她就找到半夜。

安阑陪着她，静静地看着从前看书看一会儿就没心思的大小姐熬到半夜，不禁觉得安慰。

大小姐……终于长大了。

夜晚的城市灯光璀璨。

夜店里的喧闹震耳欲聋，包厢中却极其安静，肖新露同舒天逸坐在卡座里。

舒天逸猛灌一瓶啤酒后将瓶子狠狠地砸到地上，咬牙切齿地吼道：“也不知道是谁偷录了慈善晚宴我和谢心的画面，居然寄到我的公司邮箱，害我身败名裂，还被辞退了！”

目前他是一点收入都没了。

肖新露冷冷地瞪了他一眼：“还不都怪你，连个花瓶大小姐都搞不定，林宜这一次不可能原谅你了，你以后别再来找我。”

闻言，舒天逸的脸上冒出青筋：“肖新露，这个时候你想过河拆桥？我告诉你，我现在一无所有了，不怕鱼死网破，你让我去追林宜的电话录音我都留着呢！”

林家的财产他非要不可。

肖新露的脸色难看下来：“怎么，你想威胁我？”

“老同学，我们可是一条船上的。”

“行。”肖新露受了他的威胁，“别说我不关照你，林宜最近会去管理新分店，肯定会吃不少苦，你去扮个暖男，搞不好还有机会。”

“分店？”舒天逸愣住，难以置信地道，“你居然愿意让林宜插手公司的事？”

怎么可能是她愿意？要不是林冠霆最近一直提一直提，她也不会走这一步。

肖新露冷笑了一声：“插手公司？等她先把分店管理起来再说吧，别到时成了尽人皆知的败家女。”

舒天逸见她这样便知道她又给林宜下了套，不禁笑道：“最毒妇人心，果然没说错。”

“你还是管好你自己吧，要是林宜不上你的钩，我也没办法帮你。”

肖新露道，端起酒杯一饮而尽，眼中全是恨意。

林宜仔细翻阅肖新露的文件，又查了很多资料，也去香榭街的地址亲自察看过，却始终无法发现有什么陷阱。

她给林冠霆看过文件，林冠霆很称赞肖新露的安排，显然也看不出什么问题。

这文件太完美了，完美得令人起疑。

顶着太阳从外面回来，林宜心下有些烦躁。

安阑跟在她身后，说：“大小姐，会不会肖新露怕被林先生看出问题，所以没有动什么手脚，只想把你外放而已？”

“不可能，我们看不出，不代表就没有问题。”

肖新露那个女人的狠毒林宜早就了解得透透的，巴不得让她陷入万劫不复之地。

“可是我们连相关的专业人士都找了，都说选址和运营方式很好，还能有谁看得出问题？”安阑问道。

她也不相信肖新露会留手，可事实又摆在眼前。

她的话音刚落，一部黑色轿车从外面驶进林家，停在她们身侧，戴着白手套的司机从车上下来，双手捧着一个雕镂龙纹的古典红木盒。

“大小姐。”司机恭敬地站到林宜面前，“上次慈善晚宴竞拍的牙雕麻将手续刚刚办好，林先生让我直接送到你的手上。”

古代猛犸牙牙雕麻将。

林宜眼前浮现出一张脸，那一双眼漆黑得令人心乱。

如果她知道的人中还剩一个人能看穿肖新露的阴谋，就只有他了。

“安姨，陪我去送一趟礼吧。”

林宜从司机手上接过红木盒，深吸一口气，是到去面对那个男人的时候了。

车子开往半山的时候，天气忽然变差，风声瑟瑟，有落叶飘到风挡玻璃上。

从车上下来，林宜望着眼前古欧风格的半山别墅，神色恍惚。

在预知梦里，她就是死在这里。

此时她却不得不亲自拜访他。

有时候命运太爱开玩笑。

门铃声响过之后，一个年轻的男人从里边走出来，双手负于身后，五官端正的脸上没有表情，一副冷漠寡言的样子。

男人一步步朝林宜走来，庭院中的叶子落得更厉害，随风飞舞。

林宜认识他，姜祈星，常年跟在应寒年身边的跟班，也是应寒年十分看重的人。

在那些梦里，她就跪在别墅外苦苦哀求，也是他替她开的门。

物是人非，恍若隔世。

“什么事？”姜祈星站在大铁门内侧，面无表情地看着她们。

“林家千金林宜拜访应先生。”安阑抱着怀中的红木盒，朝他礼貌地低了低头。

姜祈星冷冷地看一眼林宜，上前打开铁门，留下一句“大厅里等着”便转头就走。

他还是那样的性子，除了应寒年，谁都不在他的眼里。

林宜不禁莞尔，抬起腿往前走去，安阑静静地跟在她的身后。

风卷落叶，树上沙沙地响，林宜的鞋尖踩着叶子往前，如同踩上一条不归路。

两人迈进大门就被眼前的画面震慑住了，古欧风格的内设让整个大厅富丽堂皇，奢华不失典雅，明明还是白天，厅内的灯却都亮着，泛着冷冷的光泽。

墙上的油画每一幅都透着张牙舞爪的邪佞感。

大厅里围着墙摆着一圈沙发卡座，每个座位上都坐着衣冠楚楚的男男女女，手边都各自备着礼物。

见她进来，众人都抬起头，轻蔑一笑道："又一个来送礼的，等着吧。"

林宜没有说话，从容地走到末座的沙发边坐下来，安静地等待着。

姜祈星冷漠的身影出现在旋转楼梯中央，语调冷漠："请风和电子的黄老板上楼。"

话音一落，厅中一个肥头大耳的男人忙不迭地站起来，拉着身边魔鬼身材、打扮新潮的女人往前走去，边走边擦着汗叮嘱："能不能请到他就看你的了。"

女人妖娆地一扭臀，边补妆边走："知道啦，知道啦。"

两人言语间的信息再清楚不过。

安阑也看出这内里的究竟，细眉皱了起来，在林宜耳边轻声道："大小姐，这个应先生到底是什么人？我怎么看着不正派，要不我们走吧？"

林宜还是个年轻女孩子，到时吃了亏怎么办？

"安姨，别紧张，没事的。"

林宜嘴上轻声地安抚着，心下却想，岂止是不正派，应寒年根本是个浑身透着邪性的男人，随着他的飞黄腾达越发乖张桀骜，手段狠辣，弹指间就狙杀一家公司，看别人家破潦倒仍谈笑风生，就像对她一样。

可这又如何？他有过人的能力，她还是得求着他。

渐渐地，林宜知道应寒年已经知晓自己到了。

每个宾客的前面都放着茶水、蛋糕和水果，只有她面前，连杯白开水都没见到。

比她后到的人都被请了上去，她始终不被邀请，就这么坐在原位。

对方就差把她的沙发撤走，在她脑门上贴上"不受待见"四个大字。

安阑感受到其中的恶意，一再要拉着林宜离开，都被林宜按下来。

前有三巴掌，后有竞拍争夺，应寒年不想给她点颜色看看，她反而觉得奇怪。

不管她能不能请到应寒年帮忙，至少要让应寒年不再对林家记仇，林家不能再有更多的敌人了，尤其是他这样强大的敌人。

这一等，她就等到半夜。

半夜两点，厅中的人只剩下林宜她们，整个大厅显得格外空荡。

中央欧式玉石复层大吊灯折射出来的灯光变得更加冷冽。

“大小姐，林先生已经打过好几个电话，我们走吧。”安阑挂掉电话后看向林宜。

这个时间点，恐怕应寒年已经睡觉了，根本不会理她们。

林宜摇了摇头：“应寒年没让人把我赶出去，就是要给我难堪，我既然有事相求，就只能挺着。”

她都等到现在了，这时候走太不明智，说不定会更激怒应寒年。

“非求他不可？”安阑不明白，“外面多的是厉害的公司经理人，你再请一个不就好了，何必受这个苦呢？”

她本来还担心林宜脾气大做不来求人帮忙的事，结果发现林宜做得太好了，好得过头。

林宜笑着道：“再请一个，他的名字也不是应寒年。”

应寒年的手下从无败绩，要是她能请到他做军师，就是对付十个肖新露都不在话下。

“真有这么厉害？”安阑还是不信。

“以后安姨就知道了。”林宜站起来活动了一下筋骨，见安阑还是心神不宁的样子，轻声道，“安姨等得不耐烦就看看电视吧，墙上的电视不是没关吗？”

安阑往电视上瞥了一眼，深夜档正在重播老剧《大明宫词》，不由得感叹：“这电视剧啊，还是以前的有味道。”

说完，安阑便认真地看起来，不再嘀咕着要走的事。

林宜陪她，只见屏幕上正演到美丽年轻的贺兰氏在皇帝李治面前跳舞，举手投足间风韵妖娆，眼神媚人，令人神往。

“安姨，这个舞我也会跳，我跳给你看。”

林宜有意令安阑放松一些，加上厅中无人，也不再顾忌，就在厅中央跳起剧中的古典舞来。

贺兰氏的舞最令人惊艳处在于无骨般的手指，变化多端，柔媚多情，才会令唐高宗神魂颠倒。

林宜虽然穿着现代装，但将精髓学了个八成像，纤长的手指轻柔抚面，柔软如蛇，还冲安阑抛了个媚眼。

安阑被逗笑。

最近林宜做事稳重勤奋，性子比从前定了不少，这股小调皮劲反而难以看到。

林宜双手成环半掩住面容，掩不住天然而成的妩媚，转着玲珑身段回眸，正好望向楼梯的方向。应寒年立于扶手边，居高临下地直直望向她，薄唇微抿，漆黑的双瞳深得让人探不出究竟。

林宜面色一僵，连忙放下手来，心律都有些不稳。

不管在梦里见过应寒年多少次，她还是不自觉地心惧。

“林大小姐在我的地方挺能自得其乐。”应寒年站了许久，嘲弄地开口。他身上穿着白色睡袍，伸手随意地拨着一头乱发，俨然是刚睡醒，慵懒极了。

“应先生，我等您很久了。”

林宜勉强露出笑容，冲他微微低头。

“每日上门求请的人数不胜数，等了一个月的也有，你这算什么久。”

姜祈星不知道从什么地方出现，手上端着托盘，朝应寒年微低首道：“寒哥，你的咖啡。”

原来他是下来喝咖啡，不是特地来见她。

那也无所谓，她必须抓住这个机会。

林宜从安阑手中接过红木盒，双手托着向前，笑容真挚地看向上方的应寒年：“应先生，之前林家多有得罪之处，还请您见谅。”

说着，她打开盒子，里面是码得整整齐齐的一副牙雕麻将，光泽上乘，看一眼就知手感奇佳。

应寒年看过去，冷笑一声，懒懒地往下走来，端起姜祈星托盘上的咖啡，不以为意地道：“你不会认为拿副破麻将我们之间就一笔勾销了吧？”

“应先生，我是真的很有诚意地向您道歉……”

她话未说完，应寒年就从她身边擦过，看都不看她一眼，只道：“祈星，之前让你算算搞垮宜味食府要多久，你算出来了吗？”

林宜身形一僵。

他果然已经在算计林家了。

“三个月。”姜祈星站在一旁应声。

应寒年嗤笑一声，在一旁的沙发上坐下来，不羁地跷起一条腿，睡袍在修长的小腿上滑开：“看来你这点功夫还不到家，一个月，最多一个月，林家就能一败涂地。”

他这话是对姜祈星说的，目光却幽幽地看向林宜，嘴角泛着挑衅的弧度。他说一个月，就肯定能办到。

林宜站在那里，指尖都变得冰凉。她极力维持着笑容："这世界上没有解不开的结，不知道应先生怎么样才能与林家冰释前嫌？"

应寒年低头喝着咖啡，也不回应，只漫不经心地看向姜祈星："祈星，我突然想泡脚了。"

沉默的姜祈星看看应寒年，又看看浑身僵硬的林宜，转身离开。

不一会儿，高端品牌的足浴盆被端过来，里边飘着草木的香气。

姜祈星深知应寒年的意思，于是将足浴盆放下后便站到一旁，没有任何继续的动作。

应寒年坐在那里，没有抬脚，一双眼饶有兴致地盯着林宜逐渐苍白的脸，一言不发，却让此刻的气氛难堪到极点。

安阑看出他的意图，拉着林宜要走。

林宜只静默几秒就推开她，卷起衣袖从容地在应寒年的腿边蹲下来，脸上维持着淡淡的笑容："应先生，我帮您。"

应寒年端着咖啡的手一顿，他定定地盯着她，只见她虽然蹲在那里，脸上却不见半点卑微之色，仿佛只是在做一件很认真的事情。

连应寒年身侧的姜祈星都不由得多看林宜一眼。传言中，林宜分明是个骄纵莽撞的大小姐，可现下都被逼着替寒哥泡脚了，她还能如此镇定。

"大小姐——"

安阑惊诧地看向林宜，难以置信她怎么会愿意受这种屈辱。

林宜不管他们的心思，只小心翼翼地脱下应寒年脚上的鞋，捧起一只脚放进足浴盆中，指腹仔细地抚过他的脚背，轻轻揉摁，专注地替他泡脚。

应寒年却不遂她的心思，猛地抬起脚，恶意地将脚上的水甩向林宜。

林宜蹲在地上，不躲不挡，任由脸上被溅上无数水珠，水顺着她白皙的脸淌下来……

安阑站在一旁看得难受不已，不禁怒道："应寒年，你凭什么这么羞辱人？你——"

"安姨。"林宜打断了她的话。

安阑只好收声，不忍地偏过头去，只当看不到。

应寒年冷冷地盯着她，她没去擦脸上的水，神色未变地抬头看向他，他好整以暇地冲她挑眉，分明在说"我就是故意的"。

"林大小姐，给我这种下三烂、癞蛤蟆洗脚的滋味如何？"

应寒年的身体不羁地向她倾去，温热的掌心在她小小的脸上拍了两下，语气凉薄，极尽讽刺侮辱之意："不是说无论如何都不会让我碰一下吗？你还挺会打自己的脸。"

她曾经斥骂他的每一个字，他都记得清清楚楚。

"应先生，之前都是我不对，我真心地向您道歉，请您原谅。"林宜凝视着他漆黑的眼，不卑不亢地说。

"原谅？"应寒年像听了一个巨大的笑话，恣肆冷笑，又倏地收敛笑容，双眸阴沉地瞪向她，"林大小姐，你的记性不好，我的记性不错。"

"从来没有哪个人敢这么对我，你可是独一个。"

"你的每个字我都听了，你的三巴掌我也受了，慈善晚宴上让我颜面扫尽我也扫了。现在你要我放过林家，晚了！"

应寒年恶狠狠地道，忽地站起来，擦都没擦一下脚就穿上拖鞋，将咖啡杯重重地砸向面前的茶几。

杯子破裂，碎片四溅，怒意横生，大厅里寂静如死。

应寒年转身就往楼梯的方向走去，身后传来林宜淡然的声音："应先生，我打了您三巴掌，现在加倍还您。"

加倍个屁，她能还什么？

应寒年冷笑一声，头也不回地离开，身后又传来中年女人的惊叫声。

他猛地回头，就见林宜站在那里，手上正抓着一片咖啡杯碎片，碎片尖锐的一角死死地插进她纤弱的手臂上，鲜红的血顿时汩汩流出。

"……"

应寒年震惊地睁大了眼。

"还剩两下。"

三巴掌，她以三道血伤相还。

林宜目光坚定地看向他，咬着牙关拔出碎片，又往自己的臂上狠狠刺去。要不是她面白如纸、满头冷汗，他几乎以为她是扎在别人的手臂上了。

林宜疼得人都有些恍惚，只能逼着自己清醒，要是解不了和应寒年的结，今后林家的处境会越来越艰难。

"大小姐，你这是做什么啊——"

安阑从后面抱住她，拼了命地去抢她手中的碎片。

林宜不管安阑，只看着灯下的男人，握紧碎片再次扬起手："应先生，还剩最后一下。"

说完，林宜咬紧牙关往自己的手臂上刺去。

"你疯了！"

应寒年疾步冲过去，一把打掉她手里攥紧的碎片，脸色铁青。

“应先生，我真的是诚心……”

林宜还在试图和他解结，手臂上传来的剧痛却让她哑了声音，人在安阑怀中瘫了下去。

安阑吃力地抱住她，一只手突然向前一把将林宜拉过去，安阑回过神时，应寒年已经将林宜横抱起来，转身就走。

“你放开我家大小姐，你想对她做什么？”

安阑一向稳重，但此刻也失了分寸，激动地要冲上前。

应寒年回头，冷冷地朝她投去一眼，犹如鹰隼，竟生生地吓得她不敢再动，等再想往前时，便被姜祈星拦住。

知道应寒年为人狠辣，桀骜不羁，不轻易妥协，所以林宜对自己下手下得特别狠，就是要震慑住他。

她太狠的结果就是手臂上传来的锐痛冲进四肢百骸，痛得她几乎晕厥过去。

恍恍惚惚中，林宜感觉到应寒年抱着自己一路疾行，视线眩晕，天地颠倒，只隐约看清应寒年收紧的下颌线。

林宜被放到一张柔软的床上，迷迷糊糊地看着周围，忽然发现房内的布置和梦里看到的一模一样，顿时惊出一身冷汗，人清醒不少。

应寒年居然把她抱到他的卧室了。

在预知梦里，她被毒药噬心般的折磨她仿佛真的亲身经历过。

不知道是疼还是怕，林宜觉得背上一阵阵发寒，有种立刻逃离的冲动。

她死死地咬住牙，从床上坐起来要走，却见应寒年拎着医药箱在她身边坐了下来。

应寒年没什么好脸色地拿起纱布去擦她满手臂的血。

林宜想起在梦里身死之前，他也是摸了自己的脉，断定她身中剧毒。他应该是懂些医理，于是她放心让他处理伤口。

这是他们和解的好机会。

林宜断掉自己想逃的心思，人往床背上靠去，虚弱地看着眼前的男人。

“讹人讹到别人家里，林大小姐，你也算是厉害。”

应寒年嘲讽着她，动作干净利落，毫不拖泥带水，她刚感觉更疼一些时，他的药已经上完，开始包扎伤口，似乎他是做惯这种事情的。

应寒年替她包扎好伤口，手上沾了不少的血，他站起来离开，手腕突然被握住，对方柔弱得没有力道。

可应寒年还是停住了，低眸冷冷地睨向她：“干什么？”

“应先生这样算是原谅我了？”

林宜脸色苍白得没有一丝血色，硬是挤出一点笑容问道。

“我是怕你的血脏了我的地方。”应寒年咬牙切齿地道。

林宜的笑容更大：“那就是原谅了。”

以应寒年的为人，他真怕脏，还不直接把她赶出去？

还好，这一把她赌赢了。

“有病！”

应寒年瞪她一眼，甩手离开。

偌大的浴室里，西方古典的墙砖在阳光下泛着光。

应寒年弯腰站在洗手台前，将一双手上的药水与血渍清洗掉，随意地一甩手，退开一步，视线落在自己的脚上，目光变深。

那一双小手托起自己的脚的触感够软够舒服，搞得他多为难她一会儿的心都没了。

第一眼的惊艳、第二次啃薯片的可爱，还有这一次将碎片刺进身体里的毫不犹豫……以及她跳舞时的妩媚，他是唐高宗也得栽在那样的妖歌曼舞上。

林宜，这女人到底有多少面？

应寒年抬头，只见姜祈星走进来，替他取下毛巾。

“没见过这么疯的女人。”

应寒年接过毛巾冷哼了一声。

姜祈星再次开口：“有点像寒哥你以前。”

他是个沉默寡言的人，即使说话也语调平淡，很少有起伏。

“她？像我？”

应寒年不屑一顾地冷笑，慢条斯理地擦着手。

“当年在生死街上，寒哥，你可比她疯多了。”姜祈星道。

生死街是某个小国的一条街道，当然不是原名叫这个，只是那里龙蛇混杂，坑蒙拐骗的事应有尽有。

人在这里，是生、是死，全看天意。

久而久之，街的原名没人记得，“生死街”三个字却深入人心。

应寒年与姜祈星，就是在生死街长大的，说出身草根都是抬举，在那里长大的孩子就是贱根。

两人出来多年，已经很久不提那些往事，突然提起，应寒年的目光沉了下来，眼中暗流翻涌。

姜祈星自知说错了话，便静默地立在一旁。

应寒年抬脚离开，回到卧室，只见林宜已经从床上下来，白着一张脸正吃力地往外走去，见到他仍挤出一抹似真挚又似客套的笑容："应先生。"

"要走了？"

应寒年冷冷地瞥她一眼，她整条左臂垂着，隐隐有红色从纱布中透出。

"嗯，太晚了，不耽误应先生休息。"

林宜微笑着道，能和应寒年冰释前嫌，她这一趟就算没白来。

他的那间卧室她实在是待不下去，每一秒都能让她想起在梦中死前的画面。

说完，林宜忍住疼痛往前走去，越过应寒年慢吞吞地走着，脚下疲软得厉害，只能凭着意志强撑。

"听说你要管理分店，我护你一程，怎么样？"

应寒年磁性的嗓音幽幽地传来。

有那么一秒，林宜以为自己听错了，回过头，就见应寒年慵懒地靠落地窗而站，薄唇间抿着一支烟，修长的手指把玩着打火机，黑眸中神色意味不明。

空气凝滞。

林宜虚弱地站在原地，目光浮动。

不可否认，应寒年能主动开这个口让她惊喜，她本来想等身体好一些再来送礼请他帮忙的……

"应先生不是说过不会再给林家第二次机会吗？"她疑惑地问道，声音有些哑，他居然会主动开口。

闻言，应寒年冷笑一声："我不是给林家机会，是给你。"

言下之意是他清楚她的处境，知道她在和家里的继母斗……这个男人聪明得可怕。

这提议让林宜很心动，可他是生意人，还是个从不肯吃亏的生意人。

"你要的报酬是？"林宜问道。

应寒年没有急着回答，打亮打火机，低头去点烟，深深地吸了一口，指腹捏着烟拿下，缓缓吐出烟圈，一系列的动作如行云流水。

末了，应寒年垂下捏着烟的手，抬眸意味深长地盯着她苍白的脸，薄唇勾起一抹邪气的弧度："林大小姐，你也不是三岁孩子了，男人和女人之间的那点事不用我说得特别清楚吧？”

他竟然是要这个。

林宜全身发冷，眼前掠过许许多多的画面，没想到即使知晓将来会发生什么事，她还是无法万事躲过，面对应寒年，她还是要以身相许。

见她呆呆地站在那里，应寒年又咬了一口烟：“怎么，要时间考虑？”

林宜摇摇头，虚弱地问道：“那请应先生先给我一点诚意看看。”

闻言，应寒年有些意外地看向她：“刚刚还任由我刁难，这会儿一抓住时机就开始占据主动，林宜，看来S城的人都小看你了。”

这位千金大小姐能收能放得很。

林宜沉默了，体力不支，即使站着都有些摇摇晃晃。

应寒年靠在落地窗上，看了她这个情形一会儿，道：“你出门不会什么都没带吧？”

“资料在我安姨那里。”林宜明白他的意思。

应寒年嗤笑了一声：“林大小姐果然是有备而来。”

他一通电话，姜祈星很快将文件送上来，他就这么站在那里翻看着里边的内容，一目十行，看得飞快。

林宜安静地等待，因伤势而神色恍惚，脸色苍白，完全是在强撑，努力让一双眼睛维持些许清明。

片刻后，应寒年开口，嗓音充满磁性、嘲讽：“已经很久没看过这种把算计和野心写得如此直白的东西了。”

“……”

林宜看向他，等他的下文。

“运营方式刻板老套，用人陷阱多，不过，这些都不是重点。”

应寒年随手将文件往旁边的垃圾桶里一扔，抬眸凝视向她，眸子黑得深不见底：“香榭街那边确实是十几年来都不改的旺流地段，但离得不远的房子刚被收购，很快要拆。”

林宜愣了下，她去那边实地考察过很多次，却没有观察过周围房子的动向。

“那边是要建什么吗？”她问道。

“地铁，一个月内拆房，三个月内动工，官方到时才会宣传。”换言之，现在很多人不知道这件事。

林宜吃惊地睁大眼，要建地铁新线的话，香榭街那边的路肯定会被封掉，之前人流再旺也没用。

原来肖新露打的是这个主意，看似给她选个旺址，可她前脚把分店装好，后脚门口路一封，断了人流量，她那五百万要赚到何年何月？

出师未捷身先死，恐怕到时她林大小姐又要成为别人茶余饭后的笑话。

“懂了？”

应寒年见她这样，就知道她已经想通内里关节。

“原来是这样，多谢应先生。”林宜冲他点了点头，“太晚了，你早点休息，我就先告辞了。”

“你的答案。”

应寒年目光锐利，步步紧逼。

答案。

林宜从他身后的落地窗望出去，能清楚地看到山的脉络，看到有风卷叶子，寂寥萧索，与梦里死前的那一晚像，却又不像。

“好。”林宜听到一个声音从自己的身体里传出。

得到满意的答案，应寒年嘴角的弧度深了些：“行，今天就先放过你，你伤得不轻，去医院缝两针，我会再找你。”

“好。”

林宜点点头，转过身体一步一步地走下楼，每一级踩下都晃动到手臂，痛到钻心，她强忍着往下走去。

应寒年站在原地，望着林宜离开的方向，想再抽烟却突然觉得索然无味。他回头，顺着林宜刚刚看的方向望出去，这里的风景怎么招她了，那一双眼怎么看怎么跟看破人间似的……

应寒年驻足许久，才离开。

林宜的伤口有些深，又去医院缝了两针，等她回到家里已经快天亮。

安阑扶着她在床上躺下来，替她盖好被子，没有走，就坐在她的床边，一脸忧虑：“我是越来越看不懂你了，别怪安姨多嘴，就算那应寒年能力再强，你也不用这样拿命去拼。”

请不到应寒年，她还请不到别人了吗？竟然傻到拿碎片刺自己。

林宜知道安阑是关心自己，淡淡一笑：“安姨，他能让我少走很多弯路。”

应寒年的成功并不是偶然，他手上掌握着太多的风向，又有过人的手腕，有他在，她等于有了一个无敌的后盾。

“谁不是从弯路里走出来的。”安阑认真地道，“大小姐，你是我看着长大的，你这么聪明，管理一家分店而已，我相信你很快能上手。”

闻言，林宜的笑容变得有些苦涩，她低哑地道：“人的确能从挫折中成长，可那需要时间。安姨，我没时间了……”

三年，肖新露用三年时间把林家据为己有，囚禁他们父女，让他们每天过着生不如死的生活。

只有三年而已，所以她不能碰壁。

她要确保自己的每一个决定都正确，才能颠覆发生过的一切。

“你胡说什么呢？”安阑的眉头皱得紧紧的。

“安姨，我的意思是我连一分一秒都不想浪费，要步步正确地往前走，守住林家，守住爸爸……还有你。”林宜抓紧安阑的手，眼中尽是坚定之色。

安阑错愕地看着她，一时之间竟想不起以前那个刁蛮任性的大小姐是什么模样，眼前的人还是那个人，却仿佛换过魂魄似的。

安阑长长地叹了一口气，将她的手放进被子里，道：“你啊，现在想法深得我都看不透了。”

林宜缓缓闭上眼，张开发白的唇，弱弱地道：“安姨，我和应寒年结交，包括受伤的事不要告知任何人。”

爸爸知道了会担心、会愤怒，肖新露知道了只怕又要做什么文章。

“好，我知道，大小姐你快睡吧。”安阑坐在床边，隔着被子轻轻地拍她的背。

灯光温暖得正好。

“安姨，以后别再叫我大小姐了，在我眼里，你不是下人，你是亲人。”林宜闭着眼道，声音瓮瓮的。

安阑的手一僵，她怔怔地看着林宜，好久才有了新的动作，眼底已经被一片水雾蒙住。

翌日一早，凉风送爽，林家的庭院里小鸟叽叽喳喳叫个不停，很是热闹。

肖新露坐在妆镜前给自己化妆，眉笔轻轻勾勒，镜中的女人年轻动人，看着就生命力旺盛。她拿起口红抹上一层色彩，更添美丽。

肖新露满意地看着妆镜，心情很好。

林冠霆要出门巡视国内分店，一圈走下来起码也要两个月，等他回来的时候就会发现，林宜的新分店已经凉透了。

到时，她再说自己后来已经察觉那边的选址不对，劝过林宜，但林宜不听一意孤行，还未开业就亏了一大把。

她向来温婉柔和，而林宜一向骄纵不屑解释，林冠霆自然会偏向她这一边，认为女儿不过是表面上装乖，到底是扶不起的阿斗。

想到这里，肖新露的笑容更深了，她换上一件限量的真丝长裙，往楼下走去。

餐厅里，林冠霆和林宜已经坐好，两人正说说笑笑。

笑吧。她不会让他们父女和谐太久的。

肖新露眼里掠过一抹阴险算计之色，随即她又换上笑脸上前，从后搂住林冠霆的肩膀："早啊，冠霆、小宜。"

林冠霆听到她的声音，脸色顿时沉下来，一把拉开她的手："你坐下，我有事和你说。"

他的声音冰冷如霜。

肖新露笑容一僵，下意识地去看林宜，只见她正端着杯子喝牛奶，一副"什么都与我无关"的模样。

"怎么了？"

肖新露在林宜的对面坐下来。

"砰"。

林冠霆把一个黑色文件夹拍到她面前，冷冷地道："看你选的好地址，香榭街那边要建地铁，幸好小宜做事周详，发觉问题，不然前期投资就全白砸了。"

闻言，肖新露心下一沉，而后惊讶地道："建地铁？我怎么从来没听过，是真的吗？"

林冠霆眼中有着愠怒之色："你明知道我对新分店的事多紧张，结果却连选址的事情都没办好。宜味食府也是老牌子了，让人知道我在S城自己的地方都选不好址不是丢尽脸面？"

这其中可不光是损失钱的事情。

肖新露被说得脸上一阵青、一阵白，搁在腿上的手死死地握紧成拳，再抬起头时，眼中已经蒙着水光："对不起，冠霆，这次是我的失误，是我不好，我没弄清楚就定了这个地方……"

林宜瞥她一眼，心中冷笑，安静地喝自己的牛奶。

见肖新露湿了双眼，林冠霆的脸色缓了下来，肖新露还未来得及暗喜，就听他叹了一口气："也怪我不好，太信任你，你本来就还年轻，很多事也要再学习。"

肖新露的手握拳握得更紧了。

"上次你提出去财务，这事我看先放放吧，你连店址都选不好，到时再批了不该批的钱出去。”林冠霆道。

肖新露听到这话，脸色一片苍白，却又不得不吃了这个恶果，含泪点头：“好，我现在确实还不够能力去财务。”

“嗯。”

林冠霆点点头，又看向林宜，目光温和：“小宜，这次你做得很好，这样我也能放心去巡视国内的分店了。”

林宜浅浅一笑：“爸爸，你放心，我会好好学习的，有什么不懂的我打电话和你说。”

林冠霆深感安慰地点点头，匆匆用了一点早餐便离开去赶飞机。

餐桌上只剩下林宜和肖新露。

肖新露伸手抹掉眼角的泪，眼底是浓浓的不甘，很快又被她掩饰掉，她拿起筷子夹起一个黄金虾放到林宜的饭上：“小宜啊，你是怎么发现香榭街那边有问题的？”

林宜抬起头，一脸骄傲地看向她：“当然是因为我聪明啊。”

小小的得意劲全写在漂亮的小脸上，显得又草包又让人愤怒。

肖新露被噎住。

“我不过随便逛逛，就发现那边有人在搬家，原来是要拆迁了，我让爸爸的秘书细查一番就查到那边要建地铁了。”林宜得意扬扬地道。

瞎猫撞上死耗子。

肖新露气得头疼，脸上还是笑着：“来，别光喝牛奶，喝点这个海鲜汤，美容的。”

她还没盛好，一直站在旁边的安阑就伸手拦上来，低着头道：“林太，大小姐早上说胃口不好，只想吃点清淡的东西。”

说着，安阑又将林宜饭上的黄金虾夹走。

肖新露见状顿时怒不可遏，一个管家都敢指手画脚了。她刚要发怒，突然察觉出有什么不对劲。

她按住怒意，低头用餐，全程暗中观察着林宜。

林宜化着淡淡的妆，看起来和平时没什么不同，但唇上的口红少了一些后露出的颜色分外苍白，目光也透着无力，时而拿筷子都有些手抖。

她不吃虾，不喝海鲜汤，这是怕发物？

难道她是受伤了？

肖新露眼中掠过一抹疑惑之色，没再说话。

两人相安无事地用了一顿早餐。

第三章

—— 星 ——

林冠霆离开后，林宜不用给肖新露什么面子，专心养伤，连吃饭都不出来，躲在房间里查阅各种各样的资料。

“咯咯。”

林宜咳嗽两声，一杯白开水搁到她面前，林宜露出笑容：“谢谢安姨。”

“怎么又起来了，感冒就好好休息吧，看看你小脸白的，小心发烧。”安阑站在一旁担忧地看着她，自从受伤后，林宜的脸色就没好起来过。

“没事，我最近吃那药吃得老想睡觉，结果到现在还没定下店址。”分店的事拖不得了。

“新店址不是定在万物城商场吗？”安阑不解地看着她，强硬地扶她起来往床边走去，“接下来的事情我会去做的，你就在家好好休息。”

“咯。”

林宜步子发虚地走到床边坐下来，几步路就让她累得恍惚。她虚弱地往后靠去，细眉微蹙：“安姨，我没什么把握。”

新店址是她自己定的，可她因为伤势一直在休息，都是安阑去实地看、联系商场。她不是不信安阑，而是第一次做生意，没有亲手参与，总怕中间会出什么纰漏。

“大小姐……小宜，我发现你最近就是想太多了。”

“都是这药，要不我不吃药了，还能精神点。”林宜突发奇想。

“不行不行，这都快一个星期了，你的伤也没多好转，怎么能停药？”事关她的身体健康，安阑不容她胡来。

“可是……”林宜有些无奈地咬住泛白的唇。

她不知道自己选的店址行不行，她太怕输了。要是这时有人能给她一颗定心丸就好了。

林宜正想着，放在床头柜上的手机振动起来，她拿起手机，是一条来自陌生号码的短信——

“欧腾酒店总统套房6808。应寒年。”

短信没有更多的文字内容。

林宜看向自己放在书桌上的大量文件，凝眉思索，也好，有真神可以问，何必自己埋头苦读找答案？

林宜收起手机，看向安阑：“安姨，你再去帮我探听探听万物城那边还剩下多少铺面没有租出去。”

“行，那你睡上一觉，回来我给你熬汤喝。”

安阑不疑有他，安排林宜睡下之后便出门了。

房间内安静，林宜等了一会儿便强撑着起床挑衣服出门。安姨要是知道她和应寒年做了怎样的交易怕是会痛心疾首。

可她没办法，真的没办法。

天气还没变凉，可林宜一出去就呛了一口风，凉意渗进骨头里，她不禁又回去拿了件大衣披上。

车子一开出林家大门，林宜就听到一声喜出望外的呼喊：“小宜！”

她侧目，只见路边的大树下，舒天逸穿着她以前最喜欢的白衬衫站在那里，一张脸五官分明，帅气极了。

司机回头看她，林宜冷冷出声：“不用理他。”

“是。”

司机一脚踩下油门。

舒天逸见车停都不停，连忙扑向前，双手拍着车窗，满脸的愧疚痛心神色，黑眼圈极深，看起来比她病得还厉害。

“小宜，你听我解释，慈善晚宴的事真不是你想的那样，我和谢心没什么，我爱的只有你一个……”舒天逸拼命道歉，跟着车子往前跑。

林宜正过脸，看都不看他一眼。

“加速。”林宜冷漠地道。

“小宜，小宜，你听我说，我这些天一直都很想你，你要是不原谅我我就不走，我连工作都辞了，就为了得到你的原谅……”

舒天逸拍着车窗痛苦地说着，忽然，车子快速往前，他脚下一扭，没有跟上，整个人倒在地上，连滚几圈，连吸好几口车尾气。

林宜冷眼往后望去，看着舒天逸狼狈的模样，不禁笑了笑。

车停在酒店前，林宜直接进了电梯，一路看着上面的数字飙向几十层。

从电梯里出来，她照着应寒年给的房号上前，按响门铃。

开门的是姜祈星，没有打招呼，开门后他就站到一旁。

林宜低眸看向自己的鞋，自嘲地苦笑，这一步总要迈过去的。她没再多想，抬起腿进门，只见布置得金碧辉煌的客厅里，桌上开了一瓶红酒醒着。

“应先生呢？”

林宜脱下身上的大衣问道。

“寒哥在上面。”

姜祈星面无表情地回答。

林宜不解地看向他：“这一层不已经是酒店最高层了吗？”

还有什么上面？

姜祈星看她一眼，没有说话，转身出门。她疑惑不已，只好跟在他身后。

姜祈星一路往前走去，直走到一扇紧闭的安全门前，推开门，高层的风呼啸而进，吹得林宜差点往后倒去。

好冷。

她强忍着往外望了一眼，外面是一条旋转而上的楼梯，扶手很低很矮，抬头往上望去，就看到一双修长的腿垂在护栏外侧。

林宜再定睛一看，竟是应寒年坐在最高处的护栏上，没有一点保险措施，腿还一晃一晃的，跟在家里一样悠闲自在，脚上的尖头皮鞋在阳光下泛着光泽，痞气十足。

这酒店足有六十几层，他就这么坐在外面是不要命了？

林宜震惊地睁大眼，眼看着高处的风刮过来，他的衣角在白云下方翻飞，仿佛会随时掉下去。

她倒吸一口气，从安全门退回来，应寒年玩世不恭的声音伴着风传来：“林大小姐，上面的风景好，过来欣赏。”

林宜当机立断地倒退了两米。

“上来，我就教你怎么在最短的时间里赚最多的钱。”

林宜果断地又往后倒退三米。

开什么玩笑，她留着命是要守住林家，不是陪他应寒年疯的。

林宜一直退到总统套房里，人被风吹得更虚几分，扶着餐桌坐下来，还没坐稳，应寒年就从外面走进来。

应寒年脱下身上的西装扔到一旁，松着领带，英俊的面上神色轻松，眉峰凌厉，双眼漆黑，只稍稍一站，气场便压制所有。

林宜看向他，忍不住问道："你到去上面做什么？"

"解压。"

谁没事不用任何安全措施地爬六十层高楼就为解压？

林宜懒得理他，应寒年却走过来一把将她捞起，在她的位子上坐下来，又把她按坐在自己的腿上，双臂霸道地将她圈进怀里。

他的气息一下子全部侵袭过来，让她觉得逼仄无比。

她不安地动了两下就安静下来。

应寒年圈着她掏出手机，语气有些张扬："给你看看我拍的照片，怎么样？"

林宜坐在他的腿上看过去，只见张张都是高空拍摄。

蓝天白云之下，他一个人站在酒店的最高处护栏上，短发被吹着，眼角上挑，眼神张狂桀骜，毫无惧意，整座城市都在他的脚下，他像踩着万物众生一般。

这种照片看着都令人深度不适，觉得脚下虚浮。

林宜按下他的手机，道："我不明白。"

"不明白什么？"

应寒年圈紧她，闻着她身上的气息，不乱喷香水，乖女孩。

"你四处替人办事筹谋无非为了敛财，一个对金钱有浓烈欲望的人不应该最怕死了享受不到吗？"林宜转头看进他的眼里，淡淡地问道，"再说，你做这种危险的事，就不考虑家人会担心吗？"

高空拍摄，这种极致危险的事情每年死在上面的人不在少数，应寒年这么不拿自己的命当命？

闻言，应寒年自嘲地勾了勾唇。家人，他哪还有什么家人？

他轻笑一声，抬起手刮了刮她小巧的下巴，嗓音颇有磁性："林大小姐，今天免费再多教你一样东西。"

"什么？"

"一个人只有濒临死亡的时候，才会格外清醒，能清楚地知道自己究竟要什么。"说这话的时候，应寒年忽然收敛了笑意，一双眼深如万丈悬崖。

林宜听着，忽然想到自己在梦里濒死的时候，那时，她只想将肖新露和舒天逸一起拖进地狱。

"那你想要什么？"她顺着他的话问道。

应寒年眼中有什么一晃而过，随即他的嘴角勾起一抹别有深意的弧度，俊脸慢慢逼近她，呼吸几乎喷薄到她的脸上，薄唇微张："我现在……想要你！"

话音未落，林宜就被他打横抱起，他将她抱进总统套房的卧室，往铺着玫瑰花瓣的床上一扔。

她的腰间被狠狠地揉了一把。

林宜痛得低吟一声，应寒年低下头便无所顾忌地吻上她的唇。

林宜的身体顿时被冷汗浸透，脑袋里全是梦境中的片段。她推拒着眼前的男人，小声而虚弱地道："应先生，等……等一下，我还有问题请教你。"

"小东西，谁教你这时候问东问西的？"

蓦地，他的视线冷冽地落在她的唇上。口红被吻掉后，她的唇白得没有一丝血色，分明是病态模样。

应寒年冷下眼来，就这么跨坐在她的身上抓起她的手把脉，又将她的袖子拉上去，纱布裹着她细瘦的胳膊，有新鲜的血色从里边隐隐约约地透出来。

"你什么情况，养了一个星期伤口还在往外渗血？"

她天生不凝血？

应寒年烦躁地将她的手丢到床上。他特地等了一周的时间，结果送上门来的还是个病人，那还有什么兴致？

林宜忍着疼痛从床上坐起来，手抓住胳膊，虚弱地道："我也不知道，可能因为这两天感冒了所以恢复得特别慢。"

"我不是让你去医院缝线？"应寒年低眸，目光凌厉地盯着她，"林大小姐，你该不是为了刻意扫我的兴吧？"

要真这样，他会让她后悔的。

"没有。"林宜摇摇头，唇色发白，"我既然答应了你，又怎么会反悔？可能是医生开的药不好，我明天去复诊的时候让医生换种药。"

像是为证明她说的是真是假，应寒年冷声道："你的药呢？"

"在我包里。"

应寒年利落地从床上下来，不一会儿就拿来她的包，往她身边乱倒一气，什么东西都被倒出来了，动作粗鲁得厉害。

林宜没有出声，静静地看着他。

手臂上的疼痛隐隐约约地刺着她。

应寒年从中拿出一瓶药，从里边倒出一颗红白胶囊，直接拧开，往掌心上倒出一些黄色粉末。

见状，应寒年不由得看她一眼，眼中有着嘲弄讥讽之色：“林大小姐，看来你的仇家也不比我善良多少。”

“什么意思？”林宜不解地看向他。

应寒年竖起手，任由掌心的粉末似细沙般缓缓落下：“这种胶囊的粉末是白色的。”

听到这话，林宜吃惊地坐直了身体，脑中稍一想便明白过来：“你是说我的药被人换了？那是毒药吗？”

又是肖新露。

看来那天早餐时，安姨不让自己吃虾、喝海鲜汤被肖新露发现了端倪，这女人还真是亡她之心不死。

“真是毒药你还能活到现在？”应寒年冷哼一声，在一旁的沙发上坐下来，被扫了兴致的他满脸愠色，“你最近什么症状？”

“一直昏昏欲睡，我还以为是药的副作用。”

林宜有些痛恨自己的不小心。她只想着将来自己会被毒死，却没想到这个时候肖新露就敢对她下这种黑手了。

是因为她在爸爸面前害肖新露不能去财务主事敛财，所以肖新露报复她？顺便这样还能让她没有精力去处理新分店的事，等爸爸回来，看她一事无成，心中形象又要大打折扣。

这个女人……真是打的一手好算盘。

林宜抿紧嘴唇，低头看向自己手臂上的伤，又看向应寒年不悦的脸：“应先生，那今天……”

“我对病恹恹的女人没兴趣，你走吧。”

应寒年蹙了蹙眉，不耐烦地道。

他下逐客令了。

林宜深提一口气从床上下来，把东西一件件收进包里，看到自己放的一张纸后，又拿出来递给应寒年，请教道：“请应先生给点意见，咯……”

她的身体虚弱得厉害。

应寒年狐疑地看她一眼，接过纸打开，看着上面的内容冷笑：“林大小姐很有做生意的天赋啊，一点报酬没给，却要我三番五次地教你。”

应寒年心里窝火得厉害。

“咯咯。”

林宜又咳了两声，刻意偏过头，没有对着他，也没有走，就这么倔强地站在那里。

“还赖着不走了？”

应寒年猛地站起来，一步站到她面前，漆黑的眼直逼她眼前，薄唇勾着嘲讽的笑：“也行，只要你不怕拖着病体被我为所欲为，我就教你。我应寒年从不做亏本生意。”

本是讥讽她的一番话，她却丝毫没有迟疑，伸手就开始拉下腰侧的竖式拉链，露出纤细白皙的腰线。

应寒年看得眼睛都红了，笑容收敛起来：“林宜，你又要疯了是吧？”

说他不要命，她不照样疯得厉害？

林宜不声不响，开始拉自己的裙子。

“滚！”

应寒年一把扯过她的包扔到门外，眼中全是厌恶之色：“林宜，你不怕，我还担心被你过了病气，立刻给我滚！”

林宜呆呆地看向地上的包，脑子被他的怒吼震了下。她低头看向自己腰间裸露的肌肤，忽然回过神来。

她到底在做什么？

她现在做的和梦里做的有什么不同？

梦里没求到的，难道现实里她就能求到了？

林宜白着脸倒退两步，突然间清醒过来，忙不迭地拉上拉链，跌跌撞撞地往前，捡起包就走，一句话都没有。

应寒年站在那里，看着她逃也似的背影，本来不爽的心突然堵了一下，很不舒服。

林宜踉跄地走出去，迎面正见姜祈星进来，两人擦肩而过。

林宜头晕得厉害，人摇摇欲坠，她连忙扶住旁边的墙站住，缓解着不适。

她感觉好难受。

忽然，姜祈星没什么情绪的声音传来：“万物城？”

林宜一怔，他看到了她留下的那张纸。

“万物城背后是牧氏家族，背景雄厚，地段虽偏，但周围交通极为便利，小区密布，更有庞大的地下停车场给予方便，一旦运营势必会迅速成为S城新的黄金生活圈。”应寒年低沉的声音传来，“她也不算笨，知道选在那里开分店，大投资自然有大回报。”

听到自己要的答案，林宜没有多开心，眼中一片苦涩。

其实她可以自己做到的，其实她明明知道牧氏家族辉煌不可一世，所建之处皆为旺地，却仍害怕这边的万物城有什么万一……

为什么她会那么没自信呢，为什么非要问一下应寒年才觉得安心？

明明惧怕这个男人，明明想远离这个男人，为什么还……林宜自己都不懂自己对应寒年怎么会产生这么矛盾的心思。

可能知道他将来太强大，于她就像个外挂似的存在，她太想要赢了吧。

“寒哥，还要再关注这个林宜吗？”姜祈星的声音又传来。

林宜的身体一僵，静听着卧室传来的动静。

一阵静默后，应寒年冷漠的声音传来：“不用了。”

末了，她又听到他道：“怎么，你很惊讶？”

姜祈星道：“我以为寒哥对她有些特别。”

闻言，应寒年嗤笑了一声：“有什么特别，不过是想找个消遣，结果是连连败兴。我要什么女人没有？再说她身上背的事太多，烦。”

“知道了，寒哥。”姜祈星应道。

林宜靠在墙上，听着应寒年的话，脸上掠过一抹难堪之色，随后露出一抹自嘲的笑意，抬起脚离开。

她该谢谢应寒年骂醒了她，否则她会继续把自己的自尊踩得一无是处。

靠别人是长久不了的，她能靠的只有自己。

这样断了最好，不用结仇，她也没有损失什么。

两个月的时间，说长不长，说短不短，就这么平平淡淡地过了。

难得的好阳光晒着整个辉煌亮丽的林家，林宜躺在摇椅上，身上盖着薄薄的毯子，整个人沐浴在暖暖的光线下，暖得令她犯懒，眼睛都有些睁不开了。

高跟鞋踩在阳台上的声音由远及近。

一阵香水味扑鼻而来，林宜被呛得打了个喷嚏。

一只冰凉的手抚上她的额头，随即肖新露装模作样的声音在她的头顶响起：“你这身体怎么还不见好，小可怜的，我看着都心疼。”

林宜缓缓睁开眼，看到肖新露笑容满面，懒懒地道：“你可别咒我，我最近好多了，只是习惯睡午觉，不太想动而已。”

肖新露一听顿时有些暗喜。她最近已经没有换林宜的药了，她要林宜好起来，这样落在林冠霆的眼里才像是偷懒装病。

楼下传来车子的响动，肖新露知道林冠霆巡视全国分店回来了。

再看林宜，还是一副懒洋洋的样子，计上心来，她微笑着道：“小宜，我听说舒天逸最近两个月天天都来，就为见你一面，熬得人都瘦了，你都不见？”

整整两个月，肖新露也是佩服舒天逸，金钱对人的诱惑真是够大。

林宜听到这话，睫毛忽闪了一下，在摇椅中侧过身体，用被子牢牢地盖住自己，轻喃一声：“那个傻子……别再说了。”

傻子？这心痛的语气……

肖新露一怔，莫非林宜还真被舒天逸两个月的道歉打动了？这样也好，她把舒天逸再安排到林宜身边，对她有利无害。

“好好好，不说他不说他。”

肖新露伸手柔柔地拍着她的肩膀，计算着林冠霆上来的时间，问道：“那分店的事呢，既然你现在身体好了，也该筹谋分店的事了，总公司对这次的新分店很重视。”

“你很烦啊，我想睡觉。”林宜不耐烦地推她。

“我的大小姐，不是我要烦你，可你爸把这么重要的事交给你，你总得做点什么，不能一味躲在家里睡觉。”肖新露苦口婆心地道。

“你别烦我了行不行？吵死了！”

林宜转过身背对着她。

一声中气十足的怒喝传来：“怎么和你阿姨讲话的？一点教养都没有！亏我还以为你是真的身体不好，着急结束巡视赶回来，结果你是躲在家里睡觉偷懒！”

时间掐得正好，肖新露心下一喜，抬起头见林冠霆已经站到阳台上，满脸怒色，她连忙跑过去抱住他的胳膊：“冠霆，你回来了。”

“嗯。”

林冠霆内疚地看她一眼，随即又怒气冲冲地瞪向林宜。

林宜已经从摇椅上起来，站在那里，弱弱地看着他：“爸爸。”

“你给我下来！”林冠霆怒不可遏地道。

肖新露温柔地劝道：“你别这样，一回来就气冲冲的，吓着孩子，小宜就这脾气，我都习惯了，她没恶意的。”

“她还没恶意？她再不好好改改这脾气，以后怎么继承宜味食府？”林冠霆气得额上青筋直跳。

明亮的大厅里气氛紧张，女佣们都悄悄地躲到边上。

肖新露软软地倒在沙发上摆弄着指甲看好戏，林宜一个人被罚跪在母亲的遗像前。

林冠霆站在她的身侧，点了三根香插进香炉，看着亡妻美丽的脸庞愧疚地道：“小如，对不起，是我没教好女儿，你别生气。”

肖新露冷眼打量着遗像中的女人，林冠霆当初就是看她和亡妻有六七分相似才娶的她，有时候她看着遗照都感觉是在看自己，真是晦气。

那边林冠霆和亡妻说完，就低头瞪向林宜，怒斥道：“出门之前，我还以为你性子改好了，说什么愿意继承宜味食府，肯从分店做起，原来都是装给我看的！”

林宜跪在软垫上不说话，垂着头，安静地任由他骂。

“你还是和以前一样，骄纵跋扈、任性妄为。以前你是不想上学天天装病跑出去玩，现在倒好，躲家里偷懒就是为了不做事。都二十岁的人了，你这样将来怎么成大器？”林冠霆疾言厉色，气得胸口难平。

肖新露看着，吹了一下自己的指甲，这次的美甲修得真是不错。

“我问你，我让财务拨给你准备新分店的钱你是不是都拿去买衣服、包包了？你怎么就这点出息！”林冠霆恨不得把手戳到她的头上点醒她。

林宜依旧沉默。

“还学会犟着不说话了？你想气死我？”林冠霆捂住胸口，大口地呼吸着。

林宜跪在那里，启开嘴唇淡淡地道：“爸爸一来就骂我，根本没要听我讲。”

“那是我已经看到事实了！”林冠霆气愤地道，“在我面前你扮着乖巧，转头对着新露呼呼喝喝，林宜，你现在还学会当面一套背后一套了？”

林宜闭上嘴，再不开口。

“你这孩子，越学越坏，不能再惯你了，我今天非打醒你不可。”

林冠霆脱下身上的西装甩到一旁，抓起一旁的杂志卷起往林宜背上打去，边打边痛骂：“我天天在外面奔波操劳到底为了什么？就是为了让你继承我和你妈妈辛苦创立的宜味食府，结果你呢？”

“今天就敢以开分店为借口私吞公账，将来宜味食府交到你手上，你还不全败光了？”林冠霆此生最看重宜味食府，容不得一丝差错，此刻火越发旺盛，杂志疯狂地打在林宜的身上。

疼痛悉数落下来，林宜咬牙强撑，唇抿得紧紧的，脸色变得越来越差。

肖新露看着这一幕差点要拍手叫好，算算时间差不多了，正准备起来假模假样地劝上两句，一个身影如风般从外面冲了进来。

“林先生，你打大小姐做什么？”

安阑提着公事包跑进来，上前就拦住林冠霆，满脸急色。

林冠霆见到她，脸色沉了沉。

安阑很早就进了林家，帮他照顾林宜，打理林家，可以说，林冠霆是看着她从青春少女熬到脸上有了皱纹，这都是为他们父女付出的。

换作平时，林冠霆是很敬重安阑的，但现在他正在气头上，瞪着安阑口不择言起来："你还好意思拦，都是你教的，把林宜教得这么不像话，我看也到炒你的时候了。"

安阑震惊地看向他，难以置信地反问："林先生，大小姐到底怎么不好了？她身体不好还记着分店的事，四处奔波定下新店址，又在多数竞争者中杀出一条重围，拿到了万物城的铺面，连轴转的操劳让她的病时好时坏的，一直没康复。我不明白，这样的大小姐哪里不好了？"

"你说什么？"林冠霆惊愕地看着她，"新店址定好了？"

万物城，那倒是不错的所在。

肖新露在沙发上坐直身体，蹙起眉头。新店址定了？她怎么没有收到风声？

林宜跪在地上，身体微晃。

安阑从公事包中拿出文件递给林冠霆："这些都是新店的资料，已经装修好了，大小姐生怕中间有什么疏忽，不只让我天天去外面盯着，自己还全程监督进程。"

林冠霆翻着手中的资料，全部做得细致到位，不是造假，顿时明白自己误会了女儿，脸色僵硬地道："那刚才小宜怎么不说？"

"大小姐是为了给林先生你一个惊喜，为此，她暗中拜托公司的装修经理，人手不够都是晚上亲自去搬材料。"

事实上是林宜为了防着被肖新露发现，只能连装修都偷摸地进行。

安阑痛心疾首地讲着，眼眶都红了："还有，林先生你也知道万物城的租金有多贵，大小姐把自己的包包、珠宝首饰全拿去变卖了。"

林冠霆惊得难以置信，他的女儿竟然做到这一步。

林宜一向视那些珠宝、包包跟命似的。

"变卖？"肖新露从沙发上站起来，柔柔地说了一句，"没被认识的人看到吧？不然外面的人还以为林家不济，要破产了呢。"

林冠霆看她一眼，目光一动，似乎在想这事的可能性，忽听"砰"一声响，他连忙回头，就见林宜倒在了地上。

"小宜！"

林冠霆冲上前抱起林宜，见她脸色苍白没什么血色，眼皮下泛青，憔悴得厉害，顿时痛心得悔不当初。她这分明是真病了，他居然还下狠手打她：“快请私人医院的周医生过来。”

肖新露站在那里，怔怔地看向林宜。她不是说好多了吗，怎么突然又晕倒？她不过是被杂志打两下而已。有这么脆弱？

肖新露看看安阑，又看看林冠霆一脸的担心，眉头不禁蹙起来，隐隐有些不安。

林宜躺在床上，病恹恹的，话都不多说一句。

林冠霆看向书桌上铺满的各类管理书籍及资料，上面全是做的笔记，密密麻麻，明白自己又错怪女儿一次，惭愧不已，恨不得抽自己一巴掌。

女儿明明学好了，偏偏他还不信。

肖新露坐在林宜的床头轻声安慰着她，林宜闭上眼只当听不见。

周医生进房后迅速给林宜做了一次检查，又看向她手臂上的伤痕。

“这是什么时候伤的？我怎么都不知道。”林冠霆看到上面留下的疤痕，震惊极了。

“两个月前，大小姐去实地考虑店址的时候不小心弄伤的。”安阑站在一旁道，“她不说是怕林先生你担心。”

“……”

林冠霆满脸懊悔心痛之色。

“两个月前伤的？”周医生坐在床边，疑惑地道，“这么久伤势应该早就恢复了，林小姐的气色也不该这么差啊。”

坐在床头的肖新露闻言身体一僵。

林宜一言不发地躺着，当着一个安分的病人。

安阑走上前来，手上拿着几瓶药：“就是啊，也不知道那医生是不是有问题，开的药老是让大小姐浑浑噩噩，提不起精神，伤也好得特别慢，还留下这么明显的肉疤。”

这药送得太过及时，跟排演好似的。

肖新露呼吸顿了顿。

“给我看看。”周医生伸出手来，接过药看了一眼瓶子，又倒出胶囊仔细研究。

“周先生，怎么样？”林冠霆紧张地问道。

周医生看着手掌心中的黄色粉末蹙起眉头：“这些药的确都是对症下药的，可其中几种药的粉末很奇怪，颜色不对，我想，药被人换过。”

肖新露吃惊地睁大眼，浑身不自在起来，放在腿上的手也抖了一下。

知道林冠霆巡视回来，她已经把药换回来了。

圈套，这是圈套！

“换药？”林冠霆不敢相信地道，“安阑，你带她看的是什么医生？”

“大小姐去的是大医院，而且是医生开药，药房拿药，别说医生没有动机，就是有，他也没有机会换药啊。”安阑条理清楚地解释。

肖新露的嘴角都僵了，她强行镇定着问道：“那拿药回来是不是遇上什么人？有没有在外服过药？会不会碰上林家的竞争对手了？”

“不可能，大小姐一直都在家服药。”

安阑果决地把岔路全部砍死。

“那就是家里人出问题了，安阑，把所有人叫到一起，再把林家里里外外搜查仔细，查到直接把人送警局！”林冠霆怒气冲冲地道，“动手脚动到大小姐头上，我看他们不想过好日子了！”

一个个的怕是在林家待得太安逸。

“知道了，林先生。”

得到想要的结果，安阑点点头，转头离开。

肖新露的眼珠四下转动，发丝间已经沁出汗意，穿着紧绷性感长裙的身体呼吸开始不畅。

换药是她亲自做的，绝对没有人看到，她也把剩余的药都处理得干干净净。

可要是林宜存心设计她，恐怕此刻她的房间里已经有药粉存在了。

林宜这是要至她于死地，好狠的手段。

林冠霆看着床上从头到尾话都不想说一句的女儿，心疼极了:“周医生，那我女儿……”

“两个月来只是精神不济的话，对方应该没有下死手，但不管怎样，还是赶紧去医院做次全身检查，这样才能放心。”周医生道。

“周医生辛苦了，我送你出去。”

肖新露站起来道，脚下虚得厉害，差点摔倒。她端着正常态度将周医生送出房门，而后再将门关上，掌心里已经全是汗。

她转过头，只见林冠霆已经坐到床边，牢牢地握住林宜的手。

她怎么算都算不到林宜这人不声不响地给她来这套，恐怕一会儿送上来的不只药粉，还有一系列她和林宜不对盘的证据。

她就是再抵赖，此刻爱女心切的林冠霆也听不进去，不会相信林宜一个娇滴滴的大小姐舍得伤害自己的身体来害人，只会认为她死不悔改，夫妻感情破碎。

与其如此，她还不如……

肖新露暗中狠狠地捏住自己的大腿，疼得眼圈通红，重重地跪到地上，发出一声重响。

林冠霆错愕地回头："新露，你……"

"不用查了，冠霆，小宜的药是我换的，对不起。"肖新露满脸内疚地坦白，泪水一下子钻出眼眶，淌下脸庞，显得楚楚可怜。

"你说什么？"林冠霆猛地站起来，震惊地瞪大眼。

"药是我换的。"肖新露痛苦地低下了头。

"肖新露！"林冠霆咬牙切齿地吼了出来，朝肖新露的脸上狠狠地甩了一巴掌。

肖新露不躲不避地受了这一巴掌，脸上顿时显出几根指印，可怜极了。

躺在床上的林宜忽然睁开眼，眼中哪还有半点病态，只剩下冷意。

肖新露居然主动认下了。

"继母害女，你居然做出这么恶毒的事来！你明知道她受了伤，竟换药加害于她！"林冠霆弯腰抓着她的领子怒吼道，呼吸变得分外急促，"说，为什么？"

空气里是随时会绷坏的氛围。

肖新露哭着摇头："冠霆，我怎么可能加害小宜呢？我……我只是想教训教训她而已。"

"你这还不叫加害？"林冠霆怒不可遏地吼道，恨不得踹她一脚。

"冠霆，其实我和小宜的关系并没有表面看起来那么好，小宜一直记恨我分走了你的疼爱，天天对我冷嘲热讽，当着女佣的面骂我土鸡变凤凰，说她迟早会把我赶出去。"

闻言，林冠霆的目光一怔。

她说的确有其事，林冠霆也听到过下人们间的风言风语，但有时候存心袒护女儿，加上肖新露从不告状，他也就睁一只眼闭一只眼了。

现今被拿出来讲开，他脸上很不好看。

"冠霆，当初我嫁给你大家都说我是为了钱，可你知道，我是仰慕你的为人和才华。一直以来，我都小心谨慎，在公司也慢慢从底层做起，从来没有一丝懈怠，就怕别人说你用人唯亲。"

肖新露抓住林冠霆的手，哭得不行："可我也是个人，也会有喜怒哀乐。

我在公司战战兢兢，在家天天被小宜指着鼻子骂，心里不痛快才会一时鬼迷心窍。”

林冠霆看着年轻的妻子如此，脸上神色挣扎。

林宜撑着从床上坐起，愤恨地道：“我知道我以前对你不好，但这几个月以来，我已经改了，我叫你阿姨，对你客客气气，你居然下药害我！你是不是想我死，好霸占林家？”

这罪重了，林冠霆的身体一僵。

肖新露看向她，眼泪多得跟不要钱似的，柔弱可怜地道：“我知道我错了，可是小宜，我真的从来没有想过害你。我给你换的只是算过分量的助眠药物，对你的身体无害，我只是想让你多睡一些，不用总想着针对我。”

林宜心中冷笑，终于又一次见识到肖新露的利嘴，死的都能被说活了。

厉害，她真的厉害。

“我好难受，爸爸……”林宜往后一倒，痛苦地出声。

林冠霆立刻冲过来搂起她，抱在怀中心疼地拍她，怒冲肖新露道：“真是无害她现在身体怎么会差成这样？”虽然还是在骂，林冠霆的语气却不如初知道这事的时候那么震怒了。

房门被推开来，安阑抓着药走进来，刚欲开口，就发觉房间紧绷的气氛，再看向泪流满面的肖新露，心里顿时“咯噔”了一下。

“林先生，我在你的房……”

“行了，安阑，你先陪小宜去周医生那里做个详细的检查，我一会儿再去看检查报告。”林冠霆沉着脸打断安阑的话。

林宜躺在床上，听到林冠霆的话，明白事情已成定局，不禁失望透顶。

“小宜，你先去医院，你放心，爸爸知道怎么处理这件事。”林冠霆拍拍林宜，在她耳边轻声道。

肖新露还跪在地上抽泣不已，悔不当初。

林宜闭上眼，脸上显得格外苍白。

私人医院的建筑在阳光下白得晃眼。

白求恩的雕像立在绿地之上，周围的人行色匆匆，空气中仿佛飘着淡淡的药水味。

安阑扶着林宜坐到白色长椅上，林宜穿着一身病号服，刚刚做完所有的检查，精神很差，面无血色，平日里灵动的一双眼此刻空得没有一物。

林冠霆匆匆赶来，着装都没有仔细打理，气喘吁吁地在她身边坐了下来，道：“小宜，我刚才看了最快出来的一些检查报告，你的身体没什么问题，只要注意休息就好，别担心。”

林宜坐在那里，转眸看向他：“把她送警局了吗？”冷淡语调吐露出来的字眼却带着咄咄逼人的质问。

林冠霆面露尴尬之色：“小宜，这事你听爸爸跟你好好讲，说到底新露也只是太年轻，一时鬼迷心窍，但她心地还是好的，这次也是幡然悔悟才会主动坦白。”

“再说，林家在S城好歹是有头有脸的，要是把她送警局，家丑外扬开来，对林家、对你有害无益，所以我想着自行惩戒更好一些。”

“怎么惩戒，你会和她离婚吗？”林宜追问道。

“我让她卸下在公司的职务，派人送她到乡下住一段时间，要是她不好好反省，我会和她离婚。”林冠霆说着，底气有些不足。他一直观察着林宜的神色，心知女儿不会满意这样的结果。

林宜听到这样的答复，心里难受得厉害。她本来就不指望林冠霆能将肖新露绳之以法，可想着总能让他看清肖新露的真面目，离婚收场。

没想到那个女人哭一哭、跪一跪，他就连离婚都做不到。

他口口声声让她远离渣男，那他自己呢？

他伸手去搂女儿，林宜躲开，有些激动地道：“爸，她今天可以给我下药，改天就会给你下药，你是不是每次都要等到被她害得快死了才能醒悟？”

肖新露这个女人的狠毒是无休无止的。

“每次？”林冠霆疑惑地看着她，“什么每次？小宜，你是不是精神太差了？这边太阳晒，我扶你回病房休息吧。”

他以为她在胡言乱语。

林宜再一次躲开他的手，偏过脸去，脸上满是失望的神色。

林冠霆看着她无声的抗拒，手僵在半空好久才收回去，长长地叹了一口气，望着远处清澈如洗的天空道：“小宜，你妈妈已经走了十几年，可是你知道吗？有时候我做梦还是总回到你小的时候，我和你妈守着一家小餐馆，从早上忙到半夜……”

林宜咬唇。

“那时候苦，却是我这半辈子最开心的时候。”提到亡妻，林冠霆声音哽咽，“新露和你妈妈有六分像，看着她的时候我偶尔会感觉是你妈妈还陪着我。”

“可她不是妈妈。”

林宜道，肖新露怎么配和她的妈妈相提并论？

“说起来，你对新露呼来喝去，我在她身上找影子，其实都是对她的不公平。”林冠霆道，“她年纪轻轻跟了我，从不提委屈，那现在她一时想差了，我总要给她一个改过的机会。”

林宜说不出话来，知道她怎么阐述肖新露的恶毒，爸爸都不会信的。

“小宜，你是我女儿，迟早有自己展翅高飞的一天，不能陪我一辈子。”

林冠霆靠在白色椅背上，叹着气道：“我就是打算着，将来把宜味食府好好地交给你，让新露陪着我在林家走完后半辈子，这对我而言，就是无憾了。”

原来爸爸是这么打算的。

可是肖新露……从来没有想过陪他终老，他看不透、看不明白。

林宜听得心口被堵住一般，好久，她转过头看向林冠霆。林冠霆连忙低头按眉心，可眼中的红还是被她看到。

爸爸对妈妈的追思竟反而成了肖新露在林家立足的最强利器。

“爸，”林宜苦涩一笑，“你知不知道你这样做，我想守住你变得有多难？”

太难了。

“你这孩子瞎说什么呢？爸爸不用你守，是爸爸守着你。”林冠霆将她搂进怀里，见她不再抗拒，心下一暖，“放心，爸爸不会再让你受委屈了。”

林宜靠在他的怀里，靠了好久才道：“爸，你和安姨帮我去拿剩下的检查报告吧。”

“好。”

林冠霆和安阑一走，只剩下林宜坐在长椅上，一阵风吹过来，带着阵阵凉意。

她侧坐在长椅上，蜷起双腿，双手环紧自己的膝盖，头歪歪地靠着，双眼无神地看着前面，眼中没有焦距。

为了更像个病人，这几天她又在吃药，弄得自己弱不禁风的，结果到头来还是没能将肖新露赶出去。

要是妈妈没有死那该多好，林家也不需要做得多大，他们一家三口就简简单单地守着一家小餐厅……

那种画面想想她都觉得美，真的好美。

想着想着，林宜忍不住笑起来。

一行人从白求恩的雕像前走过，为首的是应寒年，颀长的身影在一群人里显得出类拔萃。

“寒哥，这次真是多谢你了，要不是你出谋划策，我这次连卖医用器材都得输给黄家那小子。”说话的是一个穿着粉红衬衫的公子哥，“我再办不成点事，我家老头子肯定气得和我断绝父子关系。”

应寒年漫不经心地走在前面，修长的手指将一张黑金卡转得风生水起，英俊的面庞上神情慵懒：“只要你出得起报酬，让我把你送上老爷子的位子也不是什么难事……”

阳光有些晒，应寒年下意识地偏过脸，就看到不远处白色的长椅。

林宜将自己蜷成一团坐在长椅上，身上穿着宽大的病号服，遮掩得严严实实，只露出一张苍白憔悴的脸，一双眼无神地盯着前面，像在看什么，又像什么都没有看到。

她怎么又病成这样了？又被算计？这女人看起来不该这么笨才对。

蓦地，林宜笑了，嘴角微微地弯起，眼睛发亮，笑得像一个孩子那么单纯。

应寒年停住脚步，直勾勾地盯着她脸上的笑，嘴角勾起弧度，连自己都没有察觉。

突然间，那双发着光的明眸中掉下泪来，一直淌到还弯着的嘴角，她快速抹去眼泪，脸上有着不服输的固执倔强神色。

她那小模样招人至极。

应寒年定定地看着她，胸口忽然有些痒。

“寒哥？寒哥？”

有人一直叫他。

应寒年正过脸，目光沉沉地看过去：“怎么了？”

“寒哥，你这次帮了我这么大的忙，晚上红调坊我请客。”那人极其恭维应寒年。

应寒年又朝白色长椅上的人看了一眼，那人始终没有发现他，或许，是发现了也当没看见。

呵。大小姐的姿态还真高。

应寒年有些烦躁地丢下话便抬起脚离开，半步都不停留，将那一抹苍白的身影抛在身后。

林宜的身体没什么大碍，住几天医院后她就出院了。

林家庭院中的花香飘出属于这个季节的味道，林宜一下车就被林冠霆、安阑和几个女佣簇拥着往里走去。

一进大厅，林宜就见到最不想看到的人。

肖新露素面朝天地坐在那里，双眼深陷，面上全是眼泪干涸的痕迹，面前放着已经拉上拉链的行李箱。

见他们进来，肖新露连忙站起来，眼泪又淌下来，一双眼直直地看向林宜，语气充满内疚："小宜，你终于出院了，没事就好，这样我也能放心离开。"

林宜抬眸，双眸冷冷地看向她。

她居然现在才走，演这一出无非给爸爸看的，想被留下不去乡下的农庄住。

见她不说话，肖新露抹了抹眼泪，拖着行李箱往前走去，刚走两步，脚下一崴，人虚弱地倒了下来，显得楚楚可怜。

扶着林宜的林冠霆见状好一阵心疼，上前就想扶人。

安阑立于一旁，瞥了一眼便飞快地道："林先生，大小姐这些天胃口不好，一直念着要喝您亲手炖的宜味盅。真是苦了大小姐，从小到大哪受过这样的委屈。"

伴随着这话的，是林宜看向林冠霆那淡淡的一眼。

林冠霆脸上一阵青一阵白，收回向前的脚，道："安阑，你陪小宜回房，我这就去厨房。"

"好的，林先生。"安阑满意地点头。

肖新露倒在地上恨得咬牙，眼睁睁地看着林冠霆从自己面前走过，看着最后的一丝希望破灭。

她转过头，只见安阑已经让女佣们都离开。

林宜站在那里，一张脸看似无害，可眼睛深处不知藏了多少事。

"好手段啊，林宜。"肖新露抹掉脸上的泪，不再装模作样，起身站到林宜面前，"在我眼皮底下不声不响地把分店的事办妥，又装病算计我，看来我是小看你了，你一直都在扮猪吃老虎。"

林宜目光冰冷地看向她，沉默不语。

"林宜，你等着，这个家我还会回来的！"

肖新露痛恨地瞪着她一字一顿道，她会把林宜给她的全部还回去。

啪！林宜抬起手臂反手就冲她挥了一巴掌，干脆利落，没有半分拖泥带水。

"肖新露，我告诉你，这个家是姓林的，只要有我在，你休想从这里拿走一分一毫！”林宜冷漠地盯着她。

梦中的结局不会上演。

“你个拖油瓶，你敢打我……”肖新露难以置信地瞪向她。

林宜回手又是一巴掌，打得极狠，眼中全是冷意：“打你又怎么样，你算什么东西，我还不能打了？”

这人还真以为是她妈了？

“你——”

肖新露激动地就要扑上去，林宜站在那似笑非笑地盯着她。

安阑则往厨房的方向瞄了一眼。

肖新露的手僵在半空，她猛然清醒，林冠霆要过来了吗？她这一动手，林宜再一告状，林冠霆还怎么相信她是真心悔悟？

她差点上当。

肖新露僵硬地收回手，怨恨地瞪她一眼，提起行李箱往外走去，狼狈地离开。

这两巴掌，她受了！

林宜站在那里，背对着大门口的无限阳光，嘴角泛起冷笑。

忽然，安阑上前来替她整理着身上的衣服，小声地道：“大小姐，看到了吧，只要你听我的，就能得到林先生的全部关注。林家是你的，谁也别想抢走本就属于你的光环。”

“安姨？”

林宜转过身，莫名地看向面前的安阑，不明白她怎么突然说这些。

下一秒，她的余光扫到大门边上一抹飘飞的衣角。

肖新露还没走。

“大小姐，我知道你在担心什么。”安阑笑着道，“放心，我以前也在林家的公司待过，懂经营之道，我一定让分店办得风生水起，等你将来成了林家的主事人，还不是想和谁在一起就能和谁在一起？”

林宜错愕地看着安阑，没有插嘴，只能看着安阑一个人唱独角戏。

“进林家做事这么多年，连林先生都对我客客气气的，这个肖新露才来多久，就对我呼来喝去，我早看她不顺眼了，就是这次没能彻底把她赶走。”安阑一向大气雍容，这会儿眼中尽是憎恶和阴狠之色。

外面的肖新露听到这里恍然大悟，气得双手紧紧握拳，差点冲进去打安阑。

她就说林宜那个花瓶怎么突然转了性子，变聪明那么多，原来一切都是安阑搞的鬼。

该死的！

肖新露咬牙切齿，没进去拿落下的包，而是转身就走。

看到外面越走越远的身影，安阑脸上的表情卸了下来。

林宜疑惑地看着她："安姨，你刚才为什么说这些？"

安阑笑了笑，云淡风轻地道："肖新露这人睚眦必报，这次你让她栽了这么大一个跟头，她一定会想尽办法对付你，要是你的心思都用来应付她，还怎么经营分店？"

"所以你就让她以为一切是你在幕后主使？"林宜担忧地蹙起眉，"安姨，她会对付你的。"

这怎么行……

"放心，我好歹比她多活二十年，什么风浪没见过，哪里那么容易被她害到？"安阑慈爱地看着她，"这样一来，你就可以空下来好好学习，争取早些进入公司管理层。"

"安姨……"

看着全心全意为自己着想的安阑，林宜鼻子酸得厉害，上前抱住安阑，牢牢地抱紧："安姨，我会保护你的，这个肖新露想回来，也要看我给不给她机会。"

"傻小宜，安姨能看到你现在这样，这半辈子就算没白活了。"安阑感慨地道。

林宜更加用力地抱紧她。

背景雄厚的万物城商场开始运营，宜味食府最新的分店也热热闹闹地开业了。

宜味食府在S城是家喻户晓的老品牌，这一次开业林冠霆相当重视，不仅请了媒体宣传，还邀请知名女星江娆到店里剪彩。

几把缠着红线的剪子下去，红得发亮的丝带被剪成几截，彩带在空中爆开，喜气洋洋地撒了一地。

"恭喜恭喜。"

"谢谢。"

无数的闪光灯照着众人，每个人脸上都带着开心的笑容。

"小宜，你李叔他们都给面子，亲自前来恭贺，我带他们进包间。这外面交给你了，员工都是经过公司训练出来的，不用担心，实在有什么问题就进来问我。”

林冠霆拉着林宜走到一旁，仍然有些不放心。

林宜点了点头：“爸爸，你去吧，外面我会照顾好的。”

开业第一天加上明星效应，外面早已大排长龙。

众人都忙得团团转。

林宜站在门口往里望去，看着热闹的餐厅有种从未有过的满足感。

这家店，从选址到竞争到铺面，到装修，所有的过程她都参与，就像好不容易练成一支舞，终于能展现在人前。

宜味食府的装修大方向走的是红黑色系，磅礴大气，进了里边又是处处令人心生温暖的细节，墙上装饰着一只只碗碟，演绎着由古至今的饮食变化，下一面墙则刻着每一道菜的由来，暖色系的灯光随处可见。

复古的仿栅栏隔断仿佛令人回到小时候，考究的餐具、精致的美食无一不带给就餐者最美好、最温暖的享受。

这些，都是爸爸和妈妈从创业开始一点点设计的。

“里边请。”林宜冲就餐者低头，见外面的人密密麻麻的，便招来服务员道，“给外面等待的客人送酸梅汁。”

“好的。”

林宜这边刚安排完，安阑从一边走过来，眉头蹙得紧紧的，似有些不悦。

“怎么了，安姨？”林宜疑惑地问道。

安阑朝一个方向望去，林宜跟着看过去，就见到舒天逸站在商场的玻璃护栏前，远远地望着她，还捧着满怀的红色玫瑰。

见她看过来，舒天逸立刻拉了拉衣服，让自己看起来更加帅气。

“这个舒天逸可真是不到黄河心不死，今天这么重要的日子，林先生也在，要是闹出点什么……”安阑欲言又止。

林宜冷笑了一声：“恐怕他和肖新露的心思就是要在今天闹出点什么。”

“那怎么办？”

“没关系，他们两个虽然狼狈为奸，但肖新露有肖新露的心思，舒天逸有舒天逸的心思，只要我给点甜头，舒天逸自然会上钩。”林宜看着护栏前的那一个身影冷冷地道。

甜头？

安阑一怔，连忙劝道：“小宜，你还要和舒天逸有牵扯？你可千万别再糊涂。”

父女俩好不容易修复的感情怎么能又遭破坏？

“当然要有牵扯。”林宜毫不犹豫地道，眼中掠过一抹浓烈的恨意，“在我心里，舒天逸和肖新露一样恶心，我怎么会轻易放过他。”

舒天逸和肖新露的报应，会由她来书写，一个一个慢慢地写。

“那你想……”

安阑还没说完，那边的舒天逸已经捧着大束玫瑰走上前来，深情款款地注视着林宜：“小宜，我知道你不想见我，但今天是你成为店长的大日子，我只是来恭喜你一声。”

林宜看他一眼，然后将玫瑰接了过来。

那么一大捧玫瑰引来不少注目，舒天逸更是难以置信，一脸受宠若惊的神色，两个月了，他都碰两个月的灰了。

“小宜，你……啊。”

舒天逸话还没说完，就被人撞到一旁，他气得扭头就吼：“走路不长眼啊？”

话音未落，他就对上一张面无表情的脸，对方身形高过他不少，气势压人，满眼冷漠：“借过。”

舒天逸瞬间就矮了一头，人没反应过来，先㞞得往旁边退了一步。

撞人的是姜祈星。

林宜见到他愣了一下，再看他身后是一帮穿得衣冠楚楚的富家子弟，应寒年走在最后。

他一身漫不经心的打扮，站都没有站直，可棱角分明的五官带着与生俱来的凌厉，有着令人无法忽视的气场，仿佛他才是人群的中心点。

应寒年单手插着裤袋，正打着电话，连看都没往这边看一眼。

S城说大不大，说小不小，林宜没想到酒店一别后还能遇上他，抱着玫瑰花的手紧了紧。

一个人扬起手中的贵宾卡，冲她抛了个媚眼：“林大小姐，恭喜啊，我早订了包间。”

这是林冠霆生意场上的熟人的儿子。

林宜冲他们礼貌地笑了笑：“欢迎，请进。”

一群人浩浩荡荡地迈进宜味食府，应寒年闲闲地走进，耳边的手机一直没有拿下，缓慢地走过林宜身边，连一眼都没有看她，似乎早就忘了她这个人。

这个男人说过不会再找她。

林宜抿了抿唇，在安阑耳边低声道：“安姨，你亲自去帮我招待应寒年这一桌客人，全程跟着，千万不能怠慢，菜品也让最好的一级师傅做。”

“知道了。”

安阑正要走又被林宜拉住：“那帮人嚣张惯了，不管他们有什么要求都尽量满足。”

开业第一天，绝不能出任何差池。

闻言，安阑皱了皱眉，始终不明白林宜为什么把应寒年当神一样供着，为道个歉让自己的手臂上添了肉疤，可人家进来的时候又怎么样？态度张狂得像是两人从未认识一场。

见林宜一脸认真，安阑不好说什么，上前去招待他们。

这边，林宜转头看向舒天逸，舒天逸有些激动地道：“小宜，你肯收我的花了，你终于原谅我了是不是？”

“我们之间的事以后再说，今天我爸爸也在，你快走吧。”林宜冷冷地道。

“我知道在慈善晚宴那次我给伯父留下很坏的印象，不如我现在去给他正式道个歉？”舒天逸说着就往里冲去。

肖新露给他打了电话，要他这天务必让林宜颜面扫尽，让林家父女心生分离。

林宜冷着脸攥过他的手臂，真想当场再给他脸上刺一刀，还来不及说什么，安阑就一脸烦忧地走过来，似有话和她说。

“你站这儿，我一会儿有话和你说。”林宜看向舒天逸，目光冰冷，“你今天要是敢在这里闹事，这辈子都别想和我在一起。”

舒天逸愣在那里，心一动，难道说林宜还打算和他在一起？

林宜被安阑拉到一旁，安阑在她耳边小声道：“小宜，这些人实在太胡作非为了，放着包厢不进，非要在大堂里坐，我说外面都坐满了，一群人竟然围着收银台当吧台坐，这不是胡闹吗？”

闻言，林宜抬眸看向收银台的方向。

果然，一群外貌突出、行为更突出的公子哥把长长的收银台都坐满了，只留下一小块收银的位置，两个年轻的收银女孩站在那里，似乎在被人言语戏弄，脸红得不像话，满身的不知所措。

应寒年坐在高脚椅上侧着身子，正往杯子里倒酒，神色不驯。

林宜头都疼了，这分明是一群神经病。

想了想，林宜道：“随他们去吧，开业第一天，别人只会当太繁忙，不会多介意。再去找两个会收银的男生替上去。”

见林宜步步退让忍受，安阑实在看不过眼，忍不住道：“小宜，我实在不明白，说穿了应寒年不过只是个给人打工的人，会赚钱又怎么样，没家世、没背景，在S城也出不了多大的头，你何必对他这么忍让？”

要是林宜忌惮着哪个家中背景强大的公子哥，她还能明白一些，可偏偏是那个应寒年……

林宜一直盯着舒天逸的方向，防止他有什么小动作，闻言轻声道：“安姨，你就相信我一次好吗？”

安阑没有走，定定地看着她，担忧她有什么没说出来的难事，非要一个答案。

林宜见安阑这样，想了想，只好无奈地道：“安姨，你知道我们现在所在的万物城靠着什么背景吗？”

“牧氏家族啊。”

这个安阑当然知道，如果说商界有金字塔，那整座金字塔都是牧氏家族的，像宜味食府这种餐饮公司……连在底层的资格都没有。

牧氏家族的背景雄厚得让人只能望其项背。

林宜看着那边一直深情注视自己的舒天逸，忍住恶心，淡淡地道：“那如果我说，牧氏家族会在三年内由应寒年掌事，你信吗？”

安阑吃惊：“怎么可能……”

牧氏家族那么大的背景，凭区区一个应寒年怎么吃得下？

再说林宜又是怎么看出来的？难道她是听到什么小道消息，应寒年要对牧氏家族动手？不该啊，如果这样应寒年现在为什么要待在一个小小的S城？牧氏家族的总部也不在这里。

“安姨，你记住，应寒年是一条毒蛇，什么样庞大的猎物他都有办法吞下。”林宜冷静地道，“所以，这个人我们不能惹。”

见林宜言之凿凿，安阑半信半疑。

“安姨，你去吧，顺便把这捧玫瑰拆了，每个女性客人送一枝。”

要她一直捧着舒天逸的玫瑰，她怕自己迟早会吐出来，当着这么多人的面，这举止可不雅。

“好吧。”餐厅里太忙，安阑也不好问太详细，只能继续去招待应寒年他们。

收银台边上，几个公子哥看着收银员小美女被换成男人，顿时大失兴趣。他们左看看右看看，有人道：“你们看，这林大小姐做起正事来还挺有样子的啊。”

一群人全部朝门口望去，只见林宜作为店长穿了一身淑女风的白衬衫，配上黑色的高肩小西装，妆容恰到好处，脸上微笑着，却有着冷然气质。

女明星江娆正从她旁边经过，林宜有些刻板的装扮站在光彩照人的女星身边竟也没有被比下去，一张小脸皮肤好得跟剥了壳的鸡蛋似的。

“还别说，我们家和林家也算旧相识，这些年了，我还是第一次发现林宜这么漂亮，她好像跟以前不太一样了。”出钱订包厢的人开口道。

不是外貌不一样，而是气质与从前大不相同。

应寒年坐在一旁，随着他们的对话冷眼睨向林宜，只见她朝着舒天逸走过去，那男人眼神直勾勾的，恨不得在众目睽睽下就做点什么。

呵。应寒年心中冷笑，晃动手中的酒杯。

“好啊，你们的眼珠子都飞到林大小姐的身上了，看来我不该来自讨没趣。”

女明星江娆迈着优雅、妖娆的步伐走过来，站到收银台边上一倚，娇嗔地瞪了他们一眼。

“哟哟哟，江大明星吃醋了。”

“哪能啊，要不是小娆娆你来剪彩，这宜味食府就是请小爷，小爷也不来啊。”

“来，江大明星，认识一下我们寒哥，要是你表现好，今天晚上寒哥带你到冷江边上兜风去。”

江娆在名利场这种圈子里待久了，自然明白几个公子哥处处捧着人不是没有道理的，她笑脸盈盈地转过身去，一见到应寒年就被惊艳到。

她在娱乐圈什么帅哥没见过，但帅得如此凌厉的应寒年还是头一个，这眉眼、高鼻梁、微扬的唇，招人得很，眼轻轻一扫，便有种与生俱来的侵夺一切的强悍气势。

江娆迎上去，说话间带了几分真心：“寒哥，怎么一个人喝酒，我敬你一杯？”

应寒年双眸凉凉地瞥她一眼，挡住她迎上来的手，不屑一顾地道：“不用了。”

大家纷纷察觉到应寒年的心情似乎很不好，都求救地看向一旁的姜祈星。可姜祈星跟在应寒年身边多年，也不知道他哪里来的无名火，只能面无表情地道：“寒哥闷了，有没有乐子？”

江娆目光一动，在自己的助理耳边说了些话。

不一会儿，收银台上摆出一排的空酒瓶，说是酒瓶却又不像，每个瓶身都被绘成一国国旗，别致突出，在灯光下一照莹莹生光，似艺术品一般。

“这有点意思啊，江大明星，这是什么？”有人问道。

“你们猜猜这是什么？”江娆故意卖着关子。

姜祈星朝应寒年看去，只见他喝着酒，目光随意地一瞥，眼中的阴沉之色又多出几分。

姜祈星顺着他的目光看过去，就见到林宜和一个男人站在一起说话，那男人试图与她拉扯，林宜时而蹙眉，时而微笑，两人说个不停。

跟班们猜了一圈，猜不出来。

江娆笑道：“我上次拍电视剧的时候，有一场用酒瓶砸人脑袋的戏，这种就是道具，酒瓶做得跟真的一样，但比较好上色，所以我做了这些放家里当装饰品。”

“原来是拍戏的道具，用什么做的？”

“挺有意思啊，你们拍戏假道具满天飞啊？”

大家问着，忽然就听一个冰冷如霜的声音响起：“用道具打人疼不疼？”

所有人都静了，居然是应寒年在问话。

江娆愣了一下，忙道：“要看什么样的道具了，有些剧组里明争暗斗，还故意把道具瓶换成厚一些的，打下去疼得要命，却偏偏打不出伤。”

应寒年睨一眼收银台上的瓶子，冷声问道：“那你的这些呢？”

“我是要放在家里的，为了保存得久一些，肯定要打造得厚实些。”江娆不明白他为什么这么问。

闻言，应寒年冷笑一声，眼底泛着幽幽的光，骨节分明的手端起酒杯猛灌一杯，又重重地把杯子拍回收银台上。

下一秒，他倏地起身，一手抓起一个道具酒瓶就往外走去。

众人皆惊。

餐厅的门口处，舒天逸仍在纠缠不清。

林宜心下烦得不行，还是不得不装模作样地应付他：“舒天逸，我本来以为你懂我，没想到你这么死缠烂打，看来我们之间的默契已经没了。”

“小宜……我只想和你再待一会儿。”

舒天逸心下犹疑极了。

肖新露让他来就是闹了这个开业，可现在他听林宜这么说，分明是他们之间还有希望。

要是他搞砸了开业的事，岂不是做林家女婿无望？

“还不走？等被我爸看见，他一气之下让我去相亲，那我们这辈子都不用再见面了。”林宜冷冰冰地道，眉眼之间已有不耐烦的神色，“你知不知道我做这么多到底是为了什么？”

她似气极之下冲口而出。

舒天逸惊动非常：“你这么努力地进分店工作，难道是为了我？”

“你懂不懂什么叫长久之计？”林宜道。

“懂，懂。”

等她在林家到了一定的地位，谁还能拦着他们在一起？林宜居然是这么想的，怪不得最近那么努力，舒天逸喜出望外。

“懂你还不走？”林宜瞪他，大小姐的高傲姿态十足。

见状，舒天逸哪还敢惹这个大小姐，忙道：“好好好，小宜，你别生气，我现在就走，我马上走，这条路再难走我都会陪你慢慢走。”

肖新露最近对林宜越来越手狠，可他要是想做林家女婿可不能光听肖新露的，把林宜搞定了才是。

这么想着，舒天逸决定不再闹事，深深地注视着林宜，不知道为什么，最近看林宜总觉得越来越美，越来越有味道……

“小宜，我好久没抱过你了。”

他一步上前就要去抱林宜，林宜厌恶得刚要后退，余光看到一个身影，只听一声冷哼传来：“你抱谁呢？”

话音落地，林宜就眼睁睁地看着一个酒瓶子朝着舒天逸的脑袋狠狠地砸了下去。

“砰”。

瓶身碎裂，到处飞溅。

应寒年站在一旁，扔了手中的半截瓶口，一双眼阴鸷地睨向林宜，薄唇不悦地抿着。

“啊——”

舒天逸僵硬地站在那里两秒，才后知后觉地叫起来，抱着脑袋蹲下来。

动静闹大了。

餐厅外排队的人瞬间全拥到门口，里边用餐的人也纷纷拥出来，还有服务员急匆匆地朝林冠霆的包间跑去。

林宜站在那里，脸色顿时变得相当难看，额角沁出一颗冷汗，眼看着围观的人越来越多，手指发凉。

应寒年一把将她推到旁边的墙上，不顾众目睽睽，一手压住她的肩膀，低眸盯着她，阴阳怪气地道：“林大小姐，胆子很大啊，当着我的面和别的男人搂搂抱抱？”

林宜愤怒地瞪着他，想冲进厨房抡起菜刀砍他几刀。

这天是开业的第一天，她千算万算，没算到是应寒年来搞破坏了！

“应寒年，”她背靠着墙，咬牙一字一顿地道，“是你说不会再找我的，我以为我们之间已经没有任何关系了。”

闻言，应寒年想到了什么，轻佻地挑眉：“你偷听？”

“我是得罪过你，但该给你道的歉我道了，该让你泄愤的也泄了，呼之则来，挥之则去我也认了。”林宜恨恨地道，“你为什么还不放过我？”

密密麻麻的人看着他们。

林冠霆从远处正往这边走来，人多得寸步难行。

应寒年往一旁的舒天逸瞥了一眼，见他以为自己被真酒瓶砸了吓得浑身发抖，不禁嗤笑了一声：“就这么个尿货还让你心疼了？”

“他是死是活和我有什么关系！”

林宜气得脱口而出：“今天是宜味食府分店开业的第一天，是我第一天做店长，你知不知道今天对我来说有多重要？”

她要在爸爸面前立住形象，要在全公司面前改变以前千金大小姐的形象。

她等了很久！

应寒年盯着她，她的脸因生气而变得微微泛红，桃花色似的，有种说不出来的可爱，莫名地，他突然气就消了。

“小宜，怎么回事？”

林冠霆走到众人面前，见女儿被应寒年压在墙上，脸色极差。

林宜说不出话来，又怒又尴尬，狠狠地剜了把自己压制在墙上的应寒年一眼。

她生气得还挺萌的。

应寒年勾了勾嘴角，低下头故意凑近她的耳边，造成暧昧的姿势，嗓音喑哑地道：“林大小姐，暂时先放过你，我会再找你。”

说完，他收回自己的手，转身往那帮跟班走去，就这么扔下一个烂摊子给她。

林宜看向周围，见众人纷纷拿着手机在拍，还有人在讨论要不要报警，头疼得厉害，正竭力想办法时，一个靓丽的倩影走上前来，引起一阵骚动。

来人正是女明星江娆。

江娆手上托着一只绘制着国旗的酒瓶优雅上前，微笑着道："刚刚是我安排的一幕小剧场，放心，不是什么打架现场，只是向大家重现影视剧中酒瓶砸人的情景，小道具而已。"

众人将信将疑。

林宜低眸看向舒天逸周围的那些碎片，果然上面都涂了色彩，她又回头，只见江娆的助理怀里还捧着一箱酒瓶。

林宜灵机一动，立刻走向前，站到江娆的身边，浅浅一笑道："众所周知，江娆人美手巧，拍戏之余经常自己做一些涂鸦作品，今天江娆也特地带来她的礼物。这种瓶子美观别致，能在家中保存收藏，即使不小心摔碎，碎片也不会伤人，因为它只是拍戏用的小道具。"

江娆笑盈盈地看向她，有些佩服她接话的能力。

"一会儿我们会进行一场小额拍卖，得到的钱款宜味食府会补齐至二十万元，全部捐给慈善机构。"林宜继续说道，圆场之余还不忘给宜味食府长个脸。

原来是为了慈善小拍卖，围观的人群终于相信，纷纷鼓起掌来。

"什么拍卖，我就是被人打……"

舒天逸蹲在地上，被砸得晕乎乎的，这会儿看情景不对，站起来就要开口，几个人突然上来，左右夹击地将他围住。

"来吧，我们优秀的表演者，去后面结账了！"

他们一把捂住舒天逸的嘴巴直接就将他带到后面去了。

现场渐渐恢复秩序，林宜惊出一身冷汗，好在一切没有闹出更大的事来。她转过身，只见林冠霆正狐疑地看着她。

第四章

—— 我 ——

办公室中，林宜一五一十地向林冠霆交代事情的始末："应寒年估计一直对林家不满，所以才会来这一出，但我想他不是要寻衅滋事，否则他也不会让江娆出来圆场，他只是想给我们林家一个警告，要我们别得罪他。"

林冠霆坐在办公桌前，蹙起眉头："按说以应寒年和我们林家的过节，他应该不会只给个警告。"

先是三巴掌，再在慈善晚宴上抢了麻将，他只给个警告？

林宜站在那里，淡淡地道："林家在S城到底是有头有脸的，他不过孑然一身，没有任何背景，只是咽不下一口气而已，真和我们林家闹起来，对他也没什么好处。"

闻言，林冠霆半信半疑地点头，而后又不满地问道："那那个舒天逸呢，他怎么会出现？你不会和他又……"

"舒天逸那个人跟狗皮膏药一样，会跑来不稀奇。"林宜不屑一顾地道，"但我不会像以前那么傻了，我的人生可不会交到那种人手里。"

见林宜一脸厌恶，毫无伪装的痕迹，林冠霆也放下心来，直点头道："最近你做事很严谨，爸爸相信你。"

"那爸爸，我先出去了。"林宜笑笑，转身离开，走进热闹非凡的大堂。

里边正在进行小额拍卖，图个乐子，江娆亲自拍卖，还一一将物品送到竞得者的餐桌上，就餐者们的兴致很高昂，气氛好得出人意料。

林宜站在光影暗处，四处望了望，没有看到应寒年的身影，看来他已经离开。

走了也好，不知道这个男人哪根筋搭错，突然来这么一出，差点毁掉她的开业。

“小宜。”

安阑走上前来，左右看一眼后才凑到她耳边悄悄地道：“舒天逸被那几个公子哥拉到商场外面的一个小巷子里，打得鼻青脸肿的，我走的时候他们还没停手，不知道会不会闹出人命。”

听到这话，林宜不以为意地笑了一声：“只要不是在我的餐厅里打，闹出人命也和我没关系。”

再说那些人看着游手好闲，其实一个比一个精，他们打舒天逸也是巴结应寒年，哪会真打出人命来。

“小宜，你对舒天逸真的断情了？”安阑见她如此忍不住问道。

女孩子在感情上最容易失去理智，何况当初林宜爱舒天逸爱得恨不得公告天下。

“不是断情。”林宜的笑容刹那间消失，眼底掠起一抹狠意，她一字一顿地道，“是恨。”

她本想吊着舒天逸，再在工作之余慢慢想怎么设计他，现在他被打了，她又能清净好一段时间，不用与他虚与委蛇，可以专心做事。

这倒是意外收获。只要舒天逸贼心不死，她总能找到机会对付他。

安阑有些奇怪地看向她，不知道他们之间怎么会发展到恨这一步，怕触及她的伤心事，也就不再追问：“那我去忙了。”

“好。”

林宜点头，也加入忙碌的工作人员中。

开业第一天有惊无险地度过，一直忙到晚上十点才打烊。

“辛苦大家了，回去好好休息，明天见。”

林宜微笑着将员工们送走，然后走到收银台前开始点算一天的收入，收入远超过她的预期。

太好了。

林宜越算越开心，原来自己动手赚钱是这么令人愉快的事，她以前只知道花钱。

一旁的手机振个不停。

她瞥去一眼，全是舒天逸发来的微信，微信中全是他被打得跟猪头似的自拍，要多丑有多丑。

他还真敢发，她可不会觉得他可怜，只会觉得痛快。

“小宜，我被一群流氓打了，警方那边居然说证据不足不能立案，我都伤成这样了还不能立案？”

“小宜，今天在你店里打我的是谁啊？”

“我好难受，小宜，我好想你。”

“同病房的人只有我没有陪护，我好希望你现在能陪在我身边。”

陪在他身边？他是希望她拿钱去给他付医药费吧？渣男。

林宜冷笑一声，把手机反扣过来，继续愉快地算账，算得眉眼飞扬，幽幽的灯光落在她的脸上，掩不住她的神采飞扬。

“砰”。开门声传来。

林宜头也不抬地道：“不好意思，今天歇业了。”

沉着的步伐声没有离去，反而越来越近。

林宜停下动作，抬眸望去，就见应寒年转着一把车钥匙玩世不恭地走进来。

姜祈星跟在他身后，不声不响地站在一旁。

林宜沉默地看着他们，将餐厅里的监控关掉。

应寒年散漫不羁地往她对面一坐，玩味地看向她面前的几沓现金，薄唇微勾，似笑非笑地道：“生意不错。”

“应先生深夜到访，不知道有什么事？”林宜神色淡淡地问道。

“那男人是你什么人？”

应寒年直勾勾地盯着她，眸子深得不见底，藏着令人猜不透的城府。

“男人？”林宜被问得愣了下，半晌才反应过来他说的是舒天逸，便道，“什么人都不是。”

应该说在她这里，舒天逸连个人都算不上。

话音刚落，应寒年的脸沉了下来，眼中是沉沉的阴郁之色，看得人神经绷紧。下一秒，他嘲讽道：“林大小姐，我骗人的时候，你还没出生呢。”

“我为什么要骗你？”林宜反问，随后明白过来他的意思，道，“你是想听我讲，他是我的前任？”

应寒年的眼神更阴森了。

林宜被看得有些发怵，索性不再和他对视，转身从身后精致高端的酒架上拿下一瓶威士忌，倒上一杯推到应寒年面前，有些献殷勤的意思。

应寒年不为所动。

气氛尴尬起来。

林宜抬眸看向他，忍不住问道：“应先生问这个做什么？”

她问得一脸认真，应寒年被气笑了。

他问这个做什么？鬼知道他问这个做什么。

应寒年手指飞快地转着面前的酒杯，嗓音充满磁性：“你就是因为这个男人今天才对我视若无睹？”

原来他是为这生气。

林宜真觉得自己比窦娥还冤，站在那里，无奈地道：“应先生，上次在酒店我听得清清楚楚，你并不想再联系我，你今天进餐厅的时候也没有看我一眼。大家都是成年人，我自然不会那么不识趣地上去打扰你。”

她这说辞滴水不漏。

应寒年猛地按停酒杯，挑眉道：“这么说，你是气我不理你？”

他的语调瞬间上扬，眼中的雷霆狂风化作无形，甚至添了几分笑意和得意。

林宜不明白他是怎么从她的话中总结出这一句的，不想说错话得罪他，索性不说，低下头继续点算收入。

她听到应寒年喝酒的声音，又听到他将酒杯沉沉地放回收银台上，语气高高在上地道：“生意场上，书面协议算数，口头协议也算数，唯独背着人说的不算数。”

林宜拿着钱的手一顿，她抬眸不解地看向灯光下他深刻的五官：“什么意思？”

“你偷听的不能算，我们之间的口头交易作数。”

应寒年一字一顿地道，一双眼直直地盯着她。

本来是不准备找她了，可不知道为什么，最近几天他老是能想到她在医院里流着眼泪的笑容，想得他心下烦躁。

所以有人提出来宜味食府用餐的时候，他没有拒绝，没想到一进来就看到她收了其他男人的玫瑰，心下就更烦躁了。

闻言，林宜明白了他的意思，眉头微蹙起来，打死她也想不到应寒年一个生意人，居然还会反悔。她已经清醒过来，不会让自己深陷预知梦里的悲剧。

可是，她又不能得罪他。

她按下钱，冲应寒年笑了笑，极尽真诚地道：“多谢应先生的厚爱，但我身上背的事情确实挺多的，不敢烦你。”

她够委婉了吧。

“怎么，还生气呢？”

“其实你当初答应我，也是知道以我的能力能护你在林家立稳根基，现在又不愿意了？”应寒年凝视着她道。

他这话，难道只要他回头，她就必须黏上吗？

林宜摇摇头，平静地道：“应先生误会了，其实上次从酒店出来，我想通了一些事情。”

应寒年不满她不顺从的态度：“什么事情？”

“以前有个人告诉我，这世界上我能依靠的只有自己，能相信的也只有自己，千万不要奢望任何人来改变自己的困境。”林宜认真地道，“之前我不怎么明白，那天从酒店出来突然想明白了，这话真的是至理名言。”

应寒年拧眉：“哪个神经病说的？”

林宜沉默地看着他，像看一个怪物。

“怎么用这种眼神看我？”应寒年拧紧眉头，越发不悦。

“可能是那个神经病突然发神经说的吧。”

“那你还信？”

“我之前确实很想倚仗应先生，可是细想一下，如果一味地靠你，有一天你突然不帮我了，我只会摔得更惨。”林宜把面前的钞票存放起来，“与其这样，我还不如一步步自己走，踏实一些。”

她这是下了决心不再跟他。

应寒年的眼神冷下来，薄唇微掀：“林大小姐，你是非拒绝我不可？我应寒年向来脾气不是很好，尤其面对一些不识时务的人时。”

他这语气……

林宜在心里暗叹一声，再看过去时嘴角带着淡淡笑意：“应先生，我希望你能理解，我拒绝并不是我想和你结仇。”

应寒年站起来，嘲弄地冷笑了一声：“是，林小姐当初打我三巴掌的时候大概也并不想结仇。”

他怎么又提到这个了，这个男人要不要这么小肚鸡肠？

林宜看着他，餐厅的灯光幽幽的，应寒年的轮廓被照得越发深邃，眼底也更冰冷……

想了想，林宜脱下身上的小西装，将衬衫袖子拂上，露出臂膀上的两道肉疤，一脸正色地道：“应先生，以前是我不好，但我已经向你道过歉，还留下两道疤，如果你觉得这样还不够，你尽管打回来，把你觉得我欠你的都拿回去。”

应寒年站在那里，视线落在她的手臂上，她的皮肤很白很细腻，多出两道疤碍眼极了，他眯起眼：“好，我现在就拿回来！”

说着，应寒年一手按向收银台，整个人腾空跃起直接跳到林宜面前。

林宜惊呆地看向他，人下意识地往后退去，直挺挺地靠到酒架上，退无可退。

应寒年阴沉着一张俊脸逼近她，猛地扬起手……

他真打？也好，要是他打几个巴掌能让她不被他报复，值了。

林宜这么想着，身侧的手握紧，就这么笔直地站着，一双杏目无所畏惧地看向他高高扬起的手掌，他的尾指上戴着一枚银戒，很老的款，很旧的颜色。

林宜想着被戒指刮到会不会很疼，应寒年的大掌已经落下来，没有停在她的脸上，而是狠狠地捏住她的下巴。

应寒年低下头就覆上她的唇。

林宜没想到他会这样，震惊地睁大眼，双手用力地去推他。

他的胸膛跟面墙似的纹丝不动，任由她怎么挣扎，他都不管，就这么一直堵着她的唇，狠戾索取。

这不像吻，更像一种发泄。

稍后，应寒年才慢悠悠地放过她，低眸深深地盯着她，眼神有些狠。

林宜捂住嘴巴，道：“应先生，我们现在两清了吧？”

她和应寒年前前后后加起来也就见过五面而已，他是挨了三巴掌，可她几乎次次都付出血的代价。

要是能两清，她就认了。

应寒年幽幽地道：“林小姐，我六岁的时候看中一个小孩的脚踏车，我说我拿一颗薄荷糖跟他换车骑，他不肯。”

林宜不解地看着他，不知道他突然讲这个做什么。

“后来，我偷偷在车胎上扎了几个洞，还把他的美工刀扔在车子附近，他爸爸见到就把他揍了一顿，他气得再没骑过那辆车。”

“等我再用薄荷糖去借车的时候，他已经不觉得脚踏车是宝贝，一口气就答应了，随便我骑多久。”

怪不得他能在商界搅弄风云，原来小时候已经这么有心机了。

林宜无语极了，顿住几秒后问道：“为什么和我说这个？”

应寒年缓缓低下头，薄唇附到她耳边，慢条斯理地道：“我这人想要的东西得不到就会很烦躁，一烦躁我就会千方百计地想办法，不管是多下贱、多恶心的手段，我都使得出来。”

绕了一圈他竟是在威胁她，下作得理直气壮。

应寒年又不慌不忙地补上一句："我还告诉你，你，我要定了！"

林宜身体一僵，抬眸愤怒地瞪向他："你要算计我？"

应寒年轻笑一声："不用这么看着我，林大小姐，我的手机号码你有，我的地址你也有，我等你。"

说完，应寒年转身就走，走得毫不犹豫，回头的一瞬，眼角上挑，眼中尽是志在必得的霸道跋扈。

林宜看着他的背影，气得人都抖了。

她怎么会招惹上这么个变态？早知道会是这样，当初在夜店她真不该甩那三巴掌。

"堂姐，我忘拿外套了！"一个声音冒冒失失地传来。

是被林宜的大伯硬塞进来做餐厅经理的十九岁堂妹林可可。

林可可背着小包从外面推门进来，迎面撞进应寒年的怀里，捂着头大叫一声："哎哟，走路不长眼啊……"

她边骂边抬起头，整个人都愣在那里，呆呆地看着眼前身形高大颀长的男人。

应寒年心情正差，被撞上脸色极为阴郁，无意搭理她，看都没看人一眼，抬起脚就离开，衣角带风。

林可可站在原地失了魂，直到视线中再也没有男人的身影才回过神来，直扑到收银台前，激动地问道："堂姐，那是谁啊？好帅啊，我第一次见到这么帅的男人，好有型啊。"

"客人而已。"林宜冷淡地看向她一头染着粉蓝色的耀眼长发，"下班了赶紧把头发染回来，否则，别想在这里待下去。"

这里是餐厅，服务人员的形象很重要。

"哦。"

林可可被训了一通，郁闷地噘嘴，恹恹地转过身，小声地嘀咕着："摆什么店长的谱嘛，跟我不知道你是什么人似的。你也就命好，要是我爸有钱，现在挨训的人就是你了。"

林宜无语地看着她，爸爸碍不过亲戚情面，安排林可可进公司，肖新露那时给安排人手时，就把她安排了进来，心思很明显，要让这个分店每天鸡飞狗跳。

不过，就算是亲堂妹，谁挡了她前行的路，她也绝不会饶过对方。

翌日，林宜早早地起床去餐厅检查环境卫生。

手机忽然振了一下，林宜拿出手机，是一条新闻推送——

“大明星江娆半夜两点紧急入院，疑似吃错食物，将全面停工。”

林宜心里一沉，江娆昨天来宜味食府参加剪彩仪式，凌晨就进了医院。

不用说，这是应寒年的手笔，林宜昨天就看见江娆冲应寒年的面子出来圆场，这两人之间必有关系。

现在新闻还是疑似吃错食物，要是她不去向应寒年求饶，恐怕新闻要直点宜味食府的名字了，江娆的公众影响力又那么大。

果然是什么下作的手段他都能使出来。不过，就这点手段想让她痛哭流涕，他未免也太小看她。

她不想得罪应寒年，但也不会由着他耍。

林宜匆匆出门，边走边打电话给林冠霆。

林冠霆的语气有些沉：“小宜？”

“爸爸，你在哪里？公司不是说准备找个餐厅宣传人吗，我觉得江娆就很不错，她的形象一向正面。”林宜走到自己的车前道。

如今的应寒年毕竟还没到只手遮天的地步，只要她许给江娆好处，江娆就不会站在那边。

林冠霆那边迟迟没有声音，沉默得让林宜觉得异样：“爸爸？”

“小宜，我现在就在江娆的病房里，你过来吧。”林冠霆忽然道。

林宜的眼皮跳了跳，隐隐有种不好的预感。

她开车去往医院，大步朝着江娆的病房走去，刚走到门口就听到里边传来一阵愉快的笑声，肖新露做作的声音尤其刺耳。

“原来你是这样护肤的，我就说你的皮肤比其他女明星好多了，下次我也学学这招。”

林宜推门进去，只见打扮素净的肖新露坐在那里削着苹果，同病床上的江娆正相谈甚欢，林冠霆西装笔挺地坐在一旁也赔着笑容。

“你不是在乡下吗，怎么会在这里？”

林宜冷冷地看向肖新露。

听着她的质问，肖新露先是弱弱地瞥向林冠霆一眼，欲言又止：“我……”

“小宜。”林冠霆蹙眉看向林宜，有些不满，但没有多表现出来，“我们刚刚签下了江娆作为我们宜味食府的宣传人。”

签下了？

林宜一惊，再看向床上的江娆，还化着美丽精致的妆容，穿着病号服都格外精神奕奕，哪里像个病人？

她装都不肯好好装一下。

见她看过来，江娆没有理她，只微笑着看向肖新露：“林太，跟你聊天真是有趣，那将来我们的合作会由你亲自打理吧？”

“这个……”肖新露一慌，又弱弱地看向林冠霆，而后声音柔柔地道，“最近我身体不太好，一直在乡下养病，这合作的事恐怕我……”

林宜目光冷冽地看着她演。

江娆听到这话，道：“我刚才听林太对合作有诸多想法，如果你不参与，我怕那些想法实现不了，要是这样的话，那我们的合作就……”

林冠霆站了起来，温和地打断江娆的话：“难得江小姐和我太太聊得这么投契，也是缘分，我太太会主理这次的合作，一会儿我就让我的秘书送来合同。”

“那就太好了。”

江娆满意地点头，接过苹果咬了一口。

肖新露闻言喜出望外地看向林冠霆，激动得眼中迸出泪花。

林宜静静地站在那里，像一个旁观者看着事情的发展，寒意从手指一直凉到脚尖。

她绕那么大一个圈才将肖新露赶走，结果不到一个月，肖新露就堂而皇之地回来了。

这人回来得真够快的，快得让人猝不及防。

“江小姐，那你好好休息，我们先走。”

林冠霆领着妻子、女儿离开病房，站到光线充足的走廊上，墙壁白得刺眼。

一出去，林宜就冷冷地开口：“我不同意她回来，谁知道她会不会再给我换药？”

“小宜，你别这样，我知道我错了……”

肖新露紧紧依偎着林冠霆，低着头，一听这话眼泪就掉下来了，泣不成声。

林冠霆看看妻子，又看向一脸冷漠的林宜，叹了一口气：“小宜，我知道你心里介意，可这次新露从乡下跑过来完全是为了给你收拾烂摊子。”

“为我？”

林宜攥紧了手，指甲深深地陷进掌心里。

“是这样的，我有个朋友在这里做医生，江娆凌晨入院，还声称是吃了宜味食府的食物才变成这样，我担心我们的餐厅名誉受损所以急忙从乡下赶过来。”肖新露说道，“虽然我知道我们的食物不可能有问题，但就怕被明星造谣，他们能控制舆论。”

林冠霆一脸严肃地看向林宜：“我刚才听江娆的意思，她对你有诸多不满，昨天你不经她同意就拍卖她的瓶子，恐怕她怀恨在心，要是她借此大发新闻，整个宜味食府都会被拉下水。”

诸多不满？

昨天她看不出江娆有多不满，倒是看出一切的一切都有人在背后推波助澜。

“幸亏新露凌晨赶过来，向江娆赔罪，整整受了人家几个小时的气，才挽回局面。”说到这里，林冠霆有些心疼地搂住肖新露。

“她听到这事不第一时间通知公司公关部解决，反而自己赶过来，真是打了一手好算盘。”林宜冷笑了一声。

肖新露面露尴尬之色。

林冠霆有些不满地道：“小宜，事情解决了就好。你看看阿姨的手，江娆让她剥了两个小时的石榴子，把手都剥成什么样了。”

他又试图调解。

林宜低眸看去，只见肖新露的手指头上夸张地渗出几丝血迹。

肖新露抬眸看向林冠霆，眼中是满满的爱意：“没关系的，只要能帮到家里，让我做什么我都愿意。”

“我知道你心里有这个家，但你要记住，这个家是你、我还有小宜三个人组成的，懂吗？”林冠霆语重心长地道，说话的分量很重。

他这是将之前发生的种种做了一个总结，揭过去了。

肖新露能找到这么好的机会回到林家，自然开心不已，哪会反驳他，连连点头，眼中泛着水光：“我知道我知道，我们一家人要相守在一起，林家和宜味食府才能一直兴旺下去。”

见她这样，林冠霆欣慰地点了点头，又看向林宜。

林宜一口气堵在身体里释放不了，连笑都不想假装，沉着脸道：“我去看看江娆。”

说完，她转身就走。

林冠霆皱眉。

“冠霆……”肖新露内疚地看着林宜的背影，“小宜还在生我的气。”

"你上次是做得太过了，给她一点时间，我们先走吧。"

林冠霆长长地叹一口气，搂着娇妻离开。他只想家中太平，怎么就这么难呢？

和林冠霆他们分别后，林宜订的水果篮正巧到了，她提着走进了病房。

江娆正站在病房里练舞，身段极佳，练的全是高难度动作，丝毫不见累。

林宜把水果篮放到一旁，一双眼冰冷地看向江娆，讽刺地道："江小姐这样可不像个病人。"

江娆停下练舞的动作，回头笑盈盈地看向她："谢谢林小姐来看望我，这水果篮真漂亮。"

"是应寒年叫你这么做的？"林宜单刀直入地问道。

江娆笑了一声，伸手将头发别到耳后："林小姐是聪明人，聪明人就不该问傻话，不是吗？"

末了，江娆又走到她面前，伸手摸着水果篮，低头笑着道："不过，说说也无妨，其实我就是照吩咐过来和医生通个气，听说那医生是林太的朋友，让他去说一声。林太是个人精，自然会过来。"

"对了，我也依吩咐替林小姐为难了林太一番，让她剥两个小时的石榴，所以……林小姐可要在寒哥面前替我说说好话呀。"说肖新露是人精，江娆又何尝不是？

她从应寒年三言两语的交代中就听出林宜和他有不同寻常的关系。

呵。林宜本以为能拉拢江娆，没想到应寒年算得太精，竟把肖新露拉回来了。

应寒年不愧是应寒年，她被算计得彻底，她恨什么，他就给她惹来什么。

"我知道了，祝江小姐早日康复出院。"

林宜深深地看她一眼，转身就走。她快步赶到自己的车上，定位下半山别墅的地址，一下油门开了出去。

山上的景色一年四季各有不同，却总有着属于它的磅礴气势和危险。

红色轿车沿着盘山公路一路蜿蜒而上，靠山的别墅逐渐进入林宜的视线中，远远地，只见应寒年和姜祈星正站在门口谈着事情。

应寒年站在那里，衬衫长裤也能被他穿出一身的邪气，他咬着一支烟，手指将打火机转得飞起，一瞬间便将烟点上了。

不知道说了什么，应寒年忽然笑起来，薄唇勾起，烟气拂过深不见底的眼，衬得鼻梁更挺，侧脸轮廓更深，透着一身的城府，那样子怎么看怎么讨人厌、令人憎。

林宜双手死死地抓紧方向盘，一双眼中有着浓烈厌恶之色，一脚狠狠地踩住油门，不顾一切地往前冲去。

忽听车声呼啸着临近，应寒年转过身来，黑眸遥遥地望向前方不要命地狂驶而来的车。

姜祈星见状立刻冲向前推开应寒年，却被制止。

应寒年就这么站在那里，连步子都没挪一步，不慌不忙地又吸一口烟，淡定如常地看着车子不断朝这边疾驰。

“寒哥！”

姜祈星的扑克脸都变了色，他不知道应寒年为什么不躲。

应寒年低笑一声，将烟扔掉踩在脚底踬了踬，再抬眸时车子已经快到眼底，驾驶座上的一张小脸看得更加清晰。

林宜狠狠地踩着油门，眼看车子就要撞上应寒年，脚尖猛踩刹车。

轮胎在公路上拖出两道长长的痕迹，车子发出刺耳的急刹声。

应寒年还往前几步，整个人抵着引擎盖站立，英俊的脸上云淡风轻的，眼中甚至有着意味不明的笑意，完全不见半分惊慌之色。

林宜真想再踩一脚油门，最终还是被理智占了上风。

她停下车，拿起放在副驾驶座上的红酒木匣，换上一张笑脸推开车门下车：“应先生，上午好，本想来撞撞运气，没想到你真在家。”

应寒年盯着她脸上干净真挚的笑容，扬了扬眉道：“原来你是来撞运气，我还以为你是来撞我的。”

要是不用负法律责任，她一定撞他个生活不能自理。

林宜腹诽着，脸上却笑得越发真诚：“应先生说笑了，我刚得一瓶一九九二年的好酒，特地送来给你品尝。”

应寒年瞥一眼她怀中的红酒，道：“我真正想品尝的是什么，你林大小姐不知道吗？”

什么话到他嘴里都变了个味，又暧昧又邪气。

林宜微笑着将红酒木匣送上，应寒年不屑一顾，连碰都没碰一下，只道：“祈星，把酒拿去醒一醒，我还有事做，请林大小姐在大厅里坐会儿。”

说完，应寒年转身就走，将她扔在原地。

紧接着，林宜在大厅里干坐了整整六个小时，一直从阳光明媚坐到霞光漫天。

她再一次见识到应寒年的小心眼。她不过是拒绝他一次，他就让她干等这么久，连杯水都喝不到。

无所谓，她有的是耐性。

大门外的天空完全黑了，林宜的手机忽然振动，林宜拿起手机，是应寒年发来的信息。

“到我的卧室来。”

林宜目若寒霜，下一秒，抓起自己的包就上了楼。

再进到应寒年的卧室，林宜已经不如第一次那么害怕。江娆的事让她知道，对应寒年的敬畏并不会给她带来多少好处。

偌大的卧室中开了灯，灯光有些冷。

应寒年站在落地窗前，外面便是山中凌乱而嚣张的景致，他远远地眺望着，脸色凝重，一双眼深不可测，令人猜不透他在想什么。

听到脚步声，应寒年转过身来，又恢复漫不经心的模样。

林宜把包放到一旁的床头柜上，边松腰间的腰带边淡淡地道：“我想先洗个澡。”

在楼下待了那么久，又不开空调，她身上出了一层汗，黏腻得厉害。

应寒年盯着她的动作，低笑了一声：“林大小姐真是能屈能伸，让我都有些佩服了。”

拒绝的时候干脆利落，求上门的时候也丝毫不见扭捏，不管给她什么难堪，她都一副平淡如水的样子。

林宜没有理他，直接朝着浴室的方向走去。

应寒年的浴室装修得极尽奢华，高端设备一应俱全，林宜绕开极大的按摩浴缸，直接走向淋浴间。

衣裤滑下，花洒打开，白汽慢慢爬上磨砂玻璃，隐隐约约地映出她的身影。

暖水洒下，在她洁白的皮肤上冒出一层热气。

林宜赤脚站在垫子上，一张清丽的脸上没有半分表情，嘴唇紧抿。

林宜快速地冲完澡，没有擦身体，只取下一条浴巾从腋下围住身体，便向前打开门。

门一开，应寒年就斜靠在门旁，手上晃着一杯红酒，是她带来的那一瓶。

饶是猜到这门后的景致，应寒年还是被勾走了三魂七魄。

林宜整个人湿漉漉地站在那里，双腿又白又长，头发上的水往下掉着，从脖颈一直往下淌……

她整个人干净却性感。

应寒年喉咙发干，将杯中红酒悉数灌下，随意地把酒杯往垃圾桶的位置一扔，伸手一横便将林宜压到墙上，黑眸直勾勾地盯着她脸上的水汽。他再也没有克制自己，低头就吻住她小小的唇，霸道地汲取属于女人的独特柔软。

林宜由着他的气息淹没而来，一手摸向床头柜上的包，从里边取出一把口红形防狼匕首握在掌心里。

她的手背顺着他坚实的臂膀慢慢滑上去，直至双手全部环住他的颈。

她缓缓扬起手中的防狼匕首，而后坚定不移地落下，死死地往他背后的肩胛骨上刺去。

“呃。”

应寒年痛得闷哼一声，反手就要推她，她更加用力地抱紧他的脖子，在他耳边口齿清晰地道：“别动，不然我不知道我还会做出什么。”

应寒年竟真的没再动，任由匕首刺在他的身体里。

他侧眸看向她，眼前的女人一张小脸上神色除了冰冷还是冰冷。

林宜死死地握住匕首，冷冷地看着他的脸色一寸寸变白：“应先生，我没有别的意思，只想和你好好聊聊。”

应寒年感觉到有黏腻的鲜血顺着肩胛骨往下淌，斜睨一眼她因握匕首紧绷的细臂，低笑一声：“你们家都是这么聊天的？”

见他脸上没有丝毫畏惧和疼意，林宜心中慌了一下，但很快又恢复镇定。她不这么和他聊天，他能好好聊？

她就这么搂住他的脖子，坐在他的腿上一字一顿地交代自己的来意：“我知道你在商界已久，我初入生意场，和你玩心眼无疑是在班门弄斧。”

他只是随便动动手指，就将她最恨的肖新露堂而皇之地弄回林家，让她气得跳脚。

应寒年挑眉，她还算有自知之明。

“但我林宜也不是任由你玩弄的，逼狠了我，我什么都做得出来。”林宜冷冷地开口，“你想得到我，和我保持交易关系，可以，不过我有条件。”

她拿着匕首和他谈条件，有意思。

“说。”应寒年笑着道。

“第一，你必须尊重我的意愿，我不愿意的时候，别想勉强我。”应寒年心如蛇蝎，机关算尽，一身的旁门左道，她不给点甜头她的日子不可能好过，这交易只能继续。

“第二，永远别碰我的底线！”林宜干净的声音透着一股狠意。

“你的底线？”

“肖新露。”林宜咬着牙将这三个字吐出，“我有我的仇，我有我的恨，如果你敢再帮我的敌人，我要你不得好死！”

她恨恨地道。

应寒年坐在床上，额上已经冒出冷汗，眼中却仍带着一丝玩味神色：“怎么个不得好死？”

林宜瞪着他，毫不留情地将匕首刺得更进去一些。

应寒年的脸又苍白了几分，他反手就是一掌，飞快地从后面抓住她的手臂，强行攥着她拔出匕首，一把将她按倒在床上。

两人力量悬殊，林宜惊呆地看向他，他明明有力气推开她，那刚刚怎么还……应寒年低头瞪着她，蛮横地压住她妄动的手，眼中笑意不再，只剩下一片阴狠之色：“就你这三脚猫的手脚还想制住我，让你玩玩而已，还真想杀了我？”

林宜抬起脚就往他的下身踹去。

应寒年闪躲过去，看着她满脸的怒意，像跟他有天大的怨似的，不由得气笑了：“你这女人怎么这么狠？把我踢废了，你守寡？”

呸。谁为他守寡。

林宜恨恨地剜了他一眼：“你不答应我的条件，我和你没什么好谈的。”

“谁说我不答应你的条件了？”应寒年把玩着她小小的下巴，目光幽幽地说，“我就喜欢你这种狠的调调！”

她永远能出其不意。

“你……嗯……”

林宜话还没说完，嘴唇就被堵上了。

林宜连忙按住他的手，吃惊地道：“你不先包扎一下伤口？”

他不要命了？

“包扎什么？”应寒年反问，“以你的狠劲肯定得再给我来几刀，索性完事后一并包扎好了。”

“你……”

面对他的无赖，林宜实在是无话可驳。

应寒年白着一张俊脸再一次覆上她的唇，伸手就将被子盖过两人的头顶，薄唇在她的脸上、颈上留下痕迹。

那种疯狂、那种痛苦在她身上轮回，她已分不清是梦境还是现实。她一口咬上他的肩膀，两颗尖尖的虎牙死死地陷进去，恨不得咬出血来。

应寒年痛得倒吸一口气：“我就知道你还得来狠的。”

这么说着，他倒也没有怪她的意思。

隐约间，他的呼吸喷薄在她的耳上，嗓音暧昧喑哑：“林大小姐还是第一次，真叫人惊喜。”

林宜又一口咬住他的耳朵，他用力搂紧她，恨不得勒死似的，要疼一起疼。

被子外的灯光，亮得刺眼。

这一晚，林宜不禁自嘲，她还是走到和梦里一模一样的一步。

孽债。

林宜整理好自己，转身拉开门走了出去。

应寒年坐在落地窗前的地板上，身上只穿着条长裤，裸着上半身，正对着背后的镜子处理伤口，肩宽背阔，肌理分明。

伤在背后的肩胛骨上，很不好处理。

林宜冷淡地看了一眼，上前拿起自己的包就要走，应寒年睨她一眼，发号施令道：“过来帮我。”

“我又不像你懂医，帮不了。”林宜淡淡地说道，抬起脚就要走。

“你继母回来了，你不想知道她会用什么样的手段对付你？”

应寒年的话成功阻止了林宜离去的步子。

她把包放回去，走到应寒年的背后跪下来，从他手中拿过镊子，用消毒棉团在伤口处涂抹起来。

把伤晾这么久才开始医治，血已经流得不少，他也不怕流干了，神经病一个。

林宜在心中暗想，视线在他光裸的背上游移，只见他的背并不如正常人，有着许许多多的陈旧疤痕。

虽然痕迹不是很明显，但有些地方的皮肤明显和周边不同，太过光滑，连毛孔都没有，一看就是很久之前受过重伤，哪怕痊愈了皮肤也恢复不到从前的样子。

摔是摔不成这样的，除非是他被打。

“看来你以前就挺讨厌的，被人打成这样。”林宜跪在他身后道。

应寒年坐在地板上，往纱布上倒药粉，闻言嘲弄地勾了勾嘴角：“林大小姐，我可不比你出身锦衣玉食，用人一堆，有点伤很正常。”

“比我穷的人也没有几个混成你这样。”

她的言下之意，还是他人品有问题。

“你知道什么是穷？”

应寒年忽然回头，一双眼定定地盯着她，眼神深如万丈悬崖之底：“像你这样的大小姐，从小给宠物狗喂食；而像我这样的人，从小跟野狗抢食，懂吗？”

她一个千金大小姐见过多少人间险恶？

林宜被他眼中的深沉慑住，隐约记起预知梦里关于他的一些传言，难道那些都是真的？

他以前真过得那么苦？

见她愣住，应寒年把纱布递给她：“贴好。”

林宜回过神来，接过纱布小心翼翼地贴上去，把药粉聚在伤处，再用剪刀将多余的边角剪掉。

她正动作着，应寒年忽然不知道来了什么兴致，道：“以我们这关系，我不能再叫你林大小姐了。”

他感觉太别扭。

“叫小宜太普通，你有没有小名？”应寒年问道，声音磁性。

林宜拿着剪刀的手一顿：“没有。”

“那我来想一个。”应寒年道，明明是磁性的声音偏带上令人深度不适的轻佻，“宝贝？”

“……”

“宝宝？”应寒年说一个就看一眼她的反应。

“……”

“小妖精？”

林宜忍住把剪刀刺入他的伤口绞上几绞的冲动，咬着贝齿一个字一个字地挤出来：“团团，我的小名。”

应寒年怔了一下：“你叫什么？”

林宜瞪了他一眼：“团团。”

“团团？”应寒年将她的名字含在舌尖发出声音，随即失笑，“怎么起这么个名？跟狗名字似的。”

她不是千金小姐吗？

林宜的脸都青了，她没什么好气地道：“我出生的时候八斤六两。”

“所以你爸妈是嫌你胖？”应寒年一语中的。

林宜的脸更青了，她把剪刀重重地拍进了医药箱里。

她不只出生的时候胖，小时候也胖，胖得跟个圆球一样，她一度觉得自己就是被这个乳名给耽误的。

后来她就撒泼打滚不准人叫她的小名，就连爸爸叫一声，她都会绝食抗议。

久而久之，这个名字连她自己都淡忘了，没想到又被应寒年提起来。

可是，比起团团，她更不想被人叫小妖精。

“团团，小团团。”

应寒年转过身来，揶揄地睨着她。

他还没完了。

“你刚才说，你能猜到肖新露会用什么手段对付我？”林宜拉回正题，面对应寒年，真是一个多余的字都不想讲。

应寒年朝她抬起手，一副等着她服侍的模样。

臭男人……

林宜心里暗骂着，脸上还是应付着笑了一下，扶他站起来。

应寒年顺手一拉，直接将她搂进怀里，低头在她的头顶上亲了一下，言语暧昧地道：“团团，你现在是我的人了，我当然会帮你。”

——那你倒是快说啊，卖什么关子？

“商场上的黑手段向来都大同小异，要了解你的敌人，就要清楚她的立场、她的行为方式。”

应寒年搂着她道：“你们拥有共同利益，她不会蠢到用伤害宜味食府的代价去设计你，最有可能的就是让你在管理上出现问题，团团。”

他能不能别说一句带一个团团？

林宜听得全身鸡皮疙瘩都起了，被动地被他搂着往外走去：“我知道，所以我会做好管理。”

她一直在努力。

闻言，应寒年嗤笑了一声：“你做好管理？你以为通过你们总公司的店长培训，你就能做好店长了？团团，你还是太嫩了。”

林宜不解地看向他。

“你知道食材渠道从什么地方来，是由什么人管理？你知道剩余食材哪些需要及时扔掉，哪些可以冰箱保存？分别是几摄氏度保存最佳？

“你知道每道菜的火候？每道菜的最佳品尝时间是出锅后的多久？”

林宜被问得哑然，这些需要她知道吗？她只是店长而已。

“你知道你的员工多少人是忠诚于你的？”应寒年道，“开一家餐厅并不难，难的是你有个随时想把你拉下来的后妈。”

林宜被他的一套话说得无言以对，嘴唇动了好几下，却一个字都说不出来。

“如果我是她，我可以在任何一个基本环节给你下套，让你无法赚取五百万。”应寒年跟个少爷似的，搭着她的手，推开门走向阳台。

阳台面对的是嶙峋高山，风景至美，却也最危险。

夜晚的灯光将山中景色照出一层光晕。

林宜抬头看向他好看的下颌线，认真地问道：“比如呢？”

“比如让厨师把菜做得不如从前，客人自然而然就会少了；比如买通员工轮番和你闹事，让你管理者形象竖不起来；比如提高食材的进货价格，加大食材、工具的报损程度，从小处提高你的成本，一切都能做得神不知、鬼不觉。”

说着说着，他整个人靠向她，重量压得她差点跪下去。

林宜强撑着他的重量，忍着把他踹下去的欲望。

“也许本来你三个月就能赚到五百万，可这样一来，至少能再拖你两个月。”应寒年望向外面的山景，态度嚣张地道，“要是给我挤出这点时间，我能让你们宜味食府改姓应。”

他就是如此自负。

应寒年得意地说着，低眸看向身旁的女人，想看到她脸上的崇拜之色，却只看到她满眼的诡异之色和站姿的疏离感。

他蹙起眉：“怎么？”

“你果然是什么下作的诡计都能张嘴就来。”幸好她没做出和他相斗下去的决定，这男人阴险进了骨子里，她哪里对付得了。

应寒年嘲弄地盯着她：“看不起我？”

林宜放下扶着他的手，淡淡地道：“没有，只是在想一个人城府这么深，到底是经历了些什么才会变成这样。”

她深知未来自己没有好下场，也没到他这份上。

应寒年闻言，目光一滞，望着不远处的山脊曲线沉默，脸色变得晦暗不明。

许久，他才开口道：“我经历了什么你不用管，你只要知道任何一个圈子都充满明争暗斗，你想达到目的，就要让自己立于不败之地，什么都要比别人想得更快。”

林宜定定地注视着他，不得不说，短短一番话她学到很多。

开业第一天，她看着营业额开心不已，可现下才知道，她要走的路还很长，还很难。

这方面，她是真的佩服应寒年："我明白，我会把餐厅的方方面面全了解透彻，不会让敌人有一点可乘之机。"

应寒年看向她，见她神色郑重认真，不禁捏了捏她的脸："团团真聪明，一点就透。"

林宜无语极了。她刚刚刺完他后，把口红形防狼匕首扔哪儿了？

应寒年伸手搂过她，一手指着对面的山："知不知道为什么我把房子盖在山里？"

这个问题林宜也想知道，一个人怎么会把本该温馨的居所放在山里，这太奇怪了。

联想着他刚刚说的话，林宜猜测道："是为了给自己危机感？"

人在高处才会怕摔下去。

应寒年摇头，指指阳台下方的悬崖峭壁，态度凛然："我建的时候告诉自己，我不能输，要是输了，我就从这里跳下去！"

林宜沉默了。

这个男人真是完全令人猜不透。不过……

林宜往前走了几步，往阳台下方望去，石壁光滑，石尖尖锐如刃，灯光照不到的地方是深渊，像一个巨大的黑洞在崖底凝望着她，试图把她拉扯下去。

她看着看着，忍不住往后退了两步，唇抿得紧紧的。

她不知道应寒年为了什么不能输，但知道自己绝不会再让肖新露把她拉进地狱一次！

山中空气寒凉，夜晚更甚。

林宜缩了缩肩膀，伸手抚着臂膀，一股暖意突然从背后靠过来。

应寒年从后面抱住她，将她牢牢地锁进怀里，大掌在她身上不老实地摸来摸去，竟让她得到一丝难得的温暖。

她还未来得及分辨他这样的动作是给她暖意还是占便宜，就听他低低地喟叹一声："晚上真冷，抱着你好点，给我暖暖，我们团团真像个小火炉。"

林宜用力地吸一口气，面对应寒年，她越来越觉得看不懂他。

应寒年抱住她，低头在她的发顶亲了又亲，双臂搂得越来越紧。

晚上，整座城市灯光华丽，万物城商场屹立在月光下。

到达下班时间，宜味食府的员工们纷纷收拾着准备下班。安阑从外面走进来，把门关上，扫了一圈急急要离开的众人，扬声道："今天是周二，下班后开会是惯例，你们去哪儿？"

众人只好放下手边的包，有些郁闷地站在原地。

林可可一下班就迫不及待地换掉身上的古板女式西装，套上自己的青春少女靓装，然后朝安阑摆了摆手："和堂姐说，我约了朋友去唱K，先走一步。"

林可可蹦蹦跳跳地往外走去，被安阑拦了下来。

林可可几乎跳起来，瞪着她道："安阑，你不过是林家的管家而已，按规矩你还得称呼我一声堂小姐呢，你敢拦我？"

"大小姐没来之前，谁都不准走。"

安阑不卑不亢地站在她面前。

"你以为你是什么呀！"林可可扬起手就要打她，手刚伸到半空中就被人拦住了。

林可可转头，就见林宜不知道什么时候站在了旁边，还握住她的手腕，令她动弹不得。

林宜身上还穿着工作服式的女款西装，但她人瘦腿长，穿得就是比别人好看上许多，时尚感十足，根本不像是在餐厅工作的人。

林宜将林可可的手甩开，目光冷冽："林可可，这里不是你家，没有什么小姐，只有上下级。安姨是我的助理，相当于副店长，她说的话你必须服从。"

林可可转过身去，心不甘情不愿地道："知道了，堂姐。"

林宜比她命好，长得漂亮，家里有钱，养尊处优，同样学业不济林宜就直接做店长，而她只能当个餐厅经理，说不嫉妒怎么可能。

"知道了就站一边去。"

林宜转眸看向餐厅中的众人，全都松松散散的，有两个女孩还在收拾东西，就等着她一说完话便走。

林宜踩着高跟皮鞋缓缓走到众人面前，一盏设计成鸟巢状的吊灯在她的侧上方，柔黄的灯光映得她眉眼干净，气质冷漠。

"大家已经在这里工作一个星期了，首先，我向大家表示感激，感谢你们这一个星期来的辛苦。"

林宜说着便向他们深深地鞠了一躬。

一群人受宠若惊地看着她："不敢，不敢，大小姐。"

林可可不屑地冷哼了一声，真装，谁不知道她这个堂姐胡作非为惯了，现在进了分店装得还真是好。

总有一天她要让对方原形毕露。

林宜九十度弯腰，许久才直起身来，面容淡漠地看向一张张脸，道："现在，我宣布被开除的几位员工名字。"

开除？

所有人都震惊地看向她，连林可可都开始有些慌了。

林宜站在那里，双手负在身后转着腕上的手表，一双眼扫过每个人的面色，缓缓吐出名字："叶小、王萍、赵雪山、张挺、郁美美。"

一个个名字被念出来，大家的表情精彩不已。

有人激动地喊了出来："凭什么开除我？我在林家的三个分店都做过菜，工龄十几年了，你一个小丫片子才来多久，就把新官火烧我头上来！"

"就是就是。"

"我们去找林先生、林太评理，大小姐欺人太甚！"

"千金小姐到处游山玩水就得了，你懂什么叫经营餐厅？"

"走，我们去林家抗议，我们拉横幅，大小姐要遣散我们这种老员工！"

……

一个闹了，一个个都跟着闹，吵个不停，甚至有仗着资格老的男人把手指都戳到她脸上。

林宜一步不退，就这么站在那里，冷眼看着他们一群人边说边冲向门口，这才施施然地开口："赵雪山，如你所言，你在宜味食府做了已经十几年，怎么会连一盘炭烧牛仔粒都做不好？"

闻言，本来吵闹着要评理的人都停了下来，回头看向她。

"炭烧牛仔粒一直是我们的畅销菜之一，可最近点的人越来越少，还有客户投诉牛肉太老，嚼不烂还塞牙。"林宜冷冷地道。

那个叫赵雪山的人变了变脸色，大声道："不过一个星期点的人少了点而已，有什么可奇怪的？"

林宜在一旁的餐桌边上坐下来，看着他笑了笑。

赵雪山被笑得心底发慌。

"我回家特地看我爸爸烧这道菜，这才知道，炭烧牛仔粒之所以能畅销，是因为极度讲究火候，做到入口即化，味道不失，是别家烧不出来的特色菜。"

林宜翻开桌上的笔记本电脑，点出一段视频，正是赵雪山烧菜时候的视频。

烧这道菜的时候，他有时看手机，有时看报纸，空了随便翻两下，这样才导致牛仔粒火候不佳，老得不能嚼。

店内一片哗然。

赵雪山脸色一片苍白："你偷拍我？"

"你以为你躲在厨房监控的死角烧菜就没人发现？"林宜冷笑了一声，"要是我把这段视频发给同行，恐怕你以后在哪里都做不了一级厨师，只能沦为三流。"

闻言，赵雪山震惊地睁大眼，腿一软，瘫坐到地上，话都讲不出来了。

见他倒下，剩余的人分成两派，一派是和林可可一起的围观派，一派是站在门口的评理派，此刻都僵在那里。

林宜继续道："叶小、王萍，一周内损坏餐具总计二十五套，远远超过一般的报损率，更别说你们偷的洗洁精、清洁布、纸巾等。"

视频中同样出现了她们偷偷摸摸的模样。

餐厅有监控，但大家都躲着，谁都没想过她会偷拍。

两个女孩呆住。

"张挺，服务时刻意冷落顾客，不理会顾客的需求，要你这样的服务员我是嫌餐厅开得久吗？"

林宜讽刺地道："还有郁美美，你每天算的账看似都合上了，但和我让安阑计算的差得太多，一周来总计少掉两万八千块钱。你知不知道你这么做，我是可以报警抓你的？"

话音落地，一个女孩扶着玻璃门，脸色白得站都站不住了。

"你们不是要去林家拉横幅，不是要评理吗？去啊。"林宜笑着道，"要不要我请家中用人给你们准备茶点？"

一群人动也不敢动，个个惶恐地看着她。

林宜从位子上站起来，微笑着看向他们，眼神却如雪般冰冷。

"我林宜初登生意场，经营分店不过一周的时间，不瞒大家，我就是把这里当成起点，要闯出个名堂，所以，谁挡我的路，谁在背后损坏我的名声，就是与我为敌！"

"你们今天被我开除，把偷的、故意损坏的东西都照价还回来，老老实实地走，什么事都没有，但你们非要闹点事出来，不仅这些视频会被传出去，你们每个人的家庭背景我都掌握得清清楚楚，谁砍我一刀，我撕也撕他一身血。"

林宜一字一顿地说道，字字利落果敢，传进每个人的耳朵里："希望你们能权衡利弊，在心里掂一掂轻重。”

明明灯光那么柔和，明明是那么瘦的一个人，她身上的气势却令人望而生畏。

林可可站在一旁，呆呆地看着她，这还是那个老是向自己炫耀新衣服、新包包的堂姐吗？

刚才还吵着评理的一群人全部哑口无言，资格最老的赵雪山最先反应过来，爬起来就冲林宜一通弯腰：“对不起，大小姐，我走，我马上走，我什么都不乱说！”

说完，赵雪山夺门而出，剩下的人一个个赔上自己的那份钱离开，再也不敢提“评理”两个字。

一部分人离开后，林宜转过身，看向剩下的那部分人。

剩下的人刚松一口气，见她看过来，都不自觉地站直身体，再不敢有所小动作，连林可可都站得直直的，吞了吞口水。

“你们不用觉得庆幸。”

林宜冷眼看向他们：“他们走了，不代表你们就干干净净，你们谁是待在这里在认真工作，谁是等着看我的笑话，谁是带着某些人的目的来的，我都一清二楚。”

众人脸色各异。

“那几个带目的的人，你们背后靠着谁我知道。”

林宜说道，声音透着冰冷：“不过，你们最好弄清楚一件事，林家说到底还是姓林的，宜味食府之所以叫宜味食府，是因为我父母感情深厚，尝一味过一生守一世，他们也把这种美好的祝愿放到了我的名字上。”

这话她是明明白白地告诉某些人，宜味食府总有一天会到她手上，这些人想要站好队就要搞清局势。

大家面面相觑。

“好了，这些话我点到即止，接下来我宣布另一件事。我会拿自己店长的工资出来，作为大家的额外提成，大家只要用心做，提成就高。”林宜的声音放软下来。

闻言，有人惊喜地看向她。

“至于那些闲散工作，拿我这里当游乐场就等着拿工资的人，我的忍耐有限。”林宜说着走向林可可，目光不轻不重地落在她身上。

林可可被她的眼神慑住，弱弱地往后退了一步。

林宜伸手就按住她的肩，将她按在原地：“林可可，新店开业一个星期了，你觉得自己做得怎么样？”

“我……”林可可很想理直气壮地说一声自己做得很好，但不知道为什么，被林宜的眼神轻轻一扫，就说不出话来，只能弱弱地站在那里，一动不敢动。

“你说不出来，有没有能说出来的？”林宜转头看向大家。

一群人低下头，摸不准她的脉，都不敢开口。

林宜也不急，就这么静静地站着，低眸看着手表上的时间等待，终于，有人站出来弱弱地道：“林经理上班时间经常偷懒躲闲、迟到早退。”

“还有吗？”

林宜似乎并不满意这样的答案。

话音落地，又一个西装革履的年轻男人站出来，五官平凡，目光沉稳，是另一位餐厅值班经理何耀：“林经理衣着不整，偷改裙子长度，还总是把头发做成和规章制度不符的夸张造型，工作牌也老是戴歪，看到女顾客不耐烦，看到帅气男顾客却特别热情。”

闻言，林可可愤怒地去推何耀：“你有病啊，我得罪你什么了这么说我？想死吗？”

这些人大嘴巴什么？！

“够了。”林宜冷冷地瞪向林可可，“你自己做错还怪别人？”

“我——”

“以你的资格根本通不过总公司的培训考核，你能站在这里全是因为你姓林！”林宜严厉地开口，“大家听好，林可可是特殊，但这情面我只容一次，明天开始她还有这么多臭毛病，照样被开除。”

“你……”林可可没想到她会这么不给自己留情面，“你欺负我，我要告诉二叔去！”

“你告诉祖宗去都没用。”

林可可被噎得死死的，只能站在原地恨恨地瞪着她：“怪不得二婶前段时间被送回乡下了呢，林宜，你真是越来越会欺负人了！你小心被天打雷劈啊！”

林宜懒得理她，只看向大家，道：“今天的例会就到这里，希望明天开始我们分店一切都是新气象，谢谢大家。”

林宜微笑着冲大家低头，转身离去。

她一走，餐厅里的空气才慢慢像活了一样，大家回过神来皆喘息不已。

“不是说大小姐来这餐厅就是挂个名玩的吗，怎么会这么认真？”

“我看大小姐这架势比林先生还足呢，连赵厨这样的老员工都不给面子，直接开除。”

“得得得，以后大家还是好好做事吧。”

……

林宜走进办公室，烧了三把火的新官有些疲累，伸伸懒腰，脸上挂着浅浅的微笑。

她虽然累，但效果还是很显著的。

安阑跟在她身后进来，确保外面没人后，才问道：“小宜，除了被开除的那些人，你还试探出谁是肖新露安排过来的人了吗？”

“安姨觉得呢？”林宜笑着反问。

“会不会是林可可？她还知道肖新露被赶去了乡下。”安阑皱眉说道。

林可可向来和林宜不对付，姐妹两个见面就是吵闹撕扯，肖新露利用这点唆使林可可也不奇怪。

“可可只是胡闹而已，让她做奸细是最不妥当的选择。”林宜轻笑了一声，“反倒是那个何耀，平时做事勤奋辛苦，事事细致，可是细致之余……怎么连林可可的裙子长度改了都能发现呢？”

她听应寒年的，把餐厅所有的基本之事掌握住，她已经是观察力够强的，但也没察觉林可可的裙子变短，那分明短了连一寸都不到。

闻言，安阑回过神来：“是啊，别人都只发现林可可躲懒，就他发现细节，看来他是在观察店里的每个人。怎么办，找借口把他开除？”

林宜摇摇头，看着面前厚厚一沓的员工资料，一双眼因笑容而美丽：“留着吧。”

有时候小小的一颗棋子也能撼动整个风云变幻的棋局，不是吗？

而且，她开除一个心思细腻、观察力强的人，再来一个心机不露的，不是更麻烦？

这局棋，她非赢不可。

手机突然振动起来，林宜身体向前倾了倾，拿起手机，是应寒年发的微信——

“我在你店里。”

林宜按了按太阳穴，这位大爷怎么来了？

“安姨，我去一下大堂，你帮我整理一下进货单。”林宜说着站起来往外走去。

餐厅里已经打烊，员工们已经走了，大堂里安安静静，一眼望去，只剩数些暖黄小吊灯散发着光芒。

林宜把西装脱下搭在手臂上，洁白的蕾丝荷叶边衬衫衬出姣好的身形。

她四下望着，终于在一处复古栅栏后看到姜祈星的背影，连背影都跟他那张脸一样处处透着不理世事的漠然。

林宜慢慢走过去，又听到林可可矫揉造作的声音传来："先生，我们今天下班了，厨子也走了，这是我的微信，不如你加一下，明天我给你留位子？或者，我今晚请你出去吃啊，毕竟让你白走一趟我很不好意思。"

林可可努力把声音调得娇滴滴的，像一根细针刮过皮肤，令人鸡皮疙瘩都起来了。

面对帅气男顾客就热情，她还真是这样。

什么男人看不上，她看上应寒年，他们林家人是不是眼光都有毒？

林宜暗叹一声，身形笔直地朝他们走去，就看到应寒年坐在卡座上，随手翻着菜单，理都没理林可可，侧脸的线条深刻如精雕细琢，透着几分漫不经心。

"可可，你下班了就先走吧。"

林宜看向林可可，冷淡地开口。

听到她的声音，应寒年回眸，扬了扬眉，饶有兴味地盯着她。

林可可哪里舍得走，想说话，就收到林宜越发冷冽严肃的眼神，一想到林宜刚刚的训话，林可可有些不服气地鼓起了腮帮子，气呼呼地道："知道了，我走！"

这个林宜，肯定想把帅哥顾客留给自己。

哼，这么优质的男人才看不上她呢。

林可可抬起脚气冲冲地离开。见她离开，林宜才在应寒年对面坐下来，餐桌上方垂下的流苏灯光线微暗，照得人轮廓带上一层滤镜。

"不错啊，挺有店长的架势。"

应寒年慵懒地坐在那里，嘴角勾起一抹邪气的弧度，也不知道是不是在嘲笑她。

林宜懒得理他，端起桌上的水壶替他倒上一杯柠檬水，淡淡地问道："你怎么来了？不是说有事去外地一趟吗？"

她前两天本来有事问他，他是这么回复她的。

应寒年接过水杯放在掌上把玩，黑眸灼灼地盯着她，嗓音磁性："我这不是一回来就找你吗，感不感动？"

他是不是没上过学，对感动两个字有什么误解？

林宜自动过滤他的轻佻言论，道：“你回来得正好，我有些事情想问你。”

闻言，应寒年有些不满地道：“我刚回来，晚饭还没吃，连你的员工都知道向我赔罪，你这店长怎么一点礼数都不懂？”

她上来就提问，一点情趣都没有，他是她的百科全书？

“可我这里的厨子都下班了。”林宜道，哪有心思管他吃没吃过饭。

“你做给我吃。”应寒年把菜单往她面前一放，吩咐道，“菜我都点完了，去做吧。”

林宜瞥一眼上面到处飞的钩，当机立断地道：“我不会做菜。”

最近她一直在学，还是会几道菜的，但要她做给应寒年吃……还是免了吧。

闻言，应寒年嫌弃地睨她一眼：“啧，大小姐。”

千金就是千金，十指不沾阳春水，连菜都不会做。

林宜不听他吐槽，直接说出自己的事情，道：“我知道你手下能人多，消息灵通，我想请你帮我调查一个人。”

应寒年坐在那里，目光凉凉地盯着她，实在有些烦她这副模样，好像除了在他身上榨取利用价值，她就没什么可和他说的了。

林宜感觉出他的不悦，是因为她没请他吃饭？

她看一眼时间：“你等我一下，我请你出去吃饭。”

“不了，直接跟我回家。”应寒年也不再奢望能和她调上几句情，直入正题，站起来没什么好气地道。

“那……”

应寒年冷冷地瞪她一眼：“把你要调查的名字交给祈星。”

说完，他站起来就走，走出几步，突然退回来，双手拍在餐桌上，弯下腰，一张俊脸直逼她眼前，不悦地道：“我说你这女人以前怎么谈的恋爱，一点情趣都不懂？”

她和那个尿货以前是不是就只知道说“你好”“再见”，见个面还得鞠个躬的那种？

情趣？

她以前也知道要浪漫，可被伤得痛彻心扉、满身血洞，这颗心脏就冷了，也死了。

再者，她和他应寒年说穿了不过是各取所需，难道平时还要风花雪月一番？不嫌硌硬？

林宜这么想着，但看应寒年眼里幽光浮沉，暗火烧灼，笑了笑，从桌上的小碟子里取出一颗梅子糖递给他。

应寒年低眸不屑地一瞥："怎么，当我是三岁孩子？"

拿糖哄，亏她想得出来。

林宜沉默了，剥开糖纸将梅子糖放入嘴里。

应寒年近距离地盯着她，只见她伸出小舌舔了舔唇，将粉嫩的唇舔出一片水光，糯软的唇微动，光泽朦胧，分明是在诱惑勾引。

他这才满意地道："终于聪明了，这种成人糖哄我还差不多。"

说着，应寒年一手扣上她的后颈，低下头便含住她的唇，舔去唇上的梅子香甜，撬开她的唇，火舌卷入，勾去圆糖，却不离开，欲罢不能地在她唇上亲着，辗转侵入。

姜祈星站在一旁默默地背过身去。

许久，应寒年才意犹未尽地放开她，眼中已染起一抹欲望，嗓音低了几分，嘴角带着笑意："我在车上等你。"

说完，应寒年转身离去，步伐生风。

林宜摸了摸自己的嘴，成人糖？什么鬼？

她就是看他不吃，想自己吃颗糖而已。

林宜摇摇头，但愿应寒年多往外地跑着办事吧，一天到晚在她面前就只想着要流氓那点事。

第五章
— 如 —

几周后。

晴空万里，温度适宜，肖新露的心情却一点都不美好。

她半躺在高级美容店里的沙发上，由着技师替她的一双脚做保养，对手机那端的人发火："什么叫找不到机会下手，一个小丫头片子你都对付不了？一个月了，你做过什么实事？"

"林太，您这怪不得我。"手机那边是肖新露在林宜的餐厅收买的一个员工，此刻正在电话里道，"大小姐对餐厅特别重视，几乎是二十四小时都待在店里，我几次想下手都找不到时间。"

没用的废物。

肖新露一把揭下脸上的面膜，一脚踹开脚边的技师，臭着脸道："出去，把门关上！"

"是，林太。"技师委屈地离开。

见包间的门被关上，肖新露才冲着手机道："我让你怂恿员工一起闹事，可我等了一个月，你做过什么？"

"大家不听我的我也没有办法。"

那人道："大小姐赏罚分明，工作上严肃，可私下又经常找时间带大家去K歌休闲，更把自己店长的那一份工资拿出来做额外提成，现在大家对她服从得很，我有一次稍微说一点她的坏话，就被人驳回去了。"

大家不一起闹，剩下一个人闹能闹出什么风浪来？

"你少找借口，闹事你做不到，那从别的地方下手呢？林宜一个千金大小姐，懂多少，能没空子给你钻？"肖新露的怒火已经烧到头顶。

“我上次说了，大小姐不知道发什么疯，跑进厨房做小帮厨，从择菜、切菜做起，还亲自去进食材，晚上大家收工，她又一个人留下来学做菜，不到凌晨都不走。”那人无奈地叹了一口气，“现在餐厅里就是少根茄子，大小姐也能第一时间知道。”

自己能做什么手脚？

“没用的东西，就只会敷衍我！滚！”肖新露气得摔掉手机，坐在那里大口大口地呼吸着，太阳穴突突直跳。

一个月了，她居然由着林宜顺顺利利地开了一个月的分店。

好吃懒做的大小姐竟也成为独当一面的店长，还会收买人心、亲力亲为，打死她都不相信林宜会突然变得这么聪明。

不用说，又是有人在暗中帮助她。

安阑？真是好本事。

肖新露咬牙切齿，安阑想将林宜教育成才，她不会让安阑得逞的。

这两个人，她要一并解决！

肖新露思来想去，计从心来，想着打个电话，便起身去捡自己扔掉的手机，哪知因为赶技师走，脚上的乳液还没擦掉，这一站下去，脚底滑溜溜的，整个人摩擦着地板就摔出去了。

“砰”。

肖新露重重地摔了一跤，剧痛从各处骨头蔓延开来，整个包间里回荡着她撕心裂肺的惨叫。

林宜听到消息的时候已经很晚，正在办公室里做最后一次清算。

安阑站在一旁，微笑着向她报告：“说是摔到尾椎了，大脑也有一定程度的震荡，不知道明天林老夫人的寿宴她能不能去。”

林宜坐在电脑前，想象着那一跤的惨烈，很是解气。

恶人天也收。

“肖新露向来喜欢出风头，又喜欢讨好爸爸，明天是奶奶的七十岁大寿，她呀，躺在担架上都会去的。”林宜说道。

安阑被她话中的嘲意逗笑。

林宜看着电脑上的数字，冲着安阑招手：“安姨，你快来看，按我们现在的营业额，不出三个月，我就能赚五百万。万物城真是块福地，带来的人流量远远超出我的预料。”

她当初把分店安在万物城，是最正确的选择。

安阑走上前来看着总账，也是十分欣喜："那也要有应寒年的营销策略，那一元招牌菜的销售就给我们带来巨大收入，万物城上上下下哪家餐厅生意好过我们？"

现在餐厅每天都是大排长龙，预约电话更是被打爆，若不是地方就这么大，这营业额还能往上翻。

林宜闻言，眸色深了深，淡淡一笑道："嗯。"

她早就知道，应寒年在从商这一方面天赋技能点满了，谁都及不上他。

"不过开业那天，应寒年的态度还嚣张得很，你用了什么办法请到他帮忙？"安阑好奇地问道。

什么办法？

林宜苦笑一声。

应寒年这个人很邪门，但说话算话，没有他指导，餐厅的生意不会这么好，她也不能屡次避过肖新露的黑手。

"像他这样的人，花钱就行了。"林宜含混地把这一页翻过，站起来伸伸懒腰，撒娇地靠到安阑身上，"今天开心，不留下来练做菜了，明天还要去参加奶奶的寿宴，我们回家休息好不好？"

安阑兼顾分店和家里，这一段时间也十分疲累。

"你还知道休息呀。"安阑宠爱地拍了拍她的手，"那我去帮你清点现金。"

这一次林老夫人过七十大寿，林冠霆十分重视，包下整个欧腾酒店不说，还将所有分店的一个月收入当作寿辰贺礼。

林宜的新店开业满一个月了，自然也在其列，这天才从银行把现金全部提出来，整整两百一十五万，装了三个密码箱。

"好。"

林宜点头，和她一起忙碌起来。

翌日，林宜难得晚起一些，醒来时外面已经是太阳高照。

她推开窗，外面鸟语花香。

她用力地闻着外面的香气，只觉神清气爽，好好洗漱一番，站在落地镜前，化上淡妆，神采奕奕。

林宜心情很好，正要换衣服，就听到门外传来一声巨响。

她蹙眉，打开门，她的卧室离楼梯很近，只听到楼下面传来一个尖锐难听的声音。

“用人就是用人，这点小事都做不好，这红豆汤这么烫我们怎么喝？没用！真是没用！”伴随着斥骂响起的是一记响亮的掌声。

这声音……

那两个老家伙怎么来了？

林宜把门锁上，快步走下去，就见大厅里多了两个把名牌穿得不伦不类的身影。

这是肖新露的父母，和林冠霆年纪相仿，此刻正趾高气扬地将一碗红豆汤泼到面前的安阑身上。

安阑直挺挺地站在那里，神色不卑不亢，湿透的衣服上冒着热气，任由他们打骂。

一群小女佣躲在角落里看着，面面相觑。

“你们干什么？”

林宜着急地冲过去将安阑拉到身后，怒气冲冲地瞪着面前一副小人得志模样的夫妻。

“哟，是小宜呀，我的好外孙女，好久没见，来来，让我看看。”肖老太太皮笑肉不笑地去拉林宜的手，假模假式地道。

“谁是你的外孙女！你们怎么在这里？”

林宜一把推开她，眼中写满厌恶之色。

“林老夫人七十大寿，我们做亲家的自然要前来恭贺，不像有些人，只知道躲在家里，毫不知礼数。”肖老太太阴阳怪气地道，白眼几乎飞到头顶上去。

她这话指的是林宜的姥姥、姥爷，自从妈妈去世后，姥姥、姥爷伤心过度，自此大门不出、二门不迈，什么亲戚都不走，什么朋友都不会。

林宜冷冷地看他们一眼，转身拉过安阑紧张地问道：“安姨，还好吗？”

“我没事。”安阑给了她一个放心的笑容。

“我爸呢？”两个老家伙居然敢在林家这么猖狂。

安阑擦着身上的红豆汤，回答道：“林先生和林太一早就去酒店了。”

否则，肖氏夫妻哪敢拿着鸡毛当令箭。

林宜点点头：“你快去洗一下，换身衣服，要是烫伤了抹点药膏。”

安阑点了点头，正要转身离开，却见那肖老爷子摸着胡子在沙发上坐下来，摆出一副主人的架势：“去哪儿啊，烫了我们两个老人家，就打算一走了之？”

“就是，要不是这次来给亲家过寿，我们还不知道林家是这副模样。”

老太太狠狠地瞪了安阑一眼：“不是我说，我们家新露平时治家就是太温柔了，才会让下人一个个这么张狂。”

林宜冷笑一声，在肖老爷子对面的沙发上坐下来，双眸透着凉意：“我怎么不知道家里什么时候改姓肖了？”

“哟哟哟，小宜啊，你这是不把我们放在眼里啊，按辈分，你得管我们叫一声姥姥、姥爷。”老太太斜着眼看向林宜白净的小脸，阴阳怪气至极。

就是这丫头和管家，害得她女儿差点被扫地出门，她早看着不顺眼了。

“我姥姥、姥爷还健在，他们慈眉善目、温和待人，可不像某些小人卖女儿，一朝进入豪门便鸡犬升天。”林宜淡淡地笑了一声，神色凛冽得足以震慑住所有人。

这两个老家伙以前就是无所事事之人，好赌好吃，贪慕虚荣，靠着女儿嫁进林家后就开始拿自己当个人物，到处作威作福。

在那些梦里，她和爸爸被囚禁后，就是被这两个老家伙日夜看守着，被羞辱是家常便饭。

想起这一切，她都想动手杀了他们。

这边，两人听到她这么说立刻激动地跳起来，有钱以后，最忌讳别人说他们卖女儿。

“林宜，有你这么和长辈说话的吗？什么叫卖女儿，我们新露是堂堂正正明媒正娶的！”肖老爷子气得胡子都在抖。

“明媒正娶？”林宜满眼不屑，转眸看向墙上妈妈的遗像，道，“肖新露靠什么才能嫁进林家，你们不清楚吗？我爸要的就是个替身，你们这样都肯把女儿嫁进来，不是卖女儿是什么？”

老两口被她怼得脸一阵红、一阵白，难堪至极。

旁观的几个女佣看到这一幕忍不住偷笑起来。

这两夫妻仗着女儿是林家太太，只要一到林家就到处指手画脚，嫌东嫌西，她们受气好久了。

“你——”肖老太太被气得不行，“好啊，我说我们家新露怎么过得这么委屈，原来是你这个拖油瓶天天在家耀武扬威，我今天还非要替她教育你这个继女不可。”

肖老太太说着就环顾起四周来，寻找可以用来打人的武器，眼睛瞄到不远处的扫帚。

有小女佣急忙将扫帚收起来。

近来大小姐对她们还不错，她可不想眼睁睁地看着自家大小姐被打。

肖老爷子连忙拉住自己的妻子，冲她使了一个眼色。

肖老太太收到后神情明显平复许多，转身看向林宜，道："行，你年纪小，我不和你一般见识，但不管怎么说，我女儿是林太，作为父母的我们，就有资格管一个下人，就是冠霆在这里，也说不得我们。"

肖老爷子也帮衬着道："不错，安阑故意煮那么烫的红豆汤给我们，存心不良，必须严肃处理。"

他们把火头又烧到了安阑身上。

是因为安阑在肖新露面前承认自己策划换药事件，所以肖新露才让两个老家伙来找安阑的麻烦？

林宜坐在那里思索，不对，都过去一个月了，真要找安阑的麻烦，肖新露作为主人时可以找，何必要两个老家伙出手呢？

肖老爷子刚刚那个眼色又是什么意思？

安阑站在林宜的身旁，不想让林宜为难，于是弯腰朝两人道歉："肖老爷子、肖老太太，今天这事是我的错，请你们原谅。"

"一句道歉就完了？"肖氏夫妻又开始找碴。

林宜越想越不对劲，刚刚老太太要是打上来，以自己往日的性格必定大吵大闹，立刻去找爸爸，显然两个人不希望把事情闹大，可又不断地在这里为一碗红豆汤小题大做……

林宜目光一闪，他们这是在故意拖延她的时间？

不好。

林宜立刻站起来，连忙上前拉着安阑就走："安姨，跟我走。"

说完，林宜拉着安阑就往楼上走去。

"喂，你们去哪里，给我回来！"肖氏夫妻在底下激动地叫嚣着。

林宜快步走向自己的房间，用钥匙开门，安阑见她眼中透着急色，不禁疑惑地问道："小宜，怎么了，出什么事了吗？"

林宜没有说话，冲进自己的房间里，打开衣柜门，把三个银色密码箱提了出来。

手中沉甸甸的，颇有分量，她愣了一下，难道是她猜错？

安阑站在一旁，看着林宜蹲在地上按下密码，打开密码箱。

林宜纤细的手从箱子边缘滑开来，安阑站在旁边看着箱子被打开，似一个慢镜头缓缓由远拉近……

密码箱中的钞票已经变成满满一箱的红色冥纸。

安阑惊得后退一步，浑身汗毛直立："怎么会这样？钱呢？"

林宜蹲在那里，脸色冰冷。

安阑忽然一步冲过去，激动地拿起另一个箱子，问道：“密码是多少？”

林宜面无表情地报出密码，安阑把密码箱一箱箱打开，整整三箱的冥纸，厚厚的一沓又一沓，红得刺目……

饶是安阑见惯风浪，也不由得呆住了，跪坐在地上傻眼地看着满箱的冥纸，背后一阵阵发凉：“这要是在老夫人的寿宴上打开，不是全完了……”

安阑说不下去，林老夫人素来看不惯林宜的骄纵，林冠霆又好面子、重孝道，当着那么多人的面，肯定都以为林宜在胡作非为，以冥纸替代现金想蒙混过关。这样一来，林冠霆会勃然大怒，别说斥责，怕是与林宜断绝关系都做得出来。

林宜一动不动地蹲在那里，冷漠地看着一箱箱的冥纸。

人心究竟有多狠，她一次一次体会到了。

“小宜，马上报警，两百万不是小数目，也必须马上告诉林先生这件事。”安阑拉住她道。

“怎么追查？密码只有我知道，昨天从餐厅出来也清点过数目，办公室和房间的门都没有被撬锁的痕迹，查下去只会是无头公案。”林宜的声音平淡得没有一丝起伏，“反而更像是我私吞了钱，企图撇清关系。”

如果她没猜错，这是餐厅和家里的人的一次合谋。

有人在餐厅暗中盯着她，得知密码，在她把钱拿回家以后偷偷换走了，而且就是在刚刚肖氏夫妻把她和安阑缠住的时候。

因为只有刚才的时间，她才没在房间里守着。

肖氏一家人全有了不在场证明。

对方布局如此周密，她报警又如何？恐怕有什么指纹也早被擦得干干净净。

安阑听她这般说，一向沉稳的人汗都渗出来了：“那怎么办？我卡上有钱，我们先把这个窟窿补上，当吃个哑巴亏？”

林宜低眸看向表上的时间：“奶奶的寿宴还有两个小时开始，走吧。”

她也只能这样了。

她卡上的私房钱和安阑的凑一下，两百万还拿得出来。

两人匆匆离开，离开的时候肖氏夫妻还试图拦住她们。庭院里，两个用人正将一个小半身高的精美礼物箱搬进商务车的后备厢。

礼箱四个红彤彤的竖面上刻着“寿”字。

林宜扫了一眼箱子便离开，没有多看。

天气并不热，可一连走了几家银行，林宜身上的蕾丝长裙几乎湿透，湿发贴着额角，妆容有些狼狈。

可即使这样，林宜和安阑才提到二十万不到的现金。

每家银行都和她们说，有人早她们一步提走了大量现金，银行也在等着上面送钱，要她们等一等。

她们等不了，离寿宴开始已经不到一个小时了。

天蓝得太过清澈，两个人站在街头，成为车水马龙中的一个缩影。

“怎么办？现在去远一点的银行时间上根本来不及，肯定是肖新露做了手脚。”安阑站在林宜身边，急得额头上全是汗。

这是后招，一旦林宜发现钱被偷，肖新露也要她们取不到现金，在寿宴上出丑。

林宜最近那么辛苦，无非要让公司上下、让林冠霆看到自己的能力，能顺利进入管理层。

现在却出这种事。

安阑很是自责：“明明知道有那么多现金在，我就该留在你的房间里，寸步不离，至少总有一个人得盯着那些现金。”

林宜站着，一言未发，汗从额角淌下来，她连擦都没有擦一下，眼神越发冷冽。

现在说这些已经没用了。

安阑见她沉默越发心慌，道：“要不这样，就拿卡过去，说来不及取现金，虽然林老夫人和林先生会不高兴，但总好过送三箱冥纸过去。”

林冠霆向来好大场面，这才提醒每个分店的店长，把盈利准备成现金送去酒店，一博老夫人笑颜。

“凭什么？”林宜面无表情地道。

“小宜？”

安阑不解地看向她，什么凭什么？

“凭什么要我退而求其次？我在分店辛辛苦苦，每天只睡四个小时，为的就是事事做到最好。”林宜不甘地开口，“凭什么我要被肖新露逼得退一步？”

明知未来她会落得那么凄惨的结局，她怎么可能还被赶着步步后退？

不可能。这绝不可能！

“小宜……”

"我不退，一步都不退！"林宜眼神坚定，一个字一个字地从齿间咬出来，汗水从下巴上滴下。

她就不信她会栽在这两百万元上！

"那我们上哪里凑齐这两百多万的现金？"安阑忧心忡忡地问道。

手机忽然振动。

林宜拿出手机，发现是应寒年发来的微信，是张照片。

是一张他抱着一个卡通三角饭团抱枕的自拍照，他坐在车上，人不羁地往后靠着，新发型要多骚气就有多骚气，五官分明，轮廓立体，眉眼间尽是凌厉的侵略感，和抱枕的可爱形成鲜明对比。

照片发来之后，出现一个语音。

林宜把手机放到耳边听语音，只听应寒年轻佻的声音传来："我发现这抱枕长得特别像你，以后就帮我们增加情趣了。"

神经病。

林宜无语，忽地想，不知道应寒年那里有没有两百万现金，即使没有，以他的能力，一小时里给她弄到应该也不是难事。

这么一想，林宜心头一动，立刻拨通应寒年的电话，焦灼地等待着。

远处的酒店前，喷泉池中水柱起起落落，音乐磅礴大气，几部豪华轿车缓缓停在大酒店的门口。

几个门童立刻上前殷勤地打开车门。

林宜无意一瞥，就望见一群公子哥从车上下来，嬉笑地说着什么，应寒年穿着照片中的衣服下车，一手握着手机正低头查看。

他居然就在这里？

林宜一喜，正要冲过去，就见美丽的大明星江娆也跟着下车，一袭斜肩黑色长裙衬出十分性感高挑的好身材。

她还没站稳就被人推到应寒年的身上，江娆便顺势往他怀里一倒，做羞涩状，嘴里说着什么。

应寒年低头瞥怀中女人一眼，嘴角勾了勾，腾出一只手搂住江娆，另一只手则接通电话："小团团，想我了？"

他的心情似乎不错。

林宜停住脚步，望着他们一行人笑着走进酒店，嘴唇动了动，有些僵硬地道："我……想向你借两百万，要现金。"

手机里还传来江娆的笑声。

"两百万？"应寒年在那边低笑一声，语气玩味地道，"这可不是小数字，你知道我也是替人打工的，挣点钱不容易，不过你要是求求我，我可能会……”

“不好意思，打扰你了。”

林宜淡淡地打断他的话，挂掉电话。

刚走进酒店大堂的应寒年瞪着被挂断的电话脸顿时黑了。他也没说不借，大小姐就是大小姐，脾气都要大到天上去了。

他臭着脸推开江娆，拨回林宜的电话，一连几通都被挂断。

他的脸更难看了。

一行人观察着他的脸色，面面相觑，嬉笑声全化为静默。

离大酒店不远的街头，林宜看着时间，呼吸都变得沉重，纤细的手指死死地握着手机。

她真的没有办法了吗？注定她要吃这个暗亏？

她咬住牙，一转头，就见到远处停着的一部黑色商务车，目光变深：“安姨，那部商务车是不是一直跟着我们？”

安阑疑惑地看向她，又看向商务车：“不说不觉得，一说，好像从我们离开家的时候，后面就有这辆车了，对，就是这车牌。”

果然。

“刚刚停在家里的也是这部车，应该是肖氏夫妻开过来的。”林宜的目光变深，林家没有这部车的。

他们车上还有礼物箱，刻着寿字，是要送给奶奶的寿礼。

“什么？他们是想盯着我们有没有取到钱，怕我们把窟窿补上？”安阑越想越是，肖新露要去酒店准备，自己不能行动，就让自己的父母暗中盯着她们。

安阑回过味来，顿时怒不可遏：“这一家没个好东西。”

为了陷害林宜一个年轻女孩居然这么费尽心机，这家人简直不要脸！

呵。

呵呵。

林宜忍不住笑起来，一声比一声冷，一双眼凉得没有温度，样子叫人担心。

安阑见状拿出纸巾替她擦汗，担忧地道：“小宜，你别这样，事情总有办法解决的。”

林宜对上安阑忧心不已的双眼，拿下她手中的纸巾，在手里捏成一团，指甲死死地抠进去，染着一层汗的脸上露出再干净不过的笑容，缓缓地道："他们不是想玩我吗？我就给他们玩个大的！"

说着，林宜将纸团狠狠地扔进垃圾桶里。

安阑错愕地看着她，她这是有主意了？

"安姨，你去帮我做点事。"

林宜在她耳边小声地说起来，把事情安排得有条不紊。

路边的大树叶子泛绿，影子在风中摇曳，不时有车呼啸而过，在马路上不留下一点痕迹。

林宜坐在车上，翻下妆镜整理着被汗湿透的头发，将袖扣一颗颗解开，转了转细颈，活动身体。

做完这一切，林宜双手握住方向盘，一双眼看向不远处停着的商务车，目光逐渐变得狠厉。

下一秒，她一脚踩下油门，毫不犹豫地驶向前方，车速极快。

商务车有所发觉，慌忙倒车转方向，但已经来不及，林宜的车直直撞上去，硬生生地将商务车撞到了大树上。

连片的树荫遮住了他们。车子发出刺耳的声响。

林宜熄火，拿着包下车，直冲着商务车走去。

肖新露的父母坐在车上被撞得有些蒙，缓了片刻，老爷子率先推开车门想查看情况，还没站定就见林宜气势汹汹地冲过来。

"老家伙，我看你不顺眼很久了！"

林宜咬牙切齿地吼出来，举起真皮铆钉包就朝他身上狠狠地砸过去。

"啊！"

老爷子根本来不及抵抗，就被砸了个头晕眼花，连退好几步，一张脸更皱了，完全不明白是怎么回事。

"天哪！"老太太见状惊慌失色，急忙从车上冲下来，抓着林宜就一顿又挠又捶，"你个拖油瓶敢打我老公，我打死你，我打死你。"

"打你老公？呵，我还打你呢！"

林宜冷笑一声，抓着钉包又往老太太身上一顿胖揍。

老太太哪是她一个年轻女孩的对手，当下被揍得脸上皱纹都开花了，顿时激动地大叫起来："老公，你还愣着干什么？"

老爷子这才反应过来，冲上来就一拳砸到林宜的头上，林宜被打得撞到树上，锐痛剧增。

她靠着大树，不顾一切地开始还击，举着包劈头盖脸地一顿砸，以一敌二，竟也没落下风，老太太更是躲了又躲，最后都出不上力。

三人打得昏天暗地。

过了许久，两个人喘着气互相扶持着又准备朝她打过去。

周围有路过的人发现这边的场景，想过来看。

林宜像是打够了一般，一手抓着包往后退，盯着他们狠狠地威胁道："两个老家伙，你们给我等着！敢再碰安姨，我要你们好看！"

说完，林宜快速坐上自己的车，疾驰离去。

肖氏夫妻一人举着个车内的香水瓶座，一人抓着手袋站在那里，愣愣地看着林宜的车绝尘而去。

她是什么意思？

早上安阑被他们泼了碗红豆汤，她特地过来打他们一顿发泄一下？

大小姐为个管家出头？莫名其妙。

"老公，我们现在怎么办，车还能开吗？"肖老太太紧张地看向车子，"这可是你新换的车啊，好几十万呢，要不我们报警吧？"

"报什么报，你没听女儿说吗？林冠霆最讨厌把家事闹大，他就这么一根独苗，我们把他女儿告了，不管对不对，他心里都得对我们不乐意。"

肖老爷心烦地推了她一把："再说，今天寿宴的局新露已经做好了，你还怕那个拖油瓶有好果子吃？"

想到这儿，肖老太太顿时喜笑颜开："说得是说得是，我怎么忘了，新露让我们今天不要节外生枝，今天等着那小拖油瓶的可是份大礼呢。"

肖老爷子往车前看了看，道："车撞得不是很严重，趁还有点时间，赶紧去修吧。"

"我得看看给林老夫人的礼物，撞了一下不知道有没有被撞坏。"

老太太啰唆地道，被老爷子一巴掌拍了回去："就你事多，里边裹着厚厚的海绵层呢，包得里三层外三层，打开看又得重包，我还修不修车了？"

这车可是他的宝贝。

"好好好，不看不看，走吧走吧，还得赶寿宴呢。"

肖老太太只好作罢。

不远处的喷泉池中音乐声未停。

楼上总统套房中烟雾缭绕。

方桌上垒着整整齐齐的麻将，绿白相间，颜色清新，代表金钱的筹码堆得小山高。

应寒年坐在桌前，背靠着偌大的窗户，心不在焉地扔出一张麻将，旁边的人看着手中能和的牌，还是默默地跳过了，打出一张。

应寒年刚刚帮他家公司打了个漂亮的翻身仗，这时候他不在牌桌上送点说不过去。

“和了。”

应寒年随手把牌一推，脸色沉着，没有一点赢钱的高兴神色。

趁着大家洗牌，他低头看向手机，盯着自己被挂掉的几个电话，目光幽深。

同桌的三人相互看了一眼，给一旁站着的江娆使去眼色。

江娆笑了笑，端着酒杯往应寒年的腿上一坐，娇滴滴地道：“寒哥，我有点累，借我坐一会儿呗。”

应寒年被她身上的香水味呛了下，低眸看向她漂亮的脸蛋，薄唇勾起一抹弧度，似笑非笑地道：“江大明星当众投怀送抱，不好吧？”

他明明是调笑，眼底深处却只有凉意。

江娆表情讪讪地站了起来：“抱歉，寒哥。”

这男人分明不需要她的靠近。

应寒年没再理她，把手机扔到一旁，从烟盒中倒出一根烟咬在唇间，也不点火，就这么咬着，向谁发泄似的。

“来来来，继续。”

几个人又开始摸麻将。

有不在牌桌上的人站在窗口往大马路上望去，兴奋地嚷嚷起来：“有好戏看，出车祸了，还当街打架呢……哇，这是个女汉子啊，一打二不落下风，小姐姐练过呀。”

“小姐姐？漂不漂亮？我看看。”

坐在桌上的人眼睛一亮，站起来就跑去看。

剩下的人也纷纷跟过去。

应寒年用力地扔出一张牌，发出沉闷的响声，没什么好气地道：“有什么好看的，还打不打了？”

一群人你看我、我看你，都嗅到一股不太妙的气味，一个个走回来，冲应寒年逢迎拍马着继续打麻将：“打打打，这打架有什么好看的？”

“就是就是，寒哥的牌那么狠，你们还敢分心，活该输光你们！”

一桌人拼命松张，也没让应寒年的脸色缓一些。

整个房间里的气压低得如同狂风暴雨快要到来。

“要我说啊，这酒店还是不如牧氏家族旗下的欧腾好，同样是总统套房，这里的硬件就是差上一些。”气氛太压抑，有人刻意地挑了个话头，四处找人丢眼神。

下一个接上话道：“可不是，不过今天欧腾酒店全被林家包下来了，好像是给林冠霆的老母亲过寿，我爸还让我也去贺一贺，我给推了。”

林家。

应寒年黑眸里幽光一闪，摸着麻将的手顿了顿，下一秒，骨节分明的双手推翻面前的牌：“和。”

桌上的人好一顿哀号。

欧腾酒店是S城最奢华的酒店，风格属欧式，但为了林老夫人的大寿全部做上了国风。

从酒店金碧辉煌的大厅进去就是一路的红色贺联，大红色的彩带绕得吊灯上都是，一派喜气洋洋的景象。

林老夫人已经丧夫，膝下有两个儿子，她随老大住，可惜老大林冠雷只是个教师，一心只懂教书育人，半辈子自己的积蓄都紧张，只有小儿子林冠霆在餐饮界闯出名堂，连带着林家都成为S城内赫赫有名的望族。

因此酒店中来宾络绎不绝，却都是冲着林冠霆来的。

西装笔挺的林冠霆偕年轻的娇妻肖新露迎客，肖新露穿着一袭灰色刺绣鱼尾纱裙，上面的月季花刺绣成熟而不失喜庆。

她口齿上佳，迎来送往做得很是到位，站在林冠霆身边格外明艳动人。

林老夫人穿着一身大红旗袍，端庄大气，年纪虽大但保养得宜，依然眼神明亮，步伐轻便，看起来也不过六十出头而已。

此刻她被族亲们围在中间贺寿恭维，不时往林冠霆和肖新露看去，满意地直点头。

没有这个小儿子，哪有这么大规模的寿宴？

林可可站在宾客们中央，扎着高高的两条卷马尾，做一身萝莉装扮，是角色扮演某二次元的角色，化着浓妆辨不清原样。此刻她有些怨恨地看向自己躲在一旁看书的爸爸和满脸失落的妈妈，十分郁闷。

明明她爸爸才是林家的长子，结果什么风头都被二叔家抢去。

真是气死她了！

林可可看不下去了，气呼呼地往外走去，只见外面的迎客点上人满为患，一个个衣着光鲜，手中捧着贺礼在签到。

林可可绞着手臂上的粉红丝带，嫉妒得眼圈都红了，要是她爸爸能像二叔那样有钱，那她家就会是人群中的焦点。

都说林家有个大小姐林宜，可谁知道林家还有个她呢？

她气得转身，忽然就看见一个颀长的身影斜斜地靠着角落的柱子，远离人群，绝世独立般，一袭漆黑的风衣隐没在黑暗中，双腿修长更甚于她平时看的那些漫画男主角，干净利落的短发下，帅气突出的五官透着份说不出来的贵气慵懒气质。

他低下头，从烟盒中敲出一根烟随意地抿在薄唇间，伸手去点火。

林可可双脚不受控制地走过去，仰头激动地看向他："你好，我们又见面了。"

应寒年凉凉地看了她一眼，直接吐了烟，抬脚就走，胸口烦得厉害。

他也是够闲的，听到林家有寿宴就过来。他过来做什么？找林宜那个大小姐吗？

嗯，等寿宴之后他打电话叫她过来就是了。

"你不记得我了吗？我们在宜味食府见过。"林可可看着他的背影失落地开口。

宜味食府。

应寒年蓦地驻足，回眸看向她，一双眼深邃似海，映着她的身影，她顿时连呼吸都不敢呼吸了，生怕他的视线会偏移。

"你是林家的人？"应寒年低沉地问道，嗓音磁性，语气意味不明。

"对！"

林可可不自觉地咽了咽口水，激动得整个人绷住，动也不敢动。

应寒年的眼中幽光浮动，下一秒，他上上下下地打量她的打扮，薄唇缓缓勾起一抹邪气的弧度，舌尖抵在齿间，嗓音更低沉了几分："小萝莉？很有意思。"

他说她有意思？

林可可震惊地看着他，一颗心几乎跳出胸口，好半晌才鼓起勇气道："今……今天是我奶奶的生日，我可以邀请你一起去贺寿吗？"

应寒年笑得勾人心魄，声音轻飘飘的："好啊。"

林可可悸动得差点跳起来，试探着慢慢向他伸出手，手指头都在发颤。

应寒年低眸闲闲地看一眼她发抖的手指，猛地伸出手抓住她，一把将她拉入怀中搂着往寿宴厅的方向走去。

林可可完全傻住了，呼吸都屏住。

应寒年轻笑了一声："不用这么紧张，我不会吃了你。"

他的声音落入林可可的耳中，像一股浑厚的气流游走于她的全身，让她完全动弹不得，浑身绷得更紧，呆呆地看着他的下颌线，为之神魂颠倒。

林可可带着应寒年……不，是应寒年搂着她进入寿宴厅，最先发现的是她的父母，都错愕地看向她："可可，这位是？"

林可可咽了咽口水，有些底气不足地道："他是我男朋友。"

说完，她立刻看向应寒年，见他又是漫不经心地一笑，没有反驳，心中不禁雀跃疯狂。

"男朋友？"

林冠雷夫妻错愕异常，林可可才十九岁，因学业不精早退学了，整天瞎混，最近被他们臭骂一顿才收了心在宜味食府的分店做事，怎么突然冒出来一个男朋友？

这男人……容貌是不是过于出色凌厉了？

两人看着应寒年，明明该问些什么，却在他闲闲的目光下不自觉低沉默，有种被迫臣服于人的错觉。

林家的亲戚发现这边的状况，一个个都围过来："什么，可可有男朋友了？我看看，天，好帅啊。"

"可可，你眼光可真好，这一身的名牌应该是哪家的少爷吧？"

"要说还是可可聪明，女孩子啊就该早点定下来，把握住优质股啊。"

"老夫人老夫人，可可有男朋友啦。"

林可可有些骄傲地笑起来，下巴微微仰起，很是得意，总算也让她扬眉吐气一次。

林老夫人闻言望过去，一双眼看着应寒年仔仔细细端详一番后，摇着头和旁边的人低声感慨道："太出众卓异了，可可收不住。"

可可还是个孩子心性。

一听到这话，林可可的脸就黑了，对她带来的男朋友一个个都在说好话，都在恭维她，怎么到老夫人这里就成她收不住、配不上呢？

哼。

"不管他们，我们去一边坐。"

林可可把什么情绪都写在脸上，抓着应寒年的手臂在一张容二十人的大圆桌前坐了下来。

应寒年从头到尾一言不发，任由林可可拉着他坐下来。

附近的人全被应寒年吸引去目光，问东问西的。

林冠雷站一旁，用教师的目光将应寒年来回打量，见他虽然还算是正襟危坐，却是三分傲慢三分邪气，嘴角勾着却无笑意，一双眼环视四周，似漫不经心又似城府极深，令人一眼无法看透。

诚如母亲所讲，这样的男人哪里是可可管得住的？

林冠雷走进去在应寒年身边坐了下来，正色问道：“不知道怎么称呼？”

“应先生？”

林冠霆见这边好一阵骚动，便搂着娇妻肖新露过来，一见应寒年就愣在那里。

应寒年抬眸，视线扫过林冠霆搂在肖新露腰间的手，唇畔的笑意多了些讽刺和嘲弄：“林先生，别来无恙。”

林冠霆向来不轻易与人为敌，尤其是在今天这种大场合，于是主动向前朝应寒年伸出手，客套地道：“应先生前来贺家慈大寿，有心了。”

应寒年起身，与林冠霆握手，黑眸幽深：“见识过林先生、林太豪掷三百万拍下麻将的大场面，我岂有不逢迎拍马之理？”

他这话说得……极尽讽刺。

林冠霆的脸色难看了几分，他按住欲发作的肖新露，笑道：“应先生说笑了，坐吧。”

应寒年堂而皇之地坐下来，坐的正是主桌，林冠霆愣了一下，再见他身旁的林可可满脸桃花色，不禁更为诧异。

应寒年怎么和可可待在一起了？

顾不上多想，又有人前来寒暄，林冠霆便去招待客人。

临近中午时分，能容两千人的寿宴贵厅里已经座无虚席，一个巨大的3D雕字“寿”字悬挂在中央上方，缓缓旋转，红得炫目，场面繁荣浩大，声势热闹。

一眼望去，不是奢华，全是林家的名望。

林冠雷一向不喜欢这些，关注点全在身旁气质不凡的年轻男人身上，忍不住问道：“不知道应先生的父母在哪里高就？”

了解一个人自然要先了解他的家世背景。

话音落地，桌上的另一个亲戚便掰着手指开始算：“不对呀，这S城内，我怎么没听过应家这么一号，你们听过吗？”

对方真是排得上号的名门豪门，哪会有他们不知道的道理？

应寒年坐在那里，凉凉一笑，轻描淡写地道：“是没有，我应寒年无父无母，孑然一身。”

他没有家世？

一桌刚才还恭维的亲戚立刻变了脸色，有些鄙夷。

林可可瞪着他们，抱着应寒年的胳膊道："一群势利眼，你别理他们。"

应寒年不以为意，转头望向周围，没有看到想看到的身影，眼底掠过一抹失望。

这女人还不来？

因为两百万现金？有什么内情？

"应寒年，我记起来了，说是到处替人打商战的，手段卑鄙残忍，凡栽到他手里的都会闹个家破人亡。"有人忽然道，说完又觉察自己说得太过，连忙捂住嘴。

一桌的人都哗然，有人接着道："前段时间，破产的潘家潘老爷子跳楼自杀，听说也是被个叫应寒年的人逼的，难道就是他？这么年轻？"

"不会吧，怎么还有人做这样的工作，这不是赚杀人血钱吗？"

所有人的目光都投向应寒年。

应寒年的眉动了动，不羁地笑道："是我，成王败寇，不亏心。"

他说得如此理直气壮，桀骜不驯。

整桌人安静如死。

林冠雷夫妇更惶惶不安地看着他，几乎想立刻把女儿拉到自己面前。她怎么能和这么狠辣的男人在一起？

偏偏林可可听着却一脸崇拜地看着他："原来你这么厉害啊。"

应寒年低眸看她一眼，眸黑如夜，似笑非笑，林可可被撩得魂魄彻底飞了，找不到落处。

所有人都已就位，林冠霆夫妇这才回来，见主桌气氛尴尬无比，不禁疑惑。

林冠霆看向林老夫人，笑着道："妈，时间差不多了，让小辈们给你煮糖水鸡蛋吧。"

S城的风俗是长辈过寿当日，小辈要亲手煮一碗糖水鸡蛋，像林冠霆这一辈年纪也大了，就由更小的一辈去煮，以示孝道。

糖水鸡蛋越多，说明家族子嗣越旺盛。

服务员们端着一个个小锅子放置在长桌上，间隔分好，再摆上需要的简单食材。

林老夫人只有林宜和林可可两个孙女，但旁支的亲戚一堆，因此抢着出来要煮鸡蛋的人不少，年轻人们密密麻麻地站了一整排，还有几个十来岁的小孩子。

林老夫人只是端坐着看着一群小辈为她操劳，面上有光至极。

“小宜呢？”

林冠霆忙碌一上午，这才发现林宜不在。

林老夫人闻言，脸色沉了沉，不满写在眼底，她这两个孙女都不让人省心，林可可是顽劣胡闹，林宜是骄纵不堪。

往日里，林宜毫不尊重她这个奶奶，偶尔她训上两句，林宜的白眼都能飞到天上去，说什么“你也是靠我爸养的，装什么一家之长”。

毫无素质。

小儿子什么都好，就是把这个女儿惯得不着边际，不来还好些，来了不是成心气她吗？

这话自然是不能明说的，林老夫人牵强地笑了笑：“冠霆，你说最近小宜忙，那就让她忙吧，小寿而已，无妨。”

她这分明是动气了。

应寒年坐在那里无聊地将一只小小的玻璃杯转得风生水起，黑眸扫过林老夫人的脸，不禁勾唇。

这个小团团的人缘可真是臭到家了。可他怎么就看她那么顺眼呢？

“这孩子最近懂事很多，可能是今天有事耽搁，我马上给她打电话。”林冠霆说道，拿出手机给林宜拨打电话，拨打几通都没有人接。

过久的等待时间让林老夫人的脸色越发难看。

肖新露找准时间走了过来，弯下腰双手搭在林老夫人的肩上，柔柔地开口：“妈，小宜忙，我替她煮糖水鸡蛋给你。”

“不用不用，都是小孩子闹着玩煮的，你煮什么。”

林老夫人欣慰地拍了拍她的手，肖新露只比林宜大了五岁，却长一辈，这一辈长得她懂事持家。

“没事，我也想向妈尽孝嘛。”

肖新露笑着说道，还未直起身体，就听一个清脆果断的声音传来：“我路上耽搁了，阿姨是长辈，我哪敢让阿姨替我。”

来人说得掷地有声。

众人转头望向侧门。

应寒年按停在桌沿旋转的杯子，缓缓抬眸，眸子漆黑深邃，藏着令人看不透的神色。

分店的餐厅值班经理何耀和安阑正推开古典的欧式侧门。

林宜双手端着托盘出现在门口，一头长发编出几根细辫，镶着细细的花藤，简单清爽，发尾飘逸，一袭裸粉色花卉刺绣长裙，纱面透视，领口至胸前的大面积粉色牡丹的刺绣细节立体、精致、逼真，鲜绿的叶子连纹路都清晰地绣了出来，似有露水蒙在上面，灯光一照，衬得人比花娇。

她缓缓走进来，一下子吸引了所有人的视线。

在场的不少人站起来遥遥望过去，私下里议论着。

林可可望着，再看一眼自己身上为兴趣穿的稚嫩萝莉装，顿时嫉妒得血都滴出来。有没有搞错，她穿那么好看做什么，又不是她过大寿。

肖新露望过去，脸色很不好看，手指攥住裙上的一抹刺绣。

又在穿着打扮上和她冲撞，她穿刺绣纱裙，林宜也穿；她绣月季讨林老夫人欢心，林宜就绣牡丹，硬是将她的月季比成不起眼的小花。

不过刺绣工艺光是远观就知道不凡，没有几个月都赶不出来，该死的，她都不知道林宜暗中偷偷地准备了这些，把她的裙子比得跟地摊货似的。

一定又是安阑这女人在暗中捣鬼。

怪她自己，就不该穿刺绣纱裙。

肖新露并不知道，林宜会做预知梦，寿宴上肖新露的穿着她记得清楚，所以早就定制了这一身长裙，就是在恶意刺激她。

女人嘛，尤其是肖新露这样的女人，就怕撞衫被比下去。

林宜慢慢走近林老夫人，大家这才看到她手中的托盘上放着两颗鸡蛋以及银耳、枸杞等东西。

应寒年的眼直勾勾地看向她的脸，一张原本清丽漂亮的脸上多了两处瘀青以及好几道血凝后的血痕，很明显她还没来得及处理伤口。

“奶奶。”

林宜走到林老夫人面前低了低头，微微一笑。

林老夫人难得听她正正经经地叫一声奶奶，不禁愣在那里。这怎么和换了个大孙女似的。

“小宜，你这脸怎么了？”林冠霆震惊地看着她的脸。

林宜淡淡一笑道：“没什么，路上出了点小意外，我先去煮糖水鸡蛋。”

说完，林宜就端着食材往小辈们中间走去，站到林可可身旁的一口锅前，点上火，放入水，敲碎冰糖用快火熬煮。

应寒年重新滚起面前的玻璃杯，视线落在林宜身上，眼底刻着不满。

大小姐还真是视他为无物啊。

鞋尖在地上一点一点，敲着无人听到的不悦节奏。

整个寿宴厅里热闹非凡，众人各自为营谈天说地，小辈们煮糖水鸡蛋并未受到多少关注，这个环节就是走一下习俗，意思意思一下而已。

糖水鸡蛋的操作极为简单，冰糖熬水，敲入生鸡蛋即可。

林可可看着锅中的冰糖化得差不多了，边敲蛋边抬眸，就见应寒年看着这边，心中悸动非常，敲的姿势不对，鸡蛋一入水蛋白就散了，无法凝固成圆。

有亲戚的声音传来："你们看，小宜的食材怎么那么多？"

这一声出来，许多人都看向林宜，只见她正低头将泡发的银耳徐徐撒入小锅中，又不慌不忙地将枇杷剥皮去核，一刀一刀地切成小瓣。她做得很慢，手指纤纤，皮肤白皙如凝脂。

她跳舞出身，只是站在那里，再加上这一身俏嫩打扮，连煮碗糖水鸡蛋都有种说不出来的赏心悦目感。

林可可不满地看了她一眼，将自己煮好的糖水鸡蛋盛出来，率先朝林老夫人走去，博个头位。

林老夫人坐于中间，面前的地上铺着喜庆的红色软垫。

林可可走过去在软垫上跪下，笑容满面地举起手中的碗："祝奶奶长寿百年，身体健康。"

"乖。"

林老夫人笑着伸手端过碗，一看连蛋黄都散了，鸡蛋液散在水中，根本没熟，腥味都溢了出来，不禁在心里叹一声气，用勺子舀口汤意思地喝了一下，便递出一个红包。

"谢谢奶奶。"

林可可开心地接过红包站到一旁，有些得意地看向林宜，只见她还在不慌不忙地熬着锅中的汤，煮个糖水鸡蛋还煮那么久，真磨叽。

剩下的小辈陆陆续续地端着糖水鸡蛋向林老夫人贺寿。

最后竟只剩下林宜，她站在锅前，见锅中的汤汁已经熬好，才敲入鸡蛋，用筷子在蛋白边缘画了两圈，满意地看着鸡蛋成型，细指拈入几颗小小的枸杞。

有清甜的香气已经飘散开来。

林冠霆深谙厨艺，光是闻这味就知道林宜做出了一道佳品，眼神赞赏不已，这孩子做店长已经辛苦，居然还抽时间在练做菜。

林宜将糖水鸡蛋盛出，双手捧着朝林老夫人走去，有着几处伤的脸上挂着笑容。

她在林老夫人面前跪下，抬高双手，真挚地道："祝奶奶如月之恒，如日之升，如南山之寿，如松柏之茂。”

不知道是不是错觉，林老夫人总觉得这天的林宜说话格外顺耳亲切，字字甜进心里。

“真乖。”

林老夫人微笑着接过她手中的碗，低眸一看，不禁怔了下。

只见这碗糖水鸡蛋中加了枇杷、银耳，清白瓷碗中汤汁晶莹剔透，枇杷熬得温润，枸杞色红，枇杷金黄，两种颜色互不冲撞，反而将一碗糖水衬得生机勃勃，两颗鸡蛋形状为圆，寓意圆满，没有半分散掉的迹象。

“你怎么会在糖水鸡蛋中加枇杷呢？”

林老夫人不由得问道，声音因为这一份糖水鸡蛋而变得柔和下来。

林可可站在一旁，冷哼一声，小声地道：“还不是出风头，哪次她不要成为焦点才甘心？”

还好，她的应寒年才不喜欢这种虚伪的女人。

林宜跪在地上，当作没听到林可可的话，盈盈一笑道：“上次我打电话给奶奶的时候，听到奶奶咳嗽两声，枇杷润肺止咳去痰，奶奶又喜好软糯，所以我加了银耳，不知道口感怎么样，您尝尝。”

林老夫人诧异不已，什么时候这个骄纵蛮横的孙女连自己咳嗽两声都注意到了？

怪不得冠霆说林宜最近懂事成长不少，她还当是笑话，没想竟是真的。

主桌上，应寒年斜靠着椅背，一双眼盯着林宜如画的背影，薄唇勾起一抹算计的弧度。

上次是谁在他面前说不会做菜来着？大小姐玩得很开心啊。

“妈，你尝尝。”林冠霆站在一旁道。

肖新露站在他身旁，看着那一碗色泽绝佳的糖水鸡蛋，明明不爽，却还是要端着笑容，以至于妆容精致的脸有些扭曲。

“嗯。”

林老夫人拿起勺子舀起一勺汤，清甜汤汁入口。

银耳熬过的汤汁不薄不厚，温软进喉，咳了几日的喉咙一下子仿佛被熨暖似的，林老夫人感觉舒坦极了，比刚刚那些小辈熬的纯糖水不知好出多少倍。

她再尝一口枇杷，外软内鲜，难得经过烹煮却还保留着几丝原汁原味，格外清爽，竟是两层味道。

林老夫人不由得一连吃上好几口，脸上的笑容越来越深，看向林宜的目光也越来越慈爱温和。

“妈，鸡蛋不好多吃，小心噎着。”林冠霆在一旁小心提醒。

众人这才看到刚才都是喝口糖水意思一下的林老夫人连鸡蛋都吃下肚一个了。

林老夫人听着将碗递给一旁的用人，拿出红包递给林宜，语气多了几分真心：“小宜啊，林家做了几代的餐饮，一直半成不就的，到你爸手里终于做出一些成绩，现在看来，这份手艺被你传承了去，你以后可要将林家美食发扬光大。”

“知道了奶奶，谢谢奶奶。”林宜笑着站起来。

林冠霆看着林宜，把自豪和骄傲全写在脸上，格外意气风发。

一旁的亲戚纷纷上前问她裙子在哪里做的，糖水鸡蛋怎么煮的，说枇杷熬的颜色真好，赞她越来越厉害了。

林可可听着嫉妒得不行，忍不住道：“装模作样，真为奶奶着想，怎么不用梨子啊，雪梨不是更能止咳吗？追求颜色摆盘好看，分明是臭显摆、哗众取宠。”

她太妒忌，以至于声音不小，旁边的人全部听到，一时间静默不语。

林冠雷瞪了女儿一眼，林可可噘着嘴哼了一声。

林老夫人坐在那里，红色的旗袍映着不悦的脸色。她看林可可一眼，不满地开口：“今天是我过寿，你是不是巴不得我吃梨分离才好？”

林可可被林老夫人这么一说呆了，傻眼地站在那里。

梨？离？

林宜居然把水果的谐意都想到了，还特地选枇杷入锅？

她一抬头，就见周围的人都憋着笑戏谑地看着自己，顿感受了奇耻大辱，抬起腿就朝主桌走过去，在应寒年身边坐下来，抱着他的胳膊愤怒又委屈地道：“他们都是坏人，我们走吧？”

“小萝莉受委屈了？”

应寒年轻笑一声，低眸凝视向她，抬起手不分场合地挑了挑她的下巴。

林冠雷在旁边看着恨不得上去打掉他的手。

怎么会有这样不正派的人，可可是怎么认识上的？

这一声透着玩世不恭的轻笑在寿宴上不过是个低音，可落在林宜耳朵里，却是晴天霹雳……

有那么一秒，她几乎以为自己听错了，有些僵硬地转过头，就见到应寒年坐在主桌上，面庞英俊，气质凌厉桀骜。

林可可红着脸钻进他的怀里，两人搂在一起，目无旁人地说着什么悄悄话。

他怎么会在这里？

林宜震惊地看向应寒年，他怎么又和林可可在一起？

什么情况？他来做什么？是这边有他商战上的下一个目标，还是因为什么？

她的手指有些发凉，一时间种种想法浮上心头，直到林冠霆拉她入座，她才勉强稳住自己的思绪，上前入座。

“小宜，来，坐奶奶这边来，奶奶有话和你聊。”林老夫人慈祥地看向她，朝她招手。

已经在林老夫人身边入座的肖新露笑容一僵，尴尬地站起来让出位子。

“奶奶。”林宜笑着坐上去。

林老夫人拉住她的手摸了摸，见她掌心、指尖都有着一层薄薄的茧，不禁道：“不是去做店长吗？怎么这么辛苦，茧都磨出来了？”

林宜微笑着回道：“奶奶，做店长更要亲力亲为才能服众啊，要是我整天摆个老板架子，才没人理我呢。”

她一边说一边往应寒年那边看去，林可可靠在应寒年的怀里，也不知道听了什么，脸越来越红，满面娇羞。

自始至终，应寒年看都没看她一眼，好像又不准备和她联系了一样。

可问题是，他们这一个月相处得好像还不错。

林宜摸不准应寒年的心思，只能不动声色，陪着林老夫人聊天。

忽然，什么东西滚落到她脚边。

林宜疑惑地低眸，忽然就听应寒年藏着坏意的磁性嗓音传来：“林大小姐，我的玻璃杯好像不小心滚到你那边了，帮我捡一下。”

林宜整个人都变得僵硬，抬眸看向他，只见应寒年搂着林可可一脸正色地看着她，好像只是在讲很随意的事情。

林可可顾着害羞，旁人也没在意。

林宜只好低下身去，一撩桌布，就见那边应寒年也低下身来，一手掀着桌布，黑漆漆的眼直勾勾地看向她，轻佻地眨了下。

林宜瞪他，无声地询问他怎么会在这里。

应寒年并未回答，食指抵在唇上，薄唇暧昧地抿了一下，似在轻吻。

神经。

“林大小姐，就在你脚边。”他的声音还是很正。

林宜皱眉，不敢多言，捡起玻璃杯直起身来，站起隔着桌子递给应寒年。

应寒年起身接过，极平常的一个动作，宴桌上谁都没注意。

交接玻璃杯的刹那，他在她的掌心里迅速抠了下，动作放肆，双眸深深地看向她："多谢。"

"不客气。"林宜手都冰了。

"你和她那么客气做什么？"林可可不满地把应寒年拉回来，林宜肯定得嫉妒她有这么好的男朋友。

林宜坐下来，故作无事。

这个应寒年……到底想干什么？

林宜的肩膀忽然被拍了一下。

她回头，安阑拎着她的包站在她的身后，从包中取出手机递给她。

林宜接过手机，低眸看了一眼，竟是应寒年发来的短信："出门左拐，洗手间见。"

林宜怔了怔，抬眸往桌对面看去，哪里还有应寒年的身影，只剩下林可可双手托着小脸，一副少女怀春的模样。

这个应寒年……

林宜深吸一口气，笑着朝林老夫人道："奶奶，我去回个电话。"

"好，去吧。"

林老夫人看着她直点头，这天的大孙女真是越看越顺眼啊，又漂亮又有孝心。

林宜从座无虚席的寿宴厅离开，耳边没有宴席上闹闹哄哄的声音，整个世界仿佛一下子安静下来。

林宜照着应寒年短信中的内容左拐，走向洗手间。

只见不知道什么时候冒出来的姜祈星正守在女士洗手间门口，面无表情，跟个门神似的，但凡有人过去上厕所就被他赶走。

这人这是什么毛病？霸个女士洗手间是什么意思？

林宜看着这一幕都想掉头走人。想了想，她还是走上前，见到她，姜祈星的扑克脸也没变一下，只伸手推开门让她进去。

林宜无奈地抿唇，拎了拎裙摆往里走去。

应寒年正懒懒地坐在彩绘镏金洗手台上，跷着腿一抖一抖的，修长的手抛着一只打火机在玩，无聊至极。

听到声响，他闲闲地睨去一眼，就看到打扮得跟花仙子似的林宜走进来，提着裙摆，两条腿细得跟笔杆子似的，脸上的小伤一处又一处，精致中又透着狼狈。

两人四目相对。

他看着她没什么表情的脸冷嘲热讽道："可以啊，大小姐借不到两百万就跑去和人干架了？"

她竟被打成这样。

"你怎么会在这里？"林宜声淡如水，"你和林可可是什么关系？"

应寒年闻言，嘴角的弧度变深，一下子从洗手台上跳下来，黑眸幽幽地盯着她："怎么，吃醋了？"

吃他的醋？她哪里来那个西伯利亚的时间？

林宜平静地看着他，神色未变："应先生，我从一开始就和你说了，我有我的仇，我有我的事要做，我不希望不相干的人介入林家。"

尤其是像他这样的人，动动手指就能改变她的计划，让她一败涂地。

应寒年听到这话，眼神冷了一下，随即伸出手一把将她扯进怀里，捏住她的下巴，迫使她抬起脸。

林宜被捏疼了。

他低首，薄唇有意无意地擦过她的唇，不悦地道："不相干？你这没良心的，我特地跑过来看看你借不到两百万会不会出事，你就把我划到不相干的人中了？"

特地跑过来看她会不会出事？他会这么好心？

林宜怔了下："那你和林可可……"

"你老子在慈善晚宴下我的脸，难道还要我上门送份贺礼？他也配？"应寒年冷嘲一声，林家上下他就看得顺眼一个林宜。

他就是不想送贺礼才变成林可可的男朋友进寿宴？这是什么逻辑？

算了，他不是别有目的就好。

林宜拿开他的手，冷淡地道："我不管你在背后怎么想，在我面前不要编排我爸爸。寿宴快开席了，我先过去。"

说完，她转身欲走，手腕被人从后一把攥住。

一股强力将她拉了回去，她撞进应寒年的怀里，一抬头，只见应寒年的脸彻底拉了下来，他阴沉沉地瞪着她："我说你今天说话怎么这么不顺我的耳，你挂我的电话，还骗我不会做菜，我都没教训你，你又急着走了？"

"你今天的身份是我堂妹的男朋友，我和你待在一个洗手间里被人看到算怎么回事？"林宜蹙眉道。

"算怎么回事？"应寒年低笑一声，眸中幽光深邃，勾勒几分欲望地掠过她的唇，刻意将嗓音变得暗哑，“算偷情啊，小团团。”

话音落地，他便低下头吻住她的唇，一手牢牢地控住她的腰。

林宜刚要挣扎，腰就被推了一把，整个人撞向洗手台。

她连忙双手按住洗手台边缘，才不至于让自己撞到。

他到底想干什么？

林宜愤怒地侧眸，只见应寒年伸手打开早放在彩绘镏金洗手台上的一个药箱，从里边取出棉签，他的手指干净而修长。

哪里来的药箱？

“乱动什么，不想治伤了？”应寒年按住她的身体。

他叫她进洗手间，是为了给她治伤？

她脸上被肖氏夫妻挠过打过，是疼，但伤不重，连她爸爸都没有让她立刻去治伤。

林宜呆了呆，应寒年已经用棉签蘸着药水往她脸上的伤口涂抹，药水渗入伤口又疼又痒，她皱着眉往后退去。

应寒年一把抓住她将她按进自己怀里，一手环住她不让她乱动，一手给她抹药：“被挠成这样，你是跟狗打架了？”

“差不多。”

林宜淡漠地道，挣扎了两下没挣扎开，忍不住想用手去抓伤口，实在太痒。

应寒年一把拍掉她的手，薄唇凑近她的脸，在她的伤口上吹了吹，吹掉痒意，不容拒绝地道：“不想留疤就给我忍着。”

林宜没再乱动，任由他给自己擦药。

他的脸离她很近，这样看，他的五官更显细致立体，英俊又邪气，一双眼更是深得像是半山别墅外的悬崖之底。

他给她擦一处伤口就给她吹一吹，让她没那么痒。

墙上明亮的镜子里清晰地映出他们拥在一起的身影，他侧立在她身旁，身形颀长，低着头，薄唇暧昧地擦过她的皮肤，轻轻一吹，撩着每一个毛孔。

空气里安静得有些烦人。

林宜看向别处，语气淡淡地找着话题：“你一个替人打商战的，为什么会学医呢？”

应寒年闻言，目光一沉，拿着棉签的手也顿住，半晌，他勾了勾嘴角，漫不经意地道：“你也知道我是替人打商战的，商场如战场，要我的命的仇家一堆，我当然要懂点医。”

林宜看他一眼，直觉告诉她，他没有说实话。

但他撒不撒谎与她没有半分关系，她也就没再问。

应寒年放下棉签，捏着她的脸左边转一下，右边转一下，从镜中查看她的伤势，满意地道：“现在还像个样子，饮食小心些，要是留疤，以后就不好看了。”

应寒年又在她的脸上轻轻地拍了一下：“我好歹教了你整整一个月，结果你连杀人不见血都学不会？简直丢我的脸。”

他这是指她没处理好事情，还弄一脸伤。

她的本事自然不能跟他比。

“钩心斗角最忌讳自己下场亲自斗，斗赢斗输都是下等，懂不懂什么叫暗中下手、隔岸观火？”应寒年在教她，嗓音低沉有磁性。

林宜明白他的意思，点了点头：“这次事发突然，下次我会筹谋得更全面一些。”

“嗯。”

应寒年这才满意地颔首，合上医药箱，不再说话，一双眼直勾勾地盯着她，跟要吞了她一般。

事实上，他也这么做了。

应寒年双手按在她的腰上，低头吻住她的唇，吻上她的细颈，很快便往下游移，摸索着她裙上拉链的位置……

林宜仰起脖子，迎合着让他亲了几下，便伸手抵上他的胸膛推开他，一双眼十分清明地看着他，公事化口吻般道：“不行，寿宴要开席了，我还有事做。”

“我亲自给你治伤，你要败我的兴？”

应寒年不满，继续在她的刺绣纱裙上摸索隐形拉链。

林宜想把他的脑袋按进隔间的马桶里冲一冲，嘴上还是道：“好，我真的还有事做。”

应寒年见好就收地撤开自己的手，林宜转身离开，一手拎着纱裙裙摆，一手去开门，抬步出去。

“喂。”应寒年在后面叫她。

林宜不解地回头，应寒年走上前，将一枚创可贴贴到她脸上最大的伤口上，垂眸盯着她，道：“我不管你一会儿要做什么事，记得，别再把这张脸给弄花了。”

姜祈星就站在走廊里，闻言默默转身，当作什么都没有听到。

林宜点了点头："我知道了。"

"那我就先走了，我还有个生意要谈。"应寒年在她的脸上摸了两下。他本身对什么林老夫人的寿宴就没兴趣，突然间想见她一面才来。

"好。"林宜再次点头。

林可可穿着萝莉装从厅的一角朝这边走来，一张脸上神色气呼呼的，嘴噘得能挂油瓶。

什么嘛，堂姐不过就是去洗手间久一点，奶奶非要她来找堂姐。

找什么找，她难道还怕堂姐掉在马桶里不成？

林可可愤愤不平地抬眸，这一眼，让她如遭雷击，只见应寒年和林宜站在女厕的门口，姿态亲昵。

应寒年更是在林宜脸上来来回回地抚摸着，片刻后，他又将她拉进怀里亲吻，流连缠绵，目无旁人……

灯光打下来，缠着两人，林宜的一抹纱裙搭到他的长裤上，缱绻万分。

林可可呆立在原地。

好久，两人才分开。

林宜转身离开，低头盯着身上宽大的裙摆有没有弄脏，没有注意她。

"走吧。"

应寒年迈开长腿往前，指腹滑过薄唇，意犹未尽，笑容恣意。

一个身影拦住他的去路。

应寒年驻足，俊脸上笑容渐渐消失。

林可可双手横在他面前，一双眼睛通红，痛苦难受地看向他，颤声质问："为什么？"

应寒年抿了抿薄唇，神色悠闲，明知故问："什么为什么？"

"你和我堂姐怎么回事？你明明是我的男朋友！"

林可可有些激动地问了出来，眼泪都要掉下来。

"男朋友？"应寒年似才想起这么一回事，伸出手搂住她的肩膀，低下头，薄唇附到她耳边，呼吸低沉。

林可可身体抖了下，只听他一字一字凉薄无情地道："现在分手了，小萝莉。"

他说得儿戏一般。

林可可难以置信地看着他，见他撤回手要走，连忙抱住他的手臂，又激动又愤怒："为什么？你看上我堂姐了？不行，你得跟我回寿宴，我要告诉大家，堂姐抢我的男朋友！"

应寒年闻言，眼神一寒，瞬间敛了笑容，回眸睨向她，眼含杀气。

林可可被吓了一跳，慌忙松开手，后退两步。

应寒年双眸阴鸷地盯着她，冷冷地开口：“你刚刚也听到了，我这人心狠手辣，把一个大公司的总裁都逼得跳楼了，你可别逼我对付你一个小女孩子。”

应寒年威胁的声音阴寒入骨，字字如刃。眼前的男人像是突然变了一个人似的，浑身都散发着阴沉的邪气。

林可可呆呆地看着他，动也不敢动。

应寒年见她不说话了，转身离开，衣角翻飞，半步不慢。

看着他帅气的背影离开，林可可难过地想追上去，姜祈星立刻冲上来，面无表情地拦住她。

林可可眼睁睁地看着应寒年越走越远，远得似她再也追不到般，眼泪飙了出来，痛苦地喊了出来：“我到底有什么比不过林宜的，为什么你们一个两个眼里只看得到她？”

姜祈星冷眼看着她蹲下哭泣，没有再追逐的意思，这才离开。

姜祈星走出欧腾酒店富丽堂皇的大门，快步追上应寒年的脚步，忽然见一对中年夫妻站在一部黑色商务车前对着两个酒店服务员指手画脚：“小心点搬，这可是我特地从普陀山上求来的千手观音，别弄坏了！”

两个服务员从车上搬下包装精美的礼物箱，已经小心翼翼，还是被夫妻两人戳了两下，百般刁难。

“寒哥。”

姜祈星上前拉开车门。

应寒年弯腰正要坐进车里，就听那夫妻两个在那里得意扬扬地道：“你说，这个时候那小拖油瓶是不是已经栽了？都怪你，非要急在这个时候修你的宝贝车，害我都来不及看好戏。”

“怕什么，这戏有的唱呢，要是林冠霆一怒之下和她断绝关系才好呢。”

“还是我们女儿聪明，用两百万就能打得那个拖油瓶满地找牙。”

夫妻两个边说边往酒店大门走去。

正要坐进车里的应寒年直起身子，面寒如霜，目光深沉。

两百万，又是两百万，林宜那女人没借到，不知道有没有做好应对准备。

应寒年沉默几秒，回头欲进酒店。

姜祈星伸手拦住他：“寒哥，你约了何氏集团的何总商谈，要迟到了。”

应寒年一挥手推开他，冷声道：“推了。”

他几步走出去，阳光炙热，姜祈星的声音从他身后传来：“寒哥，你对她的关注是不是过头了？”

嘴上说着是消遣，可一转头见到个抱枕就说像林宜，林宜不过是挂他一通电话，他立刻找上门来，现在听到她有危险，他又要推了正事去帮忙。

应寒年猛地驻足，转过身来，面色沉沉地看向他，地上的影子被拉得斜长幽暗。

姜祈星站在那里，怵于他的目光垂了垂眸，还是将想说的话说了出来：“寒哥，你说过，我们目前最重要的就是赚钱，你别忘了，我们还有大事没成。”

应寒年站在那里，一动不动，就这么睨着他。

时间像被凝住一般。

中午的太阳更烈了一些，姜祈星的脸上开始冒汗，就在他以为应寒年会上来给自己一拳时，却听对方低笑一声，道：“祈星，连你都记住的，我怎么会忘？”

姜祈星看向他，只见他眼中神色狠戾阴沉，哪有半分笑意。

应寒年上前，在他肩膀上拍了拍，扬声道：“不过你提醒得对，我不该为个女人失了分寸。走，去赴何总的约。”

话音落地，应寒年已经上了车。

见状，姜祈星不禁松了口气。他不是不希望寒哥有温香软玉在侧，只是大事未成，什么插曲都不应该发生在寒哥的身上。

姜祈星替他关上门，坐上驾驶座，踩下油门离开，很快将酒店甩在后面。

第六章
— 月 —

林宜自然不知道外面发生的事情，独自回到热闹的宴席间。

服务员们正在一桌一桌地上菜。

林冠霆正站在中央，拿着话筒向宾客们致辞感谢。

林宜被林老夫人拉着讲话，林老夫人看着她小脸上的创可贴，道："难怪去这么久，原来是去处理伤口了，怪我，都忘了让人给你处理一下。"

"奶奶，我没事，小伤而已。"

林宜不在意地笑笑，拿起筷子给林老夫人夹菜，全是林老夫人爱吃的。

肖新露坐在一侧，见林宜把老夫人哄得眉开眼笑，目光越来越冷，正要开口，就听一个怨愤十足的声音传来："她哪是去处理什么伤口，她是去勾引男人的！"

来人声音很大，靠近这一桌的人都听到了，个个放眼望去，只见林可可站在那里怒气冲冲地瞪着林宜。

林宜这讨人嫌的……

肖新露笑了笑："可可，你说什么呢？"

林可可手指着林宜大声道："林宜，你敢不敢说你刚刚在女厕所做了什么见不得人的事？"

女厕？

林宜怔了一下，居然被她看到，真是平添事端。

"可可，你在说什么呀？"林宜故作不解地看向她。

"你不要脸，你和男人在女厕所里搂搂抱抱、卿卿我我！"

林可可将一腔嫉妒怒火全发泄了出来，却没敢说出应寒年的名字，原因无他，她是真的被应寒年那凌厉一眼给吓住了。

满桌的人都看向林宜，林老夫人满眼狐疑。

肖新露见林冠霆还在讲话，没有过来，便落井下石地问道：“小宜，可可说的男人是谁啊？不会还是那个舒……啊，我不说了，冠霆知道又要不开心。”

肖新露假装不小心地闭上嘴，这话一出，好像认定了林可可说的是真的，林宜真有男人。

亲戚们听到这话，个个都嗅到了八卦的气息，你看看我、我看看你，等着看好戏。

林老夫人看肖新露一眼，又看向林宜：“小宜，怎么，你有男朋友吗？”

林宜握住林老夫人放在桌面上的手，苦涩地笑了笑，眼中有着委屈，声音软软地道：“奶奶，我哪来什么男朋友，有我不就带过来给您老人家过目了吗？”

这话让林老夫人听得舒心，她道：“那可可说的是……”

安阑从外面进来，站到林宜身后，弯腰在她耳边报告肖氏夫妻正在过来，现在在大堂里训斥搬寿礼的服务员，骂得没有停的意思，可能在二十分钟内赶到。

这一幕落在肖新露的眼里，便以为是安阑在教大小姐说话。

林宜转头看向怒目的林可可，无奈地叹一口气，又转头看向坐在席上的林冠雷夫妇，低了低头，道：“大伯、大伯母，可可在我管的分店里工作了一个月，我知道，可可自小自由惯了，不受束缚，但餐厅有餐厅的规矩，我管她是紧了些，但我也是有心培养她，希望你们不要介意。”

林宜这一番话信息量一层裹着一层，明明是在向林冠雷夫妇致歉，却又是在说林可可因为在分店里被管得紧，所以才诬蔑她。

她为人礼貌有度，从容淡定，比起只知道瞪圆了眼睛骂人的林可可可信度高出不少。

林冠雷夫妇的脸一阵青一阵白，很是难堪。

“你……你在指桑骂槐什么呢？！”

林可可激动地冲上去，手指恨不得戳到林宜的脸上。

林老夫人看不下去，一拍桌子，一贯慈祥的面容带了怒意，冲着林可可道：“成语都不会用在这儿丢什么脸？你敢在宴席上动一根手指试试。”

林宜淡然静坐，端起杯子喝了一口水润喉。

林可可见连老夫人都帮着她，顿时气不打一处来，口不择言地喊道：“奶奶！你老糊涂了，居然被她这假模假样骗到！”

林老夫人的脸色彻底难看：“冠雷，还不把你的好女儿拉回去？”

真是丢人现眼。

“是，妈。”

林冠雷顶着老夫人的脸色急忙将林可可拉回席间，林可可还要闹，见林冠雷抬手欲扇她的嘴巴，才不甘不愿地按捺下来。

席间又恢复平静。

林冠霆致完辞朝这边走来，见满桌人的脸色不太对劲，不禁疑惑地道：“怎么了？这菜不合胃口吗？”

林宜给林老夫人倒了杯水，林老夫人才勉强冲她展露一个笑容。

肖新露见时候差不多了，便笑着拉住林冠霆的手：“冠霆，也该把我们给妈的寿礼拿出来了。”

闻言，林冠霆点点头，很是豪气地朝安阑道：“安阑，把各个分店的店长都叫过来。”

“是，林先生。”

安阑朝寿宴厅的一角走去，不一会儿带着几十个身着正装的店长走过来，每个人的手里都提了至少一个大密码箱，声势极大，相当吸引眼球。

不少人见到这一幕都站起来，张望着想看是怎么回事。

店长们排了整整两排，林宜是林家的长孙女，没有站进去，由餐厅经理何耀替代她。

林冠霆拉着肖新露站起来，接过一旁的服务员小姐手中的话筒，意气飞扬地看向林老夫人：“妈，我和新露没什么好送您的，只记得林家做了几代餐饮，我能有今天都是林家世代积累，因此，我将名下所有分店最近一个月的纯利收入作为寿礼，献给您。”

所有分店的收入？

这声音通过寿宴厅各处的音响传开，所有人都震惊了，一个个站起来，响起雷霆掌声。

林老夫人也惊了，直站起来道：“这怎么能行呢？这收入是宜味食府的，还是要运转的呀。”

“妈，这是我和冠霆的一番心意，您就收下吧。”肖新露搂着林冠霆的臂弯笑着说道，转头看向那些店长，“还不过来，把密码箱都打开给老夫人过过目。”

这才是重头戏呢。

说完，她笑盈盈地低头看向仍在慢条斯理地吃菜的林宜。

——林宜啊林宜，能吃就多吃点吧，很快你的胃口就没了。

各个分店的店长挨个上前，在一旁的寿礼台上打开密码箱，一箱箱的现金直看得人眼花缭乱，席间不少人发出“哇”的声响，还有人拿出手机拍照。

林可可坐在那里，看看林冠霆一家出尽风头，再看看自己自惭形秽恨不得躲起来的父母，双手死死地绞着身上的裙子。

一箱箱的钞票打开，震撼的效果远远超过给一张银行卡。

肖新露笑容满面地看着林宜分店的餐厅经理何耀拎着三个密码箱走向前，林老夫人见状笑道：“这家店看来生意很好，有三箱呢。”

听到这话，安阑站在一旁回道：“老夫人，这是大小姐在管的店，大小姐在上面花费不少心血。”

如果说做一碗枇杷银耳糖水鸡蛋用用功就行，那把一家店做到盈利成为众店之首，那可不是光用功就行的了，还得有天赋。

林老夫人笑眯眯地看向林宜，眼中满是赞赏之色：“小宜啊，你最近真是长进不少，奶奶为你高兴，比你爸给我再多的钱都高兴。”

林宜放下筷子，站起来，谦逊地笑了笑：“奶奶，都是爸爸教我的。”

林冠霆满意至极，腰都挺得更直了些。

这酒店是他包的，这么多宾客都是冲他的面而来，这么多的盈利摆出来，足见林家的收入有多好，再加上女儿如此出息……林冠霆面上有光，心下更是得意万分。

肖新露陪着大家笑，一双眼直直地盯着何耀将密码箱摆上寿礼台。

“奶奶，我去拨密码。”

密码只有店长知道。

林宜窈窕地朝寿礼台走去，低眸拨箱上的密码，动作慢吞吞的。

肖新露的呼吸都屏住了，等待着这最精彩的一幕出现。

“哎哟喂，亲家耶，我们迟到了，你可切勿见怪啊。”

一个聒噪的声音忽然在寿宴厅里响起，自带混响似的。

所有人都转过头去。

林宜拨着密码的手停住，嘴角多出一抹笑容，这两个人来得还真是巧，巧得刚刚好。

她停下动作，站直身体望去，就见肖氏夫妻携手大步走来，身后跟着两个扛着大礼箱的服务员。

"老夫人，祝您年年有今日，岁岁有今朝啊！"

肖氏夫妻给林老夫人拜寿。

"是亲家啊，这声音老远就听到了。"林老夫人笑着看过去，极力掩饰自己的嫌弃。

她倒不是嫌弃亲家家境一般，而是厌恶他们品行不端，听说两口子都是趴在麻将桌上过日子的人，亏得生个女儿还算本分。

当初也是林冠霆非要娶肖新露不可，否则他们怎么进林家的门？

见满厅密密麻麻的人都盯着这边，肖氏夫妻对视一眼，正觉这个时机是他们出风头的时候，于是朝后边的服务员呼喝："来来来，把我们给亲家的寿礼搬上来。"

肖新露见状忙站出来，优雅一笑，柔和地道："爸、妈，你们急什么，现在正看我和冠霆的贺礼呢。"

就到林宜那拖油瓶出丑的场面了！

肖氏夫妻哪肯放过这个好机会，忙道："这有什么，一起看就是了，来来来。"

说着，两口子就去拉扯大礼箱上的红色绑带，肖新露拦都拦不住，只能看着他们好一通折腾，终于将绑了两层的丝带解开。

周围已经站了里三层、外三层的人，都望着这边。

肖氏夫妻对视一眼，喜上眉梢地一同揭开礼箱盖子。

红色礼箱四面都写着金色"寿"字，字体各不相同，行云流水、龙飞凤舞，璀璨明亮的灯光打下来，尤其将礼箱照得越发奢华明亮。

光一个箱子的设计就让众人发出惊叹声。

礼箱做过设计，盖子一开，四个"寿"面同时打开，翻落到地上，露出里边的寿礼真容。

所有人都看过去，只见红色箱底上方垒着半人高的冥纸，红通通的一大片，整整齐齐，像是一块巨大的砖石。

一瞬间，整个庞大的寿宴厅里竟无一点声音，死气沉沉，每个人脸上精彩纷呈。

肖氏夫妻看着小山似的一堆冥纸彻底吓呆了，盖子从他们手中掉落，"啪唧"一声掉在地上，面如死灰。

林宜微微笑着，慢慢走到林老夫人身边，只见林老夫人完全惊住，站在那里表情凝固。

也不知道是谁调节了空调风量还是怎么，没来由的一股大风直从顶上冲下来，最上方的一层冥纸没有封腰，于是全被风吹得飘起来，在人群中到处乱飞。

场面忽然间变得诡异至极。

“晦气死了，这到底是在献寿还是在上坟哪！啊，好多冥纸！”

有女人在尖叫，有男人慌忙后退，脚踩脚，人踩人。

现场顿时乱了套。

大风吹得人眯住眼，一张红通通的冥纸直朝林老夫人飞去，盖到她的脸上，她顿时站都站不住了，手脚哆嗦得厉害。

被惊到的肖新露反应过来，连忙要去扶林老夫人。

林宜不露痕迹地挡住她的去路，面色紧张地扶住林老夫人：“奶奶，您快坐下。”

林冠霆见状脸色铁青，大声吼道：“哪儿来的风？给我关掉！关掉！”

风终于停下。

但满场冥纸落在全是寿宴装饰的寿宴厅中，气氛不可谓不灵异。

越来越多的人往这边走，想看个究竟。

肖氏夫妻完全没想到会是这样，吓得浑身发抖，一时间不知道做什么，只求救地看向肖新露。

肖新露站在那里，看似镇定，实则呼吸全乱了。

她睨向旁边一脸旁观者面貌的林宜，气不打一处来，本来这一幕该是在林宜身上发生的，结果倒扣回了她的父母身上，场面还比她设计得更为壮观。

肖新露拼命逼自己冷静下来，上前哄林老夫人：“妈，这事……”

林老夫人手还在抖着，满是褶皱的手牢牢地握住林宜。

听到肖新露的声音，她恢复几分神志，脸色难看地看向前面的肖氏夫妻，出声道：“亲家真是送了好大的厚礼，这是嫌我寿长，要早点送我上路啊。”

“不……不……不是……”

肖氏夫妻被吓得语无伦次。

安阑站在林老夫人的身后，有些疑惑地道：“这乡下有种说法，父母高寿会碍子女运势，可就算迷信，肖家也不该为了女儿做出这种惊天动地的举止来，难道这是在作什么法？”

众人皆惊。

肖新露恶狠狠地剜了安阑一眼：“你闭嘴！什么时候轮到你一个管家

说话！”

林老夫人冷眼看过去，一拍桌子，威严出声：“你给我闭嘴！”

肖新露脸色惨白地站在那里，伸手想去抓林冠霆的臂膀，也被他一把挥开。

寿礼送冥纸，这简直是奇耻大辱。

林冠霆心中痛恨肖氏夫妻的愚蠢闹事，当着这么多人的面，他这脸已经丢得干干净净，还不知道该怎么收场。

肖老太太腿肚子早就打哆嗦了，再加上见女儿都被大声呵斥，竟吓得双膝跪倒在地，哆哆嗦嗦地喊冤枉：“这不是我带来的，我、我们明明送的是千手观音……我……我……我也不知道怎么会这样……”

林宜站在林老夫人身旁，一脸无害地看向他们：“难道是弄错了？把拿去扫墓的冥纸拿过来了？”

她的声音透着一股清甜。

肖老爷子见周围层层的人，无数双眼睛都盯着自己，呼吸不畅得厉害，脑子里早就一片空白，此刻被林宜一引导，立刻接话道：“对，是，弄错……”

“爸！”肖新露立刻打断他的话，睫毛颤动得厉害，“这么大的寿字刻在礼箱上怎么会是你弄错呢，会不会是被人换了箱内的寿礼？”

林宜分明是要她爸跳进坑里，说弄错，那礼箱上的寿字还怎么解释得清楚？

“啊？”肖老爷子呆住。

肖老太太跪在地上，听着女儿的话突生几分清醒，箱子被人换了？

“对对对，是被人换了！”肖老太太伸出手就指向林宜，“之前来的路上，这小拖油瓶上来就开车撞我，还打……打我们，肯定是那时候换了我们的寿礼……”

她猜得挺准。

林宜低下眼，眼底掠过一抹冰冷之色，当时她就是看准那边人少，刻意将他们的商务车撞到树荫下，她揍夫妻两个，安阑就趁机将那些冥纸全部塞进他们的礼箱中。

她算准以肖氏夫妻两个的智商猜不透太多，又爱表现，才会有宴席上这么壮观的一幕。

林宜还没说什么，林冠霆动了怒：“说谁是拖油瓶？”

林宜是他和亡妻的孩子，一向是他的掌上明珠，自己可以打、可以骂，哪容得别人这么糟蹋。

肖老太太吓得闭了嘴。

林老夫人也是一脸不悦，甚至都不问撞车的事。

见无人为自己说话，肖新露咬咬牙，走到自己母亲身边，当众“扑通”一声跪到地上，满面委屈忧伤：“妈、冠霆，我父母不是那种心思恶毒的人，今天这些冥纸肯定是有人故意陷害我们肖家，你们一定要查清楚……”

“你们肖家有什么值得陷害的？行，你要清楚，今天就弄弄清楚。”

林老夫人先入为主，被满天飞的冥纸弄得心生怒意，再一低眸，只见自己刚刚太用力，居然把林宜的手给抓出几道印来，她却连一声都不吭。

林老夫人看看林宜贴着创可贴的小脸，道：“小宜，他们说的撞车有没有这回事？你直说，奶奶为你做主。”

闻言，林宜蹲下身来，双手搭在林老夫人的腿上，抬头目光清澈地看向她：“奶奶，我今天来晚了其实就是为这事。”

林老夫人这个角度看她，会更生怜爱之意。

“你真撞了他们的车？”林老夫人蹙眉。

“我不知道那是他们的车，我是不小心撞上去的，结果……结果……”林宜欲言又止，眼中浮出水光。

“结果怎么？”

林冠霆站在一旁拧眉问道。

“结果他们下车就打我，还骂我是拖油瓶。”林宜蹲在那里，声音哽咽。

“什么？”林老夫人惊住，苍老的手抬起她的下巴，盯着她脸上的伤道，“你这一脸是被他们打的？为什么不早说？”

是了，看看这些小血印，分明是被人挠的。

肖氏夫妻平日里品行就不好，确实干得出这事来。

林宜低下头：“今天是奶奶的七十大寿，我不想让奶奶因为我不开心。”

纵然以前不喜，但到底是自己的亲孙女，加上她的声音柔弱得恰到好处，林老夫人听得心都碎了，伸手摸着她的发：“傻孩子，别难过，奶奶为你做主，就是有人想偏帮，奶奶也不准。”

她这话是说给林冠霆听的。

林冠霆什么都还没做呢，就被自己的老母亲怼了一番，站在那里头痛欲裂，说不上话。

“她胡说！”肖老爷子激动地斥道，指着林宜喊道，“明明是她不由分说地撞了我们的车，还打我们！我们不过是还手而已！”

“那你们的伤呢？”

林老夫人厉声问道。

肖氏夫妻顿时哑然，呆了，伸手往身上摸了摸。

难怪她打上来的时候只用包打，那包上的钉又刺又硬，打得他们生疼，但一点伤都没打出来，有也只在身上，他们总不好在众目睽睽之下脱衣服。

毒，真毒！

肖老太太指着林宜就要骂，林老夫人年纪大眼睛却明亮，一眼看到什么，侧头道："安阑，去看看她的手。"

"是，老夫人。"

安阑朝肖老太太走过去。

肖老太太下意识地要收手，安阑目光一厉，一把攥住她的手，狠狠地拉出五根手指。

站得近的人一眼就能看到肖老太太指甲里边的血垢，分明是挠人挠出来的，证据一目了然。

肖老太太脸色惨白，她怎么就忘记洗手了呢！

肖新露跪在一旁，有些绝望地闭了闭眼。

怎么发生撞车打人这种事，她父母都不打个电话告诉她？！

林老夫人看一眼林冠霆，又看向肖新露，直摇头，最后低眸看向靠在自己腿上的林宜："我可怜的孩子，亲妈没了，还被人这么欺负。难怪说变懂事了，摊上继母这么一家人能不懂事吗？以前多活泼的性子啊……"

林老夫人说着说着就哽住了，紧紧握住林宜的手。

林宜配合地伏在她的腿上做难过状。

"妈……"

林冠霆想安抚林老夫人，却被她瞪了一眼："你还不给个话？"

她这是要他当众处置肖家人。

林冠霆愣了下，虽心中也愤怒，但："妈，这事可能有误会，不如这事我们等寿宴过后关起门来再说？"

这里人太多了，现在最好就是息事宁人，否则做什么都是在丢人。

"众目睽睽之下都欺负到你亲妈、你亲女儿头上了，你一句话都不说？"林老夫人将手搭在林宜的身上，痛心疾首地道，"行，你不处置，那就等你妈被咒死了你也图个清净，妈不挡你的运势。"

林冠霆的脸都变黄连色了："妈，你这说哪儿的话，我哪是这个意思。"

林老夫人冷哼，弯腰抱住林宜，一副孤老寡女的景象，看得人为之动容。

人密密麻麻地围过来，窃窃私语无数。

肖老太太被吓住，人往后仰了仰，瘫坐在地上，目光一动，双手拍着地板就撒泼哭起来："冤枉啊，我这可是真冤啊，明明是被小辈打了，被小辈陷害了，竟成我们的不对，六月飞霜啊……"

肖老爷子也拼命抹泪。

肖新露跪在地上，面无血色，拼命地稳住自己。

她不会就这么栽了的，一定还有办法，一定还有办法……

被众人指指点点，肖老太太猛地站起来，鼻涕眼泪一起流："我们肖家虽不是名门望族，好歹也是清白人家，你们这么诬蔑我，我要一死以证清白。"

说着，她装模作样地朝厅中的柱子撞去，肖老爷子收到她投来的眼色连忙上前拦抱住她，两人哭作一团。

林宜靠在林老夫人身上看戏。

这戏……演得可真假啊，她是导演肯定得喊重来。

林老夫人也看不下去，抬眸瞪向林冠霆，林冠霆虽要称肖氏夫妻一声岳父岳母，但向来都是别人看他脸色。

这下，林冠霆是彻底没了好气，沉沉地瞪着肖氏夫妻，连一声称呼都没有："行了，还要出丑到什么时候？"

闻言，肖新露震惊地看向林冠霆，连他都不护着她了吗？

难道她真要被扫地出门？

不，她不甘心。

肖新露的眼珠子飞快地转着，视线投向寿礼台，心中一亮，她跪在地上往前爬去，抓住林老夫人的旗袍一角："妈、冠霆，这事另有内情，另有阴谋。"

"还能有什么内情？"

林老夫人一把挥开她的手，不悦地问道。

"这……这不好当着这么多人的面说。"肖新露故作为难地说。

"我看你是说不出吧。"林老夫人冷冷地看着她，"纵容自己父母乱来，我看这中间也少不了你的事。"

肖新露满脸委屈，跪坐在地上，双目含泪："妈，既然您这么说，那我可就不管林家的脸面了。"

说完，她幽怨地看向林冠霆。

林冠霆的头更痛了，还有什么他不知道的事？

"事情是这样，前两天我接到个举报电话，说小宜和安阑吞了分店盈利，还准备用冥纸代替送过来的现金。”

肖新露在那里说着，美丽的容貌柔弱可怜：“我当时只觉得这是个恶作剧，可现在想想，电话中说冥纸，现在寿宴上又出现冥纸，不是太巧合了吗？”

听她这么说，林老夫人怔了一下，抬眸看向一旁站着的林冠霆。

林冠霆听了非常震惊：“举报人是谁？”

这可不是小事。

林宜蹲在地上，双腿已经有些发麻。她看向肖新露柔弱的眉眼，不得不佩服。

她本是借着冥纸的事，让奶奶和爸爸一怒之下只记得对付肖家人，揭过分店盈利的事，没想到现场乱成这样，肖新露还能想起这一茬来。

三年内能搞得她家破人亡的女人果然不好对付。

“是我。”

分店店长中站出一个其貌不扬的年轻男人，正是林宜的新店里的餐厅经理何耀，一个从不迟到早退、做事勤恳的十佳好员工。

林宜的长睫动了动，没有多少意外。

何耀从人群中站出来，不卑不亢地看向林冠霆：“林先生，是我举报的，我本来想向您举报，没想到电话打到林太那里。”

“你给我说个清清楚楚！”

林冠霆沉着脸道，拉开一张椅子坐下来。

居然发展到这一步了，他倒要看看，还有多少丢脸的事等着他。

“是，林先生。”何耀点头，站在那里道，“那天我准备进办公室向大小姐报告库存的事，没想到偷听到大小姐和安阑说话，两人正在商议把这一个月盈利吞了。”

全场哗然，又是好一阵窃窃私语。

林可可仍坐在主桌上，听到这里心情格外激动，原来林宜表面上装模作样，实际上连自己家的钱都偷啊。

这寿宴可真有意思。太有意思了！

最好让林宜出大丑，看应寒年还会不会看上她。

何耀站在那里继续道：“大小姐看中最新一季时装周的衣服，安管家便教她把盈利扣下来，说林先生会将盈利作为寿礼，到时就以冥纸替代现金，在表面铺一层真钞票，反正寿宴上人多事忙，谁也不会细查，等收上去后，所有分店的密码箱放在一起，还有谁认得出是出自新店的冥纸？”

“荒唐！”林冠霆怒不可遏地拍桌，转头瞪向安阑，“安阑，你敢唆使大小姐做这种事？”

“爸，你怎么能光听何耀的一面之词呢？”

林宜蹙眉，不满地看向自己的父亲。

这回倒不是林冠霆偏听偏信，他自有计量，先是亲家送冥纸，而后妻子又把他女儿拉下水，当着满场宾客的面，他这脸已经丢得不剩些什么。

此刻跳出一个安阑，不过是一个管家，非他家人，他当然是把所有的矛头指向她，总不能让众人觉得他家中乱成一锅，不成体统。

安阑从一旁站出来，走到中央，沉默不语，面无惧色。

肖新露跟在林冠霆身边几年，早就摸清他的脾气，当然明白他在想什么，于是立刻把所有的脏水泼向安阑：“安管家，你在林家做了这么多年，怎么能做出这样的事来？我们一家谁薄待你了？大小姐年纪轻，心性还不稳，你居然教唆她犯错！”

“安阑，亏我这么信任你，你竟然在我林家搅风搅雨，闹出今天这么大的事来！”

林冠霆怒道：“念在你也做了这么多年事，我不跟你清算太多，从今天起，你给我离开林家，离开大小姐！”

他这是把所有的锅都让安阑一个人背了，当众处置一个管家是最不丢人的方法。

林宜震惊地看向林冠霆，她想不到爸爸好面子到这种地步，为平息事端，三言两语地就要赶走安阑。

闻言，安阑站在那里自嘲地低笑一声，不知道在想什么。

片刻后，安阑缓缓抬起头，迎向林冠霆震怒的视线，神色坦然，字字铿锵：“这个林家我早该离开了，但就算走，我也要清清白白地走。凭一个何经理的话，怎么定我的罪？再说这冥纸又不在密码箱里，而在肖氏夫妻的礼箱中，不是和何经理的话相矛盾吗？”

她说得有理有据，令人信服，旁边的人都点着头，想听这里面的细节。

肖新露跪在地上，眼见局面有扭转的趋势，立刻道：“这可能是安阑想到现金换冥纸的办法还不够妥当，就让小宜撞我父母的车，趁机把我父母的寿礼换成冥纸。我父母被栽赃，事情一闹，自然没人记得去细看分店的盈利。到时再偷偷拿走三个空箱子，谁也发现不了。”

“你说这些有什么凭据？”

林老夫人开口。

肖新露抬头，面容严肃地道："妈，这很好查，只要把小宜带来的密码箱打开看看就知道，如果里边没有钱，不就证实了安阑教唆小宜偷钱吗？仔细想想，要不是存心陷害，街上那么多车，小宜怎么就撞了我父母的车，有那么巧吗？"

她这么一说，确实像这么回事。

谁说的是真相，看一眼密码箱就能一目了然。

人群里的窃窃私语声越来越大，所有人都看向林宜。

已经是骑虎难下，林宜蹲在地上，双脚早已发麻。

她的密码箱里自然是没有钱的，本想冥纸事件后，没人注意到密码箱了，没想到乱成这样，肖新露还能冷静地反咬一口，咬得她和安阑遍体鳞伤。

那她就只能与肖新露当场对质，输赢搏这一把。

林宜闭了闭眼，唇抿得紧紧的，只听林冠霆的声音传来："小宜，把密码箱打开，谁真谁假，我要看个清楚！"

"好。"

林宜睁开眼，揉揉发麻的腿缓缓站起来，挺直脊梁一步步朝堆满礼物的寿礼台走去。

人群自动分开一条路来。

安阑站在那里，刚才还淡定的人看着林宜走向寿礼台忽然慌了，与其让林宜打开密码箱后没有一张钞票，还不如她主动把罪认了。

安阑把心一横，正要开口，手就被林宜拉住。

林宜走过她的身侧，背对着她，却仿佛猜到了她的心思，牢牢地握紧她的手，不让她顶罪。

安阑侧眸，忧心忡忡地看向她。

林宜回眸给她一个放心的眼神，松开手继续往前走去，一直走到寿礼台前，双手摸上银色的密码箱，指尖凉得厉害……

这一仗可真难打。

她回想着这天发生的种种，想着从哪一个点切入才能让众人信服自己。

新店经理何耀又突然开口道："林先生，刚刚密码箱一直由我保管，虽然沉，但感觉不像有现金，好像只是塞了些书进去。"

"你怎么知道是书，难道你知道密码看过箱子了？"安阑冷声问道。

"我……"何耀语塞，"我也只是猜测，密码是大小姐设的，我哪会知道，我只是帮忙保管而已。"

现在这些争执是半点用处都没有，肖新露仍跪在地上，心中冷笑，视线投向林宜美丽如画的背影：“小宜，你还不打开密码箱吗？”

林宜看着手中的密码箱，白皙的脸上泛起一抹苦笑。

来吧，是风是雨都要靠她自己过。

全场再一次静下来，后面的人甚至踮起脚往寿礼台望去，想看个究竟。

林宜抓起面前的密码箱，死死地攥紧手柄，转过身正准备跪下，忽听一声重重的推门声传来。

静谧中这一声响尤其震耳。

所有人都朝侧门望去，就见一个年轻男人站在门口，衣冠楚楚，身影高大凛然，面无表情，眼神冷漠，双手提着整整三个密码箱。

寿宴厅内的灯照到他的身上，茫茫一片白光，似虚似幻。

来人是姜祈星。

林宜愕然。

只见姜祈星四下望了一眼，锁定住她的位置，大步走过来，将密码箱重重地放到寿礼台上，语气毫无起伏：“大小姐，你拿错密码箱了，你手里的是上次放文件的，存放现金的还在店里。”

说着，姜祈星就打开自己带来的密码箱，将箱子翻转过来。

一沓沓现金如雨般往下掉。

整整三大箱的现金钞票在寿礼台上堆成山，全部展现于人前。

林宜心中震动得厉害，硬是没让自己表现出来。

这些现金，应寒年……

他怎么会知道，还这么及时地帮她？那样一个人怎么会帮她呢？

“小宜，这位先生是？”林老夫人疑惑地张口。

“老夫人，我是新店的员工。”姜祈星脸上没什么表情，只是陈述着，从口袋里又拿出一封叠好的信纸，递给林宜，“大小姐，这是你落在店里的。”

林宜看他一眼，沉默地将信纸接过来。

“大小姐，那我先走了。”

姜祈星说完便片刻都不停，转身就走。

这一幕发生得极快，仿佛只在一眨眼之间，等众人回过神来，姜祈星的身影已经消失在门口，只剩下一片白光。

林宜打开信纸快速地看了一眼，转头看向惊呆的肖新露：“阿姨，现金就在这里，你还有什么好说的？”

怎么可能？

林宜的钱被她偷了，近处的银行里也没有这么多的现金，林宜是哪里来的钱？

肖新露愣在那里，面无血色。

肖老太太跳了起来，激动地指着林宜道："一定是你们心虚，又派人把钱送了回来，肯定是的！"

安阑站在一旁冷笑了一声："刚刚明明是林太要查证钱在不在，说不在就是我唆使大小姐偷钱，现在钱在，又说是我们把钱补上。照肖家人这么个说法，这现金不管在不在，都认定大小姐偷钱了？再者，大小姐又怎么未卜先知你们会栽赃她，让人及时把钱补到？"

众人点头。

这刚说完，钱就到了，也不像是在亡羊补牢。

"那事实是……"

"事实是大小姐姓林，林家的一切迟早是她的，她有必要偷？倒是有些外姓人，才有可能惧怕大小姐继承家业，自己则落个一无所有。"安阑咄咄逼人得厉害。

"你胡说……"

肖老太太激动得脸都白了。

林冠霆的脸色难看至极。

林老夫人看得直摇头，站起来瞪了林冠霆一眼，道："你找的好妻子、好泰山，这宴席我是吃不下了，小宜，你陪我回去。"

"是，奶奶。"

林宜迅速把信封收起来，乖巧地迎向林老夫人，搀扶着她离开。

林冠霆焦头烂额地站起来，看着林老夫人说不出话来。

"冠霆，你相信我，这里边绝对有鬼……"肖新露从地上爬起来，哀伤委屈地看向林冠霆。

林冠霆怒火中烧，大发雷霆："都是你家干的好事！林家的脸全被你们丢尽了！你陪你父母回去，我不想见你！"

说完，林冠霆拂袖而去。

肖新露僵硬地站在原地，周围的人全是掩着唇讥笑，窃窃私语着。

热热闹闹开始的寿宴就这样落下帷幕，不欢而散。

林家老夫人的七十大寿闹成这样，简直是奇事一桩，各种添油加醋的消息像插了翅膀一样飞遍整个S城。

林宜在林老夫人那边一直待到夜晚，安抚她睡下之后才离开。

她回到林家，偌大一个林家寂静异常，偶尔有剧烈的拍门声传出来。

林宜走到沙发边坐下，神色悠然，拿起一本时尚杂志随手翻着，视线却落在肖新露的身上。

肖新露扑在书房门上，用力地拍着门，泪流满面地道："冠霆，你见见我好不好，你听我解释，这事真不是我和爸妈做的，这里边有误会……"

书房内一点动静都没有，肖新露的手心拍得一片通红。

林宜淡淡一笑，心下痛快极了。

书房的门忽然打开，肖新露就要往里冲，被出来的保镖拦住。

保镖站在那里道："林太，林先生让你先回肖家休息一段时间。"

说完，保镖又看向坐在沙发上的林宜："大小姐，林先生让你进去。"

"好。"

林宜站起来，走到肖新露面前又停住了，好整以暇地盯着她，慢条斯理地道："爸爸一向赞你聪明识大体，有事情都先找你商量商量，知道为什么这一次却先见我吗？"

肖新露站在那里，手扶着后腰的位置，站得不直，一头长发散乱，满面泪容，妆容哭得有些丑，一双眼恨意十足地瞪着林宜。

林宜继续道："不是因为爸爸完全信了我在宴席上的说辞，而是慈善晚宴、换药的事发生后，爸爸生怕再冤枉了我，也就是说，他现在的心……已经偏向我，他偏了我，我就不会再让他有机会偏向你。"

"你不要得意。"肖新露狠狠地瞪着她，声音却压得很低，怕被书房里的林冠霆听到。

林宜笑得越发美丽，抬起手拨了拨她脸上的乱发，看着她手扶着后腰的位置，道："听说阿姨摔了一跤，伤到尾椎，我还没表示表示呢。安姨，替我送面镜子给阿姨，得要迪奥的，才能配得上阿姨的尊容。"

"知道了，大小姐。"

安阑站在一旁应道，再看一眼肖新露此刻哭得跟鬼脸似的面容不禁笑出声来。

这个大小姐有些调皮了，她分明是要肖新露照照自己的丑样。

"林宜——"

肖新露听到这笑声恨不得立刻掐死林宜，嘴唇都抖了。

林宜却不再理她，轻蔑地看她一眼便转身施施然地走进书房。

书房中只开着一盏壁灯，灯光幽暗昏黄，只投下一束落在书桌前，林冠霆坐在那里，一手撑着头，精疲力竭，满面憔悴，哪还有中午时的意气风发。

“爸爸，”林宜走到书桌前，将一瓶高血压药放到桌上，“听安姨说你今天还没有吃药。”

高血压患者需要天天服药。

林冠霆瞥了书桌上的药一眼，并没有去拿，只道：“小宜，爸爸做餐饮做几十年了，见过的人不知多少，今天在寿宴上我没有深究，不代表我信了你的说法，新露的父母再蠢也不至于用冥纸做寿礼。”

这是显而易见的事。

“这种蠢事比较像我会做的，对吗？”

林宜站在那里笑了笑，脸上充满自嘲。

林冠霆抬眸，见她脸上布着几道细小伤痕，笑容有些涩，不禁皱眉：“我不是这个意思，但现在你是不是要和爸爸说真话了？”

林宜挺直了背，目光镇定如常，坦然告知：“没错，肖氏夫妻的寿礼是我换的。”

“你——”

林冠霆一拍桌子，激动地站起来，瞪向她：“林宜，你好大的胆子，今天可是你奶奶的寿辰，你居然这样吓她！”

亏得老太太还一直为她说话，却不想这一出好戏就是这孙女安排的。

“爸，我之所以这么做，是逼不得已，因为直到今天上午，我才发现我密码箱里的现金被换成了冥纸。”林宜道，“我想着补救，跑去银行取钱，可偏偏那么巧，几家银行都刚刚被取走大量现金，我根本取不到钱。”

林冠霆怔了下：“真有这事？那你怎么会怀疑到……”

“我从银行出来，就发现肖氏夫妻的车跟着我们，分明是担心我筹到钱刻意跟踪我，谁在做鬼不是一目了然吗？”

林宜的语气冷了几分：“再看今天在寿宴上，肖新露从头到尾都逼着我开密码箱，她为什么那么笃定？因为她知道我在那么短的时间内根本筹不到钱。”

“那你的钱是从何而来？今天那个送钱的男人我怎么看着有几分眼熟？”林冠霆又问道。

“是我的一个朋友。”

林宜轻描淡写地揭了过去。

林冠霆现下也没有心力去追究哪来的一个朋友，只是发自心底地抗拒这个事实：“会不会只是巧合，毕竟新露的父母还被你撞……”

“那何耀呢，何耀冤枉我又是什么目的？”林宜反问。

林冠霆满目逃避：“也许就是他偷的钱，自导自演。”

到这个时候他还想自欺欺人？

林宜苦笑一声，取出姜祈星交给自己的信纸放到书桌上：“爸，这是我让人替我查何耀的背景查到的东西，真与假你让人打听，或者逼问一下何耀就能清楚。”

林冠霆看她一眼，伸手打开信纸，上面写着两行字——

“何耀老家与肖氏夫妻同乡，何耀父亲陷进肖氏夫妻的诈骗赌局里，欠肖家五十万。”

“爸爸，这件事也是巧合吗？分明是肖新露利用赌债让何耀为她做事。”林宜字字利落干脆，“你是不是还想问我为什么查何耀的背景？除了他，其他员工的背景我都调查了，因为我害怕有人在背后陷害我。”

林冠霆怔怔地看向她，见她眼睛泛红，心脏顿时被狠狠地绞了下。

她竟这么防着继母。

“上次换药，爸爸你信了她是一时鬼迷心窍，那这一次呢？信她是鬼遮眼吗？呵。”林宜笑起来，越是笑，眼睛越红。

林冠霆有些绝望地捏紧信纸，肖新露的心竟已经到了这种地步吗？

“小宜，爸爸不是不信你，只是她终究年纪轻轻跟了我，再加上她那张脸，我总狠不下心肠……”

林宜知道他要说什么，眉头蹙紧：“爸，你究竟要到什么时候才能清醒？她再像妈妈也不是妈妈！你这样做根本是对妈妈的最大侮辱！”

她的语气都变了，一双像极亡母的眼怨恨地盯着眼前的男人。

对肖新露，她可以步步提防步步谋划，可对自己的亲生父亲呢？她能如何？不管她怎么做，似乎都唤不醒一个沉浸在虚假梦境里的人。

侮辱？

林冠霆听得震动愤怒，几乎拍桌，强行克制住自己，只挥了挥手，心力交瘁地让她出去：“你先去休息。”

“爸……”

“你已经做得很好了，连你奶奶的寿宴都没放过，还想要什么？爸爸知道怎么处理，不用你来教。”林冠霆堵住她要说的话，声音沉了几分。

听到这话，林宜心底发凉。

难道是她成心要搞砸奶奶的寿宴吗？难道是她成心不顾及他的脸面吗？

“好，爸爸，你记得吃药。”

林宜没有多说，转身走了出去。

安阑就在外面等着，一见她出来立刻问道：“怎么样？”

“不知道。”林宜是真的拿不定林冠霆此刻的心思，她转头望了左右一眼，没见到肖新露，不由得蹙眉，“她人呢？”

“好像是去给林先生煲汤了。”安阑道。

现下肖新露所有的努力都会花在林冠霆身上，要林冠霆再放过她一回。

林宜的眼中充满冷意，道：“安姨，你帮我收拾几件衣服，我要出去住几天，你也不能留在家里，也得走。”

“为什么？”

安阑不解，这个时候不应该阻止肖新露吹耳边风，让林冠霆尽快做出处置吗？

林宜抚上自己脸上的创可贴，低声道：“爸爸虽然心里有我，但他为了面子，为了自己那一点虚假幻想，家中的事处处和稀泥，要是不逼他一把，他永远做不了决断。”

然后就会像预知梦那样，等他真醒悟的时候，一切都来不及了。

只有她们不在，爸爸才能想到她，想到安姨平时的辛劳，一颗心才不会轻易被肖新露拉过去。

“安姨，你去看望我姥姥、姥爷，就说……”林宜顿了顿，“就说这个家我待得不开心，想和他们住一起，但怕他们伤心，不敢去。”

她不去，姥姥、姥爷才能来，戏才能接着唱到落幕。

安阑怔了怔，随即明白过来她的意思，这是以退为进，逼林冠霆做决断。

“我明白了，这事我会办的，我现在就去给你收拾衣服，你记得住大酒店，安全一些。”

安阑说着就要走，林宜拉住她，眼中充满歉意：“安姨，今天爸爸不查清楚就赶你走，是他不对，你不要放在心上。林家只要有我在一天，谁都赶不走你。”

爸爸的态度让林宜觉得心寒。

安姨在林家十几年了，把她一手拉扯大，爸爸居然说把安姨推出去就推出去。

闻言，安阑低了低头，再抬起头时一脸释然，拍着她的手道：“我早看开了，本就是一早该离开的人，要不是舍不得你，我也不会留到现在。放心吧，我不会多想。”

说完，安阑转身离开。

林宜站在原地，怔了怔，什么叫一早就该离开的人？

手机振起来，林宜拿出手机，是应寒年发来的微信：“还不来？”

三个字，张牙舞爪的。

林宜无奈地抿了抿唇。

夜已深，车行驶在路上，灯光掠过山间重影，时光幽静，道路长得像无边际。

林宜将车停在半山别墅门口，从后备厢中拎着三个密码箱下来，箱子沉甸甸的，拎得颇费劲。

姜祈星前来打开大铁门，一见她，脸色就沉了下去，没什么好气地道：“就会惹是生非的女人。”

“……”

林宜气喘吁吁地站在铁门旁，被喷得一脸莫名其妙：“姜先生，我好像没得罪过你吧？”

她本来还挺感激他送来现金，结果现在……几个意思？

“还不进去，寒哥在等你。”

姜祈星说完就往里走去，也没有替她提一下箱子。

寒哥嘴上说着不会为了女人失掉分寸，结果人是去赴何总的约了，却让他想办法快速筹到两百万现金，送到寿宴现场。

这才认识寒哥多久就这样，以后还怎么得了？

林宜看着他的背影很是莫名，吃力地拎着三个沉重的密码箱走进去，走了两趟。

一迈入大厅，她一眼就看到躺在沙发上玩手机游戏的应寒年，手机里边发出的厮杀声音十分刺耳。

厅中的大型吊灯泛着冷光。

听到声音，应寒年睨了她一眼，便又将注意力放到游戏上，完全没有上来帮个忙搭把手的意思。

“……”

这两个男人完全不知道“绅士”两个字怎么写。

林宜深吸一口气，将密码箱一一摆到应寒年面前的地上，然后在一旁的单人沙发上坐下来休息，活动着手腕。她拎得手都快废了。

随着手机里传来游戏胜利的音乐，应寒年才慢吞吞地坐起来，慵懒地舒展双臂，黑眸睨向她：“来了？”

她都坐下十分钟了。

林宜在心里吐槽，脸上堆起淡淡的笑容：“今天多谢你，我后来和我爸说了，他让我把钱还给你。”

要不是有这两百万和何耀的背景，她没有把握过这一关，让爸爸信她所说的话。应寒年给她送来了一场及时雨。

“你爸？”应寒年感兴趣地挑眉，不怀好意地上上下下打量她，“你爸知道我和你……”

“我只说是我向一个朋友借了钱。”

林宜知道他想说什么，开玩笑，被爸爸知道她和应寒年保持这种关系，早就一巴掌扇死她了。

“哦。”应寒年长长地应了一声，人往后倒去，靠在沙发背上，“那你准备怎么谢我？还钱就算谢了？”

他应寒年还能需要什么谢？

林宜低头调整腕上的手表，还有一点时间，速战速决也好，她不喜欢欠人。

这么想着，她站起来到他身边坐下，二话不说就开始解衬衫扣子。

姜祈星端着果汁往里走进来，林宜已经解到最后一颗扣子，风光无限。

应寒年脸色一灰，冲姜祈星直接吼了出来：“转身！出去！关门！”

姜祈星刚走进来，还没抬头看一眼，就被吼得默默转身离开。

林宜的脸上没什么表情，她把衬衫扔到一旁，转头看向应寒年，等着他动手。

应寒年臭着脸瞪她：“我说你能不能看看场合？怕别人看不到，还是成心想勾引我兄弟？”

林宜无语地看向他：“我只是赶时间，怎么成离间你们兄弟感情了？”

姜祈星向来识趣，只要她来，就自动消失不见了。

她怎么知道姜祈星突然又出现？

闻言，应寒年冷笑一声，捏住她的下巴，逼近她的脸，眼神幽深：“放心，凭你还离间不了。”

“那不就行了？”林宜淡淡地道。

“……”

应寒年被噎住，一时竟说不出话来，低头就在她粉嫩的唇上吻下去，忽又咬了一口，看她吃痛皱眉，报复得逞地扬眉：“以后少给我招蜂引蝶，做女人要端庄一点！”

“……”

林宜躺在柔软的沙发上，抬起手看一眼时间。她预订了酒店，酒店星级颇高，有自己的姿态，到点不去办理入住就有可能换给其他客人了。

她只能催促：“能不能快一点，十分钟以后我要走，还有事情。”

听到这话，应寒年的脸彻底黑了，眼中欲望凉却，他从她身上离开：“林大小姐，你第一天跟我？”

应寒年眸中聚满阴戾之色，语气怵人。

林宜被他这种眼神惊到，在沙发上坐起来，勉强挤出一丝笑容：“我一会儿真的还有事情，不如我明天再过来好了。”

反正她这两天不用回家，不用去餐厅。

“这么着急去哪儿？”应寒年的声音凉飕飕的。

“……”

林宜无奈地看着他，正要解释，手机忽然响起来，她拿过衬衫盖在身上，这才接通电话：“喂，你好。”

话音刚落，一只大掌就扣上她的肩膀，将她勾进怀里。

下一秒，她握住手机的手上贴过来一张脸，她无语地看去，应寒年竟然贴上来偷听她打电话。

有没有基本的隐私道德感，他想听什么？

“您好，林小姐。”手机里传出一个干净清冽的男声。

应寒年侧目，林宜收到一份眼神绞杀，肩膀上的手死死地握拢，握疼了她。

她郁闷地扶额，就听电话里的男声客气礼貌地问道：“是这样，想请问你能按照约定时间前来办理入住吗？这个房型比较紧俏，可能无法为您保留太长时间。”

应寒年目光一闪。

林宜忙道：“我能准时赶……”

她的话还没说完，手机便被应寒年抢了过去，他一手托着手机，凉凉地道：“不去住了，房间你爱留给谁留给谁。”

说完，也不听对方说什么，应寒年就挂了电话。

“……”

林宜看着他，心里有种骂街的冲动。

“不住家里，住酒店？”应寒年疑惑地睨她一眼。

林宜重新穿上衬衫，掩住白皙姣好的肌肤，点点头道："是，有点事，这几天都不回家住。托你的福，我现在要另找酒店了。"

说着，她拿过自己的手机站起来。

应寒年嘴角一勾，一把将她拉回，按倒在沙发上，漆黑的眼中尽是邪气："住什么酒店，住我这里。"

这样，她给他的时间就多了。

林宜试图坐起来，却被应寒年压得起不来，只好道："这不方便。"

他和她来往这一个月来，她来的次数不算多，而且每一次都没有过夜，问完她想问的，她就走了。

应寒年不悦地抿唇，嗓音暗哑："比酒店还不方便？还是林大小姐嫌弃我这里简陋，配不上你高高在上的身份？"

林宜对上他的视线，淡淡地道："我是怕你不方便。"

他这边莺莺燕燕的来来往往那么多，今天一个江娆，明天一个王娆，她住下来不是会弄得大家都很难堪？

"……"

应寒年的黑眸沉沉地盯着她，没有放开的意思。

林宜隐约察觉到他有些动怒，便道："那我这两天就打扰应先生了。"

反正她住哪里都一样，没必要和应寒年起争执，对她有害无益。

"这才是我的乖团团。"应寒年捏着她的下巴吻了一下，这才放开她，"现在我们有的是时间了。"

"好。"

林宜没有异议，往楼上走去。她对这里已经熟门熟路。

这一晚，是两人第一次共度一个夜晚，漫长得足够应寒年慢慢享受。

林宜在白天时本打了一架狠的，身体疲惫不堪，直接昏睡过去。等她醒来时，看着眼前的环境一时之间还有些反应不过来。

这里是应寒年的卧室，是她在梦里死过一次的地方。

林宜从床上坐起来，只见身边的位置空空如也，只有一个胖得像泡发了的三角饭团抱枕，再看手机，已经是半夜两点。

人去哪里了？

她下床寻找水，打着哈欠走向楼梯，一步步下楼，薄薄的镂花睡裙裙边贴着白皙纤细的小腿摇动。

下面传来一阵笑声，伴随着一阵刺鼻的尼古丁烟味。

困意点点消散，林宜蹙起眉，往楼下望去，就见底下的偏厅里灯光明亮如白日，摆着一张麻将桌。

应寒年和三个公子哥正坐在一起，他随手扔一张牌，一抬眸，就隔着道门和林宜的视线对上。

“醒了？”应寒年吐掉嘴里的烟，朝她勾手，“过来。”

剩余三个人纷纷转过头来望向她，见到她时都是一脸惊奇。

“……”

林宜只能将自己刚转回去的双脚又转回来，堆起虚假的微笑慢吞吞地走下去。

应寒年看了一眼楼梯旁边的衣架，无声地示意她，她走过去，从上面取下一件他的外套穿到身上，这才走进偏厅。

里边的三个人已经揶揄起来。

“难得啊难得，来这里打麻将这么多次，还是第一次发现寒哥金屋藏娇，这可是大新闻。”

“我说上次在Visa慈善晚宴上，寒哥怎么由着林家抢东西，原来是麻将要，林家女儿也要啊。”

“哈哈，要不还得说寒哥有手段。”

林宜认出他们，慈善晚宴上这三个人都在，桌上的麻将也正是那价值三百万的古代猛犸牙化石牙雕麻将。

应寒年扔出一张麻将，嘴上漫不经意地道：“都把嘴闭牢点。”

“懂，懂。”三人交换一下眼神，心知肚明。

宣告天下的只能是将来要娶回家的女人，其他的自然不能大张旗鼓，闹开了不好收场，这是男人们之间的默契。

林宜当然也听得懂他们这一来一往之间是什么意思，心中平静，没有一丝波澜。

她在应寒年身旁坐下来，应寒年正看着桌上的麻将，忽地伸手将她搂进怀里，在她嘴上亲了一下，含着烟草味，黑眸定定地盯着她，嗓音低沉有磁性：“怎么下来了？”

“有点口渴。”林宜淡淡地道，“你要喝水吗？”

“嗯，去吧。”

应寒年松开她，让她去倒水。

林宜起身离开，走出门口的时候听到他们开始谈事。

乌烟瘴气的环境里，牙雕麻将砸在桌上发出脆耳的声响，伴随着这些的却是动辄几千万的大生意谋划。

这反差太强烈。

林宜磨磨蹭蹭地端着水回来，他们已经开始打新一圈，事情也越谈越深入。

“寒哥，这招是不是有点损了？虽说我们两家竞争不断，也打过价格战，但给他家下这么大一个套，能把他家逼倒闭吧。”坐应寒年对面的男生很年轻，二十岁刚出头的样子，眼神是中间最温柔、最简单的一个。

听完他的话，旁边两个人都笑了，笑他的单纯。

应寒年坐在那里，随手扔出一张麻将，嘴角的弧度似笑非笑：“你要吃斋念佛、行善积德跑我这里来做什么？”

他应寒年是做什么的，来之前这些人不打听清楚吗？

闻言，男生自知不小心说错话，开罪了应寒年，顿时心中一怵，刚摸起来的麻将被他手一抖，又掉回去。

应寒年目光凉凉地看着他。

烟雾中的空气凝滞。

林宜走过去，在每个人的手边放下一杯水，打破沉默。

男生旁边的男人笑着打圆场：“何小少爷，这就是你不懂事了，商战中向来你死我活，你饶别人一命，别人想过饶你吗？你家要不是在之前的价格战中被打虚脱了，你爸又为什么让你来求请寒哥？”

林宜在应寒年身边坐下来，看着他手上乱七八糟的牌，神情淡淡的。

“是，我错了，寒哥，你别介意。”何小少爷语气有些僵硬地道歉。

“没关系，我应寒年出来替人打工，只要你付得起筹码，别说骂我损，就是骂我缺德、下三烂、癞蛤蟆也无所谓。”

应寒年笑着转头看林宜：“是吧，团团？”

林宜正在喝水，差点被呛到。她看向应寒年上挑的眉眼，虚假地笑了笑。

他还记着这点陈腔滥调，小心眼。

她在这边腹诽着，那边何小少爷已经吓得脸色青白，站起来就鞠躬道歉：“寒哥，我真没那意思，您千万别放心上，我爸还指望我能跟着您好好学习呢。”

旁边的两个人帮忙说话：“寒哥，他还小，见的世面太少，别和他计较。”

“是啊，没这个缺心眼的陪我们打麻将，我们上哪儿胡清一色啊？”

林宜喝着水，应寒年不知道在想什么，一句话都没说，只侧目直勾勾地盯着她手中的杯子。

林宜看了一眼摆在他面前的水杯，她替他也倒了一杯水的好吗？

应寒年没动，林宜转了转念，明白什么，无奈地将手中的杯子递到他的唇边。

应寒年这才喝了两口，漆黑的眼直直地盯着她，舌尖舔了舔唇，也不知道在意犹未尽个什么，她被他盯得浑身不自在。

“行了，坐。”应寒年慵懒地开口。

何小少爷坐回位子上的时候腿还在打着战，端起水杯一口气喝完，擦掉额上的汗继续投入牌局。

林宜安静地坐在应寒年身边看他打麻将。她发现应寒年的牌技臭得一塌糊涂，打得要多随心所欲就多随心所欲，但再臭也挡不住其余三家拼命松张送他成仙。

她这哪里是在看打牌，分明是在看一个最现实的生意场。

林宜暗叹应寒年身边都是围着一群人精，也不知道他是怎么游刃有余地应付下来的。比起他，她的世界可以称得上简单，管理早已成规模的分店，耍耍前男友，斗斗继母罢了。

打了两圈后，气氛恢复最初的和谐，何小少爷终于再次找到机会开口，弱弱地道：“寒哥，我有两个姐姐倾慕你已久，不知道你有没有空见见？”

这是他爸特地交代的。

旁边的人揶揄：“姐姐？是什么样的小姐姐啊？”

“又不懂事了吧，寒哥的小姐姐在这里坐着呢，也不找好时候。”

何小少爷憋红了脸。

闻言，应寒年神色闲闲地看向身边的人，只见她捧着杯子喝水，一脸认真地看着他打麻将，脸上始终挂着淡淡的笑容，眼里看不出任何多余的神色，真像个看客。

应寒年忽然间有些不爽，伸出手将她搂进怀里，不允许她做个观众，低眸深深地盯着她，笑道：“我家这个懂事得很，才不会吃干醋。”

大家都看向她。

都说林家大小姐骄纵跋扈，出现在应寒年的家里已经够惊奇，虽然大家都明白是玩玩的，但女人天生妒性强，不知道她会做什么反应？

一桌的人难掩惊色，她居然这么乖巧？

应寒年赞赏地在她的额头上亲了一下，浮着笑意的眼下掠过一抹幽幽的神色。

他怎么觉得更不爽了？

之后，林宜得以喘息，继续做个花瓶，带着假笑安静地陪衬，听他们一会儿说生意上的事。

听到生意经的时候，她竖起耳朵聆听，听到那些乱七八糟的话，她就自觉地放空一会儿。

牌局一直到早上四点才结束，她全程陪坐。

林宜回到房间便扑到床上准备补个觉，眼睛紧紧闭着，眼皮抬都抬不起来，伸手摸索着去拉被子，刚拉到，被子就被人夺了过去。

林宜以为应寒年也要补觉，往里一滚，给他让出位置，手腕却被攥住。

"起来，陪我去跑步！"

应寒年一把将她从床上拉坐起来，语气强势，不容置喙。

林宜软绵绵地坐着，强撑着睁开一点眼皮："我不要跑步，我补个觉。"

在分店一个月，她每天睡觉的时间不过四五个小时，好不容易现在能暂时歇一歇，她恨不得睡个天昏地暗。

"早上跑步有助健康。"应寒年扯着她的手臂站在床边，没有妥协的意思。

见鬼了，又抽烟又嗜酒的人跟她说健康。

这么想着，林宜嘴上还是给足他面子："你健康就好了，我现在只想睡觉。"

说完，她就顺势往下倒去，应寒年又一把将她扯回来，看着她的小脑袋撞到自己的腰上，一头的长发乱糟糟的，眼睛睁都睁不开，和那次吃薯片一样有种莫名其妙的可爱感。

"啪啪"。

应寒年往她脸上拍了两下，力道不轻。

林宜直接被拍醒了，睁开眼睛错愕地看向他，只见应寒年皮笑肉不笑地凝视着她，手指在她的下巴上用力地捏了捏："团团，我可是看你今天在牌桌上这么懂事给我挣足面子，才特地带你去跑步。"

林宜听出他话中满满的恶意，再看他阴森森的笑容，很是郁闷。

她已经尽力去讨好他了，还能惹到他？早知道她该坚持去住酒店的。

"起来！"

应寒年抓住她的腋下，像抱个孩子一样将她抱起往外走去。

第七章

—— 夜 ——

这段时间，林宜见惯早上四点的城市，却没见过凌晨的山。

还未亮开的天空高远静谧，层峦叠嶂，悬崖陡坡连绵起伏，白茫茫的雾笼罩着层叠岩石、青色树木，远远望去似云海般苍茫高阔，有些岁月静好的意思。

空气凉飕飕的。

林宜站在门口拉上衣服拉链，看向前面的男人。

应寒年穿着一身深色系的运动服正在做拉伸运动，手长脚长的，背健而不硕，身材处处练得很匀衬，不像一个嗜烟嗜酒的人会有的。

这背影看起来没那么讨厌。

“走了！”

应寒年回头看她一眼，声音的每个调都带着嚣张的口吻。

这样看来，他的眉毛、眼睛、鼻子、嘴巴没一处不令人讨厌。

“好。”

林宜敷衍一笑，把小小的耳机塞进耳朵里，听着里边的声音向前慢跑起来。

明明可以跑下山的路，应寒年却非沿着盘山公路往山上跑，步子轻盈，毫不费力，一出去就将她落下长长的一段路。

林宜乐得自由自在，贴着山壁慢悠悠地小跑，眺望着远处的景色。

这些日子以来，这还是她第一次这么悠闲，想想，牺牲点睡眠时间也没什么。

林宜转转脖子，继续往前慢跑，一转弯，就见到应寒年高大的身影停在那里等她。

一见到她，应寒年连眉毛上都写满嫌弃："怎么这么慢？不想跟我一起跑？"

"没有，我就是跑得比较慢。"

林宜淡淡地道，手摸上耳机线，默默地加大音量，然后越过他往前跑。

很快，她的耳机线被人扯掉。

她转头，应寒年一边保持和她同步的频率，一边把耳机塞进自己的耳朵里，听了几秒，眼神诡异地看向她："你要不要这么努力，跑步不听歌，听餐饮管理？"

跑步听有声图书，她还真是特立独行。

"不行吗？"林宜反问，她爱听什么听什么，和他有什么关系？

在她的计划中，她迟早要进公司管理层，要是能力跟不上，只会被人拉下去。

她的根基太浅，除了拼命努力，没有第二条路径。

应寒年扯出她的耳机线往外面一扔，在林宜错愕的目光中直接扔到山下，不屑一顾地道："读死书没用，写书的人要有真本事，早躲起来闷声发财，还用写这裹脚布一样长的东西？这种书就是用来忽悠你这样无知的人的！"

他说话真是处处粗俗。但林宜不得不承认，他说的话还是有一定道理。

林宜跟上他的步伐，边跑边道："现在分店的生意蒸蒸日上，所有你说过的事我都小心防范，没有出过乱子，照现在的情况，我应该很快能进公司。"

应寒年盯着她说个不停的小嘴，好像只有和他说这些的时候，她那双眼睛里才有点亮光。

"进公司和在分店做店长不一样，我不是没想过向爸爸学，可他做事一向太守本分，宜味食府至今也没有打响太大的名堂。"

林宜认真地看向他："你说，要是我想在公司做出漂亮的成绩，那我主要该做些什么？是以人为本，还是迅速打开更大的市场？"

应寒年没有说话，脸色更沉了几分，快步往前跑去。

林宜有些莫名地看着他的背影，咬咬牙快步追了上去。

应寒年刻意跑得更快，沿着弯来绕去的公路一直往前跑。

林宜越追越吃力，到最后渐渐追不动了，只能停下来，双手扶着膝盖大口地呼吸，脸上、脖子上已经起一层薄汗。

有阴影逼过来。

林宜抬起头，就撞进应寒年意味不明的深眸中，他脸色阴沉地道："你是不是除了这些就没什么能和我说的？"

林宜不明所以地看着他，汗从眼角滑过。

她克服心理阴影，出卖灵魂不就是为了能从他这里学到更多的东西吗？不聊这些，那她聊什么？

应寒年见她眼中一片茫然，眉头拧紧。

就算他们之间只是建立在利益互换上，那也可以偶尔你侬我侬一下，可她是完全不懂，或许是懂了也不愿意配合他，故意装傻。

"我懒得理你。"应寒年冷哼一声，转身就跑，再一次将她落下。

莫名其妙。她问一堆，他一句也不回答。

林宜远距离地用眼神狠狠地瞪了应寒年一番，然后不紧不慢地跟上去，一路小跑。

天边的光一层层逐渐亮起，晕染着昏黄的颜色，冰凉而干净。

林宜气喘吁吁地跑到山顶，只见周围怪石嶙峋、树木繁杂，地上的路很是崎岖难走。

见状，林宜便想掉头离开，余光瞥到一个身影。

她怔了怔，接着寻过去，手搭着大树凉凉的躯干走出去，只见应寒年一个人坐在山崖边的岩石上，离悬崖不过咫尺，山顶的风很大，吹得他的袖子舞动。

他就这么坐着，让林宜无端地有种推他下去的冲动。

当然，她不会那么做。

她不明白，应寒年为什么热衷于那么多不要命的活动，高空自拍、极限攀岩、狂风冲浪……之前在外面约见过两次，次次她都看到他在玩极度惊险刺激的项目。

这下，连跑个步他都能跑悬崖边坐着。

林宜没有上前，就这么站在他的身后离得远一些。

她有一点点畏高，站远了看不到底下就没事，要像他那样，她的心能跳出来。

他家那个底下就是悬崖的阳台，她靠近看一眼都怕被悬崖拉下去。

远方，太阳缓缓升起，柔和的光芒洒遍整个天空，将雾气都蒙上一层殷红，起起伏伏，日出的过程仿佛一片落彩霞光由远及近地包裹过来……

真美。

林宜被眼前的画面惊艳到，在梦里，她只知道和其他的千金小姐比谁的包更稀有，比谁更漂亮；如今清醒过来后，她只知道要出人头地，要守住家人。

梦里梦外，她竟是第一次看到这样的景致。

就是有点可惜，她竟是和应寒年这样一个男人一起观赏。

林宜暗暗想着，忽听应寒年问道："是不是很美？"

"嗯。"她诚实地点头。

"给我跳个舞吧。"应寒年头也不回地道，始终拿背对着她。

闻言，林宜下意识地拒绝："不了。"

"为什么？"

应寒年英俊的脸庞上没什么表情，一双眼漆黑幽深地盯着她。

林宜转了转眼珠子，微微一笑，道："这边都没一块平整的地方，我怕一个不慎会掉下去。"

这话自然是假的，练舞的人通常平衡能力都不错，绳上都可以跳舞，又怎么会在乎一点石子。

应寒年定定地看着她，像是看穿一般，嗤笑了一声："团团，我早告诉过你，别在我面前撒谎。"

林宜哑然。

"和我说实话，我就考虑一下要不要告诉你怎么打响一家招牌。"应寒年利诱着她。

那她就不客气了。

林宜在他身旁站定，淡淡地道："应先生，我不是针对你，而是你并非真心欣赏舞蹈，又为什么非让我跳呢？"

他已经不是第一次要求她跳舞了。

"你怎么知道我不是真心欣赏呢？"应寒年反问，一条腿几乎迈到悬崖边。

林宜低头看向他，直截了当地拆穿他："你敢说你每次看我跳舞的时候，就没有其他想法？"

他眼中的那种掠夺感和侵略性每次都看得她头皮发麻。

应寒年没想到她是这样一个答案，愣了几秒，随后笑起来，笑得止都止不住似的，似嘲非嘲："对，没错，像我这种下三烂……"他没再说下去。

林宜怔在那里，不知道是不是她的错觉，她竟看到他的眼中似乎有水光闪过。

身后传来草叶被踏过的声音。

林宜回过头，就见姜祈星站在一棵树旁，目光复杂地看着应寒年，不知道在想什么。

“寒哥，何总那边收了你的计划书，我把头酬拿回来了。”姜祈星向应寒年报告。

“是吗？走，点钱！”

应寒年腾地跳起来，正过脸来时眼中哪还有什么水光，只有着游戏人间的放荡不羁，他抬起脚率先离开。

林宜跟着要往前走，就被姜祈星冷冷地瞪了一眼。

“林小姐，跟在寒哥身边最好学会什么话该讲，什么话不该讲，否则，寒哥放过你，我也不会让你好过。”说完，姜祈星掉头就走。

“……”

林宜站在原地，冷笑一声，她这是被威胁了吗？

她说什么了？她说的哪一句话有错？

应寒年懂什么是舞？

林宜抬起腿往下走去，姜祈星是开车上来的，商务车的后备厢开着，里边放着满满的两排密码箱。

不用说，那都是一箱箱的钞票。

应寒年不羁地站在车前，修长的手指在密码箱上慢吞吞地滑过，尾指上的旧款银戒在慢慢升起的太阳下掠过一抹光泽。

“又添一笔，寒哥，相信我们很快能达成目标。”姜祈星站在那里道。

应寒年没有说话，伸手用力地盖上后备厢，一双漆黑的眼中有凌厉的杀意掠过。

林宜远远地望着这一幕，在半山别墅住下来后，她才发现应寒年似乎比她所知道的更神秘莫测。

不过，这些通通与她无关。

林家。

林冠霆一夜未睡，昏昏沉沉地走下楼，差点滚下楼梯，他连忙按住一旁的雕花扶手，才稳住自己。

“人呢，给我倒杯水。”

林冠霆不耐烦地开口。

有女佣听到，急忙倒了一杯水过来，林冠霆接过来喝了一口，眉头拧得打结，满脸怒色：“怎么这么酸？”

这水又酸又无香气，难喝死了。

女佣慌乱地站在那里，低着头嗫嚅道：“林先生，平时您早上的水都是安管家亲自准备，我只知道您早晨要喝一杯柠檬水，却不知道要加几滴柠檬汁，也不知道里边有没有添别的，要不我再去准备一杯？”

安阑？

林冠霆低眸看着手中的杯子，只见里边的柠檬汁还未完全散开，淡淡的颜色漂在水里，令人毫无喝的欲望。

“安阑在哪儿？”林冠霆脱口问道，问完才想到昨天安阑找过自己，在门口说林宜心情不好，她陪着林宜出去两天散散心。

散心。他也想散心，可林家这一摊子事谁来料理？

林冠霆走进厨房，没了安阑的帮衬，里边乱成一团，厨师和女佣盯着菜单研究了半天，还琢磨不出到底要煮什么好。

见状，林冠霆哪里还有心情吃饭，掉头就走，又见有用人端着盆绿萝往里走来。

林冠霆看上许久，还记得前些日子，林宜端了盆绿萝放到他的书房里，说是绿萝长得好的话藤能攀出去很长，绕满窗，既能净化空气又能给书房加点绿色生机，让他在办公的时候能有个好心情。

这段时日来，他多开心，公司稳定，家中和谐，女儿乖巧，结果一场寿宴后什么都没了。

林宜说是出去散心，但恐怕是被他的态度伤了心了。

林冠霆叹一口气。他也是，明知道女儿的脾气受不得委屈，也不哄哄她，让她跑出了家门。

肖氏夫妻的哭声忽然传来，一声比一声大，还在哭寿宴上被冤枉了。

林冠霆没有强制性地赶他们走，他们就都在家里留了下来，此刻哭声在林家的别墅里传遍，听得他心下一阵烦。

“砰”。

林冠霆抬起腿踹倒一个古董花瓶，花瓶碎出清脆刺耳的响声，他厉声吼道：“自己做了什么自己心里清楚，把我女儿都逼走了还装什么？真当我什么都不知道？”

楼上的哭声瞬间没了，安安静静，跟没有哭过一样。

肖新露快速从楼上跑下来，一双眼哭得跟核桃似的，单薄的睡衣穿在身上有着几分柔弱感。

“冠霆……”

肖新露看向他，眼泪又要掉下来，她急忙抹去，强撑起笑容道：“我知道你生气，可真的不是你想的那样。算了，你现在也听不进去，我知道你一夜没睡，我昨晚煲了汤，现在就给你盛一碗。”

她做林冠霆的枕边人这么久，深知他的脾性，在他盛怒时解释什么都没用，得先将人安抚下来。

“我还吃得下？”林冠霆恶狠狠地瞪了她一眼，“你马上带你父母离开林家让我清净清净，别再让我看到你们！”

“冠霆，小宜到底和你说了什么？这寿宴上的事我真的不知情啊。”

肖新露站到他面前，闻言眼泪落下来，抬起手去擦，却疼得根根手指头发颤。

林冠霆看过去，就见到肖新露手上有几个水疱，又红又肿，显然是煲汤烫出来的，眼色沉了沉，没有再开骂，转头就走：“寿宴上的事情我会查个清清楚楚！谁也别想瞒骗我！”

说完，林冠霆从大门走了出去。

肖新露见他走了，眼泪说收收就，低眸看向自己手上的水疱，轻轻一碰，疼得她直皱眉。

这是她刻意烫出来的。

现在林冠霆没有强行赶她走，她就能留下来。

反正林宜走了，没有人吹耳旁风，她还有机会挽回林冠霆的心。

冥币换现金的事她做得很隐秘，他真查也查不出什么来，就算查出什么，大不了让她父母顶了这个锅，她还是堂堂正正的林家太太。

回去后，林宜补了一上午的觉，手机上是来自各处的电话，吵个不停，她索性将手机关机。

等醒来的时候，林宜又在应寒年的床上适应了好一会儿。

她趴在三角饭团抱枕上，拿出手机开机，一堆的未接电话短信提示，全是爸爸打过来的，还有两条微信语音。

林宜点开来，指尖滑过屏幕，干净泛白。

“小宜，我已经查过了，何耀确实是肖新露的人。”

“我知道你这次受委屈了，女孩子一个人在外面不安全，你回来，我会给你一个满意的交代，别让爸爸担心。”

林宜听完，苦笑一声。

满意交代？他给不出的，他就是这样的人，不到最后一刻，总认为能保全面子，能让一家人和谐相处。

林宜从床上起来，叠好被子，竖好枕头，整理好自己才往楼下走去，从厨房冰箱里拿了牛奶加热，端着喝起来。

她路过一间房，里边传出应寒年和姜祈星的声音。

她停下来，往里望了一眼，只见雪白的墙上投影着股票的曲线图，时红时绿。

应寒年穿着黑色系的衬衫长裤，人站在幻灯片前，斜斜地对着她，她看不清脸，只看到他身上落着各种光亮线条，将他整个人映出一种深沉的感觉。

办事的时候，他倒是站得笔直，手放在身前转动着银色尾戒，侧脸凝重到冷漠。

半晌，他停下转尾戒的手，沉声道：“把我们一半的钱买这只股票，这次替何家打了这一仗，股票会在短期内疯涨，我们趁机捞一笔。”

“一半都投进去？”姜祈星站在一旁，似乎觉得不妥，“和何家打对台的人暗中有牧氏家族的支持，牧氏家族背景太雄厚，会不会有变数？”

应寒年邪邪一笑道：“那不正好，就当我提前送牧氏家族一份大礼。”

他笑着，声音却阴沉得可怕。

姜祈星见他主意已定，便点头：“好，我会和之前一样，全部拆成小份去购入，不会引起任何人的注目。”

又是牧氏家族。

知道牧氏这个庞大家族未来三年大动向的她，对应寒年现在就下手的行为一点都不觉奇怪。

只是，她并不知道应寒年为什么会独独针对牧氏家族，听他的语气，似乎对牧氏有着什么恨意。

买股票吗？她还有点私房钱，正好可以借机也赚上一笔。

林宜默默记下应寒年要买的股票，没有多停留，转身离开。

她进了应寒年的书房。

书房是挺像书房，装修高端大气，走的是欧式贵族风格，地毯厚实消音，墙上的画也都是真品，音响中淌出来的音乐音质极佳，仿佛是有小型乐团在耳边演奏，连一圈的书架上都雕刻着繁复花纹，一看就做工不凡，造价相当高。

就是……这书架上放的都是什么鬼？

林宜难以理解地拿起书架上的一本书，是本漫画，还是少女漫画，整整一排的少女漫画。

“……”

她还以为应寒年打商战只赢不输，必须学识广博，他的书房应该是一个巨大的宝库。

林宜摇摇头，转身便走，忽略掉另一面书架上摆放整齐的一排书籍与CD，书角被翻得泛黄，上面的字迹龙飞凤舞——《舞魂》《舞者》《艺术家眼中的舞》。

林宜刚走两步，门就被打开。

应寒年从外面走进来，刚洗过头，湿漉漉的头上搭着一条毛巾，脸上还蒙着一点水汽，黑眸幽深，一眼看过来，性感得有种蛊惑人心的邪气。

“在这里干什么？”应寒年胡乱地擦着头发问道。

“本来想来找点书看看，发现……算了。”林宜懒得和他说。

应寒年望向她身后的书架上的舞蹈类书籍，明白她没有看到，勾了勾唇，伸手就将她推到书架上，湿漉漉的俊脸直逼她眼前，揶揄地道：“怎么，你是不是突然很想我，想我对你干点什么？”

他故意让声音变得喑哑，薄唇离着她的脸几毫米上上下下地移动，呼吸暧昧地拂过她的眼睛。

他以为谁都跟他一样是吗？

林宜忍住翻白眼的冲动，脸色平静地道：“我只是很奇怪，战无不胜的应寒年的书房里怎么连一本管理类的书都找不到，虽然你说读死书没用，但也不至于一本书都没有吧？”

她甚至以为能找到他的一些商务手记之类的书籍，结果……简直大开眼界。

闻言，应寒年跟听到一个笑话似的笑起来：“你该不会以为我是看了那些书才有今天吧？”

“……”

都是学后而得，他都不用学吗？

林宜不解地看着他。

“那你是不是还觉得我应该是什么麻省、剑桥毕业的？”应寒年再一次反问，看她的眼神就像在看一个天真的稚童，“大小姐，我出身低贱，小时候都忙着跟野狗抢吃的了，哪里有钱去上学。”

林宜怔怔地看着他，又一次想到那些传言：“那你……”

他是怎么一步步走到今天，有今天这一切的？

应寒年低眸看着她，知道她在想什么，双手按住她，一双眼中慢慢泛起阴森的光泽，嗓音低沉幽冷，一字一顿吐着寒气：“不要对我这么好奇，因为知道我的故事的人都会被杀害，还会死得很惨。”

被杀害？他到底有什么故事？

林宜目光一怔，错愕地凝视着他漆黑的双眼。

难道他的故事和势力庞大的牧氏家族有什么关系？

应寒年幽幽地盯着她，忽然嘴角一咧，低低地笑起来：“不是吧，小团团，这你也信？”

“……”

他骗人的？

林宜无语，想拿本书砸他的脑上：“你这人，不知道你说的哪句话是真哪句话是假。”

他一身的旁门左道，邪门透了，令人完全猜不透。

林宜推开他想走，又被他拉回去。他取下头上的毛巾一把盖到她的头上：“我的小团团，你的疑问太多了，我们还是做点别的比较有意义的事吧。”

林宜立刻抬起手，掌心挡住他靠过来的嘴，说道：“应寒年，这样对身体不好。”

“是吗？”应寒年在她的手心里亲了一下，目光幽深轻佻，“早上才跑了步，对身体好，做一次对身体不好的话，正好抵消。”

“……”

这也可以抵消？

林宜听得匪夷所思，应寒年已经一把将她打横抱起，林宜还想拒绝，就听到他道：“我等下有事出去，今晚可能不回来。”

他要出去？不回来？

很好。

林宜瞬间安静下来，双手勾上他的脖子，一双眼清明地看向他：“那你记得走之前回答我在晨跑时的问题。”

她算得清楚，他在她身上得到什么，她就必须拿回些什么。

应寒年声音低沉地道：“团团，做女人可不能像你这么没情趣。”

滚。

林宜在心里骂，人被他抱着离开，很快，应寒年的唇压了下来，他的吻永远伴随着淡淡的烟草味。

下午的半山别墅十分宁静，山中静得听不出一丁点声音。

别墅说大不大，傍山而建，西式风格，只住着应寒年和姜祈星两个人，连固定的用人都没有，只请了钟点工按时过来打扫。

这下两个人出去后，林宜一个人待在别墅中就更静了，连只鸟飞过窗边她都能清楚地听到脆耳的叫声。

她坐在窗前的摇椅上看书，温和的阳光透过窗玻璃落在她身上，她散着一头长发，不若平时上班时那么绷着自己，状态休闲肆意。

她本想向应寒年借些他替人做过的商战案例看看，结果这男人丢了一本《孙子兵法》给她，还说自己当初就是看这本书自学成才。

他当她是三岁无知孩子吗？拿这么可笑的话诓她。

他还不是怕把他那些案例拿出来，让她发现他做事机关算尽、赶尽杀绝，其实她不看也知道，他能百战不败，没点不为人知的手段怎么行呢。

其实，她的立场摆得很明确，她无意管他是什么样的人，只想从他身上学到一些自身空白的东西。

但，他防着她。

想想也是，他们两个人虽然有了某种亲密关系，可事实上也没那么亲密，他是要防着些的。

待在别墅里太无聊，林宜只能又捧起《孙子兵法》慢慢看，一页一页翻过去，静静地度过在这山里的漫漫时光……直至深夜。

被《孙子兵法》磨了大半天脑子的林宜坐到厅里，搜罗了一堆零食坐到沙发上，打开电视机看着综艺，继续熬时间。

白天睡久了，导致她晚上就没法睡。

综艺中众人嬉笑怒骂，主持人的笑声震荡在整个厅里。

林宜一边往嘴里塞薯片，一边拿出手机打开分店的后台查看，这天的生意额下跌了一些，她不在，不知道店里那些人有没有认真工作。

手机忽然在她手里振个不停。

是应寒年。

林宜的手按在关机键上停了很久，最终她还是接通电话，将手机放到耳边，咬着薯片含混不清地道："喂？"

手机里传来人声鼎沸、嘈杂不堪的声响，似还伴随着汽车引擎声，吵得林宜一句都听不清。

他这是在哪儿呢？

林宜被吵得耳膜疼，便道："你那边太吵了，我听不清楚，发信息吧。"

说完，她就挂电话，模模糊糊听到应寒年的一句吼：“我让祈星去接你！”接她？大半夜的他要她去哪儿？

挂掉电话，林宜继续吃零食，不一会儿，就听到大门被用力拍打的声音，声响剧烈如疯狗扑门。

门被她反锁了。

林宜起身前去开门，姜祈星面无表情地站在门口：“寒哥叫我接你。”

“去哪儿？”林宜不解地问。

“到了你就知道了。”姜祈星一把夺过她手中的薯片袋扔到地上，“现在就走。”

林宜无语地低头，看着撒了一地的薯片。

应寒年、姜祈星，一个邪、一个冷，都是不知礼貌为何物的人，她再一次后悔自己为什么要留下来住。

林宜被接上车，还没系上安全带，姜祈星一个油门就往死里踩，她整个人猛地往后倒。

她稳住身形，抬起脸往前面望去，外面已经是一片漆黑，只剩下车的灯光照着公路。

远远地，林宜望见远处的夜空被各种颜色的霓虹灯照着，一束一束，望着像是演唱会现场似的。

那不是下山的路吗？

林宜有些疑惑，只听广播里报时零点，已经算是新的一天。

“寒哥心情不好。”姜祈星看着车内屏幕上的时间冷冷地开口，转头睨她一眼，“所以，他要你做什么，你就做什么，别再扯一堆没用的！”

应寒年叫她去死她也去死吗？呵。

“不是有事出去的吗，难道事办得出什么问题了？”她问道，应寒年怎么突然心情不好？

“不该你问的就别……”

姜祈星说到一半顿住，目光复杂地看她一眼，道：“过了零点，是寒哥的妈妈的忌日。”

忌日。

林宜怔住，沉默几秒才“哦”了一声。

“我告诉你，就是让你避忌着一些，别说什么不痛快的话让寒哥不高兴。”姜祈星转着方向盘冷冷地开口。

那不让她去见他不就行了吗？

林宜往后靠了靠，伸手将头发别到耳后，漂亮的眼睛望着外面，被映得五颜六色的天空离他们越来越近，随之而来的是嘈杂的人声和音乐，和车子原地发动的声响，不绝于耳……

林宜往前望去，不知道什么时候盘山公路上多了那么多人。

着装火辣的年轻女孩们穿梭其中，露着长腿纤腰，迎风跳着热舞，把头发甩出各种弧度。

男人们则三五成群地聚在一起，疯狂地摇晃手中的啤酒瓶，再一开盖，酒液带着泡沫直冲半空，“哇哦”地喊着，气氛火爆。

公路上停着各式各样的高级跑车，价值连城。

林宜从车上下来，一脸莫名地看着这一切，很快就看到应寒年。

应寒年穿着一身纯白衣服站在一部跑车的车顶上，在五颜六色的光中尤其扎眼，他手上拎着半瓶酒，一张脸被光照得邪佞莫测，漆黑的眼瞳中透着冰凉的笑意。

一群人围着他的车大声喧闹着什么。

这确定是心情不好？他不是挺兴奋的吗？

好吵。人吵，车吵，音乐更吵。

林宜实在不喜欢这种环境，转身就想走，却不料应寒年已经看到她。

“团团！”应寒年长腿一跨，从跑车上跳下来，三步并作两步走到她面前，拎着酒瓶的手一把将她勾进怀里，大声高喊，“看到没？我的女人来了！”

林宜被喷了一脸的酒气。

他这又是要折腾什么？

林宜皱眉看着周围的人全部围过来，一个个喊着什么起哄着，闹腾得厉害，她被吵得心脏都跳快了。

应寒年一手随意地搭在她的肩上，忽然低下头就吻住她的唇，酒意在她的嘴里不断翻滚。

林宜下意识地要往后退，应寒年的手却将她搂得更紧，吻得更加放肆。

好浓的酒味，他喝了多少？

头顶的天空五光十色、光怪陆离，像阵阵极光，令人目眩中神魂颠倒。

林宜挣脱不开，只能蹙着眉让他为所欲为，好半晌，应寒年才意犹未尽地放开她，搂着她吼道：“行了，我的女人到了，游戏开始！”

“Wow!Wow!（哇哦）”

周围的人大声地尖叫着，也不知道在兴奋什么。

应寒年有些醉醺醺的，歪歪斜斜地靠在她身上，一动，她的肩膀上被泼了一些啤酒。

林宜有些不舒服地拿出纸巾擦了擦，还没擦完，一个穿着绿色反光短裙的女生朝她走来，牵着她的手就要走。

“干什么？”林宜冷冷地缩回手。

女生回头，没什么好脸色地看着她，林宜怔住：“可可？”

林可可穿着火辣的装束，头发梳得奇形怪状，脸上还抹着油彩，林宜一开始没认出来。

“你能在这里，我为什么不能在这里？”

林可可站在人群中，脸被各种灯光映得五颜六色，冷哼了一声：“奶奶还让我多学学你，学你什么？”

她今晚正和朋友在夜店玩，突然有一拨人说要找些小妞一起去山上看赛车比赛，她本来不感兴趣，可听到应寒年的名字就来了。

对她来说，不知道为什么，只要听到“应寒年”三个字，她整个人都不像自己了，仿佛是一个牵线木偶，情不自禁地被牵着走，为之魂萦梦绕。

刚刚看到应寒年抱着林宜亲吻，她恨不得撕烂两个人。

林宜冷冷地看着她，上前抓住她的手：“我送你回去。”

在路上，她还得好好和林可可说说，有些不该说的话不能说。

“我不回去！这里不是餐厅，我十九岁了，不用听你的！”林可可反过来抓住她的手，道，“反倒是你，车都停好了，就等你这个终点线就位。”

“什么终点线？”林宜一个字都听不懂。

“你连游戏规则都不懂，跑来做什么？”林可可翻了一个白眼，指向远处。

林宜顺着她指的方向望过去，公路上此刻停了两部拉风的跑车，一红一白，颜色醒目，有一个穿着性感火辣的年轻女孩站在白色跑车前面，红色跑车前面还空着。

“今天寒哥和凌少比赛，从这开至山顶回来，赢的人有两百万元的奖金。”林可可没好气地给她解释。

“那关我什么事？”

她可没有看比赛的心思。

林可可双手抱臂，一脸看戏的表情：“大家都知道寒哥和凌少的车技不相上下，难分胜负，凌少想的好办法，把自己的女朋友推到终点线上，只要回来的时候谁离自己的女朋友近，哪怕只赢一厘米，都是赢。”

这是极限赛车，玩命的，要是掌握不好分寸，林宜被撞死，那她不是就有机会了？

林宜这才明白这场赛事的荒唐程度，不禁冷笑："所以，是要我站在终点线上，等着跑车来撞我？"

这还真是要她去送死啊。

"对啊。"旁边有女生听到她们的对话，上上下下地瞥林宜一眼，"也不知道你有哪里好，寒哥非要等到你来才开始。"

呵呵。她不好，她谢谢应寒年全家！

林宜转身就走，一步都不停留，刚迈出两步，手臂就被应寒年拉回去，他把一个刚喝完的酒瓶扔给旁人，薄唇上泛着光泽，双眼微醺地盯着她："走什么，乖乖给我站过去！"

他命令的态度十足。

林宜挣脱他的手，淡淡一笑道："我今天不太舒服，你玩吧，我先走。"

她来不及转身，臂膀便再一次被握住。

应寒年一把将她扯到自己身前，双眸瞬间变得阴鸷："我可是等到你才开局，不给面子？"

林宜挣了几下，没有挣脱开，只能迎向他的视线，淡漠地开口："用我的命给你挣面子？"

是他应寒年的面子太尊贵，还是她林宜的命太轻贱？

"我保证不伤你分毫。"

应寒年做出保证。

"第一，赛车没有零意外的说法；第二，你已经醉了。"林宜条理分明地道，"应寒年，这个游戏恕我真的没有办法陪你玩。"

应寒年低下头逼近她眼前，酒气喷在她的脸上，咬牙狠狠地道："林宜，你在我眼里就是个疯子，和我没多少区别。"

她自残的时候样子狠得要多美有多美。

"当然有，我是疯，你是不要命。"

她可以做一切疯事，但不会罔顾性命。

两人四目相视，一个凌厉强迫，一个坚定反抗，对视间充斥着属于男女独有的剑拔弩张气氛。

"喂，寒哥，还不过来？再不开始可以回家洗洗睡了！该不是你怕了吧？哈哈！"远处一个男人挑衅的声音传来，应该就是所谓的凌少。

应寒年的眼幽冷了几分。

周围的人群开始起哄，甩着灯光大吼："寒哥！寒哥！寒哥！"

其他人都望着应寒年，应寒年盯着林宜，颜色乱七八糟的灯光照得他的脸诡异非常。

"林宜，我不是非你不可，但你今天下了我应寒年的脸，可别说我以后不给你好日子过。"应寒年勾起薄唇，一双眼阴沉沉地看着她，威胁的声音在嘈杂的人声中依然清晰有力。

林宜静静地看着他，没有动，也没有说话。

应寒年以为她已经妥协，有些得意地挑眉，握住她的臂膀的手慢慢滑落，直至握紧她的手，抬起腿便要走。

那一只小手却像条小鱼似的从他的掌心中悄然游走。

应寒年转头，黑眸阴沉地瞪向她，火烧的怒意流转其中。

林宜站在原地，微微一笑，平静地看向他："应先生，想要好日子也得要有命过才行，不是吗？"

她这是拒绝到底。

大家发现他们的异状，起哄声越来越小，那个凌少更是看好戏地喊道："寒哥，你的妞不信你啊，啧啧，看来你魅力不行啊！"

林宜沉默。

应寒年瞪着她，一字一字从喉咙里逼出声音："你有种，可不要后悔！"

说完，应寒年也不理她，转身冲着众人吼道："谁陪老子玩，老子送她一百万！"

话音落地，人群再一次沸腾起来。

林可可闻言一震，眼珠子快速地转了两下，兴奋地冲到应寒年面前，满脸绯红地举高手："我我我，寒哥，我陪你玩，我相信你。"

别人叫他寒哥，她也叫他寒哥。

"好！"

应寒年一手搂过林可可的腰便往前走去。

他是焦点，他一动，人群也纷纷跟着往前，如潮涌一般随风而去。

林宜周围一下子清净下来，她不由得松一口气。

这个林可可，真是为追男人不要命了，万一出了事，大伯家那边她怎么交代？

在预知梦里，她和爸爸被囚禁后，大伯来过，被肖新露挡了回去，他察觉不对劲后多次想尽办法想进林家，想知道他们父女发生了什么事，好救他们。

虽然没成功，但大伯的心一直都是善良的。

林宜虽不喜欢林可可这个堂妹，但也不希望大伯绝后。

想了想，她跟着人群往前走去。

林宜站在人群中，本想低调一些，却被人往前推了两步站到第一排，把中心圈的一切看得清清楚楚。

应寒年已经坐到红色跑车上，林可可很激动地站在终点线上冲他不断抛出飞吻，脸上都是红晕，一副少女心初开的模样，看不到半丝害怕。

应寒年的脸太具蒙骗性，小女孩都撑不住。

林宜暗暗想着，视线落在跑车的轮胎上，不知道车胎有没有问题，要是中途爆了，赛事是不是就可以停止。不过跑车速度快，要是突然在公路上爆胎……应寒年不死也会重残吧。

“不要妄想动什么手脚。”一个冷飕飕的声音在她耳边响起。

林宜转头，就见扑克脸姜祈星站在她身边，她平静地反问：“你从哪里看出我想动手脚了？”

“哪里都看出了。”姜祈星冷冷地道，“你脸上写着巴不得寒哥去死。”

这什么破眼神，她就是看一眼车胎而已。

相比而言，应寒年才巴不得她去死呢，醉成那样还要赛车，还要她站在终点上。

林宜笑笑，从容淡定地道：“姜先生真是爱开玩笑。”

“我没开玩笑。”姜祈星瞪向她，“寒哥讲你心眼多，我得防着你。”

林宜侧目，一脸认真地看着他，眼睛黑白分明，眼神清澈无垢，没有一点坏心思。

老实讲，她长得很漂亮，是一种纯净的漂亮。

姜祈星被盯得有些不自在，冷着脸偏过头：“水性杨花，再给我抛媚眼我替寒哥掐死你。”

林宜“扑哧”一声笑了，声音也透着几分清甜：“姜先生，我说你是不是喜欢应寒年，怎么我小住这两日你一点好脸色都不给，看你一眼你都要掐死我呢？”

她看一眼也叫抛媚眼？

“咯咯——”

姜祈星怎么都料不到林宜会冒出这一番话来，人被口水呛到猛烈地干咳起来，脸都憋红了。

“放心，我和应寒年的关系再简单不过，你不用多想。”林宜浅笑着说道，“而且，我这人是人敬我一尺，我敬人一丈，谁对付我，我百倍相还，谁防都没有用。”

说到最后，林宜的脸色倏地冷了下来，目光冰冷地盯着他。

姜祈星还在干咳，乍见她变脸速度之快都愣住了，半晌没反应过来。

公路中央，衣着劲爆热辣的女孩踩着重音乐走向两部跑车中央，举起手中的小旗子，两部跑车同时启动，车胎在原地飞快旋转。

林宜看向应寒年，只见他侧脸冷峻，一双眼阴沉地看着前面，也不知道在想什么。

公路很快被车胎磨得冒出一阵阵烟气。

“Go（走）！”

女孩猛地一挥旗子，发令枪响，在众人的尖叫声中，两部跑车如离弦之箭般冲了出去，绝尘无影。

不知道什么时候他们才能回来。

林宜拿起在应寒年家中搜到的一副耳机，把耳机塞进耳朵里，隔绝现场的嘈杂声音。

应寒年说听管理类的书没用，那她就听菜谱。

林宜将声音调得很大，听着里边的烧菜程序，思绪并不怎么静……

她不只担心林可可的安全，还担心应寒年酒醒之后，还记着她下他脸面的事，她要怎么自保。

周围的人喝酒的喝酒，跳舞的跳舞，唯独她这边安安静静，戴着耳机，神色静默，像在另一个空间似的。

姜祈星防范地盯着她，不知道她存着什么坏心眼。

忽然有人高喊：“回来了！他们回来了！”

五颜六色的灯光顿时晃得更加厉害。

两人这就回来了？这速度是有多快？

林宜皱眉，跟着人群抬眸往远处望去，就见两道灯光在过弯处隐约亮起，很快就完全进入众人的视线，车胎在公路上飞驰，声音盖过现场的音乐。

她伸手掩住唇，一双眼远远地眺望着。

两部车都没有减速。

终点线上的林可可和凌少的女友刚才还一脸兴奋，此刻发觉车速丝毫未减时，都吓得脸色苍白，害怕地望着前方。

凌少坐在车里，一脚稳住油门，临近终点，他不断看向旁边的车，应寒年竟是一点减速的意思都没有，嚣张得不可一世。

他怕什么？大不了一起出事！

凌少自负地咬牙，脚往下压了压，不减速反加速，人群已经发出惊恐的叫声。

他再转头，应寒年一点都没被他吓到，还是那样的速度。

该死的！这个应寒年出了名地不要命，他真是见识了个彻底。

眼看应寒年又在加速，凌少只觉得血冲进脑袋里，鬼使神差地跟着再加速，这么多人，他丢不起这个脸！

应寒年单手搭在方向盘上，速度飞快，戴着尾戒的手抵着薄唇，笑容邪佞，嘴角弧度极深，眼睛漆黑，一张英俊的脸上却不知道什么时候全是泪痕。

他在赛车，却更像在驶向一段不归路，鬼魅作恶般疯狂、不顾一切。

两部跑车疯狂驶来。

兴奋的人群已经四散开来，只有两个女生还停在终点线上瑟瑟发抖。

游戏过程中怕她们临阵脱逃，于是在她们的鞋底涂了胶水，此刻两人被牢牢地粘在地上，吓得都不知道脱鞋而逃。

林宜站在那里蹙起了眉。

“寒哥！”姜祈星站在她身旁，脸都变白了，取下嘴里的香烟，一双眼惊惧地望着跑车越来越近，却帮不上任何忙。

这个距离两人再不刹车绝对会死人。

这两个男人怕是酒精冲脑，这时都失去理智了，非要比出个输赢来，连人命都不在乎。

不过几个闪念的瞬间，林宜叹了一口气，问姜祈星：“发令枪呢？”

“什么？”

姜祈星一脸茫然。

见状，林宜不再多说，拿起别人放在一旁的手持烟花，一手迅速从姜祈星的口袋里摸出他刚放回去的打火机。

在他错愕的目光下，她点燃手中的烟花，调整方向，小小的烟花瞬间喷射出去，在终点线两个女生面前炸开来，绽放出刺眼的金色光芒。

“砰砰砰”。

凌少已经蒙了，突然看到似地狱魔境的幽暗光线中有金色火花炸开，刺痛他的眼睛，再看过去，却是他女朋友吓得青白的脸。

他被狠狠吓了一跳，连忙死死地踩下刹车，车胎在路面上剧烈摩擦，声音听着似要起火一般。

他再抬头时，就见女朋友吓得瘫坐在地上。

凌少坐在驾驶座上，一头的汗，惊魂未定。

同样，应寒年自然也看到了金色火花。他侧了侧脸，轮廓在幽光中晦暗不明，修长的手镇定地拍打着方向盘，斜眼望向人群中正将手持烟花扔掉的林宜，不羁一笑，继续往前开。

“啊——”

林可可吓得大声尖叫起来，双手掩面，不敢去看。

很多女孩害怕地转过身去，男人们也都吓呆了，个个惊慌地望着眼前的场景。

应寒年抹去一脸的泪，这才不慌不忙地急刹车，车胎同凌少的一样，在地面上擦得近乎起火，烟冒得几乎要吞没轮胎……

两部车，终于都停了。

凌少的车离终点线五十厘米，而应寒年的车……离林可可的裙边不足两厘米，仿佛经过精确计算似的，以巨大的优势胜出。

惊险的游戏终于落下帷幕。

凌少从车上下来，腿肚子都在打战，这是他玩过的最狠的一次比赛。

应寒年还真是名副其实地狠。

现场一群人也终于从震惊中回过神来，纷纷挥着灯光棒兴奋大喊：“寒哥！寒哥！寒哥！”

响声震天、震耳欲聋。

早就准备好的各种烟花齐齐放上天，疯狂炸开，燃亮整片天空。

应寒年笑得一脸痞气地从车上下来，在众人的欢呼声中走向林可可，走向他的搭档。

林可可早已被吓得脑袋一片空白，人往地上摇摇坠去。

应寒年伸手托住她的腰，她错愕地看向他，很快就迷失在他英俊的容貌中，振奋地大叫起来：“寒哥，我们赢了！我们赢了！”

“乖女孩，没丢我的脸。”

应寒年满意地盯着她，醉意占满他的眼，让他的眸显得更为深邃不见底。他邪气一笑，低下头就吻住她的唇，一如林宜刚来时被他抱住那样，在众目睽睽下吻得火辣撩人。

林可可呆住，随即紧紧抱住他的腰。

烟火、灯光映着两个紧拥在一起的男女，他们的身影笼罩在层层的光中，尤为动人心魄。

众人围着他们尖叫起来。

林宜目光淡淡地看了一眼，心想着，应寒年的侧脸轮廓确实好看，身形高大，胜利过后搂着林可可激吻的样子也颇有偶像剧的味道。

算算，她和他做交易也不亏，至少他不是个容貌有碍观瞻的老男人。

林宜嘲弄一笑，转身离开，逆着人群，往前面的黑暗处走去。

距离拉开了，那些喧哗声越来越远，她拿下耳机，享受着片刻的宁静。

“林小姐。”

一个冷冰冰的声音在她身后响起。

林宜回头，就见姜祈星跟在她身后，神色有些怪异，讲话硬邦邦的：“今天是我小人之心了，谢谢你出手，否则今天很可能出事。”

所有人吓得半死，连他都忘了可以开发令枪警醒赛车手时，只有她还能冷静地放出手持烟火，给赛车手一个提醒，迫使他们在最后清醒过来。

闻言，林宜浅浅一笑，一边往前走一边道：“今天这事过去，应寒年少不了要找我的麻烦，你要真谢我，就帮我说说好话，毕竟你们关系不一般，他听你的。”

他和应寒年是一起从生死街出来的兄弟，自然关系不一般，但林宜说过那样的话，再听这话，他怎么听怎么觉得怪怪的。

姜祈星的眉头跟拧了结似的，他狐疑地盯着她，想知道她是不是又在恶意揣测着什么，却见她一脸坦诚无辜，反显得他心思重。

他抓抓后颈，径自往前走出许多步，又回头道：“对了，以后寒哥让你跳舞就跳舞，别那么多废话。”

林宜一脸莫名地看着他。

姜祈星停在那里，不知道在想什么，好久才沉声道：“你根本不知道，寒哥比世界上任何一个人都要尊重舞蹈、尊重舞者。”

他这是给她讲了个非洲笑话吗？她怎么一个字都听不懂？

应寒年？尊重舞蹈？

林宜看看他，姜祈星跟在应寒年身边多年，可能在他眼里，应寒年一切都是好的，所有荒唐行为都是对的。

一阵风从山间吹来，有些冷冽。

林宜转头望向那边热闹的人群，似乎应寒年和林可可还在接吻，便道：“看来我不适合再住在这里了，你送我回去收拾下行李，我马上走。”

“寒哥没有吩咐，我不能让你走。”姜祈星的声音很硬。

林宜轻笑一声，往那边望了一眼：“姜先生，人都得识点趣，你觉得应寒年现在还需要我留在这里？”

姜祈星沉默了。

“对了，那女孩是我堂妹，不是很懂事，要是能劝，你帮忙……”林宜说着自己都笑了，“算了，随她去。”

怎么说也十九岁了，林可可真要义无反顾地跳进应寒年这个天坑，她还能拦着绑着不成？

自己的人生得自己负责。

姜祈星站在那里没动，也没有去开车的意思，林宜见他如此便没再说话，徒步往半山别墅的方向走去。

“林宜，你给我站住！”

一个不满到充满戾气的声音在她身后响起。

林宜默默地看了一眼远方漆黑的夜空，这个夜晚注定没法平静。

她无奈地转过身，一张黑卡迎面飞来，她连眼睛都没来得及闭，黑卡就狠狠地砸在她的鼻梁上方，再慢慢滑下，掉落在地上。

她闭了闭眼，摸向自己疼痛的眉心，放眼望去。

应寒年搂着林可可朝她走来，身后是漫天的烟火繁华地绽放，响声震耳，他的步伐有些踉跄，一双眼却凌厉不悦地瞪向林宜。

林可可把应寒年的手臂搭在自己的肩膀上，撑得有些吃力，但见林宜看过去，立刻挑衅地看向她，有着耀武扬威的意思。

胆小鬼，活该应寒年不要她！

近了，应寒年忽然一把推开林可可，三分醉三分醒地走到林宜面前，瞪着她这张百年不变的平静脸孔，咬着牙道：“看到没有，两百万！我赢了！我没撞死人！”

他这是和她炫耀来了？

林宜的脸上堆砌起虚假的笑容，她平平淡淡地道：“嗯，看到了，恭喜你。”

“就这样？”应寒年冷笑一声，伸手一把攥住她的衣领，阴鸷地瞪着她，“你现在害不害怕，让那么多人知道我带来的女人不服我管，你说我该怎么对付你，嗯？”

他的语气恶劣到可怕。

林宜抿住嘴唇，还以为他至少要酒醒之后才来追究这事，结果现在就要清算了。

林可可站在一旁，看着应寒年的双手恨不得把林宜勒窒息似的，心中窃喜。

林宜被勒得有些喘不过气，伸手去推他，他的胸膛坚如磐石，推都推不动，她只能迎向他的眼，反问道："那你想怎么对付我？"

如果他敢再去帮她的仇人，她会疯狂报复他。

林宜心中暗暗想着，一双似清泉般的眼里透出狠意，冷冷地盯着眼前的男人，没有半分畏惧之色。

应寒年瞪着她，眼中戾气更加浓郁，半晌，他冷笑一声："我要绑了你！"

姜祈星站在一旁，闻言愣住，下一秒只见应寒年更加勒紧林宜的衣领，又吼："我要绑了你！"

林宜被勒得脸色发红，绑她？

难道开启了预知梦这个外挂，她还要被应寒年囚禁不成？看来，应寒年做不成她的军师，她还是得走到向他下手的这一步。

林宜的目光更冷了，她在心里盘算着接下来该如何对付他。

姜祈星见林宜快被掐死，正欲上前强行拉开应寒年，应寒年勒着她忽然又推翻自己说的话，道："绑你太费力气，我哪有那么多时间，给我跳个舞，我就放过你，怎么样？"

这一神转折转得人根本反应不过来。

姜祈星的手都伸出去了又硬生生地撤回来，他差点没将自己绊倒。

林宜也怔住，不明白应寒年这算怎么回事，见她不说话，应寒年的狠劲更甚："说话！林宜！"

林宜被勒得呼吸不顺，无法说话，只能动了动眼睛。

应寒年才发觉似的，松开了她。

林宜重得空气大口大口地呼吸，人被他蛮横地拉过去，他死死地抱住她，醉意让他的头很重，他直接把下巴搁到她的肩上，低吼出来："林宜！答案！"

醉得不轻，他比完赛还能活着真是不容易。

林宜被他整个身躯的重量压住，差点倒下去，清了清嗓子，淡淡地道："知道了，我给你跳。"

不就跳舞嘛，她跳就是了，怎么也比做赛车的终点线安全。

闻言，应寒年满意地道："那我们回去，我现在就要看！"

林宜无奈极了。

林可可没有想到事情的发展会突然急转直下，立刻冲上前，一把抱住应寒年的手臂："寒哥，我陪你回去吧。"

“滚。”

应寒年不满地甩开她的手，冷眼睨向她，仿佛已经不认识她似的。

林可可惊呆地站在那里，难以置信地看着他漆黑的眼，眼睛瞬间红了一圈：“你怎么可以对我这么凶？你刚刚还当着那么多人的面说要甩了堂姐，要让我做你的女朋友。”

“是吗？”闻言，应寒年看向她，眉眼上扬，神色透着轻佻。

“是，那边那么多人都可以做证。”林可可委屈地道，眼泪掉落下来，“寒哥，我真的很喜欢你，你刚刚也吻我……”

“嘘——”

应寒年一手搂着林宜，一手抵在唇前，做了个噤声的手势，姿势撩人得厉害。

林可可难过地看着他，等着他回心转意，喃喃地道：“你刚刚真的让我做你的女朋友。”

林宜沉默地站在那里，已经看不下去，想一走了之，却被应寒年搂得紧紧的。

只见他腾出一只手抚向林可可的小脸，指腹在她倏然变亮的泪眼上刮了一下，低笑一声：“那我们现在分手了。”

“……”

林宜无语凝噎地看着应寒年。

他还真是渣得毫不掩饰……

不过这样也好，他少祸害一个女孩子。

林可可呆呆地站着，泪水悬在眼眶中，半天没有掉下来，如遭雷劈。

“走了。”应寒年半点不留恋地转过身，搂着林宜离开。

林宜撑着他的重量，回眸看向姜祈星，道：“帮我送我妹妹回去。”

说完，她抬起手往嘴巴上画了一下，示意他得让林可可闭嘴，别回林家说些不该说的话。

姜祈星朝她点头，将一把车钥匙扔给她：“你开我的车回去，我这还有车，你好好照顾寒哥。”

林宜伸手去接，应寒年已经扬起手，看都不看一眼便准确无误地接住钥匙，浑身醉意地搂着她离开。

姜祈星朝林可可走去，就见她站在那里，像个木偶似的，就这么望着林宜和应寒年离开的方向，脸色惨白……

不就是跳舞嘛，她也会跳啊。他怎么可以一次又一次地来伤害她？

林宜有什么好的？到底有什么好？！

山里的月格外皎洁明亮，照得竹影摇晃，隐隐约约地勾勒出钢筋水泥城市中难得一见的景致。

林宜把应寒年折腾回家后，他像是忘了跳舞这回事，一回到别墅就在翻酒喝。

林宜自然是不管他的，跑进浴室把自己里里外外冲了一遍，确定没有酒味后才出来，拿着毛巾一边擦头发一边坐在床上看手机。

手机里忽然跳出一条陌生号码的信息。

“寒哥现在怎么样？”

林宜怔了一秒才反应过来这应该是姜祈星的号码。

应寒年现在怎么样？

他无非抱着酒瓶窝在哪个角落里狂饮而已，这是醉鬼的日常，姜祈星还真够担心的，这两个男人不会真有什么吧？

她被自己的想法逗笑，掀开被子准备上床。

想了想，林宜还是光着脚踩进拖鞋里往外走去。她还是去看一眼吧，万一酒精中毒没人发现，等姜祈星回来应寒年就成凉尸一具了。

林宜边走边往掌心里挤乳液，在脸上轻轻拍着，均匀地涂开来，人进了酒室。

只见满地酒瓶，各种烈酒、红酒淌在地板上，她没开灯，幽幽月光一照，跟凶案现场似的。

她却不见应寒年。

人呢？喝多吐去了？

平时应寒年虽然嗜酒，但似乎很会控制，并没有喝成这样过，姜祈星说这天是他最不痛快的一天，因为是他妈妈的忌日。

不知道他喝那么多酒又跑哪里去了。

林宜心想着，忽然脸色一变，擦乳液的动作都停住了。

她想起应寒年和她说过的话。

“知不知道为什么我把房子盖在山里？”

“我建的时候告诉自己，我不能输，要是输了，我就从这里跳下去！”

不会吧。这男人不会真喝多了跑去跳悬崖吧？

林宜顾不上想太多，快步上楼，直冲向阳台的方向，待见到通往阳台的落地门开着，风从外面灌进来，吹得落地窗纱起舞，心里“咯噔”了一下。

不好，真闹出人命了。

林宜大步跑过去，在阳台上停下来，抬眸望去，暗松一口气。

应寒年坐在阳台的地上，一手举得高高的，仰头看着月光下指尖拈着的那一抹柔软光华，一手握着酒瓶将酒倒进嘴里，一半进喉，一半泼在衣服上。

林宜站在那里望了许久，才发现他手上捏着那枚尾戒，是款式极旧的银戒。

他没跳悬崖就好，林宜转身想走，忽然就听低低的笑声在她身后响起："呵呵。"

她回眸，只见应寒年看着银戒笑得越来越大声，笑声极尽悲凉，须臾后，他坐在地上又像个孩子一样抱着酒瓶大哭起来，哭得痛不欲生，跟得了绝症似的。

林宜从来不知道一个人可以如此大喜大悲，听得她都有些不好受了。

他身上……到底有着什么样的隐秘之事？

林宜静静地看着他，忽然想到一些事。

在那些梦里，她虽然被囚禁，但偶尔还能看到一些新闻，那时应寒年已经成了牧氏家族最大的决策人，高高在上，风光无限。

可当时有新闻爆出来，指应寒年出身贫贱，母亲是某小国的一个舞女。

但后来，新闻台几大领导直播道歉，声称是为了博关注才刻意抹黑应寒年，想做大新闻。

谣言被澄清后，这新闻再没起任何波澜，因此，她也没有当真过。

不知怎么的，林宜就是想起这个谣言来了。姜祈星同她说，没人比应寒年更尊重舞者，难道，有时候谣言……并不是谣言？

林宜静静地望着握住尾戒哭得蜷成一团的男人，默默转身。

她打开自己带出来的行李箱，把里边的衣服翻来翻去，终于翻到一件红裙勉强可以当舞蹈服。

林宜换上红裙，整理了一下头发，拿着手机、平板电脑等几样电子设备走到阳台上。

应寒年这会儿倒是不哭了，但仍蜷在那里一动不动，跟死尸似的，根本没有注意到她来了。

林宜叹一口气，将电子设备摆在阳台上的几个位置，调出一定的光，没想到她有一天跳舞还需要自己给自己投光。

做完这一切，她走到墙边，将阳台上的大灯关了。

阳台上突然间陷入昏暗，有沙哑的小提琴声伴随钢琴音缓缓在静谧的深夜里响起。

坐在地上的男人终于动了下，银戒在他的掌心里硌出红痕，他缓缓抬起头来……

一方阳台上寥寥几束光打向中央，女孩一身的红裙随风扬起，光穿过红色裙纱，手臂纤细光洁，在月光下镀着一层融融的光。

飘舞的红裙下，一双裸足白如月华，足尖轻盈触地。

她跳着最温柔的舞，美丽、妩媚。

她轻轻一扬手，红纱拂过面颊，朦胧遮颜，发黑如墨，只余一双眸似山间清泉，明亮纯净地看向他，如同夜间绽放的一株月光花，悄然盛开，幽香轻放。

她比月光花热烈，比月光花生命力顽强。

应寒年死死地握住手中的银戒，人靠向身后的护栏，长腿随意地叉开，定定地看着眼前的人起舞，目光呆滞。

看着看着，他便看到了幻觉。

小时候，他总是在人群里看着台上那一抹美丽的身影舞蹈，只有在跳舞的时候，她的笑容才那么真挚，那么心无旁骛……

她朝他招手，举手投足间充满了惊心动魄的美。

她问他："寒，你觉得妈妈脏吗？"

"不脏，你跳舞的样子是全世界最美的。"

他这么说的时候，她笑得好开心，单纯得像个比他还小的孩子，穿着红裙赤足在冰凉的地上跳上几个小时的舞都不觉吃力。

后来呢？

后来便是年幼的他被她打得奄奄一息，精神失常的她突然清醒，抱着他痛哭。

"寒，对不起，妈妈太难受了，太难受了。"

她哭得撕心裂肺，拼命去摁他脸上的伤口，仿佛这样就能将他的伤治好，殊不知这让他越来越疼。

"妈妈，为什么你这么难受？"

"这世上的女人各有各的苦，没什么的，如果再有下一次，你就跑，或者你还手，别再任妈妈打了。"

他靠在她温暖的怀里，气息微弱，一只小手抓住她戴着银戒的手指："不要，这世上的女人已经很苦了，她们打我，我不还手。"

他在她怀里痛晕过去的时候，她仍哭得像个小孩。

不管她笑，她哭，都是他在为她操心。

最后呢？

最后便是满地的血泊，鲜血迷住了他的眼睛，他一眨眼，血就从睫毛上掉落下来……

视线中是红色的血雾。

那么美的一个人被恶棍们往破落的门里拖，他们在狰狞地笑。

她双手死死地抠进土里，望着他，苦苦哀求着他。

“寒，走，走啊……

“妈妈求你，求你一定要活下去！求求你！”

他想救她的，可就那么一段路，他怎么爬都爬不过去。

他救不了她。

他只能眼睁睁地看着她死去，泪水，无声地淌下面庞。

应寒年看着眼中美得似虚似幻的画面，失了神志。

许久，音乐才停下来，林宜也跟着停下来。她赤着脚踩在冰冷的地上朝他走过去，一阵风吹过，扬起她的裙摆。

红纱拂上应寒年的脸，冰冰凉凉的，像一只手轻抚着他的脸。

应寒年坐在地上，脸上尽是泪痕，一双眼盯着地面，声音发哑：“为什么？”

林宜站在他身旁，收回自己的裙摆，闻言低眸看向他的手，大概是自残的，他的手心里一片血污。

为什么？

她为什么给他跳舞吗？当是他给她送来两百万现金的谢礼吧。

她轻轻地笑了一声，声音低低的：“我在安慰你啊。”

应寒年的睫毛狠狠地颤了下，胸口的一颗心脏似乎也被她身上的红裙拂过。

林宜转过身去，双手搭在护栏上，抬眸望向山边的月，在漆黑的夜空中格外皎洁明亮，她淡淡地开口：“谁都有过无法释怀的过去，可并不是每个人都能回到过去重来一次，所以，与其沉浸在其中无法自拔，不如振作一些，用未来为你的过去做些什么。”

应寒年坐在那里，看着她的裙摆不时扬起，嘲讽地低笑了一声：“你又知道什么？”

“随便说说而已，我什么都不知道。”林宜在他身边蹲下来，伸手去扶他，“但我知道你现在不能再喝了，走吧。”

她的手穿过他的臂弯，他转头，怔怔地看向她皮肤皎洁的脸，她一双清眸多看人一眼都比酒更易醉人。

应寒年没有拒绝，任由她搀扶着自己站起来，身体沉重。

他喝多了，走路都走不成直线，林宜吃力地扶着他走进卧室，一路上被他身上的酒气醺得眼睛都眯住了。他这是喝了多少？

他就这么睡床上不是要把整张床都醺醉了？

想了想，林宜扶着他走向浴室，跌跌撞撞地将他扶坐到浴缸边上，一只手吃力地按住欲向后倒的男人，一只手去放水。

应寒年坐在那里，人晃来晃去，一双眼迷离地看向正在探水温的林宜，低哑出声：“干吗？”

“给你放水泡澡。”林宜随口答道。

不然呢，她给他放水在浴缸里游泳吗？

闻言，应寒年低笑一声，歪过头靠到她的脸颊边，吹了一口气：“大小姐伺候我啊？不怕脏了自己的手吗？”

他醉成这样还认得她，不错。

“你自己泡，我怕你淹死在里边。”

林宜说道，直起身来替他解扣子，努力忽视他直勾勾地看过来的目光。

应寒年定定地盯着她，盯了很久，忽然开口：“我在生死街出生，喝天雨，吃馊食，拾人旧衣，知不知道那里的人都叫我什么？他们叫我骗子寒，因为我所有的一切都是骗来的，骗完这个孩子骗那个孩子，骗完小孩骗大人……每天我一出门，遇到的都是等着把我打死埋进粪坑的人。”

他的声音低低的，还带着笑意。

林宜站在他面前，替他解扣子的手僵住，有些错愕地看向他。

这是她第一次听到他提起自己详细的过去，她隐约猜到他的出身不会太好，没想到却差成这样。

半晌她才道：“那你父母呢？”

他父母不管他吗？这个年代还有人过这样的日子吗？

应寒年没有回答她，只是抬起手在她的下巴上刮了两下：“你看你啊，这小脸这么嫩，锦衣玉食养出来的人，跟着我多吃亏。你闻闻，你手上现在都是馊味，不怕吗？”

林宜听着这番话，心里莫名有些难受。

只是这和她怕不怕有什么关系呢？他的身世凄苦也好，他渣天渣地也好，她不过想着能和他和平共处一天是一天，这样她才能在他身上学得更多东西。

她替他脱下身上的衣服，柔声道："过去只是过去，现在的你已经过得很好，将来的你更会在万人之上，所以，不要想这些了。"

应寒年歪头看她："你怎么知道我会在万人之上？"

他自己都不敢想。

"我猜的。"

林宜淡淡地道，随即自嘲地摇摇头，真是的，她和他说这些做什么？

她大概是被他独自在阳台上大悲大喜的样子给惊到了。

林宜替他脱下身上的累赘，扶着他在浴缸里坐下来，拿毛巾湿了水给他擦脸，将他脸上的泪痕全部擦去，轮廓极深的脸瞬间变得更为帅气。

应寒年动也不动地任由她擦着，一双眼直直地盯着她。

她对他真好。

"你好好泡一泡，人会舒服点，我去给你泡杯蜂蜜水，让你解解酒。"

说完，林宜看了一眼浴缸中的水，确定不到他滑下来淹死自己的程度，才往外走去。

"喂。"暗哑的一声响起。

林宜回头，就见应寒年坐在浴缸里，一手埋进乱发间，热气蒙上英俊的脸庞，一双眼幽黑地看着她，神色微滞，唇抿得紧紧的，酒气四散。

见她回头，应寒年慢吞吞地开口："要是真有一天，我能在万人之上，我让你……"

"什么？"他怎么不接着说了？

"我让你在一万零一人之上。"

他说得如此豪气震天。

林宜愣了一下，随即失笑，这还真像是醉鬼说的话："你醉了，我去泡蜂蜜水。"

应寒年看着她没有说话，任由她离开。

林宜下楼，走进厨房里取出蜂蜜，舀出两勺质地醇厚、色泽晶莹的蜂蜜，倒入温水中化开，又拿出一个柠檬切成薄薄一片，挤出两滴汁在水中。

她用筷子一搅，一杯简单的蜂蜜水调制而成，有柠檬的清香味飘散出来。

她回到浴室，应寒年已经在浴缸里睡着了，幸好她放的水不多。

林宜走向前，伸出手拍拍他的脸，应寒年睁开惺忪的眼，眼中涌起一抹不悦，待见到她后，那抹不悦逐渐消失。

“喝点蜂蜜水，来。”

林宜扶了他一把，把杯子端到他的唇前。

应寒年看她一眼，才无声地去喝水，把一杯水全部喝了下去。

这个应寒年，怎么突然间变乖了？

事实证明，她的想法是错误的，还是十分错误的那种，呵呵。

这一夜，应寒年的事就没少过，林宜好不容易将他扶到床上，他忽然开始找厕所，差点又找回悬崖边上去。

林宜给他包扎伤口，他还要挑剔，让他自己来，他又醉得包不好。

林宜等他终于睡了，刚想眯一会儿，结果他又哭起来，一阵一阵的，跟小孩做梦夜哭抽泣似的，吵得她没办法睡。

林宜没办法，坐起来替他拍背，拍着拍着，总算把人拍睡着了。

她坐在床头，困意袭上来，脑袋只是往下点了一下而已，还没靠到他的身上，他又似梦似醉地流眼泪。

这一回更妙了，她不拍背他的眼泪根本不停。

他就睡了醒，醒了哭，哭了再睡。

如此循环。

林宜是彻底睡不好了，只能像伺候大爷一样伺候着他，一直到早上九点多，他才终于安分下来，她一倒头沉沉睡过去。

外面已经是红日高挂，阳光强烈，山间树上的露水都在慢慢消失。

厚重的窗帘内，是再安静不过的卧室。

床头柜上的手机不断振动，发出吵人的声响。

应寒年蹙起俊眉，修长干净的手搭到额头上，长睫颤动，几秒后，他缓缓睁开眼睛，欧式复古的吊灯进入视线中，上面的水晶隐约泛着光泽。

应寒年伸手按了按头，有些讶异，这还是第一次宿醉后头不疼。

他单手撑着床正要坐起来，胸膛上的重量让他僵住。

应寒年低眸看过去，只见林宜趴在他的身上，大半个身体蜷着，被子都没有盖，纱透般的红裙穿在她身上，隐隐约约露出白得晃眼的肌肤……

他抬起手，长指滑过红纱，手掌被纱布和胶带胡乱地包扎着，一看就知道是谁的杰作。

梦中的记忆慢慢被唤醒。

她拒绝做他的赛车拍档，却照顾了他一夜。

她为他洗澡，为他泡蜂蜜水，为他包扎，还……哄了他一整晚。

应寒年睨向她的脸，她就这么安静地趴在他的胸膛上，一头长发如瀑般倾泻而下，发梢撩着他的脖子。她的脸很小，皮肤很白，淡淡的眉，眼睛安静地闭着，睫毛很长，像把小刷子似的，眼角还残留着没完全淡去的瘀青，看得叫人有些心疼。

他抬起手，在她小巧的鼻尖上点了点。

有些痒，林宜的眉头蹙了起来，眼珠子在眼皮下动了两下，迷迷糊糊地睁开眼睛，仿佛蒙了一层光，视线中，应寒年正看着她笑，嘴角的弧度很深，眼睛一眨不眨地盯着她。

他怎么笑得这么诡异？

林宜一惊，人瞬间清醒过来，从他身上离开坐起，掩唇打了个哈欠："你醒了，有没有好一点？"

见她醒来，应寒年收敛了笑意，从床上慢条斯理地坐起来，一双眼凉薄地睨向她，嗓音低沉："我记得，你昨晚当众给我难堪。"

这个他倒记得清楚。

林宜淡淡地看向他："我昨晚一直在照顾你，记得吗？"

他不会还要和她秋后算账吧？

"哦，是吗？"应寒年扬了扬眉，似在思考一般，眉头深锁，"我怎么什么都……"

他忽然停顿住，阴沉沉地睨向她。

林宜变了变脸色，还未来得及说什么，手臂就被应寒年一把扯过去，他低下头就在她的唇上狠狠地吻了起来，舌尖轻扫，眼里聚敛起笑意："我的小团团这么乖，我怎么会记不住呢？"

林宜被他叫得毛骨悚然。

应寒年在她的唇上又亲了一下，黑眸发亮："奖励你的。"

这种奖励请留给江娆、林可可之流好吗？

林宜勉强笑了笑，不露痕迹地从他怀里离开下床，脚踩进拖鞋里，道："我有点饿了，吃饭吧。"

"行，你做。"

应寒年顺口接道。

林宜想起自己会做菜这件事已经在寿宴上被他知晓，连反驳都不能反驳。她抿了抿唇，道："可是我只会做糖水鸡蛋。"

能少做就少做，她已经伺候他一晚了，真的很累。

"好啊。"应寒年出人意料地没有质疑她，坐在床上欣然答应，一双黑眸就这么盯着她，嘴角上扬。

林宜有些狐疑地看着他。

他是不是醉得太厉害，还没有醒，居然一直对她露出这种和善到诡异的笑容？

下了楼，林宜简单做了两碗糖水鸡蛋，怕应寒年鸡蛋里挑骨头，刻意做得和寿宴上一模一样。

她将鸡蛋端到餐桌上的时候，应寒年已经坐着在等，见她端着两个汤碗过来，碗中冒着白色热气，立刻站起来，伸手全部接过去，不满地道："这么烫你怎么能就这样拿，烫到怎么办，不是有隔热手套？"

林宜愕然地看着他的身影，眼前的男人是个假应寒年？他怎么突然这么绅士？

"过来坐啊，站在那里干什么？"应寒年回头叫她。

"哦。"

林宜点点头，走到应寒年对面坐下，应寒年捧起他那一碗糖水鸡蛋就落座到她身旁，一手自然地搭到她的肩上，一手拿起勺子舀汤喝。

"你在干什么？"林宜不解地看向他。

"我和我家团团亲近一些不行吗？"应寒年理所当然地反问，黑眸直勾勾地盯着她，"你也在这里住两晚了，我也没尽过地主之谊，今天带你出去兜兜风。"

兜风？

他那神乎其神的车技，她这种凡人敢坐？

林宜敷衍地笑了笑，道："兜风就不用了，要是你肯将你办过的商战案例借我看看，我就感激不尽了。"

"想看那个，行，我一会儿让祈星拿给你。"应寒年一口答应，"不过我的那些你学个六成也就行了，女孩子狠可以，但不能太绝。"

林宜震惊地看向他，怎么突然这么好说话，他不防备她了？

"怎么这么看我？"

应寒年咬了一口口感甜糯的鸡蛋，挑眉睨她。

"你昨天不是不答应吗？"林宜不解地问道。

"我想想，男人还是不该对自己的女人太小气。"应寒年搂着她的肩道，说着又要去吻她。

林宜连忙伸手挡住他的唇："吃饭呢，别。"

她并不想和他交换一下嘴里的糖水和鸡蛋，太恶心了。

“哦。”被拒绝，应寒年难得没有不满，一双眼直勾勾地盯着她，盯着盯着嘴角的弧度又深了。

他是怎么回事，性情大变？

她真是越来越琢磨不透这个男人，希望姥姥、姥爷赶紧过来，这个地方她一刻都待不下去了。

林宜努力忽视他的笑容，从来不在用餐时间玩手机的她拿出了手机，假装自己很有事情做。

她在手机屏幕上刚滑了两下，应寒年又靠过来，亲昵地将下巴抵在她的肩上，薄唇抵着她的耳朵，嗓音低沉有磁性：“看什么呢？”

又来……

林宜蹙眉，语气淡淡的，没什么异常：“看宜味食府最新出来的宣传页。”

应寒年一把从她手中夺过手机，定睛细看。

这是她的手机，他能不能尊重一下她的隐私？

“尝一味过一生守一世，这就是你们的宣传语？一辈子光尝一种味道不是腻死了？”应寒年不屑地笑了一声。

“不是这个意思。”林宜拿回自己的手机，不满他这么误解便解释道，“我们林家几代做餐饮，名字都跟着当下环境所取，到我爸爸这一辈，他是为了我妈妈才取这么个店名的。”

应寒年盯着她说个不停，她说话冷冷淡淡，条理分明，怎么看怎么好看，见她停下来他才又顺着问道：“为你妈妈？”

“嗯。”提起自己的妈妈，林宜眼中多了一丝暖意，“尝一味不是只尝一种味道，爸爸是希望能做一辈子的菜给妈妈吃，让她一生最熟一个人做的味道，吃着吃着两个人就白头到老了，可惜……”

他们没能白头到老，到现在，林家表面风光，内里鼠患严重。

林宜的眼神黯了下来，应寒年凝视着她，心脏似被揉了一下，他沉声道：“那你的名字……”

“爸妈创立宜味食府的时候我还没有出世，后来有了我，他们就把‘宜’字直接当作我的名字，希望我也能找到那个可以给我做一辈子菜的人。”林宜道，神情有些恍惚。

那时候舒天逸追她，他假装不知道这个典故，煮了顿饭说要给她做一辈子菜，她感动得一塌糊涂，以为遇上了自己命中注定的那个人。

结果，她是引来虎狼。

现代人生活浮躁，哪有那么多真情实感，爸爸口口声声说怀念妈妈，最后也娶了肖新露。

“哦。”

林宜听到应寒年低低地应了一声，知道他没听进去，不禁自嘲一笑。她和他讲这些做什么？

应寒年坐在她身旁，低头去看自己被包得乱七八糟的手。

他在生死街会做的菜都是以能吃为主，和美食沾不上关系……好像有点端不上台面啊。

手机忽然振动起来，是安阑来的电话。

林宜眼睛一亮，连忙接通电话：“喂，安姨。”

“小宜，我和赵老爷子、赵老夫人现在在机场，我们现在去哪里找你？”安阑问道。

“姥姥、姥爷来了？”林宜惊喜地道，这比她预料的还要快，“你们在那儿等等，我马上过去接你们。”

说着，林宜就站起来要走，连糖水鸡蛋都没有吃完。

应寒年一把攥住她的手腕，锁住眉头：“去哪儿？”

哦，她还没告别。

林宜低下头看他，微微一笑道：“这两天住在这里给你添不少麻烦，我要回去了，多谢你这两天的收留。”

“这就走了？”

应寒年的脸阴郁下来，心里有些不是滋味。

“对啊。”林宜点点头。她不走还在这里安家落户不成？

应寒年的眸子顿时变得暗沉，声音更沉了，手指死死地扣住她的细腕：“什么时候再过来？”

“到时再约吧，我还有事，得马上走。”

林宜从应寒年手中抽出自己的手，应寒年黑眸沉沉地盯着她，握得很紧，没有松开的意思。

她有些莫名地看着应寒年，又挣扎了两下，应寒年才放开来，她心下急切，没说什么便转身离开。

应寒年坐在那里，盯着桌上色泽晶莹剔透的糖水鸡蛋，顿时什么胃口都没有了，一手扔了勺子。

勺子砸到碗里发出清脆的声音

他的胸口像被什么堵上了一样，浑身不痛快。

第八章

—— 夜 ——

林宜回房间快速收拾了自己的行李，拖着小行李箱快步下楼，一抬眸，就见应寒年站在大厅里，嘴里咬着烟，正低头点烟，打火机上蹿出来的火苗映着他凌厉的眉眼，侧脸的弧线收紧。

他怎么站在这里？

林宜有些莫名，拉着行李箱走过去，站到他面前："那我先走了。"

应寒年抬眸睨向她，林宜被他眼中的阴暗慑到，怔了一下。他拿下嘴里的烟，对着她吹了口气，一缕青烟自她唇间拂到她的脸上，再消散在空气里。

林宜被喷了一脸刺鼻的烟草味，眉头还未蹙，他忽然动作极狠地砸了手中的烟，一手从后面扣住她的腰，一把将她拉进怀里，低头就压上她的唇，狠狠地深吻下去，薄唇微张，在她的柔唇上反复吮吻。

林宜被迫地迎合他的吻，眉蹙得紧紧的。

他想亲到什么时候？

姜祈星从外面快步进来，一踏进大厅就见两人站在厅中央吻得难解难分，忙转过头去。

他怎么老能撞上这种场面？

应寒年像是没发现他一样，牢牢地搂紧林宜，甚至投入地闭上眼睛。

许久，应寒年的动作才慢慢缓下来，他睁开眼，黑眸深不可测地盯着她的眼，在她的唇上咬了一下。

他的眼中藏了太多的东西，林宜看不透，也无暇去猜。

她拿开他搂在腰间的手，淡淡地道："那我走了，再见。"

应寒年没再有动作，只是盯着她，一言不发。

林宜拉着小巧的行李箱转身离开，步子干脆，毫不犹豫，踏入大门口的茫茫白光中。

姜祈星见状才继续往前走去，只见应寒年仍站在原地，一双眼睛紧紧地盯着林宜离开的方向，脸上没什么表情，令人猜不透他此刻在想什么。

“祈星。”应寒年忽然开口，嗓音低沉。

“怎么了，寒哥？”

姜祈星不解地看向他。

应寒年一动不动地站在那里，好久，才转过脸睨向姜祈星，眼眸深邃无底，薄唇勾起一抹自嘲的弧度：“我这回怕是中剧毒了。”

姜祈星震惊地看着他，剧毒？

有中剧毒还笑的人吗？

“对了，你把我们之前做的一些商战案例整理一下，给林宜送过去。”应寒年吩咐道。

“什么？”姜祈星吃惊道，“你上次还说她心眼多，进你的书房查东西，让我防着一些的。”

商战案例，那是多重要的东西，里边有着不少机密，怎么能说拿出来就拿出来？

应寒年不以为意地道：“她要看就让她看。”

“寒哥……”

“我应寒年的女人总不能太弱，让她学一些。”

应寒年语气强硬，不容置喙地道。

姜祈星沉默。

应寒年没再同他说什么，转步离开，地上的烟孤零零地躺着，未熄，小小的火光一明一暗，幽幽地在空气中燃烧着……

林宜开车驶往机场，安阑已经领着赵氏夫妻站在路边等着，机场的上空有飞机飞过，留下阵阵震耳的响声。

林宜从车里望到老夫妻的身影，眼睛顿时有些酸。

她的姥姥、姥爷不是多有钱的人，但赵家也算得上几代书香世家，当初妈妈要嫁给爸爸的时候，据说姥姥、姥爷是不同意的，他们不喜欢经商之人，还是未大富大贵的经商人。

可膝下就这么一个女儿，姥姥、姥爷舍不得她为情所困，就放任了她。

可是林宜四岁的时候，妈妈就病重去世，姥姥、姥爷大受打击，一蹶不振，以至于关门闭户，封闭自己。

她记得在梦里，她和爸爸被囚禁，怕是到死姥姥、姥爷才收到消息，女儿、女婿、外孙女接连死去，不知道两位老人能不能禁受得住打击。

林宜把车一停，就迫不及待地朝他们冲过去，姥姥、姥爷和奶奶年岁相仿，却白发满头，看起来极其沧桑，眉眼之间的忧郁浓得化都化不开。

“姥姥、姥爷！”林宜跑过去就抱住两个老人家，声音颤动。

赵氏夫妻虽看到外孙女也激动，但被她这么一抱错愕大过一切。

自女儿死后，夫妻两人几乎不外出，从来都是到了女儿的忌日，林冠霆带着林宜过来看望，他们每次都为外孙女准备很多东西，可林宜嫌赵家清简，看不上，每次一来就急急地回去。

偶尔通个电话，他们两个不过想问问外孙女吃了些什么，林宜就嫌他们烦，直接挂掉电话。

可以说，外孙女是林家大小姐，和赵家没什么牵扯。

这一次，安阑突然到访，听闻林宜受委屈，两人来是来了，但心底多多少少有些忐忑，不知道外孙女见到他们会不会欢喜。

“小宜啊……”赵老太抬起手拍拍林宜的背，一抬眸，看向她和女儿相似的脸，声音都有些颤了，“小宜，吃过饭了吗，饿不饿？安阑说你住酒店，吃得不好吧？”

到嘴边她问的都是家长里短。

赵老爷子忙瞪了一眼妻子，明明知道林宜最不喜欢听这些，还讲。

林宜眼睛红得厉害，连忙伸手去抹了抹眼睛，笑着道：“我吃得挺好的，这么大的人了，还能饿着自己吗？”

虽然拉姥姥、姥爷来是为压垮肖新露，可她是真的想他们。

见她没有翻白眼也没不耐烦，赵老爷子惊住，手颤颤巍巍地拉上她，也忍不住家长里短起来：“没饿着怎么瘦成这样，难道真如安阑所说，你那个继母恶毒成那样？”

说起来，他们有好久没有见过林宜了。

“先不说这些，走，姥姥、姥爷，上车，这外面风大。”

林宜说着便上前替他们拎起行李包，一手拖过行李箱往自己的车走去。

看着她如此自然的动作，赵氏夫妻再一次愣住，他们的外孙女怎么跟换了个人一样？

安阑站在一旁，却已见怪不怪，笑道：“赵老爷子、赵老夫人，走吧。”

“哦哦。”赵氏夫妻回过神来，跟着坐上车，就看到车上放着几个服装购物袋，“这是……”

“我刚刚在路上买的，S城早晚温差大，得多备些衣服，临时买的，也不知道你们喜不喜欢。”林宜坐上副驾驶座，扣紧安全带，回头看向他们，眼睛还红着。

这孩子……长这么大还是第一次给他们两个买衣服。

赵老太太绷不住，一手捂住脸就低低地哭起来，泣不成声。

“姥姥，你别这样。”林宜看她这样难受得厉害，“我以前很不懂事，总觉得自己是林家大小姐高人一等，对谁都不放在眼里，都没有替妈妈好好孝敬姥姥、姥爷，现在我知道谁才是真对我好，以后，以后我一定都补偿回来。”

提到女儿，赵老太太哭得更厉害了。

安阑启动车子，开车驶向前，这一路上赵氏夫妻都激动于林宜的转变，再细听肖新露做过的事后，两人气愤不已，异口同声地要带她回赵家。

他们回赵家的第一件事，是先要去林家向林冠霆知会一声。

消息发出去后，林冠霆便急急地从公司往家赶，林老夫人也迅速赶到。

安阑把车开进林家的镂花大铁门，停在繁花似锦的庭院中。

林宜下车，搀扶着赵氏夫妻下车。姥姥年岁大了，下个车都很不便利，腿脚僵硬，林宜几乎是半托半抱着将姥姥扶下来的。

赵老太太看着她这样，眼泪几乎又要掉下来。

赵老爷子则是抬头望向林家偌大的门庭，别墅几栋，繁花无数，用人站了整整一排，不禁感慨：“小如命里没有福气享受。”

提及亡母，林宜心下不好受，扶着姥姥往里走去。

客厅中，林老夫人离林家近，已经到了，此刻正坐在沙发上，肖新露跪在她的腿边，声泪俱下地说着什么，林老夫人的脸色有些动容。

肖氏夫妻站在一旁，也是眼泪糊了一脸。

林宜冷淡地投过去一眼，看来她不在的两天，肖新露花了不少心思在爸爸和奶奶身上，还有些成效了。

不过不好意思，她，回来了。

林宜眼中泛过冷冽的笑意，随即又换上一张笑脸迎过去：“奶奶。”

“小宜。”见到她，林老夫人一喜，连忙从沙发上站起来，在见到赵氏夫妻后笑容更深，道，“亲家来了，快坐快坐，我们都多少年没见了？安阑，快泡茶，我还记得亲家公爱喝雨前龙井。”

说起来，林老夫人对赵氏夫妻也没有太多的好感，女儿死后，赵氏夫妻就和林家断了往来，逢年过节毫无联络，好像是他们林家把他们的女儿逼死了一样。

可这一次，多年不出门的赵氏夫妻突然到来，摆明了要为林宜讨个公道，她不站出来笑脸相迎还能如何呢？

“是，老夫人。”安阑带着用人下去忙碌。

“亲家好。”

赵氏夫妻礼貌地朝她点了点头，有着读书人的风骨，纵使多年不出门，没有珠宝首饰加身，气度上仍是甩了肖氏夫妻一大截，衬得肖氏夫妻越发像暴发户。

肖新露从地上站起来，挺美的一个人，此刻哭得眼睛红肿，跟挂了两个核桃似的。她看向赵氏夫妻，低头道：“叔叔、阿姨好，快坐吧。”

见到肖新露的面容，赵氏夫妻惊得不行。

他们这是第一次见到肖新露，对方居然和他们过世的女儿长了个六分像，光看五官竟比林宜还像他们的女儿……

知道姥姥、姥爷要惊一会儿，林宜说着将一件披肩从购物袋里拿出来，递给林老夫人：“奶奶，我刚刚在街上看到这个披肩很好，你肩周炎严重，早晚的时候披一下会好一些，别让寒气进了骨子里。”

披肩颜色秀气淡雅，质地柔软，上面还有着精品刺绣，一看就绝非随随便便买的。

林老夫人见林宜这么懂事，赞了几句。

林宜“扑通”一声便在她面前跪了下来，低头认错：“奶奶，有件事我还未向您道歉，其实寿宴上的冥币是我换的，风波也是我闹出来的，被爸爸指责过，我已经后悔得不行了，对不起，奶奶！”

以奶奶的性子必然会追问到底，都两天了，什么个情况爸爸也查清楚了，应该告诉奶奶了。

她不表点态度便是不孝。

肖新露站在一旁，瞪着她，目光透着阴毒，她倒是道歉得快，自己刚在林老夫人那里讨了点可怜。

“我知道，你爸和我说了，你也是逼不得已，受了不少委屈。”林老夫人没有怪她，拉着她的手坐下来，又故作埋怨道，“不过再大的委屈奶奶也会替你做主，你一声不响地跑出去，遇上坏人了怎么办，知不知道奶奶有多着急？”

话音刚落，林冠霆火急火燎的身影出现在门口，身后还跟着何耀。

林宜坐在那里，低头微笑。

好戏，终于开场了。

林老夫人、林冠霆、林宜、肖新露、何耀，加上肖氏夫妻、赵氏夫妻，数人在大厅里坐下来，这个家庭会议开得是相当热闹。

“爸、妈，喝茶。”

因为亡妻，林冠霆对赵氏夫妻十分尊重，亲自倒了茶水递给他们。

赵氏夫妻没接，赵老爷子清了清嗓子，有条不紊地开口：“亲家、冠霆，这次我们夫妻两个的来意很简单，小如去世后，我们做姥姥、姥爷的也没好好照顾过小宜，想接她去我们那里住。”

“那怎么行呢，小宜可是林家的女儿……”

林冠霆还未说话，林老夫人就先出声反对。

肖新露坐在一旁，放在膝盖上的手握得很紧。

“小宜是姓林，可一半血缘还是姓赵的，再说，我们问过小宜，她也同意了。”赵老太太微笑着开口，口吻却是不容拒绝的。

夫妻两个人你一言我一语，一字未提肖新露，却把这场戏直截了当地拉开了序幕。

林冠霆看一眼林宜，见她脸上还贴着创可贴，心中沉了沉，将茶杯放下，道：“爸、妈，我知道你们这趟来是为什么，我和小宜说了，这事我会给她个交代……”

肖新露闻言，倏地站起来，忽然走到林宜面前扑通一跪，“啪”的一下就往自己脸上狠狠地扇了一巴掌，眼泪说流就流：“小宜，对不起，这事都是阿姨混账，都是阿姨不对，你原谅阿姨吧好不好？”

林宜低眸看着肖新露满脸的泪水，心中暗笑。

她懂以退为进，肖新露也不错，知道先声夺人，爸爸还没说怎么处理这事呢。

厉害啊厉害。

这边肖新露还没哭完，那边肖氏父母就跟着大哭起来，一脸追悔莫及的样子：“这事不怪我们家新露，是我们老两口不好，我动了歪心思，是我们不好，是我们买通了何耀，你们要怪就怪我们吧，新露真的毫不知情啊……”

肖新露哭得我见犹怜。

林宜沉默，肖新露居然又一次弃车保帅，这一次弃的竟是自己的亲生父母。

“你们做这些事是想干什么？”赵老爷子问道。

“是我们存了私心，冠霆总是口口声声要把家业给女儿，我们好好一个女儿年纪轻轻嫁到林家，不求个多，也求个少吧。”肖老爷子哽咽着道，“眼看林宜进了分店又要进总公司，我是怕我们新露连汤都喝不到了，就想着整一整林宜……”

“你不如直接说你们是要谋夺林家的家业。”赵老爷子又道。

“是是是，都是我们糊涂，和新露无关，新露知道后还大骂了我们，这里就是那两百万元，我们还了，现在就还出来。”肖老太太把一张银行卡拿出来，哭得不行，拼命把锅往自己身上背，极力地保住肖新露，“不信你们问何耀，一向都是我们和他谈的，也是我们叫他注意林宜的钱箱的密码。”

这次的事闹得太大，林冠霆又查得差不多了，他们肖家必然得有人承担下这一切。

肖新露绝不能出事，何耀是他们的人，自然是向着他们这边的。

闻言，所有人都看向何耀，何耀站在那里，抬眸看了一眼林宜，林宜冲他冷笑着。

何耀平平无奇的脸上掠过一丝愧疚之色，他有些僵硬地开口：“确实是肖老……”

他话还没说完，有用人领着两个警察走进来。

见一大厅的人，两个警察都愣住了，半晌才道：“请问谁是肖成光、季容芳？”

肖氏夫妻呆了，身形晃了晃。

肖新露跪在地上错愕不已。

两个警察见状便猜到几分，直接朝肖氏夫妻走去：“肖成光、季容芳，有人举报你们在乡下设诈赌骗局，受害人达二十多人，请你们跟我们走一趟。”

“砰”。

肖老太太一下子瘫倒在地上，脸色惨白。

没想到突然来了这么一个意外，林冠霆皱着眉站起来道：“两位警官，是不是有什么误会，先坐下喝杯水吧？”

虽然林冠霆从林宜那里知道了肖氏夫妻的勾当，但让岳父岳母从自己家中被警察带走，传出去他的脸往哪里放？

“没什么误会，我们已经掌握到确切的证据。”执行的两个警察说着，就拿出手铐将肖氏夫妻铐上，强行拉扯起肖老太太。

肖老太太软得根本走不动道，完全是被警察拎着。

何耀一直站在旁边，听到这些，颇为震惊地上前，看向两个警察：“警官，你说他们在乡下设诈赌骗局？”

“是啊。”警察睨他一眼，感觉到他有几分眼熟，“何峰是不是你爸？”

“是。”何耀忙点头。

“你们父子长得还真像，这受害者资料最上面的两个名字就是你父母，你得回去好好教育教育你父母，被人骗钱了还不自知，也太笨了。”警察看着他道。

何耀呆呆地站在那里。他不知道父母是被诈骗了，父母和他说的是买房子时肖家人借了钱给他们，他还对肖家人感激不尽。

肖新露见何耀这副模样，有些慌神。

林宜见状，施施然地从沙发上站起来，朝警察淡淡一笑道：“警官，我想问一下，像这种设骗局的，受害者为什么不报警呢？”

“无知呗，那些人被诈骗了还以为是正常输赢，又是在赌桌上闹的，怕报警自己也被逮进去，别说报警了，有些人连自己的亲人都不敢告诉，暗暗还钱，都不知道一开始别人就是冲着坑他们的钱来的。”一个年轻的小警察冷嗤了一声，“我们走。”

肖新露脸色苍白地跪着：“爸、妈……”

她的声音都抖了。

她知道自己的父母干着什么，但设了这么多年的局都没事，也是个生钱的路子，所以她也是放任父母干的，没想到现在居然被捅出个窟窿来了。

“新露，救我们，新露，你要救……”

肖老太太害怕地看向肖新露，还没说完话就被警察带出去了。

一厅的人就这么静静地看着这一切。

厅内一片寂静，静得连根针掉在地上都听得到。

林宜拨了拨头发，微笑着坐下来，一转头，就见站在那里的何耀正错愕地看着她，后知后觉地才恍然明白过来。

没错，证据是应寒年派人找的，去揭发的就是她。

有些人聪不聪明就不知道了。

她正想着，肖新露哭着跪爬到林冠霆面前，拉着他慌乱地道：“冠霆，怎么办？我爸妈要坐牢了，你得救救他们。”

林冠霆拧眉：“自作孽怎么救？”

他们还敢在乡下诈骗，传出去脏的可不只肖家的脸。

“那可是我爸妈啊，他们坐牢了，我怎么办啊？”肖新露哭着问道，眼泪像断了线的珠子落下来，一张脸上全是泪痕，惹人心疼，手上的水疱还没消掉。

林冠霆低头看着她，有些心疼，便道：“你爸妈太贪才闹出这样的事来，既然寿宴上的事和你无关，以后你在林家要安守本分……”

话未说完，何耀便站了出来，低着头道：“林先生，寿宴上的一切事情都是林太指使我干的，并不是肖氏夫妻。我父母欠了肖家巨债，林太肯让我做事抵债，我自然对其感激不尽，哪能不帮？结果到现在我才知道原来我父母是被设了圈套，是被诈骗的。”

他再帮肖氏一家不是愚蠢？

林冠霆一惊，本要去扶肖新露的手又收了回来。

“何耀！”

肖新露没想到何耀顿时反口，激动地跳起来，恨不得与他同归于尽。

林宜坐在那里，凉凉一笑道：“看来真相终于大白了，何耀，你说点具体的。”

“林太只让我找准时机查到大小姐的密码箱的密码，再在寿宴上说出安阑教唆吞钱一事，具体她怎么换钱的我不知道。”何耀一五一十地说了出来。

肖新露站在那里，呼吸都在发颤，刚要说话，就见林宜端了一杯茶递给林老夫人，语气淡淡地道：“不难猜，我当时把密码箱锁在自己的房间里，出去就那么点时间，当时肖氏夫妻和我在一起，安姨和一些用人也在旁边，剩下的人一问就知。”

能把钱偷到的人当然是内鬼了。

“把人都给我叫过来！”

林冠霆咬着牙道，双眸狠狠地瞪向肖新露。他还以为她和她父母是不一样的，居然是一丘之貉。

肖新露的腿软得厉害。

剩下也没几个用人了，当众一被盘问，就有一个小女佣吓得和盘托出，指认是肖新露把房间钥匙和密码箱密码告知于她，让她在林宜的卧室外做事，抓住时机进去换钱。

肖新露已经撑不住了，人往旁边瘫下来。

林宜和安阑不在家两天，她还以为自己有机会，只要让爸妈顶罪，她还能在林冠霆和林老夫人面前诉一诉苦，林家也需要和谐，不会轻易把她逐出去。

没想到林宜一回来，警察就抓走她的父母，现在何耀和女佣们也全部倒戈。

完了，全完了。

“你还有小宜的房间钥匙？”赵老太太难以置信地看向肖新露。

林家是有规矩的，就算女佣要打扫房间，那也得大小姐把门开了才行，不能私自进，她一个后母居然还拿着钥匙。

安阑从厨房里走出来，蹲在茶几前摆上水果，闻言，不轻不重地道：“这有什么，上次大小姐受伤，林太还能偷偷进房换药，害大小姐久伤不愈，那次以后已经换了锁，但仔细想想，要复制一把家中的钥匙对林太来说不是什么难事。”

她这话直指的不单是肖新露，还有林冠霆。

连害亲女儿的女人都能继续留在家中，是他的不是。

林冠霆站在那里听着，羞愤交加地抓起一个茶杯砸到地上，歇斯底里地吼道：“肖新露，你还有什么话说？”

肖新露震惊地看向林冠霆，这两天她主动做饭，天天以泪洗面，林冠霆明明已经有些动容了。

但现下……

肖新露速度转风向，流着泪扑向林老夫人：“妈，我错了，我真的知道错了，是我不好，是我不好……”

林老夫人推开她道：“现在你知道错了又值什么？幸好小宜没事，不然……我都不敢想。”

林宜连看都懒得看她一眼，端起两杯茶递给姥姥、姥爷。

赵老爷子见状欣慰地笑了笑，手上托着茶杯没有喝，只看向林冠霆，声音厚重地道：“亲家、冠霆，小如已经去世多年，如今林家的家事我们老两口无权过问，但小宜是我们赵家仅剩的一点血脉了，我们没有道理看着她在这里被继母陷害设计，今天，我们是一定要带走她的。”

“爸……”林冠霆感觉焦头烂额。

不等他说话，赵老太太又补话道：“冠霆，这么多年了，我们赵家不曾亏待过你吧？当年你家境不算好，小如和你白手起家，积劳成疾，一病不起，是一天的福都没有享到，我们夫妻可曾怨过你半句？”

“妈，您这话说到哪里去了？”

林冠霆忙走到赵氏夫妻面前弯下身子，眉头锁得紧紧的。

赵老太太把茶杯放下，缓缓站起来，伸手拉住林冠霆，眼睛里已经含着泪，哽咽地道：“冠霆，我知道小宜是姓林的，但她是我们夫妻在这世上最后的念想了，我求求你，你让我们把她带走吧，我不能再一次白发人送黑发人了……”

说着，赵老太太就朝林冠霆跪了下来。

步步退，步步进，逼人有时候不一定要刀剑相对，扼住对方的喉即可。

见状，所有人站了起来，林宜冲过去扶姥姥，林冠霆急忙跟着跪下来：“妈，您别这样，我受不起。”

大厅里乱作一团。

赵老太太虽是在逼林冠霆，但眼泪是真情实意的，她紧紧抓着林冠霆：“你听我讲，冠霆，你五十未满，家有娇妻，将来还能有孩子，我们赵家不求财，一分不要，只求你让小宜跟我们走，让她平平安安的……”

“小宜是我和赵如唯一的孩子，我怎么会不护她平安？”林冠霆使了力将赵老太太拉扯起来，让她在沙发上坐下来，“妈，有什么不如听我说完再谈行吗？”

他这是要做决断了。

肖新露呆住，有些恐惧地看向林冠霆，指望在他脸上看到半丝柔情，但他扫过来的眼神冷若寒霜。

她伸手去拉林老夫人，她这两天在老夫人身上也下足了功夫。

林老夫人低眸看她一眼，犹豫片刻后看向赵老太太，软声宽慰道：“亲家，你放心，这事是要解决的，不如就由我这个老太太出来做个恶人，让肖新露去乡下反省，除了必要的走动不让她回来，至于这家产……有我在一天，就不能让冠霆乱来，该是小宜的都是小宜的。”

闻言，林宜低头做喝水状，眼底却全是冷意。

他们林家人还真是喜欢发落人去乡下，她知道，奶奶也并非真被肖新露说动，而是顾全这个家。

寿宴冥纸满天飞，这已经让林家成为整个 S 城茶余饭后的谈资，再闹出点什么大动静，林家算是被人放在火上烤了。

可是在她眼里，留着肖新露才是把林家推入死地。

她这边想着，林老夫人就看向她，眼神慈爱温和：“小宜，你怎么看？”

林宜把茶杯放下，从沙发上站起来，看了一眼安阑。

安阑立刻将一箱东西搬来递给她，她抱在怀里，众人看去，只见里边有钥匙、文件、笔记本还有写得没什么油的笔，最上面安静地躺着一枚小小的工作牌，上面还刻着她的名字。

林冠霆错愕地看向她："小宜……"

林宜站在那里，眼睛有些红，露出淡淡的笑容，透出了几分强装的乖巧："奶奶、爸爸，我这两天不在家中，想了很多很多，我本来以为我将来真的能继承爸妈创下的家业，以为只要我收敛了以前恣意妄为的心性，只要努力上进就够了，但现在才发现我真的不适合做什么餐饮管理，我远远不够资格。"

林冠霆预料到她还要说些什么，震动非常。

"而且这个家也和我想象中的不一样了，我总觉得有爸爸在，这个家总还有温暖，可是现在……"林宜抬眸看向林冠霆，见他眼中露出愧疚之色，便知目标已经达到，牵强一笑道，"算了，不说这些，既然要走了，我希望能开开心心地走。"

说着，林宜朝林冠霆一步步走过去，将小箱子摆到他面前："爸，这些都是我在餐厅的东西，你看一下，我什么都没拿走。"

林冠霆怔怔地看着她，见她通红的眼睛里毫无光彩，竟是死灰一片，胸口顿时窒闷得厉害："小宜，你真要走？你就留下爸爸在这个家？"

连她也在逼他。她可是他最宝贝的女儿啊，居然用离开这个家，和他再无瓜葛来逼他。

林宜站在他面前，眼睛黯淡地看他一眼，弯下腿跪在地上，头埋得低低的。

无声胜过千言万语。

到这一步，她真是在逼他又如何，原本就不是她的错，她不是吵，也不是闹，只是要走而已……

林冠霆心中愧疚感更深，看着跪在自己面前的林宜，忽而想起亡妻去世之前抓着他的手，一再让他照顾好女儿的画面，心痛不已。

无论如何，他是不可能弃了这个女儿的。

"小宜，要是我立下遗嘱，明明确确地写明宜味食府将来是你的，你还走吗？"林冠霆看着她问道，声音近乎卑微。

这话音一落，所有人惊了。

肖新露的脸色惨白中泛着指印的红，整个人瘫坐到地上。

他要立遗嘱？

什么招都没用了，她输得彻底。

厅中的气氛压抑得离谱，林宜也有些愕然地看向林冠霆，他今年才四十八岁，就要立遗嘱？她没想逼他做到这一步。

林老夫人也觉不妥："冠霆……"

林冠霆深吸一口气，抬手阻止林老夫人继续说下去，道："妈，这事起始就是一个争字，争家争财。我这两天想过了，与其让人一直惦念着，不如就把一切摆上明面来，我会请律师算清林家资产，立下遗嘱。"

"爸爸，我不是在争家财。"

林宜跪在地上蹙起眉，从以前到现在，她做的一切都不是为了争，只是想守而已。

"我知道。"林冠霆深深地看她一眼，明白女儿要的是什么，"是我没照顾好你，才会让继母害女的事一再发生。你放心，这个婚我是肯定要离的，你是我和小如唯一的血脉，任何人想害你，都得从我的身体上踩过去才行。"

既然这是她和老岳父、岳母要的，他成全就是了，本来就是他没管好这个家。

林宜怔怔地看着他，目光有些恍惚。

终于，她听到他把"离婚"两个字说出口了。

肖新露瘫坐在地板上，听到这样的话已经不意外了，一言未发，脸上只剩无望。

赵氏夫妻对视一眼，都松了一口气。

听到离婚，林老夫人的眉头蹙了起来，离婚可是大事，她想说什么，又说不出来，林宜受了委屈，赵家从头到尾连一个字都没有骂过，又怎么能说赵家苦苦相逼呢？

都怪肖新露，想到这里，林老夫不禁怨怪地瞪了肖新露一眼。

人心不足蛇吞象，这人真是个祸害。

"爸、妈，你们看我这样解决还行吗？"林冠霆看向赵氏夫妻。

赵氏夫妻没有说话，但也没再提要带林宜走的事情。

林冠霆心下明了，点点头道："安阑，给我岳父、岳母准备房间，好好伺候。"

"是，林先生。"安阑低头。

"我还有些事，先去书房处理一下。"

林冠霆说着站了起来，脚下一颤，差点摔倒，林宜忙站起来扶他，林冠霆挣开她的手，说了句“没事”便往里走去。

那一张脸仿佛突然间老了很多，满目倦意，背影微晃。

林宜望着他的背影，想到了梦里林冠霆最后的时光。她知道爸爸有他对这个家的期望和安排，知道爸爸看得出来她和姥姥、姥爷是在逼他，也知道爸爸喜欢太平，哪怕连假象的圆满都不愿意破坏……

可是爸爸，毒瘤就是毒瘤，容它长在身体里看似能太平几日，却远不如一刀割了痛快。

多出一份遗嘱，得到比预料中还美满的结局，林宜心下却没有特别痛快，林冠霆那个样子让她难受。

她坐在花园里，一连喝了两杯冰水，胸口的郁结之气才慢慢散开。

安阑站在一旁安慰她：“小宜，别再喝了，林先生是要过这一关的，否则将来越闹越大，不是更追悔莫及？”

“没错。”林宜点点头，即使爸爸被她逼得一身憔悴，她也必须这么做。

林宜放下水杯，撕下脸上的创可贴，露出快愈合的小伤口，问道：“肖新露呢，现在在哪儿？”

安阑道：“还待着呢，说是想见你一面。”

见她一面吗？

也好啊。

林宜冷笑一声，声音透着噬骨的凉意：“让她去后面布丁的房间。”

“布丁的房间？”安阑怔住。

布丁是一只白色的贵宾犬，是林宜的爱宠，一度走到哪儿带到哪儿，林宜为此还让人在后面建了个单独的大房间，里边布置得温馨又华丽，住个人进去都可以。

可是后来，看着布丁的女佣一个不在意，布丁跑了，等找到的时候，布丁躺在湖边上，浑身血肉模糊。

林宜当时完全崩溃，整整一个星期都没怎么吃东西，瘦脱了相。

现在她想想，布丁好像就是死在肖新露嫁进来的那一年。

安阑心生疑惑，但不想触及林宜的伤心事，便没有问，安静地离开。

林宜端起面前的杯子，又喝了两口冰水，提神醒脑，正要站起来，就见餐厅经理何耀朝这边走来，她便坐着没动。

周围繁花锦簇，何耀站到她面前，目光复杂地看她一眼，朝她深深地鞠上一躬，愧疚地开口："大小姐，我做了糊涂事，险些害到您，您非但没有记恨我，还帮我查清了真相，让我知道我父母是被肖氏夫妻诈骗，我欠您一个大恩。"

从头到尾，林宜都没有指责过他什么，甚至不提要报警追查两百万元现金消失之事，这是给他恩情，他懂。

林宜捧着冰手的杯子，眉眼间的神色淡淡的："大恩？那你准备怎么还了吗？"

"只要大小姐有用得上我的地方，我赴汤蹈火也会为您办到。"何耀直起身体，目光坚定地看向她。

林宜冷笑，睨了他一眼："一个背叛过我的人，我还敢用？"

"我从来没认大小姐为主人过，又何谈什么背叛？"何耀理所当然地反问。

林宜沉默了，安静地转着手中的杯子，这个反驳还真是有新意。也是，他进分店就是为了帮肖新露整她而已。

何耀见她不说话，继续道："但今天，我知道我误信肖新露，差点错害大小姐，我心中很愧疚，如果大小姐肯给我一个机会，我一定不会让您失望。"

他这就自荐起来了。

林宜摇了摇头："你都说你是误信肖新露了，那么容易误信别人的人，我也不敢用。"

"我父母说自己因为买房子借了肖家五十万，我就信了，也没追查他们竟是被诈骗。"何耀道，"如果大小姐给我机会让我向您还这个恩，我肯定涌泉相报，绝不出错。"

绝不出错？呵，一个个以为自己是应寒年？

"何耀，有个事我一直很好奇，我自认自己做事很小心，你是怎么发现密码箱密码的？"关于这一点，她实在有些想不通。

第九章

—— 流 ——

听到这话，何耀有些尴尬地抓了抓头：“大小姐拿密码箱回餐厅的时候，我让您签了份文件，那上面有些沾手的小粉末，以大小姐的谨慎，肯定会先回办公室放好密码箱，还会打开看一眼，确保现金都在。”

“等你从办公室出来洗手的间隙，我就用早配好的钥匙进入办公室，查看密码，就是这么简单。”何耀一五一十地交代。

林宜低眸看向自己的手，难怪那天她总觉得自己的手有些不舒服，于是跑去洗手。

就是这个时候，何耀把密码偷去了。

厉害啊，他果然观察力极强，心思又极为细腻。

想了想，林宜抬眸看向他五官平平的脸：“何耀，你的能力只能算中等，但你有一双很厉害的眼睛，如果我要你这双眼睛……”

有些人的眼睛看得到别人看不到的地方。

“当然，大小姐一句话而已。”何耀立刻道，他这个人没什么别的优点，但知恩图报还是有的，“若我有背叛大小姐之举，天打雷劈，不得好死。”

毒誓他都发出来了。

“好，我有用到你的地方时会叫你的。”

林宜低笑一声，放下手中的杯子站起来，往后面走去，侧身的一瞬间，有花瓣随风落到她的肩上，她勾了勾发，笑容竟比阳光更耀眼。

何耀怔怔地望着她，半晌才回过神来。

都说“富二代”无脑无智，可这个大小姐大概从一开始就决定好他的去留了，他不过是照着她画的棋格在一步步走。

不过，他替这样的大美女做事，似乎也不错。

林宜往布丁的房间走去，手机振了一下，她拿出来，是微信语音，居然是来自早上才见过面的应寒年。

她拿起手机放到耳边，就听到应寒年的声音传来："晚上一起吃饭。"

他的声音自手机里传出来更为低沉有磁性，就是仍带着那抹让她不怎么爽的轻佻。

他们之间的关系都到可以约出去吃饭了？

再说，姥姥、姥爷在林家，爸爸又一身倦容，她怎么能走？

林宜把手机放到嘴前，按下语音键说话："不好意思，我今天没空。"

说完，她把手机放进口袋里，手机很快又振起来，她没管，直接进了布丁的房间。

一抬眸，林宜看着整个房间，心口悸了一下，疼得厉害。

布丁是只很可爱的母狗，房间按她的要求被装修成了粉红色，有白色小床、圆形的小桌子，还有沙发之类，墙上还挂着各种各样的装饰，包括她和布丁在一起的照片。

照片中，她抱着布丁笑得开怀，布丁吐着舌头，模样俏皮可爱至极，软软的毛蹭她一脸。

林宜站在墙边看着照片，外面传来匆匆的脚步声。

肖新露弯着腰一进来就扑过来，死死地攥住她的手："小宜，是阿姨糊涂，是阿姨不好，阿姨给你道歉，你到你爸那里替我说说好话好不好？"

肖新露居然来求她了。

林宜低眸凉凉地盯着她，嘴角有着浅浅的弧度，似笑非笑，没有说话。

"小宜，你不是看中香家限量的新季包吗？阿姨有途径，阿姨买给你，一种颜色买一个，好不好？"肖新露泪眼婆娑地看着她，急不可耐地拿出几张卡递给她，"还有这些，都是阿姨攒的钱，全给你，阿姨不能没有你爸爸，你让他别赶我走……"

林宜冷眼看着她接一接二递过来的卡，又听她道："小宜，阿姨真没干那么多坏事，一切都是安阑在搞鬼，她是坏人，你不能相信她，我们才是一家人，安阑就是个外人！"

听到这里，林宜都想笑了。

肖新露居然到现在还相信她有如此变化，是被安阑教的。怪不得对方拿包包和卡来诱惑她，指望着她会被诱惑成从前那个草包呢。

林宜把手中的卡一扬，全扔到毛茸茸的毯子上，肖新露怔了怔，又要上前抓她的手，林宜眸色忽地一厉，反手一推，将人推倒在地上。

“砰”。

肖新露重重地摔下去，前两日还未好的尾椎这下又疼得撕心裂肺。她恨不得上去掐死林宜，却只能忍着。

她已经别无办法了。

林老夫人不见她，林冠霆不见她，只有林宜还见她，要是她能说动林宜这个花瓶，一切还有救。

“小宜，你别这样，阿姨真的拿你当女儿，都是安阑，你要信我……”

肖新露淌下泪来，又柔弱又可怜，挣扎着要站起来，手一按到毯子上，一只鞋就踩了上来。

林宜站在她面前，一脚狠狠地踩着她的手。

“啊——”肖新露痛得尖叫起来，“林宜，你在干什么？”

林宜假装才发现似的，“呀”了一声，缓缓移开脚。

她低眸看着肖新露这张脸，笑了笑，眼中一抹如雪般的冰凉神色：“阿姨，你有没有听过一句话？叫报应这种事，前世不报，后世报。”

肖新露跌坐在地上，吃痛地揉着手：“不知道你在说什么。”

林宜在她身旁蹲下来，拍拍她的肩膀，指指上面，肖新露莫名地看着她，顺着她指的方向看过去，就见到墙上一只白色贵宾犬奔跑的大照片，一双黑黝黝的眼睛正盯着自己。

肖新露心中一怵，手抖了一下，偏过头去。

林宜蹲在她身边，双手从后面按住她的脸，强行将她的头再转回去，她想挣扎，发现自己的力气竟不敌林宜……

“阿姨，你知不知道我最近做了一个梦？”林宜声音低低地、缓缓地在她耳边一字一顿慢吞吞地说着，“梦里，我被一个人锁在这个房间里，她要我住布丁的床，还让我穿布丁的衣服……阿姨，你说那个人坏不坏？”

“我听不懂你说什么。”

肖新露拼命挣扎，越是动尾椎处疼得越是厉害。

她开始后悔来找林宜。

“坏坏坏，小宜，先听阿姨和你说……”

“不，你先听我说。”林宜声音冷硬地打断她的话，“我这个梦很长很长的，你知道吗，那个人还说布丁就是被她杀死的。”

听到这话，肖新露不挣扎了，眼中露出浓烈的恐惧之色。

布丁……怎么可能……

肖新露坐在毯子上，听着她的话，生起逃的心思。

肖新露抖得不像话，不知道林宜怎么会说出这些话。

林宜学着学着，花瓣色的唇开始颤抖，一双眼睛里溢出泪光，她一个字一个字地道："阿姨，你说是不是布丁冤魂不灭，特意向我托梦？你想不想知道我梦中的那个人是谁？"

肖新露惊恐得全身汗毛竖立，呼吸近乎停止。难道这世界上真有灵狗托梦的事？

顾不上头皮都快被扯下来的痛，肖新露颤着声道："我不知道那人是谁，不过小宜，梦的事怎么能信呢？阿……阿姨还要去趟警察局看父母，我先走了。"

肖新露挣扎着想站起来，林宜一把扯过她的长发，动作毫不留情。

肖新露被拉得重新倒在毯子上，痛得大叫起来，再抬头看去，就见林宜站在那里，高高在上般睥睨着自己，一双盛着泪水的眼睛透着恨意和狠厉，长发有些凌乱地垂下来，遮得一张年轻的脸陷入阴影中。

肖新露被这样子的林宜吓到，双手按在毯子上不自觉地往后退去。

林宜拉开一旁的柜子，拿出一大袋早已过期的狗粮撕开，整袋往肖新露的头上倒去。

无数刺鼻难闻的小骨头状狗粮如雨点般砸下来。

"啊啊啊——"

肖新露想跑，但尾椎疼得她难以多动，只能抱着头尖叫，狼狈又可怜。

"林宜，你是不是疯了？"肖新露激动地大叫起来，知道求情无望，一双眼恨恨地瞪向她，"你一天天的趾高气扬个什么劲？要不是你有个有钱爸爸，你什么都不是！"

她凭什么这么肆意妄为？

"我爸爸的钱是烧你家、抢你家拿来的？"林宜冷声反问，"你父母不努力，你不努力，却一天天想着别人家的家产，你以为你是谁？"

"什么叫别人家的？"肖新露大声道，眼中恨意浓烈，"我是林冠霆明媒正娶的老婆，我要一份财产天经地义，有什么不行？"

闻言，林宜冷笑一声，脸上泪迹未干："你真的只是要一份？"

肖新露哑了。

"看来我是误会你了。"林宜嘲弄地道，"我以为你是想霸占林家的财产后，就把我和爸爸一脚踢开，最好再让我们悄无声息地死去，这样你就可以名正言顺地继承一切了。”

“你……你胡说什么？”肖新露被噎得不行。

林宜怎么会说出这样的话来，就像偷听过她心里的想法一样？

是安阑，一定是那个老女人。老女人不知道存了什么心思，利用林宜将她逼走。

想到这里，肖新露将头上的狗粮扒拉下来，狠狠地道：“我告诉你，林宜，别以为仗着一个安阑就能打垮我，你今天这么对我，我迟早要你后悔！”

“怎么后悔？像对待布丁一样对待我？不好意思，你没机会了。”

肖新露又惧又怒，伸手想去打她，林宜眼神一厉，一手打开她的手，猛地掐上她的下巴，肖新露想反抗却因为身体问题抵抗不了，这才完全怕了林宜。

林宜反手给了她一巴掌。

“啊——林……林宜，不要这样，是我对不起你，是我对不起林家，你放过我吧。”肖新露害怕地拉住她的手，眼泪都出来了。

林宜死死地掐住她的下巴，掐得她脸都变了形，冷冽地问道：“那你还要不要我后悔了？”

她不把人吓狠一点，对方怎么会知道怕，怎么会知道不再犯。

“不，不……小宜，我知道错了，我离开林家，再也不会回来，真的……”

肖新露发现自己来找林宜求情就是个最荒谬的错误，她要去前面大闹，说林宜打了自己。

林宜像是完全看穿她一样，冷冷地道：“别想着去前面闹，你信不信你前脚刚走，我后脚就说你动的手，我只是反抗，看爸爸会不会在离婚的时候对你手下留情。”

林家家大业大，结婚的时候，林冠霆在肖新露的同意后做了资产公证，如今离婚，肖新露想多分一点钱，还得看林冠霆给多少的情面。

再闹出事来，她净身出户也是极有可能的。

肖新露看着她这样，心中知道林宜真的做得出来这种事，更加惊恐。

“我告诉你肖新露，离开林家后你最好安分一些，你最好别再动歪心思！听到了吗？”林宜满是狠厉的眼逼近她恐惧的脸

“听……听到了。”肖新露痛得撕心裂肺，又害怕得全身颤抖。

眼前的林宜就像个失心疯的魔鬼。

“很好。”

说完，林宜松开了她。

肖新露直接软得瘫倒在地上，脸色惨白。

林宜站在那里，看向墙上贵宾犬的照片，布丁吐着舌头，眼睛又大又明亮，仿佛在朝着她笑。

——布丁，是我没保护好你，你安息吧。

林宜伸手抹去脸上的泪，抬起脚离开。

这一天下来，林家的气氛很压抑。

林宜陪姥姥、姥爷用了餐以后，又端着晚饭去找林冠霆，林冠霆一身倦意，本没有胃口，在知道是她亲手做的菜以后才勉强吃了一些。

林宜将全家安排好后，才回到自己的房间，直直地倒在床上，累得不行。她不是身体上的累，而是一种说不出来的心累。

肖新露，终于被她赶走了。

林家终于能恢复清静。

放在枕边的手机在振动，林宜拿起来，就看到一条新的微信——

“小宜，我出院了，好想你。”

林宜愣了几秒才反应过来这是舒天逸。

一个月了，他被那些人狂揍的伤终于好了？

刚处理完一个，另一个就送上门来，天意，正好，她眼下可以好好耍耍他了。

舒天逸不比肖新露难弄，那个渣男就像她手中的蚂蚁，她想怎么玩就能怎么玩，想怎么捏死就能怎么捏死。

林宜笑了笑，在微信上回复。

“明晚十一点，宜味食府见。”

舒天逸那边很快发过来一句语音，林宜点开，就听到他有些兴奋的声音传来：“小宜，你终于回我了，明晚十一点？怎么这么晚？我想早点见到你。”

因为那个时候已经下班了，不会有人看到，愚蠢。

林宜在心中想着，又在手机上敲文字。

“不来就算了。”

“去去去，不管什么时候，就是半夜两点，只要你想见我，我也会去。”

呵。

林宜冷笑，当初舒天逸追她的时候颇有手段，先是温柔攻势，在她稍微有些心动的时候，他又开始若即若离，让她失魂落魄，他再给一点甜头，从此她就巴着他，平时生怕他有一点不开心，而后不理自己。

她简直拿他当神一样供着。

其实真正怕“失去”的人根本不是她，看看，她都一个月不理他，也没去医院看望过一次，他还能舰着个脸说情话，真够搞笑的。

不再理他，林宜把手机扔到一旁，准备洗澡。

手机又振了好几次，林宜猜是舒天逸发的一些黏掉牙的情话，就没理，在衣柜里翻出睡衣，刚收拾好要进浴室，窗玻璃上突然发出被石子敲击的声音。

“砰，砰砰”。

陆陆续续的，敲了好几次。

林宜一惊，把睡衣扔到床上，往前走去，一手摸向墙边上插着干花枝的落地花瓶，一手猛地将窗帘拉开，推开窗玻璃往外望去。

林家的庭院在一片寂夜中，花卉暗香，月光凉凉。

她四下望了一眼，低眸看向下面，只见一个颀长消瘦的身影站在花丛前，风衣衣角在风中轻扬。见她看过来，男人仰起头，扬起一脸邪气恣意的笑容，在月下冲她扬起手，帅气一跳，将手里的什么东西扔了上来。

“砰”。

一颗石子砸在她旁边的墙上。

应寒年！

林宜惊得睁大眼。他怎么会出现在林家？怎么进来的？

她正想着，应寒年看了一眼房子的构造，快步跑向前，长腿一跨，踏上窗台跃起，攀爬上来。她还没看到具体动作，他已经抓住二楼窗棂边缘，身影跃起，双腿跨入，稳稳地落地，就这么进了她的卧室中。

“刚才发你那么多微信怎么不回？害我要扔石子。”应寒年质问道。

“没看到。”

她以为是舒天逸在发消息。

“是吗？”

应寒年倒并不在意，把手中的购物袋放到一旁，像进了自己家一样，随意地开始打量起卧室。

林宜的卧室没有他想象中的奢华，极为简单，家具普遍是白色，看起来清爽简洁，干干净净，让眼睛很舒服。

“床小了点。”

应寒年走到床前，挑出他对整个卧室唯一的不满。

林宜看着眼前的男人愣了好几秒，才问出来："你怎么在这里？"

"你不是说没空和我吃晚饭吗，所以我带晚饭过来和你吃。"应寒年回头瞥她一眼，眸子漆黑，理所当然地道。

"可这里是林家，你怎么进来的？"

这要是被人看到，她怎么和长辈们解释？

她现在在林家的形象非常好，不能突然多出一个乱搞的名声。

应寒年难得看到她一向平静如水的脸上出现近乎慌乱的脸色，不禁笑了一笑，伸长手就把她拉入怀中，大掌按住她的小脑袋，低下头薄唇吻上她柔软的耳垂，嗓音喑哑暧昧："放心，我是来偷偷约会的，不会大张旗鼓。"

林宜是真的想打他，却又不能表现得太过，只能按捺着怒意道："我家装了防盗系统。"

有人闯入警铃会响的。

"那些对我没用。"应寒年不屑一顾地道，低眸见她眉头深锁，脸色不悦起来，"怎么，不想见到我？"

他可是想了她整整一天，想她跳舞的样子，想她照顾他的样子，想她对他笑的样子……

连根头发丝都让他想得快着魔了。

"不是，是林家人多，随时会有人来找我，不如你先走，我们找时间再约，行吗？"林宜牵强地露出一抹笑容。

应寒年低眸看一眼腕表上的时间，道："都这么晚了，谁会找你这个大小姐？"

话音刚落，敲门声便传了进来。

"叩叩叩"。

有规律的三声敲击传来。

她这嘴……

林宜站在那里整个人都绷直了，只听安阑的声音隔着门响起："小宜，我看你晚饭没怎么吃，特地给你炖了当归党参鸡汤，你喝一点再睡。"

安姨……

林宜咬唇，拉住应寒年的衣服就往浴室的方向推。

应寒年看着她眼底的慌乱，坏笑一声，一把将她推到墙上，双手制住她的细臂，咬着她的耳根道："打发了她。"

林宜瞪他，挣扎都挣不开，他的双臂像座铁笼般将她牢牢地困在怀中。

“小宜？你睡了吗？”安阑疑惑的声音传来。

林宜见挣脱不开，细眉都快打结了，想想只能装出困倦的声音：“安姨，我已经睡了，鸡汤明天喝吧，你早点睡……啊。”

应寒年直勾勾地盯着她。

林宜气得抬腿去踢他，却被应寒年一把抓住小腿，将她的一条细腿强行掀起按在墙上，让她来了个站立一字步。

要不是她练舞柔韧性好，这会儿早就被撕成两半了。

她恶狠狠地瞪着他，应寒年玩味地冲她挑眉。

“小宜，怎么了？”安阑问道，“我推门进去了啊。”

糟糕，她还没锁门。

林宜紧张地睁大眼，应寒年却嫌还不够刺激似的，低头埋在她的颈间亲吻起来……

门把手被按动。

林宜急得一身血液逆流，大声地道：“安姨，我真的困了，你别进来！”

应寒年将她压在墙上，边吻边拨开她的衣领。

无耻！

林宜抬起腿踢他，应寒年飞快地闪开，压抑着笑意在她耳边威胁道：“踢我？信不信我玩得更狠一些？”

林宜果断静默了。

安阑在外边等了一会儿，见她仍没有开门，想着她应该是心情不好，语重心长地道：“小宜，你做得没有错，林家会越来越好的，只是当前的关有点难过而已，你别放在心上。”

“我知道了，安姨。”

林宜连忙道，刚说完，应寒年就一口咬上她的唇，淡淡的烟草味侵袭而来。

有步子声逐渐远去。

林宜急忙推开应寒年，放下自己的腿，愤怒地瞪向他：“应寒年，你玩够没有？”

“生气了？”应寒年见她眼中满是可爱的恼怒之色，意识到自己玩得有些过头，压着嗓子道，“不用担心，她刚才要是进来，我从窗户跳下去就是了。”

林宜别过脸去，懒得理他。

应寒年拉过她的手，往一边走去，打开自己带来的购物袋，拿出两袋薯片："我看你喜欢吃这个口味，特地买的。"

林宜依旧冷着脸，谁稀罕两袋薯片。

应寒年伸手将她整个人圈进怀中，在她的头顶上亲了一下："不生气，陪我吃饭。"

林宜是真想把他从楼上推下去，可细想想，只要没出什么问题，她也不必和他闹得太过，否则倒像小情侣吵架似的没完没了。

这么想着，林宜无奈地叹了一口气，伸手挣开他的怀抱，盯着购物袋问道："你带了什么吃的？"

她今晚光顾着伺候长辈们吃东西，自己都没怎么吃，这时是有些饿了。

她这就不生气了？

应寒年在她脸上捏了一把："我家小团团就是好哄，不像其他女人，一点点小事能闹几个月。"

呵呵。

她和他闹几个月，他能把林家拆了，当她不知道他是什么德行？

林宜在心中想着，就见应寒年打开面前的购物袋，打开一个个外卖盒，浓烈的孜然味道散发出来，盒底积着满满的一层油，一看就是劣质油。

烧烤？

林宜顿时什么胃口都没了，偏偏应寒年递过来一根烤得微焦的鱿鱼须："放的是微辣，你尝尝。"

"我不吃垃圾食物。"

林宜摇了摇头，声音冷淡。

她爸爸教育她对食物要有起码的挑剔，从小到大，她从来没碰过烧烤，在她眼里，这种食物重油重辣，吃不出新鲜的味道。

闻言，应寒年拿着鱿鱼须的手在半空中僵了两秒，他定定地看她一眼，随即自嘲一笑："看看我这记性，团团是千金大小姐，哪里会吃这种垃圾。"

说着，应寒年一口咬住鱿鱼须，那些滋味尽数进了他的嘴里。

见他这样，林宜不由得想起他那些酒后之言，心头有些不是滋味，不知道说些什么，只能看着他吃。

应寒年把吃完剩下的扦子投向垃圾桶，手举到一半，又看向她，眼角挑了挑，似笑非笑道："这种垃圾是不是也不该进你尊贵的垃圾桶？"

林宜淡淡地看着他："你不用这么说话，我没有看不起的意思。"

是他太敏感。

"我说什么了？"应寒年故意反问，仍是勾着唇。

小心眼的男人，他心里不会又记上仇了吧？

林宜无奈地上前，看着几个外卖盒，从里边挑出一盒不焦的蒜蓉茄子，茄子被一切两半安静地躺在盒子里，上面撒了满满一层的蒜蓉，有香气隐约冒出来。

林宜夹了一块茄子，放入嘴中，很意外的是，味道没有她想象中那么低劣，茄子被烤得很烂，一条一条的，口感也不像煮烂的那样寡淡，原汁原味发挥得淋漓尽致，配上蒜蓉入口，浓烈的滋味格外特别，刺激着味蕾。

她有些诧异，又夹了一块茄子放进嘴里，原来爸爸嘴里的垃圾食物也别有一番味道。

应寒年有些意外地看着她一筷一筷地吃着，眼中的讥讽逐渐消失，问道："怎么样？"

"很特别。"林宜认真地道。

"你是要多尝尝外面的味道，林家既以餐饮起家，食为本，你要是不知人间滋味怎么从中获得进步？"应寒年从袋子里取出一罐酒，直接拉开拉环，"烧烤得配啤酒，味道更好，想不想试试？"

林宜愣了一下，看看烧烤，又看看他，算了，反正已经在吃垃圾食物，也不差这一样酒精。

她接过来喝了一口，呛口的味道在嘴巴里扩散开来，整个脑子都感觉瞬间升天了一样，眼角有些颤。

应寒年伸手给她拍背："喝个啤酒就这样，让你喝威士忌不是要完蛋？"

"咯咯……"

林宜连咳好几声，伸手抹去唇上的酒渍，适应了好一会儿才静下来，这会儿再感受口腔里的味道，好像……还不坏。

她低下头又轻轻地喝了两口，啤酒罐忽然被他夺过去。

"行了，意思一下就行，别把自己喝倒了。"

他也知道，烧烤和啤酒都不是什么好东西，突然就不想让她吃了。

林宜不解地看向他，他刚刚还因为她不吃烧烤阴阳怪气地说话。

应寒年低眸深深地凝视着她，她怎么这么可爱呢，明明不喜欢这些，被他说两句就吃了、喝了，是怕他自卑难过吗？他这种人，自尊早就被踩得一文不剩，也早就不在乎了。

他怎么又露出那种诡异的笑容？

林宜看着他背上发寒，不懂他这笑容背后又打着什么主意。她转过头，不与他对视，低头吃东西。

应寒年拉开椅子坐上去，单手撑着脸，就这么直勾勾地盯着她。

如果她肯仔细端详端详的话，就会发现，应寒年的笑容不是诡异，而是……花痴。

林宜匆匆地吃了几口茄子后淡淡地道：“要凉了，你快吃吧，我先去洗澡，你一会儿走的时候小心些，别让人发现。”

说完，林宜就朝浴室走去，进门后落了锁。

应寒年突然出现，把她的脑子都搅乱了。

林宜伸手按了按太阳穴，这一天事情还真是多，她是真的不想再应付一个应寒年，况且她付出一次就要索取一次，可这天她没什么好问他的。

林宜怕应寒年还没走，磨磨蹭蹭地在浴室里洗了近两个小时的澡，其中有一个小时她是放着水坐在那里，浴室全是热腾腾的白汽，空气都有些稀薄了。

林宜待得实在无聊，才拉开门出去，站在门口往外看了一眼，卧室里空空荡荡的。

“呼——”

他总算是走了。

林宜长长地松了一口气，还没松到最后，一个磁性的声音落入她耳中：“你该不会是在等我离开吧，小团团？”

林宜回头，就见应寒年在门边抱臂站着，一派慵懒姿态，满眼兴味地看着她。

“很晚了，你怎么还没走？”

晚饭他也吃过了吧。

“我好不容易来一次，不做点什么就走，也太对不起自己了。”应寒年道。

真是可爱，她就算在里边洗脱了皮不还得见他吗。

流氓，她就知道吃晚饭什么的全是借口。

林宜努力不让自己把情绪表露在脸上，淡淡地道：“我今天有点累，不想。”

她拨了拨一头快干的长发，肌肤洗过之后更加娇嫩，脖子上有着几处吻痕，她长睫一抬，一双眼不用刻意自带妩媚，看得应寒年的眼神更深了。

“可我想。”他毫不掩饰自己。

“那……不如你去找找江小姐？”林宜靠在门的这一边，和他面对面站着，好心地给他提出建议。

浴室内的雾气正在渐渐消散。

“江小姐？”应寒年一时想不起来。

林宜知道他的美人簿上名字太多，便道：“明星江娆。”

“哦——”应寒年这才记起来，笑着睨她，“吃醋了？放心，我对外面那些女人都是逢场作戏，对你才是真……”

话到一半卡壳了，应寒年抿住薄唇，情话出口有点别扭，他说不出口。

林宜站在那里，看着他突然停住了话锋，有些奇怪，配合地低笑了一声：“真什么？你不会是要说对我才是真心实意吧？”

这种话哄鬼，鬼都不信。

应寒年的脸色僵了僵，眼色一变，他猛地朝她一步跨过去，一把将她横抱起来，丢到床上，整个身躯放肆地压下来，低眸深深地盯着她：“我的意思是，我对你才是真枪实战。”

她就知道他的嘴巴里没正经话。

林宜想挣扎，应寒年低下头就吻住她的唇，大掌盖住她的双手，十指双双相扣，牢牢地紧握在一起。

他的眸子里染着掠夺一切的色彩，根本由不得人拒绝，呼吸落在她的耳畔，越来越沉，似是渗进她的每一个毛孔中。

“团团，小团团。”

他在她的唇上低声念出她的名字，语气温柔得可怕。

头顶上的灯光亮得炫目。

林宜慢慢停下了反抗，闭上眼，随势漂荡在无际的海洋之上。

第十章
—— 光 ——

这一晚，林宜隐约感觉到应寒年的变化，但没有放在心上。

她要做的事有很多，要上心的事也多，应寒年对她来说不过是个可利用又不需了解的男人。

深夜，舒天逸抵达宜味食府的时候，林宜正坐在暖灯下看手机。她坐得笔直，身材偏瘦，一头长发束起露出一张精致清丽的小脸，眉眼间透着认真干练气质。

舒天逸在门口站了很久，静静望去，总觉得如今的林宜和以前不一样了，要是如肖新露所言，她是被安阑培养的，那也培养得太成功了。

听到动静，林宜淡淡地扫去一眼，只见舒天逸这一个月清瘦不少，脸色也变得奇差，双眼深凹，却还做了头发，穿着白色西装，努力营造出帅气温雅的样子。

哟，二号仇人来了。

林宜站了起来。

“小宜……”

舒天逸深情款款地迎向林宜，伸手要去抱她。

林宜不露痕迹地闪了一下，抱着文件站到一旁，情绪不露地看向他：“天逸，最近分店太忙，没时间去看你，你不会怪我吧？”

她真的抱歉，怕去医院看到他的惨状会忍不住笑出声来。

“怎么会呢，你也是为了我们的未来，看看你，都瘦了，我好心疼……”舒天逸说着又要抚上她的脸。

林宜低头去倒水，又躲开来。

舒天逸的手有些尴尬地僵在半空，他站在那里半晌不知道该做什么。

夜已深，商场的自动扶梯已经停掉，林可可急匆匆地从下面跑上去。她把角色扮演用的化妆品落店里了，幸好商场一侧的小门还没关。

林可可跑向宜味食府餐厅，站在门口刚要进去，就通过玻璃门望见两道站在一起的影子。

林可可连忙缩起身子躲在门外偷看，只见林宜站在里边，还穿着工作制服，一个年轻男人正站在她身旁，从口袋里掏出一朵花来，深情款款地注视着她。

好啊。

奶奶和二叔还说什么林宜为了做好店长，天天半夜不回家在店里学做菜，她哪是学做菜？！

林宜真是不要脸！

等等，她知道了，她听二婶说过，林宜之前有个不受二叔待见的男朋友，估计就是这男人了。这个林宜有了应寒年还不够，竟然脚踏两条船！

这么想着，林可可脑中闪过一念，连忙拿出手机，站在玻璃门外偷偷地拍下里边的两人的照片。

林宜啊林宜，看你这回怎么死！

林可可拍完照片，转头就跑。

餐厅里，舒天逸想到什么似的，拿出口袋中的干花："小宜，这是你让安姨送到医院的黄玫瑰，我舍不得它枯萎，就做成了干花，好看吗？"

林宜看向那干巴巴、花瓣要掉不掉、颜色极丑的干花，很无语。他可真行，这么丑的花也拿得出手……

"呵呵。"

林宜干笑两声，转身放好文件，往厨房走去。

舒天逸看林宜这样就知道大小姐嫌弃自己，尴尬地摸了摸鼻子，跟着走进去："小宜，我买了午夜场的电影，走，我陪你去看电影。"

"不了，我还要学做菜。"林宜走进干净明亮的厨房，拿起一套厨师服穿上，还戴上了白口罩。

"你……做菜？"

舒天逸震惊地看着她，那表情不亚于白日见鬼。

"对啊，我现在在爸爸面前力求表现，林家的女儿不会做菜成什么样子。"林宜说着说着突然瞪了他一眼，道，"还不是为了你。"

林宜本来想扮得娇嗔一点，但她发现，自己对着舒天逸这个恶心的男人实在做不出来，只能过个场面。

舒天逸倒是没管她表情到不到位，只觉受宠若惊："是，我知道，小宜心里有我，不如我帮你打打下手吧。"

她等的就是这句话。

"好啊，你帮我把那边案板上的菜全切成碎末吧。"林宜"温柔"地开口。

舒天逸解下外套，解开袖扣就转过身准备表现一番，在看到案板上的整座洋葱山时，脸色凝固了……

"怎么，有问题吗？"林宜打开火，加热锅子，回眸看了他一眼。

"你学什么菜要这么多洋葱？"这么多洋葱切下来，他会死在这里吧。

"我在学炸金玉肉丸，学艺不精，是会浪费些食材。"林宜一本正经地说道，"你是不是嫌多，你不愿意帮忙就算……"

"我当然愿意了。"舒天逸立刻打断她的话，一脸温柔深情地看着她，趁机告白，"小宜，为了你，要我做什么都可以。"

难得有在她面前表现的机会，他怎么会不抓牢？

"天逸，你真好。"

林宜笑笑，在锅中加入油，等着油温升高，再将做好的肉丸一个一个下锅，自我琢磨火候。

舒天逸苦着脸开始切洋葱。

过程中，她一直和舒天逸说着话，舒天逸被洋葱熏得不行，但怕大小姐不高兴，只能陪着她一直说话一直说话，手下动作也不敢停。

时间一久，舒天逸快疯魔了。

肉丸滚在油锅中，慢慢镀上一层金色，香味随着热气游动在厨房中。

肉丸炸出一盘又一盘，舒天逸被熏了一遍又一遍。

"天逸，过来帮我尝尝怎么样。"林宜叫他。

"来了。"

舒天逸走过去，已经被呛得泪流满面，眼睛睁都睁不开，强撑着走到林宜面前。

林宜夹起一个肉丸就塞到他的嘴里，烫得他大叫起来，在那里直跳脚，什么气质都驾驭不住了。

"烫烫烫！"

林宜强忍着笑意看他，语气装出一点担忧地道："你没事吧？"

"没……没事……啊。"舒天逸吐了丸子，手捂住嘴，人又被手上浓郁的洋葱味道呛得差点背过气去，“小宜，帮……帮我倒杯水。”

“哦，好，你等一下。”

林宜忙去倒水，端着杯子靠近他，见他眼泪鼻涕一团，眯着眼睛哈着气，要多丑有多丑。

她侧了侧眸，脚踩脚地朝他奔过去，嘴上着急地道：“水来了，啊——”

舒天逸听到她这一声惨叫，脑袋都炸了，预感到不好，但什么都看不清，只能呆呆地站在那里，忽然就听到有水飞入锅中的声音，无数的油星子瞬间朝他溅过来，烫得他跳起来，躲都不知道往哪里躲，只能用手挡住脸。

林宜站在一旁，看着油星子溅向他，看着他像个小丑似的手舞足蹈，眼中一片冷漠。

肖新露伤她身，舒天逸骗她情。

在梦里，他们结婚后，舒天逸露出的真面目令她绝望，令她痛不欲生。

这个男人……她是真心爱过的。

可结果呢？最后毒杀她的时候他可曾有过一丝怜悯之意？

等林宜将舒天逸扶到外面，给他擦了脸以后，默默地递出一块镜子。

舒天逸一看到镜中的自己就崩溃了，他的两只手上烫得全是红点子，虽然刚刚用手挡住了脸，但脸上还是被溅到好多处油点子，烫得发红，整张脸像是被烧过一样，又烫又疼。

脸都毁了。

舒天逸惊恐地看着镜中的自己，还来不及开口，就见林宜站在旁边皱着眉打量他：“怎么烫成这样，好丑哦。”

无毒无害的一句话，声音娇滴滴的。

她是大小姐的性子嘛，向来直言直语。

舒天逸胸口被扎一箭，几乎吐血，这还不是她这个白痴搞的！他现在被烫成这样哪还能见人啊！

“天逸，我也是不小心才往油锅里溅了水，你不会怪我吧？”林宜眨巴着眼睛看他。

“我怎么可能会怪你……”

——我想杀了你。

舒天逸看着自己像长了红麻子一样的双臂，嘴唇都抖了，抬眸看向她时，眼神强行恢复温柔：“小宜啊，我这样得去医院，你陪我去吧。”

“我的菜还没做好呢，要不你自己去吧，我找时间去看你，好吗？”林宜柔柔地注视着他。

“可这么晚，末班车都没了，要不你借我车吧？”

“不行啊，借了你，我怎么回家呢？”林宜无辜地说道，随即抓住舒天逸的手牢牢握住，崇拜地看向他，“天逸，你在我眼里是最了不起的，你一定能想到办法的对吗？”

痛痛痛！

她没看到他的手都烫成这样了吗？还握，她是不是智障啊？

舒天逸憋着痛看着她，咬紧牙关强忍，五官都扭曲了：“是，是，怎么能让你一个女孩子没车回家，我想办法，大不了走到医院。”

他以退为进。

可惜，她根本不在乎。

“嗯，天逸，你最好了。”

林宜感动地将他的手握得更紧了。

舒天逸哆哆嗦嗦地抽出自己的手，在林宜依依不舍的目光中离开餐厅。

待他的身影消失在餐厅中，林宜一脸厌恶地抽出湿纸巾擦拭自己的手，这一次，不知道他又要治疗多久呢？

再这么天天往医院报到，这家伙的工资都不够医药费了吧？

舒心。

林宜笑笑，转身走进厨房继续研究食物。她要想将宜味食府发扬光大，制作得出美食是最基本的一步。

山中的风景依然如旧，萧条清冷，高高绵延的山脉充斥着危险的气息。

林可可照着地址来到半山别墅，仰头望着眼前的别墅，心跳得有些快。

这里就是应寒年住的地方，她是求了那次赛车比赛上的某一个公子哥才拿来的地址。

她站在大铁门外往里望去，欧风的别墅矗立，灯光泛黄，一根根罗马柱搭出一条通向大门的长廊，庭院中树木萧条，风起叶落，有着说不出来的森冷景致。

对应寒年，林可可既有着发自内心的恐惧，同时又对他有控制不了的向往迷恋，午夜梦回时，那一双漆黑的眼、勾出邪气笑容的薄唇都折磨得她无法入睡……

她喜欢应寒年，发了疯地喜欢。

她不知道为什么应寒年会看上林宜，明明他是先看上她的，她却被两番羞辱，她不甘心……

林可可咬咬牙，正要去按门铃时，身后传来一阵跑车急驰的巨响。

她回头，就见一部跑车在夜色中急转一圈，表演着帅气的原地飘移，车头猛地朝她撞过来，强烈的灯光朝她射来，吓得她连连后退，撞到大铁门上，失声尖叫起来："啊！"

跑车骤停，刹车磨得轮胎起烟。

车子离她不过一点距离。

车门猛地被推开，姜祈星面无表情地下车："什么人在这里鬼鬼祟祟……你？"

姜祈星认出来了。

林可可站在那里，被这一幕唤起赛车时的恐怖记忆，吓得瑟瑟发抖、魂不守舍，呆呆地看着一个身影从副驾驶座上漫不经心地走下来，身形高大，手上随性地抛着一款银色鹰头打火机，明明痞里痞气却气势凌人，尤其是一双漆黑的眼，似暗夜中的幽火，叫人没来由地惧怕。

可是她能被他这样注视着，也是好的。

"寒……寒哥。"

林可可弱弱地开口，强稳住自己的身形，逼迫自己站得直一些，一颗心脏跳得特别快。

闻言，应寒年冷着脸挑眉道："认识我，你谁啊？"

这人大半夜站在他家门口，想死吗？

——你谁啊？

就这么三个字似一盆冰凉的水从头上浇下，林可可一张小脸都失了表情，心口像是被破开一个巨洞，她难以置信地看着他："你不记得我了？"

他们见过那么多次，他抱过她，还吻过她，全不记得了？

他怎么可以不记得她呢？他曾经对她笑得那么好看……

她在他眼里，到底算什么？

"祈星，把无聊的人赶走。"

应寒年像看着一个陌生人一样看着她，而后冷冷地开口，一步都不停地往里走去。

"我是林宜的堂妹！"

林可可大声地说了出来，不得不将林宜这个标签贴到自己的身上。

身形高大的男人终于停住脚步，回头看向她，眼中有暗涌浮沉："所以呢？"

"我是来向你揭穿我堂姐的真面目的，你别被她虚伪的外表给骗了！"

林可可说着打开自己的背包，拿出手机递给他看。

应寒年接过手机，屏幕上明显是偷拍的照片，餐厅的背景，林宜和一个男人站在一起，她正对着男人笑。

他滑到下一张，男人拿着一枝花，两人情深对视，说着什么，她脸上的笑容又美又清澈。

这个男人他见过，是林宜的前任男友。

这人在宜味食府新店开业那一天，还被他揍过。

应寒年的脸倏地沉下来，修长的手指握紧手机，眼底燃起一小团火焰，烫得灼人。

身后的风止了。

见状，林可可知道自己目的得逞，便继续道："我堂姐可不是个安分的女人，你别再被她蒙在鼓里！你要是不相信的话，现在去餐厅，她还在那里和那个男人幽会呢！"

应寒年身上的气息更为阴沉，下一秒，他低眸看向林可可，薄唇勾起一抹嘲讽的弧度："她是你堂姐，你跑来告诉我这个？"

他的五官轮廓收得很紧，鼻翼一侧有着令人不安的阴影。

林可可无法与他对视太久，不自在地转开眼，双手抓住背包的带子，摆出义正词严的态度道："我只是看不惯她这样耍着别人玩，水性杨花、朝三暮四！她还要摆出一副清纯得不可侵犯的假模假样。"

"呵。"

应寒年低笑一声，目光幽深辨不清喜怒。

林可可深吸一口气，抬起头看向他，鼓起勇气红着脸大声道："而且我喜欢你，更不希望你被她骗！"

"是吗？"

应寒年看着她，慢条斯理地将手机照片删除后，朝她勾了勾手，五官魅惑迷人。

林可可被他的眼神蛊惑，怀着一颗少女心完全不受控制地朝他走去，他一把将她拉到自己身前，勾着嘴角慢慢低下头，暧昧地靠上她的耳朵。

林可可近乎屏住呼吸，手死死地攥紧背包带子，她的每个毛孔都能感觉到他的靠近。

夜色醉人，他性感的薄唇在她耳边一张一合——

"老子喜欢被她玩，关你屁事！"

林可可傻眼了，呆呆地站在那里，脸色发白，身体僵硬。

应寒年的脸色猛地沉了下来，眼中一片阴鸷，扬起手就将手机砸到地上，嗓音骤然变得狠厉：“带上你的手机滚！你以后再敢背着林宜做这种事，我替她收拾了你！”

林可可吓得往后连退两步，刚要说什么，一旁的姜祈星冷着脸站过来，瞪着她道：“还不走？想把命送在这山上？”

听到这话，林可可吓得再说不出半个字，颤着手去捡地上的手机，感觉又屈又辱，双眼不自主地泛红。她回头看向应寒年，不甘地喊道：“应寒年，你喜欢这种女人你会有报应的，总有一天你都不知道自己怎么死的。”

“滚！”应寒年的目光一扫。

林可可吓得头也不回地跑了。

姜祈星站在原地，只见应寒年一脸阴沉，烦躁地开口：“烟呢？”

姜祈星连忙拿出烟盒，递出一根烟。

应寒年将烟咬在唇间，打亮打火机，山上风大，火一点起就被吹灭，一点起就熄灭。

应寒年一把砸了打火机，眼中尽是阴戾的火光，额上青筋突显，整个人陷在阴影中鬼魅不辨。

姜祈星默默地站在那里，暗想，寒哥这样子可不像是喜欢被女人戏弄的啊。

“走，去万物城！”

应寒年扔了烟就朝跑车走去。

姜祈星朝地上的烟看去一眼，烟头已经被咬烂了。

车上的空气稀薄，有种令人喘不过气来的窒息感。

姜祈星开着车，忍不住从后视镜里往后座看去，只见应寒年脸色铁青地坐在那里，从烟盒里敲出烟放在嘴里，死死地咬了几下，又扔出窗外，然后再取一根烟放进唇间，再咬再扔，不断重复这样的动作。

姜祈星连大气都不敢出，暗想着，这回林宜怕是要遭大祸了。

半夜的万物城空空荡荡的，所有的华丽都成了空洞。

应寒年和姜祈星一前一后走进庞大的万物城，从停掉的扶梯走上去，姜祈星看着应寒年肃杀的背影，不禁为林宜捏了一把汗。

忽然，上面传来男人自言自语的辱骂声。

“敢溅我一身的油，要不是看你家财丰厚，我能忍你？”

“林宜，你等着！”

“疼死了，又不知道得花多少钱，她还不给钱，越来越没以前好骗了！”

舒天逸顶着满脸满身的油从上面下来，见到应寒年他们，第一反应是要开骂，却在对上应寒年阴寒的眸子时顿觉心中一慌，莫名似被压了一头似的，走路都有些僵硬。

他怎么感觉这男人有点眼熟？

当日宜味食府新店开业，舒天逸被应寒年用啤酒瓶子砸了，只顾伤势，加上人多没有看清行凶者。

因此，他只觉应寒年周身散发着不好惹的气息，也没多想，从另一边的扶梯快步下去，脸上的疼痛几乎让他跳着走。

应寒年走上去，站于顶端，转过身来，双眸冷冷地望着下面男人的背影。

身后姜祈星没什么起伏的声音响起：“寒哥，两人这好像不是在幽会，那一脸伤看着挺吓人的。”

自从赛车一事后，他对林宜的印象大为改观，不免为她说两句。

他看得懂的，应寒年又怎么会看不懂。

应寒年收回视线，面色依旧阴沉，冷冷地道：“你去把这人弄到欧腾酒店，绑酒店高顶上吊着，明天再放下来。”

“是，寒哥。”

姜祈星自是不会反抗他的意思，低头应下，便转身往扶梯下方跑去。

舒天逸一路骂骂咧咧地走出商场的小门，忽然听到有脚步声靠近，刚要回头，后颈就被人狠狠一劈，眼前一黑，人便晕了过去。

这一晚，舒天逸被吊在六十八层楼之高的欧腾酒店上，像只风筝一样在黑夜的风中摇摆，醒过来之后望着底下整座城市的景色吓到裤子湿透。

逼走肖新露，恶整舒天逸，这是林宜第一次真正出了恶气。

她将金玉肉丸炸完后，一个人慢悠悠地收拾着厨房，将身上的厨师服脱下来，整个人都轻松下来。

她的人生终究是不一样了。

她活动着脖子，忽觉芒刺在背，不禁蹙眉，猛地转过身去，就见应寒年斜斜地靠在厨房门口，双手抱臂，黑眸冷冷地盯着她，神色阴沉，一点声息都没有，跟鬼魅似的。

林宜被他吓到：“你怎么来了？”

他最近怎么总神出鬼没的？

应寒年露出一抹嘲讽的神色：“你当然不希望我来了，不然怎么和前男友叙旧情？”

前男友？

林宜怔住，他怎么知道？

她迅速反应过来，淡淡地道：“不是你想的那样。”

应寒年眼神一沉，一个箭步朝她冲过来，一把掐住她的喉咙往墙上摁去，眼中充满戾气，低沉的嗓音透着阴沉之意：“有事钟无艳，无事夏迎春，林大小姐，你是不是觉得我应寒年是你掌心的玩物，任由你耍着玩啊？”

有事找他的时候她便主动投怀送抱，没事的时候他打电话她都懒得接，请吃饭又没空，找上门还得躲进浴室里，她当他是什么？

林宜的背重重地撞到墙上，疼得直皱眉，她双手扒上扼住自己脖子的手，想将他的手拉下来却拉不下。

这男人管她倒管得挺紧，真有意思。

林宜心下反感，但深知和他吵翻不是明智之举，只能淡漠地道：“应寒年，我没有拿你当玩物，你愿不愿意听我讲个故事？”

应寒年阴沉沉地睨着她的眼，她眸中干净得让他慢慢松了锁紧的手指：“好，我就听你怎么给我编朵花出来。”

难搞的男人。

林宜拿开他的手，转身往外走去。

林宜在扶梯的最上方坐下来，双脚踩在下面，这个角度望出去能望见整个商城的华丽壮观，中央吊着各种各样的巨大花球，颜色缤纷浪漫，灯光明亮，空空荡荡的只剩下他们两个人。

应寒年沉着脸在她身旁坐下。

说实在的，哪怕那男人烫得一身油点子地出去，他依旧嫉妒得发狂。

他根本不能容忍她身旁有别的男人。

林宜望着整个安静的商场，缓缓说出自己的故事：“其实我以前很自以为是，觉得自己是林家的大小姐就很了不起，眼睛长在头顶上，根本不知道自己其实就是只井底之蛙。”

应寒年沉沉地看她一眼，没有说话。

“有一次校庆，我上台跳了段独舞，下台以后听到有人嘲笑我穿得像只花孔雀，我就上前争执，还打起来了，结果我寡不敌众被打得唇彩都抹眼睛上去了，狼狈得不行。”

提到这段，林宜自嘲地笑起来：“我一个人躲在角落里偷偷地哭，就是那个时候，前来看校庆的舒天逸，就是我前男友递给我一张纸巾。”

这是什么破桥段。

“一个人在身陷窘境的时候有人给一分温柔，是难以忘怀的，我抬起头，看着他文质彬彬地站在那里，五官温和，眼神柔软，好像这辈子第一次看到那么英俊的男人，于是一下子便沦陷了。”回想起过往，林宜只觉得自己傻得透透的。

“你的眼睛什么时候瞎的？”应寒年抬起手，强硬地转过她的脸面向自己，像煞有介事地检查她的眼睛。

那男人的脸能叫英俊？呵呵。

“……”

他还能不能好好聊天了？

林宜无奈地看着他，淡淡地道：“那时候怎么知道自己眼瞎，还以为遇上真命天子，讲电话讲到没电充上电继续聊，只要他有空，我就是翘再多的课也要去见他，自己不买新衣服也要给他买，甚至觉得要是没有他，我活着也没什么意义了。为了他我不惜处处顶撞我爸爸，还一度想和他私奔，远走高飞。”

她每讲一句，应寒年的脸就沉一分，讲到“私奔”二字，应寒年的脸色已经是臭得不能再臭了。

“林大小姐，你最好注意你的措辞。”应寒年盯着她，语气阴森，“你现在说的每个字都好像在催我把你从这里踹下去。”

林宜沉默了。

“说下去！”

应寒年催她。

“我只是想告诉你，以前的我其实很笨，识人不清，直到……”林宜顿了顿，将过往掩盖过去，只道，“直到我发现他其实是有目的地接近我，他和我继母暗中勾搭，他们两个就是冲着我们林家的财产来的，一个控制我爸，一个控制我，想慢慢蚕食掉林家。”

应寒年静静地看着她。

“你还记得慈善晚宴吗？那是我发现他们的阴谋诡计不久，若不是我将计就计，当时我已经在他们的算计、你的帮衬下成为黄色笑柄了。”林宜苦笑一声。在梦里，将来的她就是那样，被算计得遍体鳞伤，仍不知所谓。

话题突然跳到他这里，应寒年的目光闪了一下：“这事你还记着，最后你不也没上当吗？”

那时，他哪知道他今日会迷上她，要是先知，当时他就替她摆平一切了。

“有些事必须记着，才能时时告诫自己不能再被算计。”林宜一字一顿地说着，声音淡然，“我是拿真心对舒天逸的，他却想着夺我的家产，毁我的一切，我恨他都来不及，又怎么会和他约会，不过是在报复他而已。”

“我约他就是为了报复他。”

应寒年的英俊面庞上情绪渐缓，他低眸看着她眼中燃烧的一丝恨意，知道她没有撒谎，便道：“有爱才有恨，你还爱他？”

她要敢应一声，他就把她推下去。

听着他的话，林宜像听了个笑话，笑得嘲讽：“我爱他？呵，你吞过蟑螂吗？对我来说，舒天逸就是那只跳进我的喉咙里的蟑螂，我恨不得将他碎尸万段，这种恨能带着爱吗？”

她的爱，早就被舒天逸摔死了。

她的心，早就凉得没有一丝温度。

应寒年深深地盯着她，黑眸中掠过一抹幽光，试探地道：“我让姜祈星把他绑在欧腾酒店上面吊着了。”

林宜闻言，连眉头都没皱一下，只嘲笑道：“那他一定吓得怀疑人生。”

这个反应应寒年很满意，胸口的火也就这么被她轻易给抚平了。

他的团团果然只有他。

应寒年一手撑着脸，一手抚上她肌肤娇嫩的脸，眼神很痴，嗓音低沉而有磁性：“你以前眼睛瞎，现在遇上我，我把你治好就行了！”

林宜不解地看向他，不明白他这话是什么意思。

但看他这态度，应该不会再计较舒天逸一事了，于是她舒了一口气。

应寒年宠溺地盯着她，指腹在她的脸上摩挲：“团团，我这人不喜欢对付女人，但以后你要整那个姓舒的，通知我。”

他十分乐意效劳。

“你不喜欢对付女人？”

林宜听着这话怎么都觉得不对味，在慈善晚宴上差点公开她的黄暴视频的是谁？强迫她成为他的女人的是谁？总是让她坐冷板凳的是谁？

应寒年知道她在想什么，眼中掠过一丝尴尬之色：“那时候你都打上我的脸了，我也就做了顺手的事。”

又不是全盘都是他的算计。

他真能说，反正全凭他一张嘴。

林宜想着，应寒年凑过来，在她唇上亲了一下，道：“其实你对我，真的是个特例。”

第一次见的时候，他不过是想邀她跳支舞，可再遇见的时候，他好像就控制不住自己了，第一次那么想得到一个女人。

到现在，他已经为她着迷。

林宜虚假地笑了笑，他嘴里的话真真假假，她信他才怪：“对了，你什么时候来的，难道一直在外面看着我和舒天逸？”

说到这里，应寒年正色地提醒她：“你那个堂妹不是什么好东西，你得防着点。”

林宜不笨，一听这话就知道是林可可跑去找他了，眉头不由得蹙起来。

这个林可可，一天天嫌事太少，非闹出点动静来不可。

“我知道了。”林宜点点头，抬起手看一眼时间，道，“很晚了，你快回去吧，我也得回家睡觉了。”

明天她还要上班。

“我坐你的车。”应寒年道。

“什么？”林宜怔住，错愕地看向他。

应寒年贴上她的额头，吻上她的唇，轻咬唇瓣，嗓音暗哑暧昧：“团团，我跟你回家睡觉。”

“又去我家？这不好吧？”

林宜感觉自己要疯了。

“不，我现在发现我特别享受这种感觉！”应寒年说着便站起来，语气霸道，不容她拒绝，拉着她就走。

享受个鬼。

林宜看着他的背影有些绝望。她这算不算是引狼入室了？

他的手指修长，掌心包裹着她的，灼得烫人。

一连几天，应寒年都偷偷睡在林家，半夜去，清晨走，两人相处得还算和谐。

只是他一来，林宜就怎么都睡不好。

这日，林宜躺在自己的床上依旧睡得很不踏实，生怕有人会突然敲门，直到天快亮的时候，应寒年离开她的床，翻身从窗户跳下，只留一缕凉风伴着寒光吹进来，她才松了一口气。

他走得悄无声息，没有吵醒她，但林宜睡得并不好，完全能感觉到他的动作。

她在床上翻了个身，揉着有些酸痛的肩膀，床头柜上的手机振了两下，她拿过来，是应寒年发来的微信。

“我去买早餐给你，要是你醒了先洗漱，等我。”

“我拍的，是不是特别美？”

这消息刚发过来，一张照片也跟了过来，照片中的她躺在床上，乌发半泻，双眼闭着，小小的嘴唇抿出一抹粉，肩裸露在外，被子虚虚地盖着……

这还不是重点，重点是她的肩下多出一只指骨分明的大掌紧紧地搂着她，尾指上的银戒陈旧极了。

这是一张足够令人心神不宁的照片。

林宜倒吸一口气，立刻从床上坐起来，拨电话给应寒年，冷冷地道：“你拍这种照片想干什么？”

为什么她想着和他和平共处，他却总能给她折腾出点事来，是不是她太忍耐着他了？

应寒年在那边低笑一声，嗓音性感：“我接下来要出门几天，总得留点念想。”

“你不要太过分！”林宜的五指埋入发间，语气变重，“应寒年，我们之间是脏，但脏得明明白白，你要留着照片做什么，我不会放过你。”

这种照片留着就是祸害，谁知道应寒年将来会做出什么事来？

她的话音刚落，手机那边的人沉默了，她只听得到低沉的呼吸声。

林宜正要继续质问，那边的应寒年声音已然没了笑意，沉得厉害：“林宜，什么叫脏？你情我愿的事有多脏？”

她竟管他们之间叫脏。

林宜并不打算在这个话题上纠缠，只冷声道：“你马上把照片删了。”

“我在问你话！”应寒年突然间低吼出来，怒意凛然，“还是林大小姐觉得我应寒年脏？”

他不脏吗？

林宜自然听得出来他的怒气，于是放缓语气道：“应寒年，我的意思是，我们之间有些手段还是干净一些好，这样才能彼此信……”

她的话还没说完，手机里就传来一片忙音。

电话被挂断了。

林宜蹙眉，这算怎么回事，是应寒年惹她，还是她惹毛了应寒年？

早餐店前。

应寒年青着脸接过老板手中的豆浆油条，隔着牛皮纸袋都能感觉到灼手的温热。他低眸，冷眼看着手上的纸袋。

呵，应寒年自嘲地冷笑一声，随手将纸袋扔进一旁的垃圾桶里，决然而去。

早餐店老板站在那里，愣愣地看着他的背影，久久没回过神来。

几天后，林冠霆同肖新露去了律师事务所，将离婚协议书签下。

窗明几净的事务所中，林冠霆穿着一身灰色西装，衬得气色较差。他坐在一旁的沙发上，单手扶额，神色疲倦不堪。

“将明港的一套公寓也给到肖新露的名下，是吗？”律师坐在一旁，按他的吩咐做修改。

“嗯。”

林冠霆沉沉地应了一声。

不管如何，到底是夫妻一场，他也不想让肖新露走得太狼狈。

“冠霆。”微颤的声音传来。

林冠霆抬起头看去，就见肖新露双眼红肿、脸色苍白地朝这边走来，头发染回黑色，简单披散着，小碎花的及膝长裙穿在身上，明媚的黄色小花朵衬着肌肤。

肖新露站在那里，眼角、脸上贴着小小的纱布，对上林冠霆的视线，长睫一颤，泪水悬于眼眶，有着生离的不舍：“不用给了，我愿意嫁给你，从来就不是为了财产。”

她哽咽着。

林冠霆目光沉沉地看着她这一身打扮，竟和他过世的妻子一模一样，加上肖新露的刻意模仿，仿佛亡妻在看着他。

林冠霆的手颤了一下，他定定地看着她，脸色却渐渐沉下来，朝一旁的律师道：“她不要就算了，不用再添加，直接签字吧。”

肖新露呆在那里，难以置信林冠霆会说出这一番话来。她借清理自己的东西之名，翻出所有林宜的妈妈的照片和视频，极尽模仿，就是想在这天引出林冠霆的深情，结果没用。

怎么可能呢？往常她偶尔露出和林宜的妈妈差不多的神色，林冠霆都会恍惚一会儿，然后就会对她感到愧疚，对她越发怜爱……

怎么会没用呢？

林冠霆没有理会她，站起来走到黑色长桌前坐下，接过律师手中的离婚协议书，握着笔就要签字，手臂突然被人按住。

“冠霆——”肖新露在他身旁蹲下身来，楚楚可怜地仰头看向他，双手都在抖，“我们真的要走到这一步吗？你记得结婚的时候你怎么和我说的吗？你说要照顾我一生一世的。”

她痛苦的模样惹人心疼。

一旁站着的几个律师都不由得多看漂亮的肖新露两眼。

林冠霆低头看着她，目光复杂，叹了一口气，伸手拉开她的手：“走到这一步，是你咎由自取，就这样吧，还能落个好聚好散。”

说着林冠霆就低头签字，肖新露潸然泪下，拼命摇头：“不，不要签……”

“新露，签吧。”林冠霆签完字后将笔递给她。

“不要，不要。”肖新露抗拒极了，满脸悲伤，“冠霆，我好歹也跟了你快三年，你不能这么对我，再说这上面的条款写得根本就不细致，我在公司还有职务呢，这怎么算？难道你要我以一个前妻的身份替你工作吗？我们以后天天见面该如何呢？”

话音刚落，一个清爽利落的声音在事务所内响起：“这就不必阿姨操心了，你的工作我会全盘接手。”

所有人转头，就见林宜从外面走进来，她一身休闲的运动打扮，白色裤子虽然宽松却仍看出她双腿细长，气质有着与生俱来的优雅，遮阳帽下，一张脸干净年轻，五官分明，有着满满的朝气。

律师们不由得多看两眼。

肖新露蹲在地上，见到林宜，忍不住伸手捂住眼角上的伤。

她的声音有些僵：“你接手我的工作？小宜，你才进分店一个月，对公司事务又不熟，怎么接手？”

“我进分店一个月就将盈利做到众店之首，超过第二名许多，连爸爸都夸我呢。”

林宜微笑着说道，在林冠霆身边站定：“你在公司的职务是主抓运营这一块，你是主管，很多细节都不用你亲自抓，都是下面的人去做，所以，我想上手应该也没什么难度吧？这样，就不用你和爸爸共事，让你感觉为难尴尬了。”

她这就是明抢了。

肖新露想了想看向林冠霆，见他毫无反应，便知道林宜已经和他商量过，这是要把她从公司和家中完全赶走，可偏偏她的话全被堵死了，无法反驳。

“爸爸，我在家里炖了宜味盅，放久了不好，你先回去吃点，然后休息一下，这边交给我。”林宜在林冠霆耳边柔声道。

林冠霆转头看着面前的女儿早已没了从前的骄纵蛮横，眉眼间尽是令人放心的成熟懂事，心中很是复杂，点点头，任由林宜扶着自己站起来，满身疲倦地离开。

他竟是一声再见也没留给肖新露。

肖新露站起来想叫住他，却被林宜按住手。

林宜侧目，目光冷漠地睨着她，一手指了指自己的眼角，示意她别忘了伤。

肖新露的唇都抖了，她恨恨地瞪着林宜："林宜，你别太猖狂，这里是律师事务所。"

上次是在林家，她又尾椎受伤，才会让林宜那么欺凌。

林宜回头看一眼几个律师，松开她在长桌前坐下来，看着面前的离婚协议书上爸爸的名字，淡淡一笑："看来你今天特意扮成我妈妈的样子，也没能让爸爸对你有一丝宽容啊。"

肖新露一怔："你是不是做了什么？"

"也没什么，就是昨晚我在妈妈的遗像前跪了一夜。"林宜语气轻描淡写，看向她的眼神却充满挑衅，"正好遇上爸爸睡不着出来，我们就谈了一晚上的心。"

"我问爸爸，要是妈妈还在，她会不会让一个极力模仿她的女人待在自己男人身边，而这个替代品还处处陷害自己的女儿。"林宜笑得眉目如画，"我还问他，这世上会不会真有女人发自肺腑地愿意做一个死人的替代品。"

这天是签署离婚协议的日子，是肖新露最后一次挽救的机会，她早就猜到这女人要来这一招，想博得爸爸的怜惜之意。

"你——"肖新露握紧了拳头，"林宜，都说拆庙不拆婚，你这么卖力地怂恿你爸爸离婚，落个孤家寡人的下场，不怕有报应吗？"

怪不得刚刚林冠霆看到她打扮成这样，反而不满，他是觉得她到这一刻还如此有心机，哪还可能给个好脸。

"报应？"林宜冷笑一声，双目嘲讽地凝视着她，"肖新露，我的存在，就是在证实这世界上真的有报应。并且，是你最大的报应！"

谁都别想来拆散她的家。

"……"

肖新露的拳头握得更紧了。

第十一章

—— 相 ——

林宜把离婚协议书推到她面前：“把字签了吧，阿姨。”

“我不签。”

“阿姨，怎么说也算是做过亲戚一场，你父母进了局子，你看看林家有没有什么帮得上忙的，尽管说，别客气。”林宜微笑着道。

挺客套的话，但肖新露岂会不明白她的要挟？要是她不签这字，以林家在S城的势力，要让父母在里边不好过太容易了。

肖新露恨恨地瞪着她，却说不出话来。

如今被逼到这份上，她失去林太的光环，又被打回了原形，什么都失去了，又凭什么和林宜、安阑斗？

“阿姨，签吧，你可别忘记我在狗屋和你推心置腹的谈话。”

林宜嫣然一笑，把笔在桌上滚了一圈，滚到肖新露的面前。

在几个律师的目光下，肖新露颤着手在离婚协议书上签下了名字。

终于成了。

林宜长长地松了口气，站起来就走。

肖新露坐在原位，恶狠狠地瞪着林宜轻松的背影，恨不得将一嘴的牙齿都咬碎。

在林冠霆的批准下，林宜开始为进公司做准备。本来林宜是要老老实实地在分店里赚满五百万才能进的，结果肖家大闹寿宴后，林冠霆和肖新露离婚，反倒给了林宜提前进公司的契机。

林宜是急的，急着将公司稳定在自己手里，不是因为她贪，也不是因为不信任爸爸，而是经过梦中那些仿佛真的亲身经历的苦难后，她总觉得攥在手里的东西才牢靠，只有她真正掌控了公司，那就什么妖魔鬼怪来，她都不用担心。

这天，林宜在安阑的陪伴下正在整理分店的一些文件，准备移交，家里来了客人，是大伯夫妻和林可可。

两人来的目的很简单，林可可听闻她要进公司了，于是想做店长，求着闹着让大伯夫妻过来说情。

林宜下楼就看到爸爸、姥姥、姥爷，还有大伯夫妻、林可可坐在大厅里聊天，大伯林冠雷显得很是局促，明明是大哥，却不得不向林冠霆这个弟弟低头说话，尬聊尬笑着，头发间已见白。为林可可这个女儿他也是操碎了心。

“冠霆，我知道这事挺为难你的，我也知道可可资历还不够……”林冠雷坐在那里搓着双手，都不知道怎么说下去了。

林可可却仍不满，推着他埋怨道：“我怎么资历不够了？我是林家的堂小姐，要个店长做做怎么了？林家那么多店呢。”

亲戚一场，就是给她一家店也不过分，何况她只是要个店长做做而已。

“你别说话。”

林冠雷无地自容得恨不得找条地缝钻进去。

林冠霆也是烦忧，不给这个情面，兄弟面上过不去；给这个情面，林可可这丫头是什么底子谁都知道，哪里能管好一家店。

林宜见状，扶着楼梯扶手走下去，微笑着扬声道：“大伯，可可想做店长就让她做吧，林家的孩子是需要历练历练的。”

闻言，林冠霆抬头看向她，蹙起了眉，她怎么还做上主了？

林冠雷则是喜出望外，感激地看向这个侄女。林可可一脸意外，林宜这会儿居然这么好说话？

“可可，正好我在整理分店的文件，你上来看看，就当提前接手吧。”

林宜笑得一脸温柔和善，眼神清澈，看不出半点虚伪的样子。

听到这话，林冠雷忙推着女儿道：“快快，快跟你姐上去，跟小宜好好学知道吗？”

当初堂姐妹两个是半斤八两，一样胡闹，可如今看林宜越发上进，而自己的女儿却……唉，一言难尽。

林可可被自己爸爸催着，只好跟着林宜上楼。姐妹两个一前一后地走进干净明亮的卧室，林可可拉开门，趾高气扬地道：“其实做店长也没什么难的，你能做我也能做，不过，我那份工资你得给我涨两倍，好歹我是你妹妹！”

话音刚落，关门的沉重声在她身后响起。

“砰”。

林可可被吓一跳，一回头，就看到林宜扬在半空中的手，还没反应过来，脸上就被狠狠地扇了一记。

林宜站在她面前，一张清丽的脸上哪还有刚刚面对长辈时的温和恭敬，只剩下冷漠，一双黑白分明的眼睛更是冷得没有温度。

林可可捂着疼痛的脸，破口大骂：“林宜，你疯了，你打我？我告诉二叔去！”

说着她就要冲出去，林宜冷着脸反手一推，将她推到自己的书桌面前。

林可可跌坐在椅子上，又要骂人，就听林宜声音冷冰冰地开口：“你在我背后做了什么，你心里清楚。”

林可可一呆，想到自己偷拍她的照片跑山上去的事，一时间心虚不已。

林宜猛地抓住她的头发，毫不留情地将她的脑袋按在书桌上，冷冷地道：“林可可，你知道应寒年这人手段狠辣残忍，什么事都干得出来，你偷拍几张照片出卖我，是想看着我被他弄死是不是？”

林可可想挣扎却被她按得紧紧的，一张小脸憋得通红，乱发遮眼，狼狈至极。

“我是你姐，我对你有什么不好吗？你资格不够，我也让你留在分店了，做的还是餐厅经理，你屡屡犯错，我也没有开除你，你倒好，在背后阴我，真当我没有脾气？”林宜的声音既冷且狠，令人不寒而栗。

林可可就这么屈辱地被按着头，激动地道：“你对我好？你抢我的男朋友，应寒年本来是我的，你连自己妹妹的男人都勾引，你不要脸！”

林宜站在那里，听完都气笑了：“林可可，你是不是蠢？应寒年这种在云谲波诡的商界中生存得游刃有余、神鬼不辨的男人，从来都是逢场作戏、玩天玩地，你当他有真心吗？你醒醒行不行！”

居然为这种男人吃醋跑去出卖自己的姐姐，她可真有能耐。

“是啊是啊，他对你就是真心。林宜你要不要这么大脸，总以为自己最好，全世界都爱你是吧！”林可可激动地道。

“他和我的事你不用管，你管好自己就行了。”

林宜松开按着她头的手，拉开一旁的抽屉，将一沓照片扔到她面前。

林可可头发凌乱地直起身来，低眸看去，只见照片中全是她胡混的画面，一看到这些，她脸都白了。

她很喜欢角色扮演，被前辈引进到这个小圈子，可待久了以后才发现那些人就是以角色扮演的名义聚集一帮年轻人胡来，根本不是真正热爱。

她深陷其中，想抽身但又舍不得，有时候太压抑了需要这样一个圈子去发泄自己，所以只能跟着别人的规则玩。

这些要是被她古板的爸爸知道了，恐怕她的腿都会被打断。

“你……你怎么可以……”

林可可又怒又怕地瞪向林宜。

“我让私家侦探查的。”从林可可撞破她和应寒年的关系后，她就着手办这事了，方便拿来堵上这个妹妹的嘴，“林可可，我和你是堂姐妹，谈不上姐妹情深吧，但也是井水不犯河水，你要是在外面乱说话，或者再做些什么事阴人，这些照片我给你公布到新闻上去信不信？”

那种混乱的圈子她也敢混？

“你……”

“不用想着一拍两散，你做的这些事我有证据，你却拿我没办法，去告诉我爸，我也可以说你是造谣，你这张嘴的公信力这么差，我爸不会信的。”林宜冷冷地道。

林可可坐在书桌前，被她堵得说不出话来，只能气竭地瞪着她。

“话我就说到这里，你应该知道怎么做对你才是最好的。”林宜说着用手替她理顺凌乱的头发，边打理边道，“一会儿你下去，就说你看了我的资料，觉得自己能力不够，还有很多学习的空间，这个店长不做了。”

新店现在作为众店之首，是个样板，要是被林可可搞一搞，还不得排名垫底，把她博出的好名声都给弄没了？

这是她不可能允许的。

林可可咬牙坐在那里，又生气又委屈，拿林宜没有半点办法。

凭什么，凭什么她可以对自己这样说话，凭什么自己就斗不过她呢？

“听到没有？”林宜不满地问道。

林可可绞着手，瞪着桌面上自己的照片，不甘不愿地道：“听到了。”

“听到了就下去吧。”

林宜拍拍她，警告到这里也差不多了。

林可可站起来就往外走去，林宜收起桌面上的照片，想想还是劝了一句：“可可，你混的这个圈子太不干净，趁早脱离出来吧，不然将来会害了你。”

这人假仁假义，威胁她一通后居然还扮姐姐说教！

林可可站在门口，垂在身侧的双手死死地握成拳头，眼中全是嫉妒和恨意。许久，她回过头来瞪向林宜，不甘的声音从喉咙里发出来：“林宜，你等着，我林可可不会永远都不如你的！”

林宜回眸，见林可可已经跑了，不禁摇摇头。

这人好赖不分，不知道要到什么时候才能醒悟长大。

林可可拒了店长一职后，连分店餐厅经理的职位都辞了，突然提出要去学舞。

她和林宜都是自小学舞，但她没能坚持下来，现下林冠雷听她这么说想着也是个好事，便由着她去了。

这时，林宜还以为林可可不过是小孩，三分钟热度，心性不定，想到什么就做什么。

事实上，这一切都是源于林可可对于她无法停止的嫉恨。

第十二章

—— 皎 ——

宜味食府的总部设在S城标志性写字楼的高层，占了整整五层，可见其财力。

林冠霆精神很差，没有去公司。

林宜第一天去公司报到是独自一人到的，直接进的运营部。

她刚一踏入，就看到一群职员在大门口站成两排，恭恭敬敬地朝她低头：“大小姐好，欢迎大小姐。”

林宜一眼扫过去，就轻易地发现有许多人脸上都透着敷衍，和她刚进新店的时候一模一样，这些人中，多的是人不服气她的空降。

想想也是，很多人一步步踩上来才坐个低位，而她只不过因为有了林家大小姐的光环，就能直接进运营部领导他们，自然不服气。

但她会让他们刮目相看的。

有时，太重的光环是助力，也是强大的压力，就像她在新店里，一步都不能踏错，否则便会引来众嘲。

“大家好，你们继续做事，不用管我。”林宜说着往前走去，眼尾扫到人群中一眼晃过立刻能忘记长相的何耀，指了指他道，“帮我倒杯咖啡进来。”

“是，大小姐。”何耀低头。

林宜穿过一张张写字桌往里走去，很容易就发现原先肖新露的办公室，玻璃门上居然贴着一圈的钻，生怕别人不知道她是高高在上的林太似的。

林宜摇头低笑一声，抬起脚推开挂着“运营部经理”牌子的玻璃门走了进去。

里边地方很大，除了办公桌外还有衣柜、鞋柜、落地镜，屏风后更是摆了一张贵妃榻，哪像是办公室，更像是休息室。

肖新露可真会享受啊。

“叩叩”。

门被敲响，一身西装的何耀端着咖啡走进来，恭敬地低头道：“大小姐，你的咖啡泡好了。”

林宜在办公桌前坐下，淡然一笑，问道：“来运营部几天了，感觉怎么样？”

从林冠霆开口说离婚起，她就想到这天，因此早早先安排何耀进了公司，做她的“眼睛”。

何耀把咖啡放到她面前，开口道：“不怎么样，整个公司百分之八十的人看不顺眼你一个大学没毕业的大小姐突然空降，还直接做经理，运营部的人都在等着看你的笑话，整个部门最近工作全部懈怠很多，有两个人应该是肖新露的忠心下属，在其中撺掇得最为厉害。”

“是吗？”林宜并不意外这样的场面。

何耀见她一脸无所谓，反倒有些替她着急：“大小姐，你新官上任，不如先凝聚公司人心，办个迎接宴如何？”

林宜摇了摇头：“我就是请他们吃个十顿八顿的，他们也只会觉得我这种千金小姐钱多没处花，不会有多服气，目前最重要的还是要办点实事出来。”

她倒是淡定。

何耀叹了一口气：“实事哪有那么好做，肖新露留下的几个营销案全都有人接手，有一定难度。”

“那最有难度的是哪个？”

“自然是江娆。”

何耀说道：“江娆现在是宜味食府的宣传人，一系列的策划可以说是我们今年投入最大的营销，但江娆和肖新露的关系不错，自从肖新露离职后，江娆就开始拿着当初的合约坐地要价，称要么让肖新露回，要么涨价，要么罢拍，没有第四条路。”

江娆。当初江娆得了应寒年的意思，把肖新露从乡下拉了回来，合约上是写明了，必须由肖新露主理整个合作期间事务，现在江娆有恃无恐。

林宜坐在那里看着咖啡冒出来的热气，道：“既然江娆是最难的，那我就用她作为我进公司的第一个成绩。”

肖新露到底在公司有了一定的人脉，她要是不打响第一炮，公司中一些看似稳定的框架就会越来越散。

闻言，何耀眉头都蹙紧了：“大小姐，江娆可不好搞。”

江娆是不好搞，不是还有应寒年吗？毕竟这也是他身上的一朵桃花，他会有办法。

她又得去找这个冤家了。想到应寒年，她心里就不是滋味。

林宜让何耀出去后，拨通了应寒年的电话，铃声刚响起就被挂断了。

林宜愣住几秒，这才想起来和应寒年已经好几天没有联系过，最后一次还是他晚上去了她的卧室，翌日一早就闹得不欢而散。

他还拍她的照片。她当时语气很不好，所以这男人记上了？

该不会这几天他没找她，是记着仇在和她冷战吧？

她这些天忙着竟没有发现他的异样。

林宜又拨了电话过去，应寒年还是立刻挂断，她打十几个电话，他就在那边挂她十几个电话……

这小心眼。

林宜舔了舔唇，从通讯录中翻出姜祈星的号码，拨打过去。

姜祈星倒是接了，没什么语气起伏：“林大小姐。”

“应寒年呢？他很忙吗？我想见他一面。”林宜直截了当地开口，并不婉转。

姜祈星的声音还没响起，她就听到另一个冷冽的声音在电话里远远地传来：“你接她的电话干什么？挂掉！”

随后，电话果然被挂了。

林宜无语凝噎。他偷拍她的照片还有道理了？

林宜正想把手机扔回一边，有信息发过来，她立刻看了一眼，是姜祈星发来的一串定位。

啧，这人口是心非。

林宜连忙站起身离开。

姜祈星给的地址是S城赫赫有名的佘山，她寻着定位过去，却在山脚绕来绕去，找不到这个点。

应寒年是在故意耍她吗？

林宜把车停在一旁，有些郁闷地下来，四处张望。

“哇，居然有人在玩蹦极耶，那设施不是有些老化，项目关闭不准人玩了吗？”

"那这人这么玩不是很危险，会不会死啊？"

"这有一百多米高呢，会死也不奇怪吧。"

林宜望过去，就见一群游客全部挤在湖边护栏上往外张望。她朝那边走过去，只见弯弯的湖水荡漾，山间的空中一根蹦极绳晃来晃去，有人张开双手如展翅翱翔，由低到高，再猛地降下去，又一飞而起……

心脏不好的人看着这种极限项目都会受不了。

林宜看了一眼转身欲走，步子忽然停住。

极限运动。应寒年最热爱的就是各种不要命的极限运动。

林宜看一眼手机上的定位，仰头望着绿茫茫一片的山顶，他难道是在山顶定位的？

林宜乘缆车到了山顶，绿树茂密，踏着崎岖不平的台阶又往前走了一段，眼前才慢慢开阔起来。

已至悬崖，周围的铁护栏拦住了外面的风光，风很大，杂草丛生，翻新过的亭子里站着一个笔直的身影，那人正是姜祈星。

林宜朝他走过去，姜祈星见到她，皱起了眉："你又做什么惹寒哥不高兴了？"

这几天寒哥烦躁得厉害，脸一直阴着就没好过，在做事的时候，手段比以前更加残忍，不整死对家不罢休似的。

姜祈星想来想去，最近能有这个本事左右寒哥的情绪的也就她了。

又？她平时对应寒年还不够态度柔和，什么叫又？

林宜不和他辩驳，四下望着，只见周围是一些装备，再往外看去，悬崖上伸出一个三米跳台，凌空立着，在凛凛寒风中，这里就是蹦极的平台。

她问道："他人呢？"

"难得林大小姐还想得到我应寒年，我以为，你早就把我忘得一干二净了。"一个阴阳怪气的声音远远地传来。

林宜站在亭子边上，一转头就见应寒年从不远处走过来，一身运动装扮，身形修长帅气，随意慵懒，五官深邃凌厉，只是那双斜过来的眼却冷若寒霜，跟刀锋子似的。

她看着他身上的衣着，这才发现刚刚在山间湖上飞跃蹦极的就是他。

这果然是个不怕死的人。

林宜看着他越走越近，露出一抹温和的笑容，从包里拿出一个精致的小盒子："送给你的。"

那是一瓶男士香水，味道十分清冽优雅。

应寒年靠近过去，低眸一瞥，不屑一顾道："每次得罪我就送礼，林大小姐是觉得我应寒年买不起吗？"

"怎么会呢，我只是觉得这款香水特别适合你。"

林宜微笑着说道，被他嫌弃，手僵在半空也没觉得尴尬。她真是越来越适应应寒年的小心眼了。

应寒年并不理她，从姜祈星手中接过一瓶矿泉水，拧开瓶盖，在一旁坐下来，背靠着漆红的柱子，抬起两条腿搭在旁边的靠背上，整个人透着桀骜不驯、放荡不羁之意。

他径自喝着水，连个眼神都没丢给他。

林宜站在那里，没说话，也没有走，就这么怡然自得地等着他。

明明亭子四周透风，可气氛却压抑得似山雨欲来，姜祈星默默地退后几步，退到能自由呼吸的地带。

两人都沉默着。

林宜望着天边，佘山是个景点，但真论起风景却不如应寒年住的那座山好，那边的风景更有着一种危险的极致美丽。

应寒年把一瓶水都灌了下去，见她还是闲闲淡淡的，气不打一处来。

他冷笑了一声："林大小姐跑这里来看风景了？"

他终于询问她的来意。

林宜也不绕圈子，直接道明来意："江娆和我们宜味食府最近有合作，但她现在想坐地起价，你们是熟人，能不能出面帮忙解决一下？"

应寒年肯开口问，就是有意准备帮她。

她的语气很淡，可偏偏应寒年的脸色沉了下来："熟人？你哪只眼睛看到我和她熟了？哦……我忘了，我在林大小姐的眼里脏得厉害，和哪个女人都有关系呢。"

他说到最后，语气只剩一派嘲讽。

林宜看着他眼中的讽刺神色，细眉微蹙："应寒年，我们的谈话能不能好好进行？"

他用得着这么怪里怪气的吗？

"我哪句话不好了？"应寒年目光冰凉地扫她一眼，"想让我叫她别狮子大开口，你不就是这个意思吗？"

林宜哑然，意思是这么个意思，但清楚明了地说出来……就透着恶心。

应寒年扔了手中的瓶子，猛地站起来，直直地立到她面前，低眸阴鸷地盯着她："林宜，在你眼里，我就是个和什么女人都有关系的男人，是不是？”

是啊。

林宜能感觉到他此刻的不悦，努力挤出一丝笑容道：“在我眼里，你是个非常有能力的人。”

确切地说，是他的脑子九转十八弯，计谋层出不穷，手段又毒，听说昨天又有一家大公司因为他而倒闭，不少人为此失业。

但这也是无数人想请他的原因，也是她不敢轻易得罪他的原因。

她觉得她说得已经够温柔动听了，不料应寒年的脸色变得更差，一双眼死死地瞪着她，像跟她有仇似的，他厉声吼道：“所以你现在就是希望我这个有能力的男人来抬高你在林家的地位？

“林宜，你的手段够高啊！我都想写个‘服’字给你了！”

山顶寒风逼人，天边涌现黑压压的乌云。

姜祈星默默地又往后退了两步。他很少看到寒哥发这么大的脾气。

风吹乱了林宜的发，一缕挡住她的眼睛，她对上眼前的男人的视线，有许多的不解。

就因为她说了一句他脏，他就和她发这么大的火？

“我没有那个意思，我只是想请你和江娆说一声而已，要是你不愿意，当我打扰了，再见。”林宜淡淡地说完，转身便走，动作干脆利落，毫不拖泥带水。

应寒年站在那里，胸口跟被狠狠地刺了把匕首似的，锋刃堵在里边，鲜血都无法畅快地流出来。

他倏地伸长手，一把将她拉回来，冷声道：“祈星，给她上装备。”

装备？

“你想干什么？”林宜发现自己被应寒年困在怀里，挣都挣不开，不禁有些发怵，“应寒年，你放开我。”

这男人抽什么风？

应寒年一把抱起她往悬崖跳台的方向走去，姜祈星走上前来，就开始在她的腿上绑上蹦极安全装备。

他们要逼她蹦极？这设施都老化了！

林宜震惊地蹬着双腿，应寒年却强迫地搂起她，困住她整个人，任由姜祈星在她的腿上绑好该绑的，并将钩子挂了上去。

姜祈星检查一遍后退到一旁。

“应寒年！”林宜拼命挣扎，已经维持不了好脸色。

“想让我为你办事，跳下去，我就帮你搞定江娆。”应寒年一把攥着她来到悬崖跳台上，指着下面的湖水说道。

山顶的风吹来透着寒意，林宜被逼得站在跳台边缘，一低眸就望见底下粼粼的湖水，似一面倒扣的镜子，摔下去必死无疑。

她想离开，却腿软地往应寒年身上靠去，脸色惨白。

“恐高啊？”应寒年邪笑一声，“那就更有意思了。”

林宜靠在他的怀中，呼吸因惧怕而变重。她拼命强迫自己头脑清醒一些：“你到底在和我发什么脾气，不觉得很不合理吗？”

她现在不过是让他找一下江娆而已，举手之劳，他居然要她从山顶跳下去。

不合理吗？

是挺不合理的。

应寒年低笑着，长臂从后面搂到她的胸前，修长的五指握紧她的肩膀，缓缓低下头，薄唇附上她的耳，眼中是一片暗沉天空，嗓音暗哑，话语仿佛是咬碎了一样从喉咙中发出：“要是我说我爱上你了，是不是就很合理了呢？”

风肆意袭来。林宜背靠着他的胸膛，闻言脑袋里一片空白。

“林宜，我，应寒年，爱上你了！”

像是怕她没听清似的，应寒年一字一顿地重复，语气凌厉。

林宜回过神来，眉头都蹙紧了：“应寒年，你嘴里能不能有一句真话？”

都把她逼到这上面来了，居然还在胡言乱语，他是不是吃错药了和她玩这一套？

听着她的话，应寒年笑起来，笑得尤其放肆，眼中却冰凉一片，没有丝毫温度。

他的话，她一个字都不信。

“是，都是假话，你可真厉害，我骗了那么多人，却骗不到你。”应寒年笑着道。

说完，他便松手放开她，人往后退去，将她一个人留在原地，身后是山顶极致的风光。

林宜站在跳台上，腿都在发颤，动都不敢动，一双眸看向他，只觉得眼前的男人和魔鬼差别无几：“应寒年，你太过分了！”

风吹乱了她的发，她眼中浮出恨意。

应寒年笑：“我能有你过分？”

她捅刀子都捅到他心口上来了。

林宜不敢去看下面的风景，现在只稍动一动就会摔下百米高的悬崖。

“不跳是吗？”应寒年站在那里，漆黑的眼威胁地盯着她，“也对，林大小姐现在翅膀硬了，把继母赶出家门了，换得一个太平，确实是不需要我了。”

“不过你猜，要是我插手，你的太平日子能维持多久？”应寒年挑眉。

林宜站在那里，身后是越来越黑的天空，乌云大片大片地涌来，因为恐高，她站都站不直，弓着背，一只手牢牢地抓住自己的手臂，呼吸颤抖，面如纸色，眼中的痛恨越来越浓。

“应寒年，你别再妄想威胁我，林家真要垮在你手里，我死也拉上你垫背！”

他又来这一招。

每次威胁她都拿她最想守护的家做筹码，他真以为她管理新店的一身本事都是他教的？

“好啊。”应寒年站在她的不远处，如恶魔再生，英俊的脸上毫无惧意，“我应寒年孑然一身，死了都没人理，你林大小姐家族兴旺，一大堆亲人捧着你哄着你，能和你同归于尽，怎么算都是我占了便宜。”

“你——”林宜被噎得说不出话来。

眼前的应寒年像疯子一样，狠辣决绝，已经不是她那些手段能应付下来的，她不懂，实在是不懂。

见她说不出话来，应寒年瞥一眼悬崖下方：“如何，考虑得怎么样了？”

林宜站在凛凛风中，只觉双腿已经不是自己的了，恐惧、痛恨全部交织在一起，恨不得绞碎她。

她知道，应寒年是不打算放过她了。

她嘲弄地笑了：“应寒年，是不是今天你一定要逼我跳下去才甘心？”

应寒年挑了挑眉，不置可否。

“好，我今天跳下去，也不用你再帮我任何忙，我只要我们之间再无瓜葛！”

林宜咬着牙关一个字一个字地挤出来，而后也不看应寒年是什么脸色，转过身面向黑压压的天空，张开双臂纵身跳了下去……

应寒年站在原地，随着她这一跳，脸色都凝固了，眼中露出震惊之色。

她真跳了？她不是最惜命的吗？

突然有雨点砸到他的身上，应寒年抬头，就见乌沉沉的天空降下大雨，疯狂下落，席卷山群。

应寒年咒骂一声，转身就走，见姜祈星错愕地望着林宜跳下的方向，低吼出声："还看什么，下去接她！"

林宜跃下悬崖跳台，整个人往下降去，风在耳边呼啸，无数的雨落了下来。

山石嶙峋，雨势磅礴。

整个庞大的世界里，她只不过是脆弱的一个小点，随着别人的绳子上上下下、起起伏伏，随时死去也不过一摊血迹。

那一瞬间，林宜感觉自己好像死了一遍。

生命仿佛再一次到了极限边缘，心脏在狂风大雨中起起落落。弹力绳突然将下坠的她拉起，在空中飘荡。

她睁开双眼，望着漫天大雨，梦里的画面在眼前飘过，林家的垮台、舒天逸的背叛、肖新露的狠毒、爸爸的去世、她中毒死去……一幕幕，全部冲击着她的大脑。

够了，真的够了！

她绝不会死，她要活着，要比任何人都好好地活着！

只要她活着，谁也挡不了她的路，神挡杀神，魔阻诛魔，应寒年也休想挡她！

"啊——"

林宜放开怀歇斯底里地大叫出来，将满腔怨恨痛苦全部在山谷间喊了出去，声音碎在茫茫雨中。

雨水眯住了她的眼睛。

山谷间，大雨肆虐，湖面上被溅得到处是涟漪，没有平息的迹象。

几个弹力来回，她跟着跃起降下，仿佛在死亡的边缘上试探了一遍又一遍。

绑在身上的绳子渐渐没了弹力，她倒挂在绳上，呐喊用光了她的力气，此刻直挺挺的她像一具尸体般在雨中轻飘，找不回魂魄……

绳子被慢慢放下。

她的手突然被人握住，人被放了下去，一只温热的大掌抹去她脸上的雨水。

林宜睁开一双充血的眼睛，入目是应寒年漆黑的双眸和紧蹙的眉宇。

两人正在小船上，应寒年将她搂在怀中，一手拿起一旁的风衣展开盖到她身上，牢牢地抱紧她，不悦地斥道：“大小姐，我让你跳你就跳，你看看天气行不行，这种天能蹦极吗？”

他又不是真让她跳，她就不会态度软化点，说几句软话？

林宜不想理他，闭上眼转过身去。

应寒年就是个变态。

见她这样，应寒年也察觉到自己过分了，更加搂紧她，低声道：“好了好了，不管有什么都翻篇了，我带你回去。”

湖面上的雨越来越大，应寒年将她整个人搂在怀中，以背替她挡雨。

应寒年将林宜带回了半山别墅。

一路上，林宜都因为蹦极的后遗症而昏昏沉沉的，双目充血，脸色惨白，身体则冷得瑟瑟发抖，不管车内温度多高，还是应寒年抱得多紧，她都抖得厉害。

一进别墅，应寒年刚将林宜抱进浴室，林宜就“砰”地关了门，将他关在门外。

应寒年浑身湿透地站在门外，满脸水珠，眼中掠过一抹尴尬之色。

大小姐这回气得不轻。

他转身，就见姜祈星站在一旁，见他看过来，姜祈星立刻转身，假装没看到他被拒之门外的画面。

应寒年抓了抓湿发，道：“你去煮碗姜汤。”

“是。”姜祈星忙要往外撤，又被应寒年叫住。

“算了，你不懂选生姜的哪一部分入锅，我去。”他比姜祈星多懂一些医理。

说着，应寒年就往外走去，姜祈星见状皱起眉道：“寒哥，你也淋雨了，你先冲个澡吧，会舒服一些。”

“无所谓了，我们这种人还在乎一点雨？大小姐身娇肉贵的，待会儿冻得感冒又要冲我发狠。”

应寒年说着，语气里却没有半分嘲弄，大步离开。

姜祈星站在那里，看着他的背影，眉头皱得越来越紧，拧成一个“川”字。

寒哥……放在林宜身上的注意力越来越多了。

他并不讨厌林宜，可这真不是个好兆头。

林宜在浴室里冲了个澡，换上一件应寒年的白色衬衫，衣角及臀，穿在她身上像件裙子似的，双腿笔直细长，白皙若玉。

她拿毛巾擦着头发，听着外面越来越大的雨声，心里全是冰冷感觉。

林宜走出浴室，进了卧室，只觉身上一阵阵发凉。她掀开被子坐到床上，拿起一旁的手机给安阑拨打电话。

她还没拨通，手机便被人夺走。

她抬眸冷冷地看过去，应寒年换了一身干净清爽的衣裤，头发还湿着，手上端着一只碗在床边坐下来，黑眸深邃地盯着她："想叫人来接你？不准，今天在我这儿睡。"

林宜靠在床头，偏过脸去，没有搭理他的意思。

"你这脾气大得……"应寒年被她发火的模样逗笑了，把手机放到一旁，用勺子搅了搅碗中热气腾腾的红糖姜汤，"我煮了姜汤，你喝一点，预防感冒。"

可笑。他逼着她跳悬崖，这会儿又来献殷勤，这男人怕是脑子有个天坑。

林宜冷着脸仍是不看他。

应寒年见她这样，面色沉了沉。这事本就是她先惹他的，他吓吓她怎么了？谁让她专往他的心窝子上捅刀来着？

那天早上从她的卧室离开，一通电话闹得不快，这几天他等着她给自己打电话道个歉，结果她一点动静都没有。

她终于找上门来了，却是要他替她去搞定另一个女人。他能不发脾气？

应寒年正欲和她说个清楚，视线又落在她身上的男式衬衫上，她的头发落在肩上，细颈的曲线隐入竖领，仿佛在无声地诱惑着什么。

应寒年第一次发现自己的衬衫会被一个女人穿得如此有风情，胸口有什么一下子软了下来。

他搅着姜汤，嗓音低沉地哄着她："是，我今天是有点过分，明知道你恐高，还逼你蹦极，下次不玩这么大了。"

林宜依然沉默。

没有下次了，她不会给他"下次"的机会。

"团团？"应寒年去拉她的手。

林宜立刻挣开，应寒年看着她倔强的模样，再看碗中热气越来越少的姜汤，沉声道："这可是你逼我的。"

说完，应寒年低下头含了一口姜汤，将碗放到一旁，便侧身朝林宜倾去，捏住她的下巴去堵她的唇，试图把姜汤送进去。

她的唇上冰冰凉凉的，让他好一阵心疼。

林宜没想到他会来这一手，吃惊地睁开眼，拼命地去推他。她越是推，他越是来劲，本来是喂姜汤，却演变得走了样。

温热的红糖汁从两人的嘴角渗下来，缓缓滑下。

应寒年不管不顾地吻住她，放肆品尝，舌尖挑开她的唇后便任意妄为。

几天没碰过她，这接吻的滋味他都快忘了。

他的呼吸变沉，手已经探到她身前开始解衬衫扣子，这衬衫原本就是他的，动作完全是熟门熟路……

"嗯——"林宜痛恨地按住衣服，下狠劲一咬，应寒年疼得倒吸气一声，她趁机使出全力推开他，恨恨地瞪着他，"应寒年，你别胡闹了行不行？"

应寒年伸手摸了摸唇，摸到一点血色。他抬眼，睫毛极长极密，一双眼漆黑得看不出什么情绪："你觉得我是在和你闹吗？"

花花世界，用得着他一而再、再而三地在她身上浪费时间？

林宜坐在床上，冷冷地开口："闹成这样，我们已经没有必要继续下去，好聚好散吧。"

说完，她掀开被子就下床，就是雨下得再大，她也得离开这里。

她下床刚迈出一步，应寒年冷血无情的声音就在她身后响起："你今天敢走出这里一步，我明天就对宜味食府动手，接下来我什么都不做，就盯着你们林家。"

林宜气得喉咙冲出一抹血腥味，回眸瞪向他："卑鄙！"

应寒年仍然坐在床边，修长的手指紧紧地握住她的手腕，盯着地板，薄唇勾起一抹冷笑："我卑鄙残忍的名声早就传遍了，还用你提醒？"

怎么会有这样的男人！

"你到底想怎么样？"林宜蓄满怒意地道，"我林宜不是由着你耍弄的人，你玩大了我也不惧……"

"我想和你在一起！"

应寒年猛地抬眸，黑眸灼灼地盯着她，面容严肃凛然，没有一丝玩笑的意思，字字干脆霸道。

窗外，大雨仿佛一下子安静了。

林宜呆呆地看着他，一时间回不过神来。

什么叫他想和她在一起？他们不是在一起吗？

知道她在想什么，应寒年站起来，直直地站在她面前，低眸深深地凝视着她："在山顶上，我和你说的每个字都是真的。"

山顶上……

林宜恍惚了一下。

“你到底在和我发什么脾气，不觉得很不合理吗？”

“要是我说我爱上你了，是不是就很合理了？”

“林宜，我，应寒年，爱上你了！”

所以，她说他脏，他生气；她要他去找江娆，他也生气。

林宜的身体一寸一寸变得僵硬，她难以置信地看着眼前面色晦暗不明的男人：“怎么可能……”

“怎么不可能？”应寒年反问。

林宜哑然，站在他面前半晌，才说出四个字：“我不爱你。”

这得讲清楚了。

话音刚落，她的手腕就被勒疼，应寒年盯着她，眼神越发幽深，手上越来越用力，恨不得将她的手腕给握断成两截……

她还真是会刺人心窝。

林宜想反抗，精神一阵恍惚，眼前一黑，人软软地倒了下来。

应寒年一怔，连忙拦腰抱住她，手摸上她的脉，又探了探她的额头，烫得厉害。

果然是金枝玉叶的大小姐，淋点雨而已，发烧来得这么快。

应寒年一把将她抱起来，放到床上，盖好被子，转身要去找医药箱，就见姜祈星直直地站在门口，目光复杂地看着他。

大雨来袭时，山中的景象总是显得格外危险，可雨点重重砸在嫩绿新叶上时，那画面又美得令人心叹。

两个男人站在落地窗前。

应寒年咬着一根烟，低头点火，尼古丁的味道在鼻间散开来，他拿下烟，吐出烟圈，嗓音透着低沉：“都听到了？”

外面的雨连绵不绝。

姜祈星站在他的身侧，点了点头，一向面无表情的人此刻眉头皱得死紧：“寒哥，我知道有些话我不该说，但你别忘了你还有大事未成，动这种念想，她只会成为你的拖累。”

应寒年闻言，脸色变得晦暗不明，烟气袅袅拂过他的眼。

半晌，他沉沉地开口：“我有分寸，你别管。”

“寒哥，我怕你越陷越深。”

当初他也以为寒哥只是没戏弄过千金小姐，才对林宜感兴趣，可自从林家寿宴，寒哥差点为她因私忘公以后，他就察觉到苗头越来越不对了。

应寒年转头，见姜祈星一脸凝重，低笑了一声，道：“还没到我们办大事的时候，再说，我也不是想着什么天长地久，看上了，能处一段时间就处一段时间，不是什么大事，你不用紧张。”

应寒年的语气很轻松。

姜祈星沉默了，望着外面连绵不断的大雨。

真的不是大事吗？等到该断的时候，寒哥真能说断就断？

罢了，寒哥脑子聪明，说什么就是什么，应该只是自己太紧张了。

林宜恍恍惚惚地醒来时已经是半夜，卧室的灯光特别冷，她看着周围的陈设，脑袋有些沉甸甸的。

好累，她闭上眼休息，感觉到头上凉凉的，伸手一摸，是个退热贴。

渴。

林宜挣扎着坐起来，想去倒水，忽听一阵脚步声传来。她抬眸，就见应寒年穿着睡衣、戴着黑框眼镜从外面匆匆走进。

应寒年见她醒来，脸色温和许多：“醒了？还有哪里不舒服？”

一看到他，林宜就不自觉地绷直了身体，目光闪了几下，浑身不自在。

应寒年居然说爱上她了。

可怕，太可怕了，恐怖片都没这么演的。

应寒年走上前来，用手背探了探她脸上的温度，又抓起她的手摸脉，嗓音低沉而有磁性：“烧退了，要不要喝水？”

他揭下她额头上的退热贴。

林宜不想理他，但喉咙干得快要着火，只能点了点头。

见她终于有反应，应寒年勾唇，留下一句“等着”便出去了。

不一会儿，应寒年返回，手上除了一杯温水，还抱着一堆文件夹。

他将杯子递给她：“我还有点工作没做完，在房间里做，正好陪你。”

“……”

她不需要他陪伴好吗？

林宜暗暗想着，伸手接过杯子喝水，温热的水灌进喉咙，一下除去干燥，舒服得她像是重新活过来一般。

她有些疲惫地靠到床头，只见应寒年也没和她说什么，抱着文件在角落的沙发上坐起来，跷起一条腿，将文件摆在膝盖上打开，一页页翻着，黑框眼镜架在他的鼻梁上，让他凌厉的外貌多了一些斯文气。

林宜正想着，那边应寒年边看文件边拿起一盒烟，习惯地抽出一根烟抿在唇间，点火深吸，抽烟拿烟的动作熟稔流畅，如行云流水。

好吧，那点斯文气没了，只剩败类。

睡到半夜，林宜暂时没什么睡意，于是拿起一旁的手机，幸好这手机是放在包里的，没跟着她一起跳下悬崖跳台，不然这会儿都废了。

手机上有好几个未接电话，都是家里人打来的。

最新是安阑的信息，在一分钟之前，安阑很着急，说不知道她是不是去做什么重要的事，自己找了理由骗过林先生，但天亮再看不到她就要报警了。

她不过一天不见人影而已，就让大家这么担心。

林宜有些愧疚，给安阑回复信息，指尖敲着字，忽然想到在山顶上，应寒年说他孑然一身，死了都没人理……

她不由得朝沙发上的男人看过去，他正专注地翻阅文件，烟雾缭绕，镜片后的一双眼深得令人捉摸不定。

这个男人有着一身的放荡不羁，也有着一身的孤独。

对应寒年的心思，林宜向来很简单，索取自己要的，付出对方要的代价。

但现在应寒年动了那样的心思，有些东西就不免变得复杂。

有烟气缓缓飘过来，林宜喉咙发痒，捂鼻咳起来：“咯咯。”

烧是退了，但看来一场感冒是怎么都跑不掉的。

听到声音，应寒年抬眸睨她一眼，迅速将烟灭在烟灰缸中，末了，又站起来将烟灰缸拿到外面。

林宜怔在那里，手牢牢地抓紧手机。

应寒年进房后又将窗户打开，抓起一个文件夹驱散室内的烟味，直到一点烟气都看不到才作罢。

林宜坐在床上看着他的动作，淡漠地开口：“不管你做什么，有些东西，我给不了你回应。”

她不会给他任何这方面虚假的期待。

闻言，应寒年低眸睨向她，勾起薄唇道：“终于舍得开口了？”

林宜沉默了。

应寒年将文件放到一旁，在床边坐下，大掌按在床上，身躯倾向她，一双漆黑的眼里有着灼烧般的火光：“现在给不了，不代表以后也给不了，我应寒年要是连个女人的心都拿不到，可以一头撞死了。”

他还真够自负的。

应寒年抬起手拨了拨她额角的发，低沉地道：“行了，之前的事都算了，你也别再提什么好聚好散的话。”

他听这话都想掐死她。

林宜没有说话，双眼冷淡地看着眼前的男人，人还算冷静。

闹到这一步，想好好地散了恐怕是不可能，她只能慢慢来。

这么想着，林宜也没有继续别扭，面无表情地点了点头。

应寒年低下头在她的脸上亲了一下：“不愧是我的团团，真乖。”

林宜默默地躺下来，拉过被子休息。

“我不办公了，陪你。”应寒年跟着钻进被子，一把将瘦弱的她搂进怀里，手掌下是他的衬衫，带着她的温度，这种触感让他的眼神一下子深了，“团团，你穿我的衬衫的样子真够勾人的。”

林宜心中警铃大作，身体都绷紧了……

“放心，你不舒服，我不碰你，等你的身体好了再说。”应寒年在她白皙的细颈上亲吻，语气温柔得溺人，“睡吧。”

不要脸、无耻、下流……林宜用了自己生平所学的骂人词汇在心里发泄一通，最后在他的怀中昏昏睡去。

翌日早晨，淅淅沥沥的雨终于停了，门窗一开，清新的空气扑面而来，风中带着草木的清香气，闻得人神清气爽。

“咯。”

林宜喉咙发痒发涩，起身洗漱一通后，换回自己已经晾干的衣服，拿起包往楼下走去。

楼梯口，姜祈星正站在那里。

“林小姐，寒哥在等你吃早饭。”

“不了，我先走了。”

林宜淡淡地道，声音有些沙，刚走出几步，姜祈星就伸出手拦在她面前。

他还真是做狗腿做得很尽责。

林宜有些无奈地看他一眼，转身往餐厅的方向走去。应寒年坐在欧式大理石餐桌前，单手抵着头，嘴角勾笑，一双漆黑的眼直直地盯着她，像是要看进她身体深处似的，令人浑身不自在。

“五点起床给你买的早餐，不知道你的口味，所以差不多把整个 S 城逛遍了，看看有没有你喜欢吃的。”

林宜低眸看去，满满一桌的早餐。

牛奶、豆浆各有一杯，冒着热气；笼屉中的小笼包、水晶包、蒸饼、奶黄包全都齐聚，一小只一小只地躺在里边，有着勾人垂涎的色泽。

油条摆在纸包里，包成一束鲜花的模样，极具噱头。

连豆腐脑都端出来两份，一份白嫩嫩的豆腐脑上落着红豆沙，颜色分明，是甜口味；另一份则是有虾米、香菜浸在酱色汤汁中，豆腐脑被切成一片片的，色白嫩滑，是咸口味。

看这些包装的店名，显然不是出自一家，他确实是要跑多家店才能凑齐这么一桌丰富的早餐。

这男人在讨好她。

林宜站在那里，拎着包的手紧了紧，淡淡地开口："我不饿，先走了。"

"你要搞定江娆并不难，不过你是找错人了。"

应寒年忽然开口。

林宜的步子顿了顿，下一秒，她回头在应寒年对面坐下来，拿起筷子夹起一个水晶虾包放进嘴里，虾仁很鲜嫩，配上里面的汤汁，格外鲜美。

面对她的果断掉头，应寒年一点都不意外，嘴角的弧度变得更深。

她越来越是做生意的材料了，对自己有利的事怎么都不放过。

应寒年推过两盏醋碟到她面前，慢条斯理地道："不知道你喜不喜欢吃葱，所以备了两碟。"

一碟纯醋，一碟加了葱末添香。

林宜蘸了纯醋，应寒年了然："原来我的小团团不喜欢吃葱啊。"

林宜咬包子的牙被酸得快倒了。

他怎么每次叫她小团团都能叫得令她毛骨悚然？

她抬眸看向他，示意他把江娆的话题说下去。应寒年一边给她夹了个小巧的蟹黄包，一边扬声："祈星。"

姜祈星从外面走进来，低头道："寒哥，有什么吩咐？"

"去找下凌子堂，让他点一下江娆，要江娆乖乖替宜味食府做事，贪钱贪到我女人头上，她不要命了！"应寒年话是对着姜祈星说，眼睛却一直定定地盯着林宜，生怕少看一秒。

"知道了，寒哥。"姜祈星点头，转身离开。

凌子堂？

林宜怔了一下，只听应寒年道："你还记得和我赛车的凌少吗？就是输给我的那个。"

赛车？就是那晚拿女朋友和应寒年对赌的凌少？

林宜点点头，应寒年将一杯牛奶推到她面前："江娆听他的。"

"听他的，他们什么关系？"

闻言，应寒年不屑地嗤笑了一声："江娆那个女人看着精明，在名利场上游刃有余，其实蠢得要死，看男人的眼光和你有的一拼。”

林宜莫名就被怼了一通，反应过来他指的是舒天逸，眉头蹙了蹙。

撇开别的，这话的意思是凌子堂除了有女朋友，还和江娆纠缠不清？

果然，围绕着应寒年的都是些乱七八糟的关系。

她端起杯子喝牛奶，若有所思。

她决定亲自去找江娆一趟。

这天是江娆拍摄某支护肤品广告的日子，林宜找了关系进入摄影棚。

摄影棚中有些闷热，味道很不好闻，助理们推着衣架到处走着，场地负责人拿着话筒到处喊着，拼命地将人全部聚起来。

林宜进到里边，只见光打得十分刺眼，几个打扮得花枝招展的女明星坐在白色瑜伽球上，在风机的吹动下，对着镜头熟练地摆弄造型，画面很美。

江娆一袭白色V领长裙，化的欧式妆，大红唇，艳丽却不艳俗，气场不错地稳坐主位上。

林宜走到摄影师身后看着，安阑跟在她身后：“小宜，这个江娆很不给你面子，几次约她她都推拒见面，看意思是非要加价不可。”

“不急，看看再说。”林宜轻声道。

“好，准备下一组。”摄影师抬起手喊停。

强灯下的几个女星瞬间变了脸色，一个化妆化得妖艳的明星一把将江娆推开，冷眼看着她：“江娆，别以为你这C位就坐得稳，我告诉你，这下坡路你迟早要走的。”

江娆被推得差点摔下瑜伽球，好在旁边的助理急忙搭了一把手。

江娆站稳身体，低眸优雅地整理着身上的裙子，道：“我的下坡路什么时候走不知道，但有我在，你肯定是坐不到C位的。”

“你……有你好看的一天！”那女星气得脸都扭曲了，转身就走。

江娆冷笑一声，转头见林宜站在不远处，长T恤、热裤，腰细腿长，年轻漂亮，满满的朝气，怎么穿都好看，气质更甚在场的明星。

林宜目光平静地看着她，没有一点要来寻衅的意思，冲她浅浅一笑。

江娆眼波流转，笑了笑，冲她点点头便往化妆室的方向去了，竟是一点打招呼的意思都没有。

安阑看了直皱眉，在林宜身边道：“小宜，她也太目中无人了，你何必亲自跑这一趟，不如给她点教训，反正她黑料那么多，随便摆两件上新闻，她就得烦好一阵。”

“她的黑料很多吗？”林宜拉开一旁的椅子坐了下来。

“这个江娆在娱乐圈很贪，和合作方坐地起价是常有的事，不过是观众缘还不错。”安阑说道，“小宜，你需要在公司里展现实力，不如这个江娆交给我来想办法？”

安阑还不知道，应寒年已经出手帮她解决这件事了。

只不过，她听着江娆的事迹，不知道为什么就想来看一眼。

这个江娆，是敌，是友，她想看看再定义。

她们这边正说着，那边忽然传来一阵骚动，有人大声地喊道：“快快快，江娆和一个富家公子打起来了，快去看啊。”

所有人都放下工作，八卦地奔过去：“怎么打起来的？”

“听说那富家公子跟女人厮混的时候，不小心给江娆发了视频，江娆受不了就大吵起来。”

“得了吧，江娆还嫌富家公子乱来？”

一群人全跑出去了。

富家公子，应该就是那个凌子堂凌少。

林宜坐在那里，眼中掠过一抹深意，站起来跟着人群走去。

化妆室门口已经挤满看戏的人，一个个窃窃私语，还有人偷笑着。

安阑挤开面前的人群，让林宜能进去看得更真切一些。

满是灯光的化妆室里一片狼藉，无数的化妆品砸了一地，颜色乱七八糟，江娆蹲在地上哭花了妆，抱着膝盖低低地抽泣着，哪还有刚才在镜头里的光鲜亮丽、一身骄傲。

而凌子堂站在一旁，满脸难堪和不悦，身上的衣服被人扯过有些狼狈，隐约还能看到衬衫上的吻痕，颜色和江娆唇上的口红不一致。

“好了好了，不闹了，起来。”凌子堂伸手去扶江娆，想息事宁人。

江娆甩开他的手，无声地流着泪。

凌子堂站在那里更加难堪，再见外面挤满了人，走也走不掉，听着他们的嘲笑声，他的脸终于挂不住了，索性一把将江娆推到地上，恶狠狠地道：“江娆，你少装模作样的，你是什么人，你自己心里清楚！”

这话，听着似曾相识，林宜站在那里，目光冷了下来。

听到凌子堂的话，蹲在地上的江娆抬起头，难以置信地看向他，脸色煞白：“你说什么？”

他怎么会说出这样的话来？

“我说错了吗？”凌子堂看一眼外面的人，维持自己的形象，指着她斥骂道，“你是什么身份，想也知道我不可能和你天长地久！”

“凌子堂，你有没有良心？”

江娆站起来震惊地瞪向他，一脸泪痕，唇在颤抖：“我为什么会变成这样还不都是因为你，是你说凌家中空了，没有我到处赚钱你凌家少爷的形象早就垮了！”

“你胡说什么？！”

被当场拆穿，凌子堂恼羞成怒，一巴掌狠狠地甩到她的脸上。

“啪”！

江娆当下被打得撞到一旁的化妆台上，又撒一地的化妆品，她转过身来，嘴角全是血，一双眼又惊又怒地瞪着深爱的男人：“凌子堂，你还是不是个男人？”

“我是凌家堂堂正正的少爷，要靠你一个女人养？笑话！我告诉你，我今天就甩了你！”

江娆捂上自己的脸，人抖得不像话，眼泪不断落下。

在镜头前风情万种的一个人，此刻只剩可怜样子。

围观的人仅仅是围观，更甚者还偷笑着说活该、报应。

一群人看着她的笑话，却无人帮忙。

江娆似乎怎么都想不到自己深爱入骨的男人会当众这么说她，连反驳都忘了，就那样站着，任由嘴角的血一直往下淌，眼眶盛泪。

林宜站在那里，静静地看到现在，忽然抬起眼，从包里取出小型的电击棒走进化妆室里，打开开关，平静地朝凌子堂身上电去。

清醒以后，林宜的防备心很重，因此她打造了一套厉害的防身工具，这种电击棒小巧玲珑，不占包，电力却很强劲，电不死人也得脱层皮。

“啊——”

凌子堂尖叫起来，想退，林宜冷着脸将电击棒往他身上用力，一点力都没留。

门外响起一片惊愕的喧哗声。

江娆也没想到林宜会做出这样的事，一时间怔在那里。

凌子堂被电得浑身发颤，眼神惊恐地盯着林宜，毫无招架之力，在电击声中他抖了几下，直接摔倒在地上昏死过去，像条死狗一样。

林宜不屑地睨他一眼，而后将电击棒关掉，镇定地放回包里，又拿起一旁的椅背上放着的风衣，直接套到江娆的身上，盖住她身上裸露的地方。

江娆贴着假睫毛的眼狠狠地颤动，满身狼狈地抓紧身上的衣服，呆呆地看着眼前从容处事的女孩。

“小宜……”安阑走进来，担忧地看着她。

林宜冷淡地扫一眼外面围观的人，道：“安姨，去把外面的人聚集一下，江娆和宜味食府还有合作关系，我不希望有她的负面谣言流传出去。”

“好，那他……”安阑看向地上被电晕过去的凌子堂，“他可是凌家的少爷，结了这个仇，对你不好。”

闻言，林宜笑了笑：“这种只知道玩弄感情的人渣，来几个我都没什么好怕的。”

“是，那我先出去。”

安阑明白林宜现在做事有分寸，便不再问什么，转身赶着围观的人离开，将化妆室的门关上。

里边只剩下两个活人和一个半活的人。

江娆看看林宜，又走到凌子堂身边，低眸观察着他略显难看的脸色，眼中涌出许许多多的情绪，复杂极了。

“还舍不得？”林宜淡淡地问道。

江娆没有回答，抬眸看向她，不解地问道：“他今天来就是为了让我继续给林家做事，不要乱开价，你不是应该帮他安抚住我才对吗？”

反正她已经被凌子堂骗了这么多年，只要他多说些好话，她还能接着上当的。

“是啊。”林宜神色未变，平静地看着她，“所以希望江小姐不要让我做亏本生意。”

说完，林宜转身便走。

“你不和我谈合约的事？”

江娆叫住她，林宜帮她打了凌子堂，又让身边的人去扼住流言，等于是在向她施恩，结果什么都不说就走？

林宜回头，有些奇怪地道：“你遇到这种事不需要休息？”

江娆哑然。

林宜冲她点了点头，转身离开，坦坦然然，见不到半分算计和刻意，仿佛只是做了一件不用思考的事情。

江娆站在那里，怔怔地看着她离去的身影。

这个林家大小姐……真的很特别。江娆低眸，再度看向地上的男人，眼中一片嘲弄之色。原来她在她爱了几年的男人眼里，如此不堪，呵，真好笑呵。

第十三章

—— 洁 ——

林老夫人的寿宴风波之后，便是林冠霆夫妻离婚的大新闻，这两件事在S城中引起巨大的风波，还有人特地跑到宜味食府听闲话，反而使城中的餐厅销售业绩再创新高。

这大约也算是某种意义的因祸得福。

林冠霆缓了一阵后终于重新投入工作中。

这天是宜味食府的例会，各大部门齐聚大会议室中。

林宜初入公司，第一次参加这样的会议，引来无数的目光，看好戏的占大部分，她假装都看不见，神态怡然自得。

不远处的私人会所某包间中，窗帘紧闭，盆栽陷入暗色中，看不出叶子原本的颜色。

酒柜上摆满了各式各样的酒，舒天逸在杯子里倒上满满一杯白兰地，幽暗的光线让他脸上密密麻麻的烫点没那么明显。

可不明显不代表没有。

他最近郁闷得不行，最开始被烫了，然后又莫名其妙地被挂在酒店高楼上一晚上，吓得他魂都没了。

结果他找凶手还找不到。

好不容易从医院里出来，林宜愿意和他偷偷在一起，结果这几晚他去找她，她每次都在烧菜，他不是被逼着打下手做一堆杂活，就是四点去给街上的环卫工人送饭，再不然就是又被她的厨艺不精给波及，这手上的油点子不断出现。

他这哪是在谈恋爱，分明就是在受虐！

想想他简直杀人的心都有了。

自从慈善晚宴之后，他也不知道是走了什么霉运，一路受伤一路倒霉，睡不好还一直受伤，跟撞了鬼似的。

“砰”。

舒天逸气得将酒杯狠狠地拍在酒柜上。

一袭长裙的肖新露走过来，拿起一杯红酒就灌了下去，眉眼之间透着紧张之色：“你说，今天的会议能如我们所料吗？”

舒天逸没什么好眼色地看了她一眼：“能不能你都被林家扫地出门了，想再恢复往日风光有难度着呢。”

这个肖新露还常说他蠢，看看她做的都是什么事，她居然被林冠霆赶出了家门，否则他进林家还能有个助力。

现在好了，他们全在林家的边缘线之下，她被下堂，而他呢，因为林冠霆不喜欢他，林宜只肯和他偷偷摸摸地交往，坚决不准曝光。

不曝光那对他有什么用？他要做的是林家名正言顺的女婿！

闻言，肖新露看向满脸麻子似的舒天逸，嗤笑了一声：“舒天逸，你少幸灾乐祸的，今天会议上林宜要是不能被拉下来，由着她越坐越大，让安阑培养得她眼界越来越高，你以为她还看得上你？想想你自己算个什么东西。”

要钱没钱，要家世没家世，就是再不济的女孩子选择他还得多考虑。

舒天逸听到这话，脸沉了下来：“肖新露，你心情不好别拿我撒气。”

“我说错了吗？”肖新露反问。

舒天逸说不出话来。

的确，这是实话，林宜现在说是为了他们的未来在努力，可难保林宜站得高，眼界更高，他就骗不到她了。

这么想着，舒天逸喝了一口酒，烈得他五官都皱成一团：“今天的会议应该没什么问题，我这些天和林宜在一起，她还在愁一个策划案都没有进展，不知道在例会上报告什么。”

“真的？她亲口说的？”

“废话，她烦得将锅铲砸我身上，你说真的假的？”想到这儿，舒天逸又气得不行。

肖新露在一旁的沙发上松了口气：“那就好，她进了运营部还没做成什么事，只要江娆那边端着姿态不放，林冠霆就还能想起我来。”

已经离婚了，离开林家她什么都不是，但只要营造出一种公司离了她就运转不动的假象，她至少还能回到公司，再步步为营。

江娆是她最后的一步棋了，她给江娆送了不少钱，江娆会办成事。

她就等着这个会议令她翻身。

宜味食府公司的会议室内，已经坐满了人。

林冠霆姗姗来迟，步入会议室。

所有人都站了起来，恭敬地低头道："林总好。"

"都坐吧。"林冠霆休息了一阵，恢复几分往日神采，西装笔挺，气场很足地坐下来，"照旧一个个部门主管轮流报告，开始吧。"

"是。"

某个主管站起来，洋洋洒洒地报告了一堆，将自己的部门吹得上天。

接下来，一个个部门都是如此。

林宜坐在那里安静地听着，嘴角挂着恰到好处的微笑，但她安静，别人却显然不想她安静。

很快就轮到她了。

林冠霆看向她，温和地道："小宜，你初到运营部，估计情况掌握得还不够，不如就让你下面的人做报告。"

"好的，林总。"林宜点头，在公司以上级称呼林冠霆。

运营部下面分了几个小部门，各有领头人，有专门出去了解市场的，有做策划案的，也有广告部，涉及的东西十分繁杂。

几个领头的人一进来，便开始逐一做报告。

第一个还算顺畅，到第二个就支支吾吾地说得不清不楚。

林冠霆听着不满地拍下手中的文件："你说的这些都是上次例会提过的，你准备把这番话说上一辈子？"

那是个女孩子，抱着文件惶恐地看向林冠霆："林总，对……对不起，实在是我们手上的几个策划案都没有进展，不知道该怎么报告。"

嗯，终于开始了。

林宜垂眸，嘴角微微勾着，笑容极冷。

闻言，林冠霆更为恼怒："运营部一向是我相当看重的部门，有了策划，有了宣传，宜味食府的生意才能扶摇直上，现在你告诉我没有进展，那我养着你们有什么用？"

那女孩更惶恐了，旁边第三个人站出来道："林总，其实从林太离开后，我们的工作就停滞不前，我们部门做了很多广告，但都因为一些问题，发不出去。”

说到“一些问题”的时候，那人直接把眼神投向林宜，暗示的意味不能再明显。

所有人都看向林宜。

林宜低低一笑，没有作声。她倒想看看肖新露在公司里培养了多少得力手下。

林冠霆看一眼林宜，眉头蹙了蹙。他知道林宜经验太少，或许她的确还不适合一进来就坐这么高的位置。

“小宜，你怎么说？”林冠霆问道。

“林总，是我把所有的策划案刻意停下来的，因为我接下来想全面开发这个策划，把所有的钱落到一处。”林宜站起来道，示意一旁站着的何耀去摆弄电脑投影。

墙面上很快出现从未见人于前的PPT，里边有各项数据，条理分明。

“关于宣传，宜味食府多年来做得都大同小异，我认为一直追老路起不了多少波浪。”林宜从何耀手中接过遥控，换着PPT页面，“所以我决定摒弃印宣传册、找明星站台、上几个新闻媒体这种小类宣传，而改为投资网络广告平台。”

“网络广告？”林冠霆怔了一下。

“没错，电视广告投资大，网络平台则便宜许多，有几部小众电影、小众网络综艺节目最近火了起来，将来势必有更多的流量涌入网络，甚至会超过电视前的人群基数，我想以宜味食府的名义赞助几个有潜力的网络综艺节目，一旦节目成功，那我们的广告费会成倍成倍地收回来。”林宜认真地说道。

在她的记忆中，三年内网络人群越来越大，人们总以为互联网翻不出花样了，可又会出现一波新的高潮。

而且，她知道有几个必火的网络综艺节目。

林冠霆见林宜一脸自信地说着，低眸思索起来。

会议桌上，有人站起来道：“林大小姐说得很不错，但多少有些纸上谈兵，别说什么网络广告，我听说宜味食府新的宣传片还没拍出来，就是因为女星江娆不想和你合作。”

又一个人跳出来了。

林宜静静地看向那人，没有说话，她底下部门的几个人又跳出来道：“是啊，江娆不肯合作，非要林太回来坐镇才行。”

“江娆说了，合约中写明林太主事，可现在运营部换了头，她有权利不履行合约。”

“林总，林太在时运营部上下都是有条不紊的，工作按部就班，她一走就乱了套，大小姐也不理会我们，她的新计划从来没告知过我们，这让我们怎么展开手脚做呢？”

越来越多的人站出来：“林总，您家里的事我们都听说了，可公是公私是私，林太在公司里颇有威信和成绩，不该就这样辞了她。”

“大小姐还年轻，需要历练，我们这些老人都愿意给她时间，但不应该一下来就空降到重要部门，这只会让公司运行乱套。”

“……”

林冠霆坐在那里，见这么多人都有了微词，心下犹豫起来。

是他不好，不该答应女儿，现在反倒把她架到火上烤了。

林冠霆看向林宜，正要开口，就见林宜双手按在会议桌上站起来，一双眼冷冷地扫向会议室内的众人，气势凛然，声音带着嘲意：“站出来的这么多位，回去告诉肖新露，做事不要孤注一掷，一场会议就把自己收买的人全亮相了，以后被我全治掉还怎么折腾？”

肖新露这回真是狗急跳墙了，一场会议就想干翻她。

笑话，当她还是以前那个草包呢？

听到她的话，有人脸上青白难堪，有人驳斥：“你胡说什么？我们哪有被收买，我们是为公司着想。”

“大小姐未免太小人之心，我们不过是替林太说句话，你就诸多猜测，自己在公司却毫无业绩。”

林宜听得冷笑一声，拉开座椅走出来，目光掠过那一张张脸：“第一，肖新露已经不是林太了；第二，我管理的万物城新店第一个月就拿到了众店之首的营业额，并且由新店出的一元招牌菜销售策略在所有分店推行，都取得了亮眼的成绩。你连这都不知道，是不是太不关心公司了？”

那人被她说得噎住，傻傻地站在那里。

“我不敢说我做了什么成绩，但我确确实实在为公司努力，这点，谁也不能否定。”

林宜站在那里，长发柔顺，面容干净，明明是柔的长相却天生有种凌厉感，说年轻气盛都是贬了她，她眼神中的锐利令人不自觉地想要臣服。

会议室内的气氛有些微妙起来。

有人清醒过来，又道：“大小姐不过在分店待了一个月就这么得意，好，当你做得好，那来了运营部以后呢，你又做出过什么业绩？我收到消息，江娆已经找了律师，准备和宜味食府打官司，到时闹上法庭、闹上八卦新闻，宜味食府的名声一落千丈不说，还极有可能被抵制。”

又回到江娆身上，对方这是非要拿江娆压死她不可。

林冠霆闻言，眉头蹙得越来越紧，问道：“江娆真的准备打官司？”

“是啊，林总，我看现在只有让林太回来才行，否则这残局收拾不了。”几个人立刻疯狂为肖新露说话，极赞她之前做事如何出色。

林冠霆的脸上出现动摇之色，惹官司是万万不行的，莫非他真要把肖新露拉回来？

忽然，一个幽幽的声音从外面传来：“这里可真热闹啊，可我怎么不知道我要打官司了？”

所有人都错愕地转过头去，就见穿着一身高定名牌长裙的江娆挽着包从外面走进来，摘下墨镜，笑容满面地看向众人，扫了一圈，视线落在林宜的身上。

“林大小姐，我可是很期待我们的合作。”江娆走向她，盈盈一笑。

显然江娆的复原能力很强，此刻的她已经没了之前的悲伤，而是美丽外放，令人惊艳。

林宜冲她笑了笑，揶揄道：“你可以再来晚一点，更显你的救场之情。”

江娆闻言怔了怔，随即笑出声来：“你怎么知道我一定会来？”

那天电了凌子堂后，林宜根本找都不找她，要不是她听闻这天有宜味食府的会议，都来不及赶来解围。

“你不来，就是与我为敌。”林宜神色淡淡地说道，“和林家下堂妻合作，还是和林家堂堂正正的大小姐合作，聪明人不都知道怎么选吗？”

她这话不是说给江娆听的，而是给那些替肖新露说话的人听的。

有人听到她的话，瘫坐回了位子上。

“林总。”江娆转身看向林冠霆，恭敬地低了低头，“我想我们的合约可以在友好合作的基础上改一改，由大小姐主事，我的配合度会更高哦。”

搞定了江娆，等于搞定运营部目前最大的难度。

谁也说不出话来。

林冠霆赞许地看向林宜，连连点头：“小宜，做得好。”

自从林宜和舒天逸分手后，她越来越上进，能力也越来越强。

林宜微笑道：“谢谢林总，那我刚才提的广告计划……”

“这个再议吧。”林冠霆打断她的话，站了起来，“今天的例会到此结束。”

林宜愣了一下，没想到林冠霆会不通过她的计划，有些黯然。

会议结束后，江娆离开，乘着写字楼的电梯往下。

在一个封闭的空间里，离开别人的视线后，盖在脸上的假面具便揭了下来，江娆握紧手中的包，眼泪无声地流下，痛苦无处可泄。

她的苦、她的痛没人理解。

她和凌子堂认识于一部电视剧，她是女主角，他是投资商之子，她真的很爱他，很爱很爱。

她也曾在娱乐圈做到出淤泥而不染，可自从凌家外强中干以后，她为了替凌子堂维持他少爷的形象，开始什么片子都接，赚了钱源源不断地供给他……

被人说是交际花她也不在乎，只要凌子堂在乎她就好。别人说凌子堂花名在外，他只要否认，她就深信不疑，他说过会娶她，他说过会爱她一生一世。

可直到他还发视频给她，所有她自欺欺人的假象都被击碎。

现实像一把刀子刺进她的胸口，再血淋淋地拔出来。

在他眼里，原来她如此不堪。要不是为了她的钱，他也不愿意哄她吧。

呵呵。可她……爱了他五年，五年的时间，不短了。

她真的妄想和他过一辈子，给他生一堆的儿女，她真的是这么想的，可为什么会这样不堪？

回想过往，江娆再也撑不住，泣不成声，在电梯里蹲下来，抱住自己痛哭流涕。

电梯数字不断往下，只听“叮”的一声，江娆急忙站起来，伸手抹去脸上的泪，强装出无事的模样……

她是外人面前高高在上的明星，不可以有脆弱的时候。

她步出电梯，伸手拿起墨镜正欲戴上，忽然就见本是空空荡荡的大堂，不知道从什么地方冒出一群人来，以扇形迅速站位，一阵节奏快的音乐响彻整个大堂。

一群年轻的女孩子穿着白 T 恤、短裤跳起节奏感极强的现代舞，富有动感，动作有力。

最让江娆吃惊的，是站在舞者最前面的人，竟然是林宜。

林宜身段极柔，朝气蓬勃，跳起节奏快的舞蹈一点都不吃力，踩着点跳出美妙舞姿，远甩后面的舞者一条街。

江娆懂舞，在林宜的舞步中看到了顽强的生命力，那种力量感染力太强，强得她移不开眼。

音乐到了尾声，忽然后排的一群舞者展开手中的古扇子，每把扇子上都有龙飞凤舞的毛笔字，连起来是一句话。

“江娆全世界最美！”

江娆捂唇失笑，眼眶还红着。

音乐骤停，那群舞者也飞快地散开来，拿文件的拿文件，挂工作牌的挂工作牌，仿佛一直都是在认真工作，并未跳过这段舞似的。

这是一段快闪。

林宜停下来，一双眼静静地凝视着江娆，脸上挂着善意的微笑。

“你这是在做什么？”江娆边问边戴起眼镜，不愿于人前示弱。

“是给你今天赶来救场的谢礼，我知道肖新露为拉拢你一定给了你很多钱，你肯放弃，我很感激。”林宜微笑着说道，眉目如画，不施粉黛便令人赏心悦目。

江娆推了推墨镜，道：“算算我挺亏的，一句‘江娆全世界最美’就害我损失八百万元。”

她这么说着，语气倒没什么不舍。

花八百万元收买江娆，肖新露还真舍得下血本，都要将老本贴出一半了吧。

林宜笑了笑，看着她脸上还来不及擦去的泪痕道：“我以前也眼瞎过。”

江娆怔了下，问：“后来呢？”

“后来，他变成了这样。”

林宜拿出手机，找出一张舒天逸之前发过的受伤的自拍照，鼻青脸肿，完全是个猪头。

江娆见到后愣了好几秒，而后乐不可支地笑得直弯腰。

她会真正开心就好。

林宜安静地看着她笑，其实她比自己好，认清了还能回头，而自己认清了却是迎接一场家破人亡。

林宜收了手机，转身沉默地离开。

高跟鞋踩着光滑地砖的声音突然在身后响起。

下一秒，林宜就被江娆扑上来抱了个满怀，江娆紧紧地抱住她，眼泪从墨镜下淌下来，声音哽咽地道：“林宜，谢谢，真的谢谢。”

她发自肺腑地感激林宜。

她不是傻子，知道林宜在用一种给她最大尊重的方式开解她。

林宜没想到江娆突然这么热情，愣在那里，伸手拍拍她，无声地安慰着她。

私人会所包间中光线幽暗，如黄昏最后的一抹光冰凉透彻，只等着一切进入无边的黑夜。

“砰”。手机从肖新露的手中掉落下去。

她刚刚得到的消息，会议上，江娆和林宜站成了一条线，让她所有的指望化为空谈，并让林宜找到机会，将她插在运营部的几个心腹全给炒了。

手机又振了一下。

是江娆那边退回八百万元的银行消息。

林宜居然拉拢了江娆，她连最后回到林家的一丝希望都没了，全没了。

肖新露站在地上，手指颤抖，不知道是气的还是难过的，蓦地，她一把将酒柜上的酒杯、酒瓶摔到地上。

酒液洒了一地。

舒天逸见她这副模样就知道会议上林宜没被拉下来，肖新露没了进林家的最后一个机会。

“为什么？为什么？”肖新露痛苦地嘶喊出来，“怕人挑刺，我在公司算得上认认真真地做事，在林家要陪个半百的老头子，两年多了，结果到头来，我被赶出局，落个什么都没有的下场！”

舒天逸听着她的话叹了一口气，肖新露对林家的财产算得上是机关算尽，前两年一直如她所想，一切筹谋得顺顺利利，结果不到几个月，全都垮了。

换他，他也得崩溃。想想，她也是挺可怜的。

舒天逸从酒柜中拿出幸存的一瓶酒，倒给她：“多喝一点，喝醉了就什么都忘了。”

肖新露仰起头就将满满一杯酒灌下喉，步子踉跄地往后退去，眼中满满的不甘：“我不甘心，我都付出那么多了，凭什么给我一场空？”

“我和林宜不过差了五岁，为什么差那么多？她林宜有什么？不过仗着好出身，厚重的家业等着她，家中管家对她死心塌地，她不用对任何人屈膝，想要什么都有。”

肖新露面目近乎狰狞疯狂：“而我呢，一出生除了占了个穷字什么都没有，我也是凭本事进的林家，我年纪轻轻陪林冠霆，哄他、讨好他，到最后就一纸离婚协议打发了我……那我没了的青春呢，谁来还给我？”

“……”

舒天逸沉默地看着她，继续替她倒酒。

肖新露绝望崩溃之下，便不停地拿酒灌自己，一杯、一杯又一杯。

满室酒精味道。

蓦地，肖新露踮起脚勾上舒天逸的脖子，眼神透着醉意，脸色酡红，说话口齿不清：“舒天逸，你说，我有什么比不过林宜的？她比我长得好看吗？”

舒天逸低眸看着眼前满身酒气的女人，又想到林宜站在他面前的样子，那种美简直是带着光的，令人不自觉地神往……

这个肖新露还真比不上林宜。

“你为什么不回答我？”肖新露愤怒地瞪他，整个人挂在他身上，“是不是你也觉得她比我好？”

说着，肖新露仰起头就吻上舒天逸的嘴。

舒天逸一怔，正要推开她，她却一把握住他的手放到自己身前，掌下的触感让他失了神……

朗日晴天，半山的别墅很宁静。

林宜站在大大的鱼缸前，往里投着鱼食。

她穿着小黑点的白衬衫、清新的小短裙，整个装扮看起来透着几分俏皮，可一张五官分明的小脸上却没有半分笑意。

鱼缸中不断冒着水泡，模拟的海底世界很精致，各式各样的小鱼在里边自由自在地徜徉，穿过一个个小山洞，还有只小小的乌龟在里边慢吞吞地爬着。

鱼缸玻璃上隐隐约约地映出她并不开心的面容。

林宜心不在焉地投着鱼食，思绪在别处。

她初进公司，有很多的抱负，努力将预知梦的很多内容提出来，再策划出一个个符合今后流行的宣传案。

结果爸爸却不批准。

“你再喂下去，我得给这缸鱼放葬礼三重奏了。”玩味的声音传来。

林宜怔了怔，这才发现自己不知不觉已经喂了大半盘的鱼食。

盘子被人撤走，她转过头，应寒年衣冠楚楚地站在她面前，面容英俊，五官抢眼，黑漆漆的眸子深深地注视着她，像是全世界只有她一个人。

他最近的目光常让她觉得窒息。

林宜上上下下地看他一眼："你现在做头发的频率是不是变高了？"

不过是一头短发而已，她每次来都看到不一样的骚气造型，他也不怕理发店的药水用太多致癌吗？

而且在自己家里，他居然穿得这么正式，还穿着尖头皮鞋，不觉得不自在？

应寒年挑眉，拨拨帅气的短发："怎么样，帅不帅？"

林宜莫名，他本来也就没丑过啊，现在是帅得更加惹眼、更加凌厉了。

"是不是觉得很洗眼睛，发现自己以前瞎得彻底吧？"应寒年自信满满地道。

他可是为她才这么折腾自己的外观。

他不会还在记着她说舒天逸长得帅的事吧？这醋吃得不嫌过期？

林宜看着他这一身刻意的打扮，干干一笑："是洗眼睛，但我现在还要去洗下手。"

她手上全是鱼食的味道。

她转身，应寒年从后面拉住她，将她拥进怀里，双臂抱在她前面，低头看她，目光深邃，磁性的嗓音里透着宠溺："怎么，是不是遇上什么事了？"

"没什么。"

"我从你进门起那个眼神就知道你有心事。"应寒年在她耳边亲了一下，"说吧，我帮你解决。"

他就不爱看她心事重重的样子。

"真的没什么。"

她没说什么，爸爸不让她做事，谁也帮不了她。

"这么不乖？"

应寒年不满地蹙眉，正欲说什么，姜祈星就从外面走进来。应寒年也没松开手，就这么抱着林宜，故意低下身子，将下巴枕在她的肩上，看向姜祈星："怎么了？"

姜祈星站在那里道："凌子堂来了，之前寒哥你答应替他重振家族，他想谈谈具体细节。"

凌子堂，就是那个当众羞辱江娆的男人。

林宜被应寒年抱着，侧过脸淡淡地问道："你和凌子堂关系很好吗？"

"谈不上什么好或差，我只管赚钱，有人愿意用我的点子，愿意事后给我大笔抽成，我没什么好拒绝的。”应寒年道，嗯，越抱越舒服。

他的小团团可真软。

“是吗？”林宜敛眸，“那我先上去，我很讨厌这种没品行的男人，不想看到他。”

说着，她便挣开他的手，还没走出两步又被应寒年霸道地拉回去，重入他的怀中。

姜祈星低头，眼观鼻，鼻观心。

“祈星，回了凌子堂。”应寒年道。

姜祈星愣住：“不做这个生意了？寒哥，你之前说过，凌家虽然只剩了个空壳子，却可以用他家搞点股市上的风雨。”

“我们家团团讨厌的东西我也讨厌。”应寒年搂着林宜，深情款款地凝视着她，一手随意一摆。

姜祈星看看他，又看看林宜，而后低头：“是，寒哥。”

说完，姜祈星走了出去。

林宜站在那里，抬眸诧异地看向应寒年，就因为她一句话，他就不接生意了？这可不像他的风格。

“团团，我可是为你连赚钱的机会都放弃了，感不感动？”应寒年直勾勾地盯着她，视线落在她的唇上，“你是不是该回报我些什么？”

“我没让……嗯。”

她的话还没说完，应寒年的吻已经落下来，他一手搂着她的细腰，张开薄唇含住她的唇，呼吸沉重地道：“团团，你真是有毒。”

多看她一眼，他都开心。

不亲还好，一吻上他总是欲罢不能，怎么都舍不得放开。

他就这样看着自己一点点染上剧毒，慢慢沉沦，也不知道什么时候会毒发身亡……

林宜试图躲开他的吻，结果怎么都放不开，最后慢慢卸了力，双手搭在他的肩上，闭上眼任由他吻着。

两个星期过去，林冠霆始终不同意林宜的广告新计划，这惹来公司上下议论纷纷。

写字桌之间隔着隔板，但隔不掉职员们八卦的热情。

几张转椅一转就转到一起，几人窃窃私语着。

“听说那个广告计划被永久性搁置了，我听李秘书讲，林总觉得林宜太年轻，处事太大胆出格，心不定，所以压着她。”

“我今天看到大小姐进公司的时候脸色很差呢，好像她又提了几个方案，又被林总给搁置了。”

“啧啧，大小姐也是够可怜的，跑公司来千方百计地想干票大的，哪知道被自己的爸爸给拍死在沙滩上。”

“这回大小姐在公司的威信是立不起来咯。”

“我还有更劲爆的消息，据说林总思来想去，觉得不能给大小姐这么高的职位，想让她从低做起，要调她去文案部呢，运营部的头由底下的人替上。”

“天哪，怎么会这样？大小姐被自己的亲爸给贬职，那不是什么脸都丢尽了？她还不如一开就从低处做能博个好名声，啧啧。”

一阵风穿过，不少的文件页飞散在空中。

所有人忙着去捡文件，只见大门不知道什么时候开了，一个陌生的男人面无表情地站在门口，恭敬地迎着身后的人。

修长的双腿率先进入众人的视线中，尖头皮鞋锃亮，在地板上踩出沉闷的声响。

后进的男人慢慢走进来，身形高大颀长，自带气场，一头短发帅气，即使鼻梁上架着墨镜，也挡不住他凌厉深邃的轮廓，令所有人的目光都不自觉地留在他身上。

他一站在那里，整个公司上下都安静了，仿佛他才是这公司的主人。

好久，才有人反应过来，匆匆忙忙地跑到男人面前，说话间都不由自主地带了低人一等的口吻：“先生，不知道有什么事可以帮您？”

男人没有说话，他身后的人冷冰冰地开口：“我们要见林冠霆。”

对方直呼林总的名字？

众人惊愕。

“这个……请问两位有预约吗？没有预约，我不好安排。”

闻言，男人摘下墨镜，露出一双惊艳众人的漆黑深眸，薄唇勾起一抹弧度，透着致命邪气。他拿着墨镜在面前的工作人员肩上碰了碰：“你最好去问问他，否则，下一次林冠霆就是求我，我还不一定来。”

这人狂妄进了骨子里。

可他的话就是莫名地令人信服，工作人员愣在那里，怔怔地看着他，不知如何应对。

男人的跟班突然上前面无表情地推开工作人员，恭敬地看向男人：“寒哥，直接进吧。”

“嗯。”

男人颔首，大步往里走去，步步生风。

底下的一群人沉寂了两秒，突然爆发开来，尤其是女性职员。

“我的天！那男人是谁啊？帅疯了！”

“他刚刚好像扫了我一眼，我的呼吸都停了，要命。”

“那些明星也没有长这么好看的吧，那一笑，我的天，也太撩了吧！”

林宜一个人坐在办公室里，面对堆成小山似的文件，一张小脸上黯然失色。

她本以为进了运营部能大展一番身手，可是她的计划书全部被退回来。

爸爸名义上说她不了解市面行情，想法太创新、太大胆，透露要让她到他身边做秘书学习一段时间，懂一些相关知识再独当一面。

可这几天她想了想，怕是离婚的事让爸爸对她留下了心中的疙瘩，他才想着要打压打压她。

爸爸极好面子，在家中和稀泥，即使肖新露的阴谋诡计都摆到明面上来了，他也是想着不能传出风声去，自行在家教训肖新露。

可她把姥姥、姥爷接过来，又以离家出走、和林家断绝关系为威胁，逼得爸爸只能二选其一，最后和肖新露离婚，令律师整理材料写遗嘱给她继承，导致现在外面风言风语满天飞。

爸爸表面上没什么，该关心还是关心她，夸她的时候也不少，但心里不痛快是肯定的。

他虽然同意了她进运营部，却给她一个下马威，这是要她别太锋芒毕露，要她知道家中毕竟还是爸爸做主的。

想到这里，林宜不禁苦涩地笑了笑。

在爸爸眼中，她的所作所为显然是在和肖新露争斗，可她真的不是啊，她只是在守，守着宜味食府，守着林家。

“砰砰”。门被敲了两下。

“进来。”林宜坐直身体。

何耀端着咖啡从外面走进来，门一开，外面闹哄哄的喧哗声传了进来。

“大小姐，你的咖啡。”何耀恭敬地走上前来，将热气腾腾的咖啡杯摆到她面前。

“谢谢。”林宜淡淡一笑。

何耀看着桌面上的诸多文件动都没动过，就知道林宜此刻心里不好受，不由得问道："大小姐，林总要压着你到什么时候？再这么下去，你在公司也只是浪费时间，无法展现抱负。"

何耀在林宜身边跟了一阵，看得出来林宜是认认真真地在做事，每个策划她都夜以继日地准备，有时候饿着肚子都不在乎。

结果策划案全被林总退了回来。

"公司是爸爸辛苦打下的，他怎么安排，我都该接受。"这个道理林宜很明白，可是不免有些委屈。

她几乎是用尽了一身的力气在保护这个家，可爸爸不让她有所发挥，她又能怎么办？

何耀听着她的话很是替她难受。

"对了，外面怎么闹哄哄的，什么事？"林宜端起面前的咖啡杯，有些疑惑地问道。

"哦，来了个人找林总，是个大帅哥，外面的女职员全疯魔了，谈论不休。"何耀摇着头叹了一口气。

"大帅哥？"

林宜怔了一下。

"大小姐，你也要看帅哥啊？"何耀道，"我看那人气势汹汹的，来者不善，他的手下叫他什么寒哥，S 城也没听过这么一号人物。"

寒哥。

林宜端着咖啡杯的手一抖，咖啡差点泼出去，脸色僵硬。

应寒年，那个冤孽怎么来了？

他为什么跑来找她的爸爸，还瞒着她？

她最近一直按捺着性子和他相处，没有红过脸，还是说不知道哪里她又得罪他了，他来找她爸爸挑明他们之间的关系？

那他们的父女关系不是彻底完了？

林宜面色发白，放下手中的咖啡杯，站起来就往外走去。

何耀疑惑地刚想开口，林宜已经一阵风似的离开了办公室。

一见林宜出来，外面的人全都停止了喧哗，都努力起来。她也无暇顾及大家是不是在作秀，快步朝着林冠霆的办公室走去。

雕花的红木门紧紧关着。

林宜看着那扇门，倒吸一口冷气，而后握住门把手转动，门被推开一条隙缝。

只听应寒年嚣张狂妄的声音传来："我可以把宜味食府的名号做到几

亿人没吃过也听过的程度，就看林先生你信不信了。”

林冠霆似乎很疑惑：“上次在红调坊，我们不欢而散，应先生当时还说不会有下一次，怎么这回你却主动上门求职？”

闻言，林宜愣在那里。

应寒年主动上门求职？他不是来揭开他们的关系的？

为什么？

她站在门口，听到应寒年自嘲地低笑了一声：“你就当我放过的话又吞了回去，当然，这是唯一的一次！”

“应先生的行为还真是让人捉摸不透。”

林冠霆看得出应寒年不是什么池中之物，有心拉拢这样的人才，却又担心之前的过节招了匹毒狼进来。

“放心，真要整你们林家，我利用你们的竞争对手对付你们就行了，还用不着上门屈膝给你打工。”

应寒年一眼看穿林冠霆的想法，张狂得厉害。

“那应先生你……”

“我最近缺钱花，立好合约，我要先拿走一千万元，待事成之后，我要拿七千万元。”应寒年张口就是大数字，“宜味食府名震天下时，应该不缺我这点酬劳。”

前后八千万元，他可真能开口。

“那应先生要是办不到呢？”林冠霆反问。

“我赔你八千万元。”应寒年说得果断干脆。

这倒是笔好买卖。

林冠霆有些心动，忽然听到外面秘书错愕的声音传来：“大小姐，你站办公室外面做什么？”

应寒年吊儿郎当地坐在椅子上，听到这声音目光深了深，嘴角不露痕迹地勾起一抹笑意。

被秘书拆穿，林宜有些尴尬地推开办公室的门，只见到应寒年的背影：“爸爸，我有点事想和你说，听到你的办公室有人所以就等了下。”

一旁的秘书也报告道：“林总，何总来了，说和您约好的，有点急事。”

林冠霆点点头，站起来朝应寒年道：“应先生，我去去就来，再详谈合作的事如何？”

应寒年摊手，一副“你随意”的模样。

林冠霆抬起腿往外走去，朝林宜道：“你的事先等等，晚点我再找你。”

说完，他便越过林宜，跟着秘书离开。

林宜转头，看着林冠霆的身影消失在视线中，才走进办公室，伸手关上背后的门。

“砰”。门发出沉重的声响。

应寒年这才慢悠悠地坐在转椅上转过身来，黑漆漆的眼直直地看向她，手上转着墨镜，一身的痞气。

“为什么？”林宜看着他，低声开口。

“你最近被你爸打击得脸都小了一圈，只要我来应职，你的那些策划就能从我手上走，他不信你，还能让我拿钱不做事？”应寒年看着她，目光勾人，“你爸不给你机会发展，就让我来给你机会！”

他竟真的是为了她。

她昨天还听姜祈星说，他最近为何氏的商战忙得团团转，他居然抽空跑来公司为她解围。

林宜的心跳有那么一秒骤停。

“过来。”应寒年朝她勾了勾手。

林宜朝他走过去，真心实意地道：“谢谢。”

这事她没要求他帮忙，甚至没提过一字半句，没想到他会介入。

应寒年一把攥过她的手，将她按坐在自己的腿上，低头贴近她，薄唇微掀：“你当然要谢我了，你就在我面前皱那么一下眉，我便放下所有的事巴巴地跑过来，还把自己当初放的狠话当个屁给放了，你看我多爱你啊，团团。”

他的话永远都那么糙。

林宜自然知道以应寒年的个性，他做到这一步确实是牺牲很大。

她抿了抿唇，坐在他的腿上道：“你挂个名就行了，其余的事我来做。”

应寒年说得是，爸爸不让她做的，但只要应寒年这个商界奇才点头，肯定会放行。

但她要发展，就不能完完全全依靠应寒年，必须自我成长。

“那是自然，你真以为我有那么多时间管你的事？”应寒年从后面揽住她柔软的身体，一手挑起她的下巴，“现在可以说说，你要怎么谢我了？”

“你挂个名就能拿八千万元，这谢礼还不够？”

林宜问道。

“你以为八千万元是我狮子大开口？我若是要少了，以我们之间的过节你老子还不得认为我是来报复的？我还不是为了你。”应寒年低下头，薄唇含住她有些凉意的耳垂，喑哑地开口，“今晚，我们约个会？”

说着，他在她身上摸了一把。

流氓……

林宜在他怀里不安地动了两下，蹙眉道：“这是我爸爸的办公室，你有点分寸好不好？”

“我很有分寸啊。”应寒年理直气壮地道。

他这样还不够有分寸？

林宜一脸黑线。外面忽然远远传来林冠霆和秘书讨论的声音，她慌忙跳下来：“我先走。”

“等一下。”

应寒年站起来，一把将她拉进怀里，挑起她的下巴，低头就吻了下去。

林宜震惊地瞪着他，拼命地推他的胸膛，听着外面的声音越来越近，整个人都慌了。

他怎么老能干出这样的事来？

“嗯……”

应寒年在她的嘴上狠狠地吮了一口，在门把手被握住的一瞬间，迅速松开她，坐回舒适的椅子上转了一圈，正襟危坐，顺手将林冠霆喝完的咖啡杯放到她手上。

咖啡杯和下面的碟子击荡出声响，差点从她手中摔下去。

门被人从外面推开来。

林宜手忙脚乱了那么一秒，迅速正色站好，抿了抿唇，努力掩饰所有的异状。

“小宜？你怎么还在这儿？”

林冠霆进来后疑惑地看向她，一想到之前红调坊的事，他立刻紧张地看向应寒年。

只见应寒年仍然坐在那里，端着咖啡正优雅地喝着，半分异常都没有。

“我看你的咖啡喝完了，想再去倒一杯，顺便擦了下桌子。”林宜淡淡地道，神色如常，说完便往外面走去。

看着如此乖巧的女儿，林冠霆站在那里有些心疼。

他最近对她是不是打压得太过头了？

林宜出去后，林冠霆想想不放心，手按着胸前的领带在办公桌前坐下来，话中有话地问道：“应先生和我女儿也认识，没聊聊？”

闻言，应寒年挑了挑眉，放下手中的杯子道：“女人脾气太大的可不好。”

这符合他的谈吐风格。

要是他说别的，林冠霆还会不放心，但听到这一句倒是踏实了一些。

应寒年这种人什么样的女人没见过，必然是不会紧紧盯着一个，再说，这里是林家的公司，他料应寒年也不敢乱来。

应寒年低眸看着杯中的咖啡泛起小小的涟漪，目光深邃。

不是他不愿意公开和林宜的关系，只是他将来还有大事做，不曝光她，是为她的安全考虑。

他花名在外，人人都当他是猎手，便不知道他的弱点在哪里。

林宜从办公室里走出来，仍心有余悸。

直到将杯子放进茶水间的洗手池里，她才摸摸自己的唇，回过神来，掬了一捧水泼到脸上。

她再抬起脸时，一双眼发着光，眼中是满满的憧憬和自信，水滴从额角流下来，淌下美丽的脸庞。

终于，轮到她大展身手了。

一转眼，半年过去。

宜味食府赞助的三个网络综艺节目大火特火，成为现象级节目，作为广告商，宜味食府的知名度大涨，赚得盆满钵满，国内分店的数字迅速攀升。

饶是如此，每家餐厅前仍是大排长龙，即使是一些开在非闹市区的分店，也有的是人慕名光顾。

林家的名声终于冲出S城。

林冠霆一扫离婚时的颓废，意气风发，参加各种峰会，结识更多商界大佬，真正的运营已经完全落入林宜的手中。

公司上下的人提到大小姐时不再用什么“花瓶千金”来形容，都能服服气气地听从指令，毕竟工资也跟着宜味食府的大赚特赚而水涨船高。

临近年关，林冠霆发下话，要大办一个新年晚会，将林家的亲朋好友、公司所有的职员、合作的新老客户全部邀请过来。

林冠霆这是要一扫之前林老夫人寿宴上的耻辱，那个笑话闹得到现在还有人记得。

这事交到了林宜手中。

于是满大街年轻女孩在置备新装的时候，林宜忙得不可开交，常常连饭都来不及吃上一口。

洗过澡，林宜便坐在书桌前忙碌起来。

“小宜。”安阑从外面走进来，将一本红色烫金的硬壳大本子在她面前打开，上面是座位图的影印本，“这是新年晚会观众席的座位图，林先生让我拿来给你最后一次复核。”

“好，放着吧。”林宜点了点头。

安阑又放下一碗香气四溢的汤：“这是你今天在厨房熬的糖水鸡蛋，刚刚熬好，我给盛上来了，要是不够，你喊我，我再去给你盛。”

“嗯，谢谢安姨，你最近也辛苦，记得喝一点。”

林宜往她身上靠了靠，嫣然一笑，像极了和母亲撒娇的孩子。

安阑看着她，心中暖暖的，到嘴边的话说不出来，最后只道：“那你先喝汤，我出去了。”

门被关上。

林宜看着上面的观众位置图，林冠霆坐于主位，她坐在他的左边，而右边则是应寒年。

看着“应寒年”三个字，林宜陷入沉思。这半年来，应寒年挂了个公司军师的名，从不妨碍她的发展，她的策划有问题，他便提出，替她完善修改。

不得不说，这半年应寒年对她是真的好，也是在倾其所有地教导她，她受益良多。

可是，她动和平拆伙的心思不是一天两天了。

现下宜味食府越来越好，她对一切越来越熟练，连应寒年都夸她能独当一面。既然能独当一面，她又为什么还和他保持着这种不清不白的关系？

他是对她好，她对他也心存感激。

但应寒年这个人骨子里的邪气是让她防备和惧怕的，他也不是一次两次威胁她，谁也不知道他如果有一天再翻脸是什么样的情况，让她蹦极估计都是轻的。

“砰——”

窗户被石子敲了一下。

林宜看过去，有些无奈，这采花贼来的次数多了，她这朵花都已经习惯，连窗户都不锁，省得还要去替人开窗。

下一秒，窗玻璃被人从外面推开，一个高大的身影跳了进来。

来人正是一身风尘仆仆的应寒年。应寒年一进来就按了按脖子，走到她面前，卸下一身疲累：“刚从邻市回来，累死我了。”

“那你怎么不好好休息？”

“不是想你吗？”

应寒年按住她的肩膀，低下头就在她的脸上狠狠亲了一口，闻着她身上淡淡的香气大为满足。

林宜淡淡地看他一眼，他眼下黑沉沉的，脸色有些苍白，的确是没睡好的样子。她把面前的糖水鸡蛋推到一旁：“你让我熬的糖水鸡蛋，吃吧。”

“还是团团心疼我。”

应寒年眼中的笑意变浓，他拉过一张椅子在她身旁坐下来，拿起勺子舀了一口汤，甜丝丝的，却不腻。

一看就是很用心做的，他浅尝一口，味道入口由淡渐浓。

喝着喝着，应寒年忽然疼得“嘶”了一声，眉头蹙起，手捂着腰腹的地方，强忍着痛楚。

他撩起上衣，露出绑在腰间的层层纱布，有淡淡的血色渗了出来。

林宜愣住：“怎么受伤了？”

应寒年自动将她眼中的惊诧转化成担心，心情很不错，眉头也舒展开来：“之前一个被我整倒闭的公司老总跑来报复，那老东西小算计一堆，明着冲我来，我刚制伏他，却被他站在一旁唯唯诺诺的老婆给捅了，我算是老马失前蹄了。”

他说得轻描淡写，对这种事早已习惯。

林宜听着这话也不意外，在她看来，应寒年手段狠辣，不留情面，不逼对方到绝境不罢休，搞得仇家很多，这工作无疑是在刀尖上舔血、火中取栗，只是受伤已经很好了。

幸好林家走的路线是自身发展，并不去攻击竞争对手，他也只给些正当建议，她不用担心林家会惹上什么仇家。

林宜再看一眼他的腰，不由得叹一声气，伤成这样他还爬窗进来，也不怕伤势变重。

“我听姜祈星说，你最近接的活越来越多，你把自己折腾得伤痕累累到底图什么？”

林宜始终不明白，以他的能力要想白手起家创立一家公司不难，可他非要从事这样一份工作。

“赚钱。”应寒年坦白直接，又喝了一口糖水。

“你的钱怕是比我们林家都多，赚那么多做什么？”林宜顺嘴一问。

她问完便继续低头看座位图，明白他这个人神秘，不会吐露什么，她也并不在意。

应寒年忽然将碗放到一旁，一手握住她的细臂，让她转过身来面向自己，黑眸定定地盯着她，面容肃然："你真的想知道我要做什么？"

在一起这么久了，如果她真要知道，也许他也不必瞒她。

难得看他一脸正色，林宜怔了怔，不知怎么就想起之前在他的书房的那一幕，问道："我知道以后会死得很惨吗？"

应寒年的脸上难得没有笑容："可能，但我会保护你。"

"那不用告诉我了。"林宜毫不犹豫地说道。

她现在日子过得好好的，何必扯上些不该扯的事？

应寒年静默地盯着她，胸口堵了一下，不知道是为她的懂事开心，还是该为她的漠不关心烦躁。

须臾，他端起面前的糖水鸡蛋喝着汤汁，见她游刃有余地忙碌着，道："大小姐现在越来越有本事了。"

林宜有些奇怪地看他一眼，他的赞扬怎么听起来有些闷闷的？

"林家的新年晚会你有空来吗？"林宜问道。

他一向神龙见首不见尾的。

"不去了，你们林家现在结交的那些人不值得我去应酬。"应寒年不可一世地道。

是了。

宜味食府日渐进入佳境，林家也越来越有名望，可应寒年更了不得，他现在帮忙打商战的公司一家比一家规模大，围在他身边的也是一拨一拨地换，越换势力越大。

半年前，还有人说不知道应寒年这一号人物；半年后，S 城的商界大佬上赶着巴结应寒年，但已经没用了，大爷看不上了。

林宜思索着自己心里的那点想法，听到他这么说，便用一种随意的口吻试探道："不去也好，爸爸说到时要给我介绍几个名门之后，我忙着估计也没时间招待你。"

半年了，也许应寒年对她的兴趣已经变淡。

"名门之后？给你介绍男人？"应寒年喝着糖水，声音听上去很正常。

"嗯，算是变相相亲吧。"

林宜淡淡地道，见他没有异常心下放松许多，看来他确实不怎么在乎她了，她可以找准时机提出拆伙的事。

应寒年没有说话，卧室内安静极了，只剩下林宜翻阅纸张的细碎声响，忽听"砰"的一声重响。

她心里"咯噔"一下，转头，就见应寒年将碗重重地拍在书桌上，脸色铁青地盯着她，一双黑眸中风云卷动，逆流暗涌。

"你答应了？"应寒年冷冷地开口。

林宜镇定地回视他，继续试探道："我有什么理由不答应吗？"

"什么理由？"应寒年一把扯过她的手臂，"我现在就告诉你！"

林宜慌了，人被应寒年打横抱起，根本连反抗的力量都没有，眼前一阵眩晕，人已经被甩到床上，整个身躯重重地落下，疼得不行。

"你发什么疯？"林宜吃惊地瞪向他。

"发什么疯？"应寒年欺身压住她乱动的手，面色沉到极致，眸中透着阴鸷狠厉之色，咬牙切齿地道，"林宜，你可真是翅膀硬了，敢在我面前说这种话。"

她的指骨被他的尾戒磨得泛疼。

应寒年边说边用膝盖顶住她的一条腿，狠狠地压下去，像是要把她的腿骨都给压碎一般。

林宜被眼前的男人怵到了，脸色微微发白。

半年时间的平静，竟然一句相亲就激怒了这条毒蛇。

"疼……"林宜转了转眸子，聪明地选择示弱，"你压得我好疼，放开我。"

见她面露痛苦之色，应寒年的呼吸顿了顿，他放松一些，但还是没放开她，低头睨着她："那你还要不要理由？"

"是我爸爸觉得我可以认识一些有才有识的富家公子，那我能说什么？"林宜一脸无辜地反问，"难道我要告诉他，我一直和你有关系吗？"

这么久了，她料定应寒年并不想公开他们的关系。

"就说你还小。"应寒年给她找理由。

"过完年我就二十一岁了。"

闻言，应寒年的脸色又阴沉下来："怎么，你很想认识其他男人？"

"我应付你一个就筋疲力尽了，哪还有时间去应付其他人，最多就是在场面上敷衍下，我爸也不可能逼着我嫁人啊。"林宜观察着他的脸色，语气刻意变得无奈，缓解他的不悦，"再说，在你眼里我难道是那种乱来的人吗？"

这倒是。她和她那个前男友谈恋爱居然什么都没发生过。

"好，我今天就暂时先相信你。"应寒年缓了脸色。

"那你还不下去？"她被他压得晚饭都快出来了。

应寒年真的直起身来，却没有离开，而是捞过一旁解下的大衣，从口袋里拿出一个蓝布绒盒子扔到床上，口吻带着命令："把这个戴上！"

林宜不解地看他一眼，从床上坐起来，一头乌黑的长发垂在肩上，她拿起盒子打开，只见里边放着一条项链和一只手镯。

链子是纯银的，双股拧成，简单大方，颜色偏白发亮，链坠是一把做过雕刻工艺的小钥匙，做工极为精致，钥匙上端还做着半羽翅膀的浮雕，层次感很好。

只是链子稍粗，不像是女性佩戴的。

而一旁的手镯只有半厘米宽，通体玫瑰金色，碎钻镶嵌其间，如芒芒星光，温雅却夺目，这倒是个女款。

手镯中央也有半羽点钻翅膀，看起来是个机关暗扣。

林宜拿过来，打开翅膀，就看到里边有一个锁心。

"我给你开。"

应寒年坐到她的身旁，拿起那条项链，指腹捏着上面的小钥匙郑重其事地放入手镯中的锁心，黑眸深邃。

锁心被开，手镯被从中间打开。

应寒年拿起手镯就套上林宜纤细的手腕，她愣了一下刚要说话，应寒年已经将手镯扣上。

手镯口很小，正适合她的手腕，她摘都摘不下来。

"怎么突然送我手镯？"林宜茫然。

应寒年并未说话，抓起她的手细细观赏，漆黑的眼中有光亮在闪，她的皮肤娇嫩白皙，这玫瑰金色的手镯称她的肌肤，稍动一下，流光溢彩，美不胜收。

须臾，他低下头附到她耳边，喑哑地开口："团团，你被我锁了。"

他磁性的嗓音掠过她的耳朵，激得她皮肤一阵战栗。

她被他锁了？

林宜心口一滞，这算什么意思？

应寒年直起身体，拿起那条项链扭下扣子戴到自己的脖子上，耀武扬威地看着她："你要记住，除非我开了你的镯子，否则，你这辈子都是我应寒年的人！"

他的每个字都像是个魔咒，令人惶恐不安。

"……"

林宜低眸看着腕上的镯子，他当这手镯是手铐吗，还要他解了她才能被释放？否则，她就得一直在他手里坐牢？

见她不声不响，应寒年不爽起来："怎么，不喜欢？该不是你真动了结识其他男人的心思吧？"

她哪是想结识其他男人，连他，她都想一脚踢开了。

林宜转转手腕上的镯子，算了，这镯子她戴了也不会掉块肉，更不像戒指一样代表某种意义，不收下他这怒气是消不下去了。

她冲他笑了笑："挺好看的，谢谢。"

"那是自然，我请了一个民间艺人花整整三个月才打造完成的。"应寒年摸着脖子的链子道，"图样是我画的。"

他画的？三个月才完成？

他还真有闲心。

林宜摸着手上的镯子沉默，颊边的发忽然被人一指撩开，应寒年靠过来便吻上她的嘴角，细细地吻着，一手握住她的肩将她按倒在床上。

"做什么？"林宜一慌。

应寒年欺上身来，邪肆地低笑一声，语气极尽魅惑："春宵苦短，不做点什么岂不是太浪费了？"

林宜蹙眉："你的腰上还有伤。"

他不要命了？

他的唇落在她的耳上，呼吸炙热。

林宜偏过头，眼中没有半分动情之色，眉头浅浅地蹙着，手上的镯子闪耀夺目。

这试探的结果……很不理想。

莫非，她是摆脱不掉这个男人了？

为配合林冠霆爱排场的性子，林宜特地租了七层超大邮轮办一场热闹轰动的新年晚会。

歌舞环绕，美食美酒间，邮轮航行于海面可欣赏整个城市的夜景，光听就足够吸引人，林冠霆很是满意。

新闻媒体对此都加以宣传。

S城中，林家的兴盛繁荣一时间无人能及，众人只能望其项背。

这天，城市的天气特别好，月光明亮，漫天繁星，晚会未开始，无数的烟花就在海面上绽放开来，绚丽夺目，令人驻足。

外面吵闹喧哗，林宜实在有些烦应酬，于是躲进江娆的化妆间里偷闲。

江娆是宜味食府的宣传人，今晚晚会也将隆重登场，此刻，她任由化妆师给她化妆，一双眼却瞄着一旁坐着的人。

林宜这天穿着一字肩烟灰色长裙，露出皮肤白得晃眼的肩膀，肩骨突出却恰到好处，不显过瘦，裙边上以钻入纹理，上轻盈下优雅，华丽吸睛，配着她那张五官清丽的小脸有说不出的舒服感。

这张脸要是走娱乐圈照样混得出自己的一片天来。

江娆善观人心，见林宜拿着手机把玩，却心不在焉似的，不禁问道："怎么了，有心事？"

林宜抬起脸看向她，淡淡一笑，眉目平静："没有啊。"

她只是烦怎么解决应寒年。

江娆看她不想多说，便也不再问了。手机振动起来，江娆接起电话，笑语嫣然："是，李总，是是是，哪能忘了你呢，好，好，下次一起吃饭。"

挂掉电话后，江娆脸上冰冷如霜，忽然想起什么似的，她朝林宜解释道："我现下可不像以前了，不过有时候场面上总要敷衍两句而已。"

江娆知道，林宜这人虽然话不多，平时两人除公事也没太多联络，她却是真心关心自己。

"嗯。"林宜想到半年前的种种不禁笑了笑，"那时我也想不到看起来聪明理智的江明星会那么傻。"

闻言，江娆苦笑一声，拿起护手霜往手上抹去："我啊，算是看明白了，这越是口口声声说爱你，说爱得情深似海的男人都不是什么好东西。反倒是那些……哎，寒哥今天来吗？"

林宜一怔，抬眸看她："怎么突然提他？"

"我只是突然想到，寒哥恰恰是凌子堂那种贱人的反面。"江娆说得兴起，侧过身来面向她，饶有兴致地道，"寒哥这人看着邪吧，可一旦认定了谁，估计心是很定的，可不像凌子堂这种男人，明明花得不行，还要装情圣。"

有那么一秒，林宜都觉得江娆是应寒年请来的托。

"他？心定？呵。"

林宜轻笑，应寒年心定的话，这世界上就没有胡来的男人了。

"真的，我在娱乐圈这么多年，什么人没见过？这男人是真色还是装的我看得出来，从前寒哥在众人面前没少嘴上占便宜，有时候话还说得特别难听，可事实上，他连我的一根手指头都没碰过。"江娆道。

虽然应寒年言语上侮辱过她，但她倒不厌恶这男人。

一根手指头都没碰过？

林宜看向她，眼中是掩饰不住的诧异之色。

“是不是没想到？”江娆笑，她见惯了形形色色的男人，还一度以为应寒年那方面不行。

后来江娆想明白了，人家逢场作戏而已。

“他真的没碰过你？”她怎么就这么不相信呢。

“真的，我骗你做什么？你想啊，像他长得那么招摇的一个男人，要是自己心不定，那桃花债追得还不得满天飞了？”

林宜很安静，在她眼里，应寒年的桃花什么时候少过？

除了江娆，还有林可可，还有那么多大美女……

江娆擦着手上的护手霜，忽然又想到一事，转头看着林宜道：“我看寒哥对你挺特别的，当初让我进医院装是吃你们餐厅的东西吃坏肚子，我猜也猜得到他是为了你。”

林宜沉默了，江娆的记性还真好，都多久之前的事了还记得清清楚楚。

江娆若有所思地道：“不过，寒哥现在成了宜味食府的军师，反倒不怎么看到你们在一处了，你和他……”

化妆师替江娆将头发盘起来，做着精细的编发工作。

“我们没什么。”林宜淡淡地道。

“这样啊，我就说这人心中有数得很，也不知道什么样的女人入得了寒哥的眼。”江娆伸手抚着刘海，对着镜子自言自语般说道。

“你好像对他挺感兴趣的。”

“这世上一无是处的公子哥多，碌碌无为的平凡男人也多，像他这么年轻又这么有通天本事的，换哪个女人不会暗暗心动？可惜啊，人家可看不上我。”江娆笑着说道，自嘲了一声。

江娆要是想要，林宜真想把应寒年打包寄过去，假如应寒年只是个充气娃娃的话。

林宜无奈地暗叹一声，看着镜中美丽的江娆，道：“过去的就是过去了，别多想。”

江娆苦笑，语气还算从容：“明白，没颗金刚钻的心哪敢在娱乐圈混啊。”

安阑从外面走进来：“大小姐，宾客们都来得差不多了，林先生让你出去，马上要跳第一支舞了。”

晚会的第一支舞会由林冠霆开舞，林冠霆离了婚，没有舞伴，是她这个做女儿的陪伴。

“好。”

和江娆告辞后，林宜站起来往外走去。

七层高的豪华大邮轮内部奢华富丽，灯光全以金色为主，更加显得金碧辉煌，宾客们有的在打桌球、砌“长城”，有的在楼上寒暄。

灯红酒绿，觥筹交错，推杯换盏，一派靡靡之相。

林宜站在立柱旁，伸手揉了揉脸，挤出一抹笑容，方才走出去。

她一出去，不少衣着光鲜的千金小姐便围到她面前。

“小宜，你也太不够意思了，怎么几次聚会都不过来呢？”

“是啊，你太忙了吧？对了，我前两天飞法国订到两款限量包，一红一黑，到时送你一个呀，你喜欢什么颜色？”

“小宜，你可出息了，现在我家中长辈天天在我耳边念叨，说要我向你学习。”

“我也想知道怎么能最快地在家中企业站稳脚跟啊。”

这些都是林宜之前结交的名媛千金，以前她被她们嫌草包、花瓶，拉她一起聚会是恶意看她闹笑话，可她们也不想想，什么叫物以类聚。

“说笑了，我敬你们一杯。”林宜从服务员的托盘上拿起一杯细颈香槟，客套地敬她们。

“哟，这不是林家大小姐嘛，怎么越长越漂亮，看着跟十六岁少女似的。”有声音传来。

林宜无奈地侧目，只见一群衣冠楚楚的公子哥朝这边走来，对她极尽恭维，差点将她吹到天上去。

旁边的名媛小姐见状都不免露出嫉妒之色。

要知道大半年前，林宜还是S城中的笑料，这风向变得也太快了。

林宜举着香槟和他们一一碰杯，微笑有礼地道：“招待不周，有什么需要尽管和服务员说。”

她想走，但一群人围着她，让她寸步难行。

“林小姐现在可是我们这群‘富二代’的榜样了，我爸都说，谁要是能娶了你，那可是祖上积德的好福气。”

“林小姐，我今天来呢也没带伴，我先和你约个舞，如何？”

“林小姐，我家新开了个高尔夫球场，有没有兴趣去打两局？”

林宜被一堆的“林小姐”吵得头疼，正想着怎么脱身时，就见一个白色桌球凌空飞来，一个正在伸手向她邀舞的公子哥被当场砸中额头，躲都来不及躲，直挺挺地倒在地上，发出沉重的声响。

有人吓得尖叫。

有人却在戏谑地吹口哨。

林宜闻声望去，就见不远处一群公子哥零零散散地围着橡木台球桌站着，窃笑着看向这边，应寒年正痞里痞气地坐在桌沿，一条长腿跨立在桌上，一条腿晃着，竖拿球杆，正在打枪粉，光线落在他那张似妖孽的脸上，勾魂夺魄，整个气氛都变得与众不同起来。

一见是他，这边的人全静默了，千金小姐们你推我、我推你的。

“是应寒年。”

“我知道，帅死了。”

“乔乔，我听说他帮你家打败过竞争对手，你爸爸有心招他为婿，是不是？”

被指名的千金脸上泛起红晕，有些羞涩地开口：“别瞎说，就是比别人熟了一些而已。”

林宜在那边听着，还真如江娆所说，现在多的是女孩子对应寒年动心，这人半年来锋芒毕露，名声越来越响，即使没有家世背景相佐，也有人看中他的天赋和才能。

自然，还有他那一副蛊惑人心的容貌。

应寒年跳下球桌，脸上挂着轻佻的笑容，跨开长腿朝她们走来，气场极强又透着几分不正经。他站定在被桌球打中的男人面前，修长的手抵着球杆，道：“不好意思，我这球技不行，失手了。”

他明明是在道歉，可眼里哪有半分歉意？

那被打中的人也是家中有钱的公子哥一个，却并不敢得罪应寒年，摸着头上鼓起的包讪笑道：“哪里哪里，小事而已，寒哥言重了。”

应寒年便再没看他一眼，转头睨向林宜：“我这球杆不顺手，你给我换一根。”

臭男人。

林宜心里想着，脸上露出礼貌客套的笑容：“应先生跟我来吧。”

应寒年边走边将手中的球杆往旁边扔去，不偏不倚，枪头砸中刚刚邀约林宜去打高尔夫球的人。那公子哥肚子中杆，疼得整个人都弯下腰来，却不敢声张。

应寒年视若无睹地跟着林宜离开。

留下一群失落的千金小姐，还有人吐槽：“我说乔乔，应寒年好像完全不认识你啊。”

名叫乔乔的千金顿时羞愤地离开。

林宜领着应寒年在彩绘长廊上走出一段后，她的手被人一攥，整个人都被拉进尽头处的暗光中。

她重重地被推到墙上，应寒年按住她光裸的肩膀，低头咬她的唇，呼吸有些沉重，嗓音喑哑：“穿这么漂亮？”

刚刚他在台球桌边上看到她，眼睛都直了。

“……”

她刚擦的口红。

林宜有些痛惜自己的口红，问道：“你不是说不来吗？”

刚刚看到他，她很意外。

“我来盯着你！”应寒年磁性的嗓音涌着浓浓的酸意，“有时候我真想把关系公开算了！”

闻言，林宜的心中猛地一跳，她在黑暗中盯着他的脸，牵强地挤出笑容道：“那不是断了你的桃花吗？你都不知道，刚刚你一亮相，那些千金小姐全都春心萌动了。”

“她们就是当着我的面发春我都不在乎。”应寒年捏住她小小的下巴，“我的一颗心都在我家团团身上呢。”

“呵，呵呵。”

林宜干笑两声，伸手推开他：“好了，快到开舞时间了，出去吧。”

“再亲一下。”

应寒年意犹未尽地将她压向黑暗中，薄唇吻上她的唇，辗转反侧，一手按在墙上，一手从她的肩膀滑到她的后颈，托着她仰起头，一点点诱哄着她回应。

一直等应寒年吻够了，两人才一前一后地走出走廊。

两人一出去，一阵激动的喧哗声就传了过来。

富丽堂皇的邮轮上，衣着光鲜的宾客们都不约而同地站到两边，留出一条宽宽的过道，个个翘首观望着。

只见尽头处，几个身着制服的保镖拥着一个年轻男人走过来。

那男人不似正常人，而是坐在一张高科技黑色轮椅上，五官分明，面容清俊，双目温和，嘴角带着笑容，礼服衬衫外穿着一件天鹅绒的蓝黑色长款大衣，腿上还盖着一条灰色的羊毛毯子，搭在毯子上的手修长，且白得近乎透明，青筋都看得清楚。

尽管是在轮椅上坐着，他身上依旧有着与生俱来的优雅和贵气，成为高高在上的中心人物。

牧羡枫，二十八岁，牧氏家族的长房长孙。

旁边的人都窃窃私语起来。

“那真是牧氏家族的大少爷？这林家都有本事请到牧氏大少爷了？”

“宜味食府最近火遍全国，牧氏家族是多元化集团，牧氏大少爷手下管着餐饮，说是欣赏，想要收购宜味食府。”

“这还需要大少爷亲自到S城来收购？”

“你不懂，牧大少爷是长房长孙，可惜他爸去世得早，到他手里资源就越来越少，加上他身体病弱，听说稍微走点路就喘，吹点风便要大病一场，发展远不及其余两房了。”

“再少他手里起码也有个上千亿资产吧？”

“那是自然，牧氏家族什么背景，四大家族之首，去骨去肉去皮，剩点渣渣都能压死我们这些所谓的富人。”

林宜站在那里，听着旁人的话，忍不住去看身旁的男人。

应寒年站在她身旁，一双漆黑的眼凌厉地望向远处轮椅上的牧羡枫，薄唇勾着一抹似嘲非嘲的弧度，伸手端起旁边的一杯酒喝了一口，垂下眼睑间藏住许多心事。

她一直在想，应寒年后来成为牧氏家族的最高决策人，究竟是因为他贪心胃口大，还是因为过往的事。

现在她看来，应该是因为过往的事吧。

“牧氏想收购宜味食府你是知道的，开出的条件很可观，但我和爸爸都觉得这是家业，被收去便没有自由可言，所以我们拒绝了。”林宜淡淡地道，“爸爸客套地请了一下这牧羡枫，没想到他真的会来。”

“嗯。”应寒年低沉地应了一声，语气听不出喜怒。

林冠霆也没想到，没有同意收购，他本来还担心牧羡枫会记仇，没想到这位大少爷很是温和守礼，不仅不生气，还真的来了林家的新年晚会。

林冠霆激动万分地走到牧羡枫前面：“牧大少爷到来，真是蓬荜生辉。”

“林先生客气了，我很欣赏林先生做美食的精神，买卖不成情义总还在。”牧羡枫笑了笑，和林冠霆握手。

这一句情义给了林家天大的面子。

整艘邮轮上的人，谁敢和牧氏家族的少爷攀情义？

林冠霆都愣了一下，随即哈哈大笑起来，转头望了一圈，看向远处站着的林宜，便道：“小宜，快来和牧大少爷问声好。”

林宜看看应寒年，应寒年也看她一眼，随即先她一步往前走去。

林宜整理了一下裙摆，才微笑着往前走，站到林冠霆身旁，朝轮椅上的牧羡枫低了低头："牧大少爷，欢迎光临。"

牧羡枫来谈收购事宜的时候都是林冠霆去谈的，她在公司瞥过一眼牧羡枫，牧羡枫却没见过她。

"林小姐好。"

牧羡枫客套地朝她颔首，浅浅一笑，侧眸，视线无意间落在应寒年的身上，目光怔了怔："这位是？"

"这是我们宜味食府的军师，应寒年，商界精英，年轻有为。"林冠霆立刻介绍道。

牧羡枫眼神变深，笑得更加儒雅："原来你就是应寒年，远在帝城的时候，我就听过你的名字，听闻你打商战从未输过，是商界奇才。你看着似乎比我还小上几岁，看来前途不可限量。"

林宜盯着应寒年，周围全是拥过来的宾客，只见应寒年低笑一声，眼中透着几分嘲意："我哪比得上牧大少爷，您是天之骄子，我不过是个拿命在赚钱的狂徒罢了。"

旁人都以为他这话是自嘲，可林宜偏偏听出了挑衅的意味。

她沉默地站着，静静地看着这一幕。

牧羡枫坐在轮椅上，清俊的脸上神色滞了一下，不知道是不是也听出了其中的意味。他仍是优雅从容地笑着道："我爷爷常常说，无论在什么时代，不狂者不赢，狂徒才杀得出血路，拼得出碧海蓝天。"

"是吗？"应寒年抬眸，眼中的意味深得谁也看不懂，"那我就借大少爷的吉言了。"

牧羡枫笑笑，转头看向林冠霆："林先生，不用管我了，我在旁边坐坐就好，你忙吧。"

"好的好的。"

林冠霆连连点头，命人好好招待牧羡枫后就去安排晚会流程。

牧羡枫的到来，令整个新年晚会的规格一下子提高不少。

用鲜花装饰起来的舞台背景美轮美奂，林冠霆正在上面致辞，谈着林家这么多年来的发展。

中西结合的自助餐，聘请到几大餐厅巨头的厨师和宜味食府的一级厨师共同烹饪，满目佳肴，食材珍贵。

现场设有观众台，后面的七层楼梯走道上都站了些宾客，牧羡枫在三楼观台上，独享一方宁静，正在听林冠霆讲话。

“宜味食府的今天绝对不是巅峰，将来它会越来越好，永无止境！”

林冠霆情绪高涨、声音嘹亮。

林宜站在白色桌布铺就的自助餐桌前，跟着众人一起拍手鼓掌，转头看向应寒年。

“一直看我做什么？”应寒年端着酒杯，忽然转头，轻而易举地捕捉到她的目光。

林宜有些尴尬：“没什么。”

其实是她不知道他和牧氏家族有什么千丝万缕的关系，所以在牧羡枫出现后，想知道应寒年会是什么样的神情。

“别的女人都在看牧氏大少爷，想着去勾搭勾搭，你不看他倒看我？”应寒年似笑非笑地冲她挑眉。

这男人还有闲心在这儿给她出送命题，看来牧羡枫的出现并没有给他带来多少情绪波动。

“我可不敢看，牧氏家族的大少爷要是在这里被桌球击中，恐怕明天就没有宜味食府了。”她还能不知道他是什么人？什么都敢做。

她只希望今晚的新年晚会顺顺利利地过去。

闻言，应寒年笑得格外得意：“我的团团是越来越了解我，没办法，我太爱你了，吃起醋来我控制不住自己，伤到谁还真不好说。”

他控制不住就剁了手可好？

林宜在心里翻着白眼，不理会他。

林冠霆这时忽然在舞台上点她的名。

“今天，我要向大家隆重介绍我们宜味食府最大的两个功臣，一个是我女儿林宜。我女儿本是学舞蹈出身的，是我一直希望她能继承家业，我是真没想到她会休学，义无反顾地来帮我。这大半年来，她起早贪黑，兢兢业业，从来没有因为是我的女儿就有所懈怠。”

提到女儿，林冠霆激动万分，中气十足的嗓音都有些哽咽了：“一度我认为她做事不顾分寸，于是压着她，可事实证明，她的很多计划有着先见性，反而是我太过狭隘。在这里，爸爸要向你道个歉，是爸爸看低你了，爸爸让你受委屈了。”

林宜站在原地有些呆住。她从来没想过爸爸会当众向自己道歉。

（未完待续）

番外

一万零一人之上

后来的后来，林宜成了宜味食府的总裁，也成了应氏集团的总裁夫人。

城市灯火璀璨，犹如倒扣的无尽星河，与夜幕相映。

集团的尾牙是一场年度盛会，觥筹交错，欢声笑语，热闹非凡。

林宜亲自下场给大家发红包，众人围着她，吉祥话说得她感觉自己已经在过年了。

“谢谢应太太。”

“谢谢总裁夫人！祝总裁夫人年年有今日，岁岁发红包！”

“应太太万岁！”

酒酣耳热间说话也越来越离谱，林宜笑着同大家致意。小助理走到她身边，凑到她耳边小声急切地道：“应总不见了。”

“……”

闻言，林宜的眉蹙了一下。

她将手中的一叠红包交给助理，便从人群中离开。

这晚是应氏集团的尾牙，应寒年似乎特别高兴，凡是敬酒来者不拒，喝了不少。林宜便让人盯着，没想到还给盯没了。

林宜从监控中得知他的去处。

巍峨的大楼立于城市中心，万般星火、清风都聚于天台之上。

林宜穿着一袭香槟渐变的晚礼服，由国内最著名的设计师所设计，布料轻柔飘逸，行走间如水纹轻晃，优雅至极。

唯一不大好的就是这本是至腿根处的开衩设计，某人见到后，硬生生让人给缝上，以至于下摆变成鱼尾一般，走路都不方便。

她抬眸，某人正靠着栏杆。

他迎风而站，雪白的衬衫一半收在皮带下，一半被拉扯出来，落拓放肆。他的袖子也被卷了起来，双手就那么随意地搁在栏杆上。他眺望着远方，漆黑的眸深不见底，棱角分明的脸上微微泛着酒意晕染过的淡红。

没人知道他在想什么。

林宜朝他走过去，拿下被扔在栏杆上的西装，拍了拍灰尘，抱在怀里。

应寒年感觉到动静，缓缓转过身来，肩膀晃了晃，显然是醉了的。

他的身后是霓虹夜色。

他看向她，短发被风吹得有些凌乱。他挑了一下眉，眸子更黑更深，嘴角勾起一抹弧度，妖冶得惊魂动魄。

"团团……"

他低喃着。

这一张嘴，什么妖冶什么帅气都荡然无存，笑得竟有些憨，全然不见平时在商界的杀伐果断。

"你醉了。"

林宜伸手展开手中的西装想替他穿上挡风："怎么喝得这么醉？"

她好久没见他醉过了。

"我不穿，团团穿。"

应寒年将西装抢过去，披到她身上，想替她穿衣服却穿得乱七八糟。

林宜被折腾得不轻，只好接过西装自己穿上，刚穿完人就被他一把搂过去。

林宜被推到栏杆前，应寒年从后面圈住她，高大的身躯替她挡下一部分的风，也因这样，他身上浓烈的酒气笼罩住她全身。

"团团，看。"

应寒年低下头，把下巴搁在她的肩上，指着下面一处处灯火灿烂的地方道："这是我的，这也是我的，这些都是我的！"

喝醉的人连不可一世都带上了酒味，嗓音喑哑，温热的唇扫过她的耳，有些痒。

林宜顺着他的手指望去，距离有些远，她望不太清，但她记得，那里不是他的产业，而是一处新建的公厕。

林宜有些想笑，但还是配合着他这个醉鬼："好，好，都是你的。"

——连公厕也是你的。

"嗯！都是你老公的！"

应寒年用力地点了点头，下巴抵得她的肩膀疼。

“行。”

林宜顺从着醉鬼。

“你老公的就是你的！”

应寒年继续道。

“OK。”林宜失笑。

应寒年又道：“但你是我的，我一个人的。”

这逻辑是个圈吗？

林宜靠在栏杆上，问道：“那你现在可以告诉我，你为什么要喝这么多了吗？”

说着，她转过头看他，望进他漆黑的眸中。

他凝视着她，目光那么深，欲将她吞没一般，看得她心弦一晃。

“我高兴，我今天特别高兴。”

“高兴就要喝这么多？”

“你说，今天集团来的人有一万个吗？”应寒年盯着她的眼睛问。

林宜想了下这天热闹沸腾的场面，道：“何止一万。”

如今的应氏集团比当年的牧氏集团规模还要大，光一个尾牙就是数万人的狂欢。

听到这话，应寒年似乎很满意，看着她低低地笑了，笑得很满足，眸中还透着几分狂妄。

林宜见状，忍不住道：“怎么，你这是想让我称赞应大总裁如今权大势大吗？”

“……”

应寒年看着她笑而不语。

“行，应大总裁万人之上、权势滔天，还请多多关照我这个宜味食府的小老板。”林宜自认配合地恭维着他。

应寒年竖起一根手指摇了摇。

“你不想听这个？”林宜有些不解。

应寒年松开她，往后踉跄地退了几步。

林宜有些担忧地看着他，想去拉他。

应寒年站在天台上忽然张开双臂，扬声道：“你看，我应寒年到底是做到了！”

林宜有些疑惑地看向他。

“林宜！”应寒年步履微晃，伸手指向她，一字一字用力地说出来，“我终于把你捧上一万零一人之上的位置了！”

林宜顿时呆在那里，记忆从尘封的匣子里展翅而出——

“你怎么知道我会在万人之上？”

“要是真有一天，我能在万人之上，我让你……”

“我让你在一万零一人之上。”

那时的他，也是醉的。

应寒年站在那里被风吹得踉跄几步，随即大声地道：“我现在每一天走进集团我都很得意，因为我会忍不住告诉自己，看，这都是我应寒年给自己女人挣的！我真厉害！”

“……”

林宜站在风里看着他这样有些想笑，眼眶却湿了。

傻子。

就为这个把自己喝成这样。

应寒年站都站不稳，往旁边斜了两步，脚踩上一截管子，人就要倒下去。

林宜连忙冲过去扶住他，结果她根本支撑不了他的重量，两人双双栽到地上。

应寒年跌坐在地，手揽住她的腰，一收，让她跪在自己的腿上，不至于摔狠。她就在他的面前，身上的清香全部落入他的鼻尖。

他抬眸，看着她五官分明的脸，美得就跟他幻想而生的一样。

“团团，你开心吗？”应寒年坐在地上，把她搂向自己，直勾勾地看向她，“我为你挣的一切，你喜欢吗？”

林宜看着他醉得七分糊涂的样子，柔声哄他：“喜欢，你为我做的一切，我都喜……”

话未说完，她背上的大掌将她往前一压，应寒年仰起醉醺的俊脸，薄唇吻上她的唇，像品尝世间最好的美食。他一点点地吻着她，描绘着她的唇型，再逐渐探入……

焰火划过夜幕，亮了整个天空。